KB013526

언제나 밤인 세계

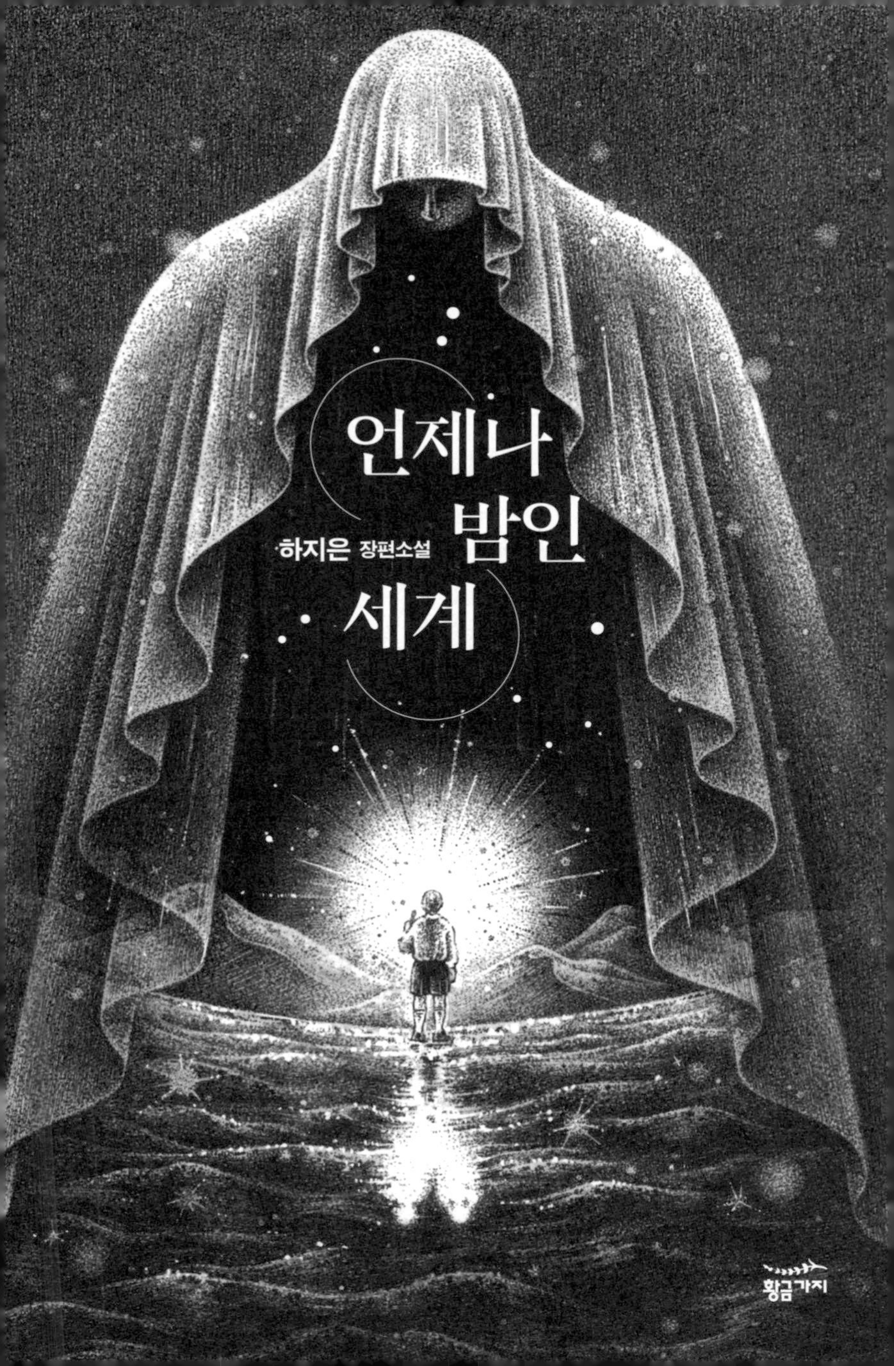
언제나
밤인
세계
하지은 장편소설
황금가지

목차

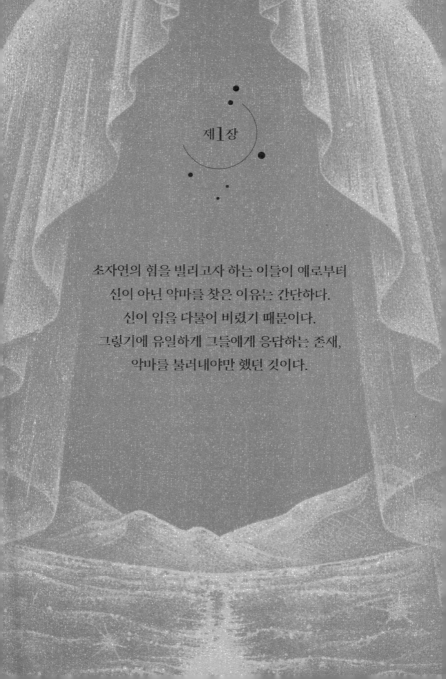

제1장

초자연의 힘을 빌리고자 하는 이들이 예로부터
신이 아닌 악마를 찾은 이유는 간단하다.
신이 입을 다물어 버렸기 때문이다.
그렇기에 유일하게 그들에게 응답하는 존재,
악마를 불러내야만 했던 것이다.

세기적인 수술이 곧 시작될 참이었다.

수술의 주인공은 에녹-아길라 쌍둥이 남매로, 그들은 태어날 때부터 하반신이 하나로 붙어 있었다. 그대로 성장했다간 둘 다 살아남을 가능성이 없었기에, 의사는 당시로서는 파격적인 분리 수술을 제안했다. 수술의 성공 가능성은 반도 되지 않았으며 분리되어 떨어져 나간 쪽이 살아날 가능성은 채 1할이 되지 않았다.

남매의 부모인 윌스턴 남작 부부는 두려움에 휩싸였다. 그 말은 둘 중 하나만을 선택해야 한다는 걸 뜻했다. 오랫동안 고민한 끝에 부부는 여자아이인 아길라를 포기하기로 했다.

주위 사람들은 겉으로 드러내진 않았지만 뒤에서는 그럴 줄 알았다며 고개를 끄덕였다. 확실히 가문의 성(姓)을 물려줄 수 있는 아들이 선호되는 사회였던 것이다. 그러나 남작 부부에게 그런 뜻은 결코 없었다. 단지 누가 봐도 쌍둥이의 형태가 마치 에녹의 몸에 아길라가 기생하듯 붙어 있었기 때문이었다.

수술이 결행되기 하루 전, 남작 부부는 딸과 작별 인사를 했다. 수많은 용서를 구하는 말과 수많은 눈물이 필요했다. 아길라는 마치 모든 말을 듣고 이해하는 것처럼 눈 한 번 깜빡이지 않고 부부를 바라보았다.

다음 날 아기들이 수술실로 들어갔고 열두 시간에 걸친 길고 괴로운 수술이 이어졌다. 그동안 남작 부부는 아길라를 보낼 준비를 했다. 작지만 아름다운 관을 준비하고 그 안에 최고급 안감과 인형을 놓아두었다. 본래 아기방이어야 했을 곳도 장례식장으로 꾸며졌다.

마침내 수술이 끝나고 의사가 남작 부부를 불렀다. 한데 결과는 놀라울 정도로 성공적이었다. 본래 죽을 것이 당연했던 아길라마저 상반신이 분리된 채 살아남았던 것이다. 의사는 걷잡을 수 없이 많은 출혈에도 불구하고 아길라가 불가사의한 생명력을 보였다고 말했다. 남작 부부는 너무나 기뻐했다. 의사를 껴안고 양쪽에서 입을 맞출 정도였다.

그리하여 에녹은 골반에서 누이가 떨어져 나간 덕분에 말끔한 신체를 갖게 되었다. 아길라 또한 하반신을 잃긴 했지만 건강을 회복했다.

처음에 부부는 그 모든 일이 꿈만 같다고 생각했다. 어느 날 아길라를 안고 쓰다듬던 윌스턴 남작 부인이 이런 말을 하기 전까지는 말이다.

"우린 이 아이에게 씻을 수 없는 죄를 지었어요. 아마 평생 갚으며 살아야 할 거예요. 이 아이가 우릴 증오하고 미워해도 할 말이 없어요. 자신을 버리고 남동생을 택한 부모라니……"

남작은 그런 말은 하지 말라고 했지만 남작 부인은 아길라를 볼 때마다 자기도 모르게 그런 말을 중얼거리는 버릇이 생겼다.

남작 부인의 걱정과 달리 어쨌든 아길라는 밝게 자랐다. 어릴 때부터 하인들에게 업히거나 휠체어를 타는 일에 익숙해져야 했지만, 그녀는 활기차고 사랑스러운 소녀였다. 아버지와 어머니를 무척 좋아하는 한편 남동생 에녹이라면 껌뻑 죽을 정도로 귀여워했다.

에녹도 마찬가지로 누이를 좋아해서 두 사람은 마치 한 몸처럼 붙어 다녔다. 어떤 추억이든 어떤 상처든 거의 하나인 것처럼 공유했다.

7년 뒤 그 사건이 일어나기 전까지는.

두 사람이 일곱 살이 되던 해 어느 날, 남작 부인으로부터 드물 정도로 심하게 꾸지람을 받은 하녀장이 울면서 자기 방으로 돌아가고 있었다. 그러다 그녀는 복도에 혼자 있던 아길라와 마주쳤다.

평소 휠체어를 끌어 주던 하인이나 에녹은 어딜 가 버린 것인지, 아길라는 혼자 휠체어를 끌기 위해 애쓰고 있었다. 그 모습을 본 하녀장은 자신도 모르게 이런 말을 내뱉고 말았다.

"아가씨는 원래 죽을 운명이었다는 거 아세요?"

아길라가 놀라서 하녀장을 돌아보았다. 그녀의 순진한 눈빛과 마주친 하녀장은 자신이 내뱉은 말에 화들짝 놀라 서둘러 그 자리를 떠났다.

그로부터 며칠 동안 아길라는 그 말이 무슨 뜻일까 고민해 보았다. 시선은 자꾸만 비어 있는 하반신 쪽으로 향했다. 이것 때문이었을까? 자신이 약하게 태어났다는 건가?

아길라는 어쩌다 자신의 다리가 그렇게 된 것인지 부모님에게 한 번도 물어본 적 없었다. 자길 볼 때마다 미안해 어쩔 줄 모르고 애틋해하는 부모님을 보고 있으면 차마 물을 수가 없었다. 하지만 드디어 때가 된 것 같았다.

어느 날 부모님이 서재에 있을 때 아길라는 동생에게 휠체어를 서재 쪽으로 밀어 달라고 부탁했다. 아무것도 모르는 에녹은 누이의 말을 착실히 따랐다.

서재의 문이 조금 열려 있고 남작 부부는 이런저런 대화를 나누고 있었다. 어째서인지 아길라는 안으로 들어가지 않고 문 앞에 멈춰 서서 그 모든 대화를 엿듣고만 있었다. 직감적으로 에녹은 자신들이 뭔가 나쁜 짓을 한다는 것을 알았다. 하지만 누이의 태도가 너무도 단호해서 돌아가자고 말할 수가 없었다.

거기 그렇게 반 시간쯤 서 있었을까. 드디어 그 말이 나왔다.

"아길라는…… 아길라는 정말 밝고 예쁘게 자라고 있어요."

남작 부인이 떨리는 목소리로 말했다. 그 사실이 전혀 기쁘지 않은 것 같았다.

"그 아이를 볼 때마다 미칠 것 같아요. 우리가 만약, 만약 그때 아길라를 선택했더라면……."

"이제 제발 그만하면 안 되겠어요, 부인?"

"그 아이가 얼마나 아름다운 아가씨가 되었을지 생각해 봐요."

"그럼 에녹은, 아길라가 아름답게 자란 대신 에녹은 어찌 되었겠어요?"

"그 아이야 가문을 이어받을 테니 상관없잖아요."

남작 부인의 목소리에 울음기가 섞였다.

"아길라는 결혼할 수 없을 거예요. 평생 혼자일 거라고요. 우리가 죽고 나면 대체 누가 돌봐 주죠?"

"에녹이 돌봐 주겠지요. 둘 사이가 어떤지 잘 알잖소. 이제 쓸데없는 걱정일랑 그만둬요."

"그 아이는 우릴 용서하지 않을 거예요. 둘이 붙어 있을 때, 자길 버리고 에녹을 선택한 걸 알면…… 지금 그 모습이 된 게 다 우리 탓이라는 걸 알게 되면 말이에요."

에녹은 휠체어를 뒤로 끌어야 한다고 생각했지만 손에 힘이 들어가지 않았다. 잘 이해할 수 없었지만, 방금 부모님이 한 이야기가 무척이나 무서운 말이라는 건 느낄 수 있었다. 아길라는 마치 조각상처럼 뻣뻣하게 굳은 채 그 모든 이야기를 듣고 있었다.

"내 방에 데려다줘, 에녹."

마침내 남작 부인이 울음을 터뜨리고 남편이 이를 달래기 시작했을 때, 아길라가 무감각한 목소리로 말했다. 에녹은 떨면서 누이의 말대로 했다.

그날 저녁 식사 시간에 나타난 아길라는 아무런 내색도 하지 않았다. 평소처럼 웃으면서 부모님과 대화를 나누고 에녹에게도 따뜻하게 대해 주었다.

하지만 다음 날 오전 목욕 시간, 하녀들이 두 사람을 씻겨 주는 동안 아길라는 동생의 몸을 뚫어져라 바라보았다. 에녹의 하반신엔 커다란 흉터가 있었다. 남작 부부는 그게 에녹이 아기일 때 크게 다친 탓이라고 말했었다.

흉터를 보고 나서 아길라는 비어 있는 자신의 하반신으로 눈을 돌렸다. 그대로 한동안 생각에 잠겨 있었다. 에녹은 누이의 그런 모습이 불안했다. 하지만 차마 부모님께 엿들었다는 사실을 고백할 수 없었다.

마침내 아길라는 무언가 깨달은 듯 고개를 끄덕였다. 그러곤 에녹으로부터 고개를 돌렸다.

다음 날부터 그녀는 서재에 틀어박혀 뭔가를 읽기 시작했다. 더 이상 에녹과 놀아 주지도, 부모님의 품에서 어리광을 부리지도 않았다. 다만 의학에 관련된 서적들을 미친 듯이 탐독했다.

남작 부부는 걱정하고 안쓰러워하며 적당히 하라고 했지만, 아길라는 말을 듣지 않았다. 하인들에게도 냉담하게 굴었으며 웃는 모습도 아주 가끔 억지 미소만 볼 수 있을 따름이었다.

다만 에녹에게만은 아직 상냥했다. 예전처럼 못 견디게 사랑스럽다는 듯 대하진 않았지만 적어도 남동생에 대한 애정은 아직 남아 있는 듯했다.

"잘 들어, 에녹. 너는 네 몸을 무척 아껴야 해. 왜냐하면 그건……."

아길라는 이렇게만 말하곤 동생의 뺨에 입을 맞추었다.

그로부터 몇 년이 흘렀다. 그 시간 동안 아길라는 집에 있던 의학 서적을 모조리 탐독했으며, 현재의 의료 기술로는 자신을 치유할 수 없다는 결론을 내렸다. 일주일 정도 낙담한 듯 그녀는 자기 방에만 틀어박혀 있었다. 그러나 다시 무언가 결심한 듯 방 밖으로 나왔고, 이후로 신비학과 마법과 같은 비과학적 학문에 심취하기 시작했다.

열두 살이 된 에녹은 처음으로 학교에 입학할 준비를 하고 있었다. 아길라는 신체적 조건 때문에 그러지 못하고 집에 남아 가정 교육을 받기로 되어 있었다.

에녹이 떠날 시간이 가까워지자 아길라의 행동은 점점 더 신경질적이고 난폭하게 변했다. 이미 일곱 살 때 서재의 대화를 엿들은 일 이후 그녀의 성격은 눈에 띄게 달라져 있었다. 부모님에게 소리를 지르거나 물건을 집어 던지는 것은 예사고, 자기를 돌봐 주는 하녀들도 일부러 못살게 굴었다. 변덕스럽고 광기 어린 그녀의 모습에 수많은 하인들이 집을 떠났고 새로 들어온 하인들도 오래 버티지 못했다.

혹시나 해서 남작 부인은 아길라에게 예쁜 새나 귀여운 강아지 등을 데려다주었지만, 며칠이 지나기도 전에 모두 처참히 죽었다. 몇 번인가는 작은 화재가 일어나기도 했다. 아무 까닭 없이 응접실이나 방에서 난로가 폭발했다. 우연의 일치인지, 언제나 화재를 가장 먼저 발견하는 것은 아길라였다.

흉흉한 소문이 주변에 돌기 시작하더니 더 이상 윌스턴 부부가 사교계에서 초대받는 일이 없어졌다. 그러나 이러한 사정에도 불구하고 남작 부부는 자기들에게 아무런 문제도 없다고 생각했다. 단지 아프고 가여운 딸을 데리고 있을 뿐이라고.

"정말로 가는 거야?"

에녹이 학교에 입학하기 전날 밤, 방에서 짐을 정리하고 있던 그에게 아길라가 물었다. 에녹은 미안한 마음에 작게 대답했다.

"응. 집에 자주 온다고 약속할게. 학년이 올라가면 주말에도 외출이 가능하다고 했어. 그때마다 누나를 보러 올 거야."

"거짓말하지 마."

이렇게 말하는 아길라의 목소리가 순간 너무도 연약하게 들려, 에녹은 놀라 누이를 바라보았다.

"처음에는 한두 번 편지를 하겠지. 하지만 곧 친구들을 사귈 거고, 넌 그 애들이랑 놀기 바쁠 거야. 집에 홀로 남아 썩어 가는 나 같은 건 곧 잊어버리겠지."

"무슨 소리야, 누나. 그렇지 않아."

"거짓말, 거짓말, 거짓말! 너는 나를 버리고 갈 거잖아. 어머니처럼, 아버지처럼!"

아길라는 눈물을 흘렸고, 에녹은 얼른 달려가 그녀의 곁에 무릎 꿇었다.

"안 그래. 안 그런다고 약속할게. 내가 어떻게 하면 믿을 거야?"

"정말…… 뭐든지 할 거야?"

"응, 뭐든."

"그럼 가지 마. 1년만 더 나랑 있어 줘. 부탁이야. 날 버리지 말아 줘."

에녹은 잠시 갈등하다 고개를 끄덕였다.

"그렇게 할게. 하지만 부모님이 허락하지 않으실지도 몰라. 뭐라고 말해야 돼?"

"아프다고 해."

"난 거짓말을 잘 못해. 꾀병인 걸 아실 거야."

"그래? 그렇다면……."

아길라는 에녹에게 작은 약병을 건넸다.

"이걸 마셔. 그럼 정말로 아프게 될 거야."

에녹은 고개를 끄덕이고 누이의 말대로 했다.

다음 날 에녹은 굳이 거짓말을 할 필요가 없게 되었다. 입을 열수조차 없을 정도로 정말 아팠다. 온몸이 조각조각 떨어져 나가는 것 같았다.

진찰하러 온 의사는 에녹의 피를 뽑아 보고는, 도대체 어디서 이런 맹독에 중독되었냐고 물었다. 남작 부부로서는 물론 알 수 없는 일이었다. 에녹의 몸에는 뱀이나 벌레에 물린 흔적도 없었다.

부부는 꼬박 에녹의 곁을 지키며 쉴 새 없이 흐르는 땀을 닦아 주고 에녹이 토하는 것도 모두 받아 냈다. 아길라도 그 곁에 있었다. 그녀는 오랜만에 얌전해져서는 부모님을 위로하며 이렇게 말했다.

"괜찮아요. 제가 있잖아요. 혹시 에녹이 잘못되더라도, 제가 두 분을 잘 돌봐 드릴 거예요……."

에녹은 보름이 지난 뒤에야 기적적으로 살아났다. 그는 자신에게 무슨 일이 있었는지 거의 기억하지 못했다. 상당 기간의 요양이 필요했으므로, 학교 입학은 자연스레 지연되었다. 이 사실을 누구보다 기뻐한 것은 물론 아길라였다. 그녀는 잠깐이지만 옛날로 돌아간 것처럼 명랑하고 행복한 소녀가 되었다.

"내 사랑스러운 동생, 에녹. 절대로 잊으면 안 돼. 내가 계속 널 간호했다는 걸 말이야. 넌 내 덕분에 살아난 거야. 그걸 잊지 마."

힘없이 침대에 누워 있는 에녹에게 매일같이 그렇게 속삭여 대는 통에 잊으려야 잊을 수가 없었다. 아길라가 에녹에게 죄책감을 심어 주기 시작한 것도 바로 이 무렵이었다.

"이 자국, 이건 내가 너한테서 떨어져 나간 자리야. 난 너에게 내 다리를 양보한 거야. 네가 이렇게 건강하고 아름다울 수 있는 건 모두 내 덕분이라고. 알겠어? 그러니 살면서 갚아 나가. 나를 누구보다 존경하고 사랑하란 말이야."

"응. 그렇게, 누나."

"내가 하라는 대로 뭐든 해야 해. 아무리 그게 어렵고 거부하고 싶어도."

"……나쁜 일도?"

"설마! 내가 너한테 나쁜 일을 시키기야 하겠니? 내가 하는 일은 전부 다 너와 나를 위해서야."

아길라는 에녹의 입에 입을 맞추었다.

"너와 나는 한 몸이야. 그걸 잊지 마."

다시 몸을 움직일 수 있게 된 순간부터 에녹은 아길라의 분신처럼 행동해야 했다. 그녀는 몸이 불편한 자기 대신 해 줘야 할 일이 있다며 이런저런 일들을 시켰다. 대개는 책이나 재료를 구하는 일이었는데, 아길라는 연금술과 악마술이란 이상한 학문에 빠져 자꾸만 실험을 하려 들었다. 『악마와의 교감』. 그 무렵 그녀가 가장 열렬히 탐독하던 책이었다.

"봐, 여기 쓰여 있는 대로 하면 악마를 불러낼 수 있어. 악마는 가장 순결한 영혼을 취하는 대신 소환자가 원하는 것을 들어준대. 나는 내 다리를 돌려 달라고 할 거야."

"하지만 위험하지 않을까? 악마라는데……."

"다리를 되찾을 수 있는데 위험이 다 무슨 소용이야? 천사 같은 건 절대 사람들이 원하는 것을 이뤄 주지 않아. 오직 악마들만이 해 준다고."

"그렇지만 순결한 영혼은 어디서 구해?"

아길라는 대단히 너그러운 미소를 지으며 에녹을 바라보았다.

"그건 내가 이미 다 구해 두었어. 넌 절대로 걱정할 필요가 없어."

그 의식은 아길라의 방에서 치르기로 되어 있었다. 에녹은 그녀가 시키는 대로 부모님 몰래 양탄자 밑에 이상한 도식을 그렸다. 근처 농장에서 닭도 하나 훔쳐 왔다. 아길라는 간단히 닭의 목을 비틀어 피를 바닥에 뿌렸다.

소금, 소의 내장, 계곡수, 월계수 잎사귀, 석류 등……. 수많은 재료가 필요했고 거의 대부분을 에녹이 어렵게 구해 왔다.

드디어 책에 쓰인 대로 겨울 보름달이 뜨던 날, 아길라는 이 의식을 강행하기로 했다. 그녀는 준비해 두었던 칼로 자기 손바닥을 그어 도식의 중앙에 핏방울을 떨어뜨렸다. 그리고 책에 쓰여 있는, 무슨 의미인지는 알 수 없지만 대단히 섬뜩하게 들리는 주문을 읊었다.

한동안은 아무 일도 일어나지 않았다. 아길라는 실망감을 드러내지 않기 위해 애쓰고 있었다. 에녹이 조심스레 입을 열었지만 아길라는 "닥치고 기다려!" 하고 소리 질렀다.

오랜 시간이 흐른 뒤에 쿵, 하고 바닥이 울렸다. 두 사람 다 깜짝 놀랐다. 처음엔 잘못 들었거나 어디 다른 곳에서 들렸겠거니 했는데, 다시 한 번 바닥을 치는 소리가 들려왔다. 마치 그들이 그려 놓은 문양 아래에서 무언가가 이쪽으로 나오기 위해 애쓰는 것 같았다.

"어서 와. 이쪽으로 와. 내게로 오라고!"

아길라가 흥분해서 외쳤고 에녹은 두려움에 뒤로 물러났다.

문이 벌컥 열린 것은 그때였다. 저택에서 나는 이상한 소리에 윌스턴 부부가 아이들부터 찾은 것이다. 바닥에 그려진 것을 보고 남작 부인이 비명을 질렀다. 새하얗게 질린 윌스턴 남작도 드물게 분노한 얼굴로 성큼성큼 걸어 들어왔다.

"이게 다 뭐냐? 뭘 하고 있는 거야?"

그는 겁에 질린 에녹을 홱 돌아보고는 소리쳤다.

"네 누이가 시키는 이상한 짓들을 하지 말라고 했지!"

그러곤 문양 아래에 있는 무언가가 세 번째로 바닥을 때리기 직전, 윌스턴 남작이 발로 문양을 짓밟아 뭉개 버렸다.

"안 돼! 그러지 마! 내버려 두라고!"

아길라가 찢어지는 목소리로 소리를 질렀다. 그러나 남작은 멈추지 않고 모든 것이 지워질 때까지 발로 비비고 짓밟았다. 아길라는 결국 울음을 터뜨리고 말았다.

"또 한 번 이런 짓을 했다간 널 수도원에 보내 버릴 거다. 에녹, 너도 마찬가지야!"

남작은 부인을 데리고 방에서 나갔다. 멀리서 하인들에게 방을 치우라고 명령하는 소리가 들려왔다.

아길라는 눈물을 흘리는 동시에 뿌드득 소리가 나도록 이를 갈고 있었다. 에녹은 누이에게 다가가 위로하려고 했다. 그러나 아길라가 빽 소리를 질렀다.

"나가! 여기서 나가! 나가라고!"

그날 밤 방에서 혼자 잠들었던 에녹은 이상한 꿈을 꾸었다. 아니, 어쩌면 꿈이 아니었을지도 모른다.

누군가 곤히 자던 에녹을 차가운 손으로 깨웠다. 처음에 에녹은 누이일 거라고 생각했다. 그러나 아니었다. 침대 머리맡에 앉아 자신을 내려다보는 그 사람은 남자였다.

'왜 그랬니. 왜 그런 위험한 일을.'

남자는 차디찬 손으로 에녹의 머리를 쓰다듬었다.

'그는 아주 화가 났단다. 곤히 잠자던 자신을 누군가 깨웠을뿐더러, 맛있는 먹잇감을 눈앞에 두고 결국 놓쳐 버렸기 때문이야. 그건 다름 아닌 네 영혼이란다, 에녹. 네 누이가 바치려던 그 순결한 영혼 말이야. 너는 너 자신을 잘 지켜야 해.'

에녹은 대답할 기운이 없어 다시 눈을 감았다. 잠들기 전 잠깐, 그 사람이 집사와 닮았다는 생각을 했을 뿐이었다.

윌스턴 가의 집사 루퍼슨은 드물게 아직도 저택을 지키는 몇 안 되는 사람 중 하나였다. 쌍둥이가 태어날 즈음부터 에녹의 아버지를 섬겼다고 하는데, 거의 말이 없었으며 가끔 에녹과 눈이 마주치면 다정한 미소를 띠곤 했다. 윌스턴 가의 많은 문제를 소리 없이 처리하는 것은 물론, 남매가 어릴 적 분리 수술을 집도한 의사도 그가 구해 왔기에 남작 부부의 신뢰는 말할 수 없이 높았다.

하지만 에녹은 까닭 없이 그 사람이 무서웠다. 아길라도 그를 싫어했다. 그녀를 볼 때마다 그 남자의 눈이 마치 비웃듯 휘어졌기 때문이다. 그녀가 무슨 짓을 하고 있는지 다 안다는 듯한 눈빛이었다.

물론 그래서 아길라는 일부러 더 루퍼슨을 부려 먹었다. 괜히 계단 위로 자신의 휠체어를 들어 옮겨 달라고 부탁했으며, 일부러 그가 지나갈 때 꽃병을 깨뜨려 곤란하게 만들기도 했다. 하지만 그래도 집사는 묵묵히 아길라가 요구하는 것을 모두 들어주었다.

다음 날 잠에서 깨어난 에녹은 조심스레 집사의 주변을 서성거렸다. 하지만 그는 별다른 내색 없이 에녹에게 뭔가 필요한 것이 있냐고 물을 뿐이었다. 에녹은 고개를 젓고는 역시 꿈이라고 생각했다.

며칠 뒤 아길라는 간신히 자신을 추스르고 다시 의식을 준비하려 했다. 그러나 이제 윌스턴 부부는 아길라와 에녹이 둘만 있도록 내버려 두지 않았다. 어떤 핑계를 대서라도 자신이나 하인들이 꼭 남매의 곁에 붙어 있게 했다.

이 때문에 아길라의 히스테리는 절정에 다다랐다. 자주 집 안의 물건들이 이유 없이 부서졌으며 곳곳에서 자그마한 불이 나기 시작했다.

그리고 그중 한 화재의 경우에는 정도가 조금 심각했다.

윌스턴 남작은 아길라와 마찬가지로 서재에 있기를 좋아했다. 거기서 여러 책을 읽었으며 졸리면 이따금 의자에서 눈을 붙이곤 했다.

하루는 남작이 나른한 햇빛에 또다시 졸고 있는데, 문득 주위가 너무 더워 잠에서 깨어났다. 눈을 뜬 그는 크게 놀랐다. 서재가 화염에 휩싸여 있었던 것이다. 온통 나무와 책만 있는 곳이기에 불은 빠르게 번졌고 도저히 뚫고 나갈 방법이 보이지 않았다.

남작은 결심하고 웃옷을 벗어 자기 상체를 감쌌다. 그러곤 불 속으로 뛰어들었다. 천만다행으로 그는 서재 밖으로 데굴데굴 굴러 나왔다. 하인들이 급히 달려들어 불을 껐으나 이미 몸 대부분이 심각하게 화상을 입은 뒤였다.

하인들이 물을 가져오라거나 의사를 부르라 외치고, 남작은 끔찍한 고통으로 비명을 질렀다. 이 순간 누구보다도 가까운 곳에서 아길라가 모든 광경을 침착하게 지켜보고 있었다. 그녀는 잠시 후 휠체어를 돌려 자기 방으로 돌아갔다.

남작의 상태가 심각했기 때문에 남작 부인과 의사가 계속 그의 곁에 붙어 있어야 했다. 남작 부인은 에녹과 아길라가 아버지의 모습을 보지 못하게 했다. 그래서 오래간만에 남매는 단둘이 있게 되었다.

아길라의 부름에 따라 그녀의 방으로 간 에녹은 책상 여기저기에 쌓여 있는 책을 발견했다. 대부분 아길라가 아끼고 좋아하는 것들이었다. 공교롭게도 화재가 일어나기 전 미리 가져다 둔 듯했다.

에녹은 울지 않으려고 애쓰면서 누이에게 물었다.

"누나가 그런 거야?"

"무슨 소리야, 에녹?"

"누나가 불을 지른 거야? 아버지가 계신 곳에?"

아길라는 미소를 띠었지만 동시에 상처 받았다는 말투로 말했다.

"대체 왜 그런 소리를 하는 거니? 내가 아버지를 해쳤다고?"

"책은 왜 미리 다 옮겨 둔 건데?"

"그건, 그거야…… 지난번에 하지 못했던 일을 끝내야 하잖아. 안 그래?"

에녹은 대답하지 않았다. 아길라가 불안한 얼굴로 웃으면서 휠체어를 밀어 다가왔다.

"설마 이제 와서 안 하겠다는 건 아니지? 내게 다리를 되찾아 주고 싶지 않은 거야? 에녹, 내가 뭐라고 했었지? 지금처럼 네가 멀쩡하게 서 있을 수 있는 게 다 누구 덕이라고?"

"……누나의 덕."

"그래, 잘 알고 있구나. 그런데도 넌 내가 불쌍하지 않아? 태어날 때부터 너에게 다리를 빼앗겨야 했던 내가 불쌍하지도 않냐고. 부모님은 내게 물어보지도 않고 나 대신 널 살리는 걸 택했어. 내가 아니라 널! 난 태어나자마자 부모한테 버려진 거야. 아마 내가 죽길 바라셨겠지. 이렇게 살아남으리라곤 상상도 못 했을걸? 얼마나 무서웠을까, 얼마나 끔찍하셨을까!"

"그렇지 않아! 어머니와 아버지 모두 누나를 사랑해. 누나도 알잖아."

하지만 아길라는 들은 척도 하지 않았다.

"알아들었으면 내가 시키는 대로 해. 약속할게. 다리만 되찾는다면 예전의 그 상냥하고 다정한 나로 돌아가겠다고."

에녹으로서는 선택의 여지가 없었다. 그는 누이에게 너무나 미안하고 부모님에게 너무나 죄송했다. 다리를 돌려받지 못하는 이상 아길라는 점점 더 위험한 존재가 될 터였다. 아버지가 이렇게 되었으니 어머니에게도 무슨 짓을 할지 알 수 없었다.

최선의 방법은 에녹 자신을 희생하는 한이 있더라도, 누이의 다리를 되찾고 가정에 평화가 오게 하는 것이었다. 에녹은 그럴 수만 있다면 정말로 자신의 목숨이나 영혼 같은 건 아깝지 않다고 생각했다.

비록 불에 탄 끔찍한 흉터들이 남기는 했지만 윌스턴 남작은 살아남았다. 어쩌면 그 질긴 생명력은 집안의 내력인지도 몰랐다.

그 일 이후로 아길라를 볼 때마다 침묵하는 그는, 에녹과 마찬가지로 무엇이 자신을 그렇게 만들었는지 아는 것 같았다. 그러나 결코 내색하지 않았다. 오히려 마치 수도사처럼 자신에게 일어난 불행을 받아들이고 딸에게 지은 죄를 속죄하며 살겠다고 다짐하는 듯했다.

그렇게 여름이 지나고 또다시 에녹이 학교에 입학할 순간이 다가왔다. 에녹은 미리 루퍼슨과 함께 직접 학교를 둘러보고 학장과 면

담을 하고 돌아왔다. 부모님 앞에서 한껏 들뜬 채 학교의 아름다움과 사람들의 친절함에 대해 이야기하는 소년은 행복해 보였다.

특히 학교로 가는 기차 안에서 우연히 그곳 교수님을 만났던 모양인데, 그가 꽤 깊은 인상을 남겼던지 대화의 반 이상이 그 교수에 대한 것이었다. 에녹은 그런 사람으로부터 배운다는 것에 기대감을 감추지 못했다.

한편 응접실 밖에서 에녹의 이야기를 모두 듣고 있던 아길라는 초조함을 넘어서 분노를 느꼈다. 그녀가 시도하려는 의식 준비는 아직 끝나지 않았다. 그런데 자신이 이 시골구석에 혼자 남겨지든 말든 동생은 어떻게든 떠날 생각만 하고 있는 것이다.

에녹의 방 앞에서 기다리던 아길라는 에녹이 다가오자 아직은 가선 안 된다고 말했다.

"하지만 더 이상은 미룰 수 없어, 누나. 미안해. 나머지는 누나 혼자 해야 할 거 같아."

"이 머저리야, 나 혼자서는 성공할 수가 없단 말이야! 1년만 더 늦춰. 제발 부탁이야, 에녹."

"이제 그럴 수 있는 방법을 모르겠어. 또다시 독을 먹지는 않을 거야, 누나."

아길라는 협박도 하고 애원도 했지만 동생의 말대로 다른 방법이 없었다. 월스턴 부부는 무슨 일이 있어도 에녹만큼은 지키겠다고 단단히 마음먹은 상태였다. 그건 이 집을 떠나게 하는 것, 즉 아길라로부터 에녹을 떼어 놓는 방법밖엔 없었다.

더 이상 집 안엔 꽃병 같은 것이 없고 서재도 없었다. 모든 화기는 엄중하게 다뤄졌으며 아무리 추위도 응접실 난로에 불을 피우지 않았다. 그들이 따뜻한 남쪽 지방에 살았기에 망정이지, 안 그랬으면 일가 전체가 얼어 죽을 수도 있는 일이었다.

그러나 덕분에 더 이상 그런 끔찍한 화재는 일어나지 않았다. 분을 풀 방법이 없어 아길라는 미칠 지경이었다. 이제 하인들도 부모도 그녀의 부름을 못 들은 척했다. 그녀를 참아 주는 것은 오직 에녹뿐이었다.

일이 이렇게 되고 나서야 아길라는 자신이 정말 버려질 수도 있다는 걸 깨달았다. 오만하고 제멋대로인 성격이 움츠러들면서 대신 극심한 두려움에 떨기 시작했다.

"에녹, 너마저 떠나고 나면 난 정말, 정말로 혼자가 될 거야……. 에녹, 내 사랑하는 동생. 그동안 내가 해 온 일들 모두 너와 나를 위해서였다는 거 알지? 그렇지? 날 버리지 않을 거지?"

"버리지 않아, 누나. 학교에 가서도 매일 편지 쓸게. 가능할 때마다 집에 돌아올 거야. 나는 정말로 누나를 사랑해. 누나가 나를 그러하듯이."

아길라는 그제야 간신히 안도했다. 그러나 에녹의 마지막 말이 그녀로 하여금 어떠한 결심을 하게 만들고야 말았다.

에녹이 학교로 떠나기 전날 밤, 윌스턴 남작이 아들을 자기 방으로 불렀다. 남작 부인도 없이 그렇게 부자가 단둘이 대면하는 것은 오래간만의 일이었다.

윌스턴 남작은 얼굴 전체에 머플러를 두르고 있었다. 두 눈만 내놓았는데도 그 사이로 일그러진 흉터가 언뜻 보였다.

"이리 오렴, 에녹."

에녹은 조금 어색한 기분을 느끼며 아버지에게 다가갔다.

"드디어 네가 이 집을 떠나는구나. 아쉽기도 하지만 안도감이 더 크단다. 이유는 너도 알겠지?"

에녹은 뭐라고 대답해야 할지 몰라 가만히 있었다.

"이 집에서는 정말로 많은 일이 있었지. 모든 게 내 업보라고 생각한단다. 그래, 그러니 네가 떠나기 전에 이 사실을 말해 주고 싶구나. 혹시라도 집으로 돌아오고 싶다는 생각을 해선 안 되니까."

뒤이어 아버지의 입에서 나온 말들은 에녹을 무척 놀라게 했다.

원래 윌스턴 부부에게는 오래도록 아기가 생기지 않았다고 한다. 의사에게 진찰을 받고 온갖 약을 먹어도 소용이 없었다. 깊이 우울증에 빠진 남작 부인은 급기야 이상한 곳에서 해답을 찾기 시작했다. 바로 지금의 아길라처럼 비과학적인 방법에서 말이다.

소문을 듣고 그녀가 찾아간 곳은 도시 한구석의 빈민가였다. 누구도 찾지 않을 만한 곳에 누구도 들어가지 않을 만한 몰골의 고서점이 하나 있었다. 그런 곳에서 얻을 것은 아무것도 없을 거라고 생각하면서도, 남작 부인은 안으로 들어갔다.

안쪽은 바깥보다는 좀 더 단정한 모습이었다. 군데군데 책이 쌓여 있고 편안히 앉아 책을 읽을 수 있는 안락의자도 마련되어 있었다. 사람이 아무도 없었기에, 남작 부인은 기다릴 겸 가까이에 있는 책 하나를 집어 들었다. 제목이 희미해져 보이지 않는 책이었다.

그녀는 책을 펼쳐 간신히 알아볼 수 있는 한 구절을 읽어 보았다.

"말을 타고 도주하는 것은 아름다운 숙녀요, 그 뒤에 탄 것은 악마이니."

그 말을 받아 내듯 누군가 책 더미 뒤에서 걸어 나왔다.

"나는 그걸 죽어 가는 책이라고 부르지요."

서점 주인답다고 해야 할까. 안경을 쓴 단정한 모습의 남자였다.

"죽어 가는 책이라고요?"

"한때는 분명히 살아 있었거든요. 글자들이 펄펄 날아다녔죠. 하지만 이제는 아무에게도 읽히지 않아 죽어 가고 있어요."

남자의 얼굴은 별로 농담하는 것처럼 보이지 않았다. 뭐라고 대꾸해야 할지 몰라 머뭇거리는 남작 부인에게 그가 천천히 다가오며 물었다.

"어떤 책을 찾아서 오셨는지요?"

남작 부인은 떨지 않으려고 애쓰며 대답했다.

"생명을 만드는 책이에요."

이 말을 들은 남자는 한동안 대답하지 않았다. 표정이 아주 묘했다. 남작 부인의 착각이 아니라면, 마치 그녀만큼이나 그도 이 순간을 기다려 온 것 같았다.

"부인께서는 운이 정말 좋으시군요. 마침 딱 한 권 남아 있습니다. 그게 부인에게 갈 책이었군요."

"네? 하지만…… 정말 있단 말인가요? 다른 것과 헷갈리신 게 아니지요? 제 말은, 제가 원하는 것은……."

"부인께서 말씀하시는 것이 무언지 분명히 이해하고 있답니다. 생명을 창조함에 있어 책보다 적당한 것은 없지요."

남작 부인은 그가 하는 말을 완전히 이해하지는 못했지만 그때문에 이상할 정도로 그를 신뢰하게 되었다. 따라서 굳게 결심하고 물었다.

"그런 책에는 얼마를 지불해야 할까요?"

"값은 걱정하지 마십시오. 공짜나 다름없으니까요. 부인께서는 아기를 갖게 되실 겁니다. 쌍둥이를요. 그중 한 아이는 데려가시고, 나머지 한 아이를 대가로 지불하시면 됩니다."

"네? 어떻게 그런…… 아이를 지불하라니요?"

"다른 방법은 없습니다. 어차피 그게 당신에게도 좋은 일입니다. 나머지 아이는 당신의 자식이 아니거든요. 악마의 아이지요. 사람은 결코 감당할 수 없어요."

끔찍하다고 생각했지만 남작 부인은 일단 알겠다고 대답할 수밖에 없었다. 사람의 간사함은 이런 때 발휘되는 법이다. 아기를 갖게 될 거란 그의 말은 믿으면서도, 쌍둥이를 낳게 될 것이고 그중 하나는 악마의 자식이라는 말은 믿지 않았다.

남작 부인은 그곳에서 모종의 의식을 치렀다. 하지만 이 의식이 어떤 것인지 결코 남편에게 말하지 않았다. 너무나 끔찍하여 입에 담고 싶지 않다고 했다. 물론, 남작은 이 모든 일이 사기극에 불과하다며 코웃음을 칠 뿐이었다.

그런데 의식이 끝나고 얼마 지나지 않아 정말로 남작 부인이 임신을 했다. 남작 부부는 물론이고 저택의 하인들마저 축복받은 일이라며 뛸 듯이 기뻐했다. 일주일간 저택의 분위기는 마치 축제라도 벌어진 듯했다.

그러나 출산일이 다가올수록 남작 부인의 머릿속에는 서점 남자가 했던 말들이 또렷하게 맴돌았다. *한 아이는 지불해야 한다.* 그녀는 두려움에 떨었다. 참으로 모순적이게도 그 순간이 오자 남작 부인은 그가 거행했던 의식이 모두 거짓이라고 부정했다. 남편의 말마따나 그것은 한 편의 사기극이었으며 이 임신과 아무 관련이 없다고 말이다.

세상에, 악마의 자식이라니. 그 얼마나 시대에 뒤처지는 말도 안 되는 이야기들이었던가? 그리고 정말로 쌍둥이일 거란 보장도 없지 않은가?

마침내 산달이 와 아이가 태어났다. 그러나 낳고 나서 보니…… 그건 평범한 아이가 아니었다. 아기가 빠져나오는 순간 의사는 신음을 흘렸고 곁에서 돕던 산파는 비명을 질렀다. 남작 부인은 고통으로 희미해진 의식 속에서 아기를 처음 보았다. 두 아이가 마치 하나인 것처럼 붙어 있었다.

하지만 놀랍게도 그녀는 전혀 놀라지 않았다. 그런 아기마저도 그녀의 눈에는 너무나 사랑스럽게 보였던 것이다. 게다가 안도하기까지 했다.

'이것은 쌍둥이가 아니라 하나다. 나는 바쳐야 할 아이가 없어.'

그러나 그대로는 둘 다 살아남을 가능성이 없다는 의사의 말이 이어졌다. 의사와 남작은 분리 수술을 시도할 것을 끊임없이 설득했고, 결국 남작 부인도 고개를 끄덕여야 했다. 자신에게 아기를 준 것이 누구든 결국 하나는 꼭 가져가야 하는 모양이었다.

그런데…… 수술이 끝나고 또 한 번의 반전이 일어났다. 바쳐야만 한다고 했던 그 아이가 죽지 않은 것이다. 분리된 채 고통스러워하면서도 힘겹게 숨을 헐떡이는 아길라를 보는 순간, 남작 부인은 이 아이를 어떻게 해서든 지켜야 한다는 것을 알았다. 이 작은 생명이 악마에게 끌려가지 않기 위해 숨을 부여잡은 것이다.

"내가 너를 지켜 줄게. 어떤 불행이 오더라도 결코 너를 빼앗기지 않겠어."

그런 까닭에 남작 부인은 아길라가 아무리 섬뜩한 행동을 하더라도 지금껏 옹호해 왔었다.

"알겠니, 에녹. 물론 나는 어머니와 달리 그런 것을 믿지 않는단다. 하지만 만약에, 만약에라도 그 남자의 말이 사실에 가깝다면…… 그러니까 네 누나는, 알겠지? 너는 가까이해서는 안 되는 거란다. 오직 나와 네 어머니만이 감당할 수 있어. 그건 우리의 업보란다. 기꺼이 져야 할 십자가인 거야."

에녹은 묵묵히 듣고만 있었다. 충격적인 이야기이긴 해도 에녹 역시 아버지처럼 그 말을 다 믿지 않았다. 다만 누나가 어린 시절에 힘든 일을 많이 겪어 아플 뿐이라고 생각했다. 누나는 외로운 사람이라고.

"아버지, 전…… 학교에 가지 않을래요. 저도 여기 남겠어요."

"안 돼!"

남작은 소리를 지르곤 이내 후회하는 기색을 내비쳤다.

"에녹, 이리 오거라."

참으로 오래간만에 남작이 에녹을 따뜻하게 안아 주었다. 에녹은 왠지 모르게 눈물이 날 것 같다고 생각했다.

"이 모든 불행이 감당하기 힘들지언정 나는 너희를 얻은 것을 후회하지 않는단다. 그러니 너만이라도 무사해야 한다, 에녹."

그날 집에서 마지막 밤을 보내면서 에녹은 아버지의 말대로 할 것을 단단히 결심했다. 그는 부모님을 위해 무엇이든 희생할 생각이었지만 그건 부모님도 마찬가지였다. 그 사실이 에녹을 기쁘게 하는 한편 마음을 무척 아프게 했다.

에녹은 학교로 가서 의학을 공부하겠다고 결심했다. 악마의 힘이 아닌 자신의 힘으로 반드시 누이에게 다리를 만들어 줄 방법을 찾아낼 것이다. 아버지의 화상 자국도 고치고 말이다. 그렇게 하면 모든 불행의 사슬을 끊을 수 있다고 믿었다.

그런 생각 속에 간신히 잠이 든 에녹은 멀리서 어떤 비명 소리를 들었다. 처음엔 꿈속에서 들었다고 생각했다. 하지만 비명 소리는 그치지 않았고 결국 에녹은 퍼뜩 잠에서 깨어났다.

"어머니……?"

그것은 분명 남작 부인의 목소리였다. 에녹은 침대에서 뛰쳐나와 어머니의 방으로 달려갔다.

그곳에 가장 먼저 와 있는 누이를 보는 순간 에녹은 현기증을 느꼈다. 아길라가 거기 있다는 건 또다시 어떤 끔찍한 일이 일어났음을 뜻했다.

"너도 들었니? 아무래도 어머니의 목소리인 거 같아. 난 무슨 일 인지 도통……."

한가로이 얘기하는 누이에게 대꾸하지 않고 에녹은 어머니의 방으로 들어갔다. 윌스턴 부인은 두 눈을 감싼 채 침대 위에서 고통스럽게 울부짖고 있었다. 에녹은 얼른 가서 그녀의 손을 꽉 잡았다.

"어머니, 어머니! 괜찮으세요?"

"눈…… 눈이 타는 것 같아. 눈을 뜰 수가 없어. 에녹, 에녹!"

윌스턴 남작도 뒤늦게 달려왔다. 그는 무시무시하게 굳어진 얼굴로 아내의 상태를 살폈다.

"에녹, 가서 집사를 깨우거라. 의사를 모셔 오라고 해라. 빨리!"

에녹은 복도로 달려 나갔다. 끊임없이 몸이 떨리고 눈물이 비집고 흘러나왔다. 어머니마저 이래서는 안 되었다. 어머니마저 누이의 손에 잘못되어서는 안 되었다.

집사를 어떻게 깨웠는지, 의사가 언제 도착했는지…… 그런 것은 에녹의 기억에 없었다. 다만 의사가 어머니를 진찰한 뒤 무겁게 고개를 젓는 것만 보였다.

"실명하셨습니다. 무언가 날카로운 걸로 눈을 찔리신 것 같은 데……."

더 이상 설명할 필요도 없었다. 누가 그랬는지 에녹도, 남작 부부도 잘 알고 있었다. 에녹은 며칠 전 아킬라가 『고문의 역사』란 책을 보던 것을 기억해 냈다.

"이것 봐, 에녹. 옛날 사람들은 내 생각보다 훨씬 더 똑똑한걸. 그들은 어떻게 하면 효과적으로 고통을 줄 수 있는지 잘 알고 있어. 그들은 누군가를 고문하기 전에 반드시 고문 기구가 어떻게 동작하는지 설명을 해 주었대. 그렇게 하면 고통을 당하기도 전에 이미 얼마나 고통스러울지 상상하게 되지. 그건 실제 고통의 크기를 배로 늘려 줬대."

아길라는 그런 내용에 무척 흥분했고 재미있어했다. 하지만 에녹은 끔찍하다는 생각밖에 할 수 없었다.

"아주 작은, 날카롭고 단단한 바늘 하나로 무얼 할 수 있는지 봐. 에녹, 내게 바늘을 가져다줄래?"

물론 에녹은 누이의 말을 따르지 않았다. 하지만 바늘 하나쯤은 아길라 혼자서도 얼마든지 구할 수 있었을 거다.

에녹은 끊임없이 눈물을 흘리면서 왜 누이를 말리지 않았던 건지, 부모님의 곁을 지키지 못했는지 자책했다. 자신만은 일이 이렇게 될 것을 알고 있었어야 했다. 자신의 입학을 막기 위해 누이가 무슨 짓이든 할 거라는 것을.

"아버지, 어머니는 괜찮아요?"

가증스럽게도 누이가 다가와 짐짓 염려하는 투로 물었다. 윌스턴 남작은 그녀를 돌아보지도 않고 날카롭게 말했다.

"네가 더 잘 알지 않느냐!"

아길라는 아무 대답도 하지 않았다. 남작은 잠시 후 나직이 말했다.

"여기서 나가라."

에녹은 누이의 휠체어를 끌고 밖으로 나왔다. 그제야 아길라가 작게 투덜거렸다.

"왜 저러시는지 모르겠네. 아버지는 항상 나한테만 화를 내신단 말이야."

"……누나를 용서하지 않을 거야."

에녹이 뒤에서 내뱉었다. 움찔한 아길라가 잠시 후 돌아보며 웃었다.

"그래? 나에게 벌을 주고 싶니? 그렇다면 아주 간단해. 에녹, 복도 끝으로 가자."

에녹은 그렇게 했다. 복도 끝에는 1층으로 이어지는 아주 긴 계단이 있었다. 거기 끝에 휠체어를 갖다 놓자, 누이가 계단 아래를 보면서 기대된다는 듯 말했다.

"여기서 한 발자국만 더 가면 돼. 나를 밀어. 그럼 모든 일이 간단하게 끝나. 어때, 할 수 있겠어?"

에녹의 머릿속에서 아버지의 말이 맴돌았다.

하지만 만약에, 만약에라도 그 남자의 말이 사실에 가깝다면…… 그러니까, 네 누나는.

지금 이대로 밀어 버리면 누이는 계단 아래로 속절없이 구를 것이다. 얼마나 많이 다칠까? 자기 몸도 가눌 수 없는 사람인 데다 무거운 휠체어까지 함께 떨어질 테니, 어쩌면 치명상을 입을 수도 있었다.

아니, 당연히 그럴 거다. 누이는 움직일 수 없으니까. 누이에게는 다리가 없으니까. 부모님이 자신을 선택했기 때문에, 자신에게 다리를 주었기 때문에…….

에녹의 눈에서 눈물이 흘러내렸다.

"제발 이러지 마, 누나. 내가 뭐든지 할게. 부모님을 더 이상 해치지 마. 부탁이야. 차라리 나를 다치게 해, 응?"

"이런, 가엾은 에녹."

아길라가 그에게 손짓했다. 에녹은 순순히 가서 그녀의 품에 얼굴을 묻고 울었다. 아길라는 따뜻하고 다정하게 그의 등을 쓸어 주었다. 방금 전 끔찍한 짓을 저지른 사람에게서 나올 수 있는 행동이라고는 믿기지 않을 정도로 상냥한 손길이었다.

"사랑하는 내 동생. 내가 어떻게 널 다치게 할 수 있겠니? 너만이 이 집의 유일한 아름다움인 것을. 넌 지금처럼 자라나야 해. 네 몸은 너만의 것이 아니야. 내 것이기도 하다고. 우리가 한 몸이었다는 거 잊지 않았지?"

어떻게 그 저주받은 사실을 잊을 수가 있을까. 에녹은 그녀의 품 안에서 고개를 끄덕였다. 아길라는 에녹의 머리를 잡고 정면에서 눈을 마주쳤다.

"난 아무 짓도 하지 않아. 네가 내 곁에 있는 이상은. 아주 얌전하게 있겠다고 약속할게. 그러니 이제 날 떠나지 않을 거지? 학교에도 가지 않을 거지?"

아버지와의 약속을 떠올리면서도 에녹은 그러겠다고 말하는 수밖에 없었다. 당장 눈이 먼 어머니를 두고 떠날 수도 없었다. 자신이 떠나고 나면 절대로 부모님은 무사하지 못할 터였다.

에녹이 고개를 끄덕이자, 아길라는 눈부신 미소와 함께 동생의 입에 입을 맞추었다.

에녹의 이 결정에 월스턴 남작은 의외로 아무 반응도 보이지 않았다. 사실 그는 더 이상 아들에게 신경 쓸 수 있는 처지가 아니었다. 자신을 덮쳤던 끔찍한 화재보다 아내에게 일어난 일이 남작을 더 고통스럽게 만들었다. 그러나 아길라를 당장 수도원으로 보내 버리자는 말에도 남작 부인은 반대하고 나섰다.

"그러지 마요. 이건 우리의 업보예요. 난 오히려 마음이 편해요. 평생 이렇게 그 아이에게 갚으면서 살 거예요."

"저 아이는 우리 자식이 아니에요."

마침내 남작이 결심한 듯 말했다.

"저 아이는…… 악마의 자식이에요. 우리가 감당할 수 없어요."

"그런 무서운 말 하지 말아요. 당연히 우리 딸이고 우리가 지켜야 해요."

"도대체 왜, 어째서 말이죠? 이대로 있다간 아길라는 우리 모두를 죽이고 말 거예요. 유일하게 아직 온전한 에녹마저도. 그걸 바라요? 당신이 바라는 게 그거예요?"

"물론 아니에요. 우리가 에녹을 지킬 거예요. 그러니 방법을 찾아 봐요."

남작 부인이 더듬거리며 손을 뻗었다. 월스턴 남작은 얼른 그 손을 꽉 쥐었다.

"우리, 지금까지 아길라를 두려워하고 포기하기만 했는지도 몰라요. 한번 고쳐 봐요. 틀림없이 고칠 수 있을 거예요."

"다리를? 그건 불가능하다고 의사가……."

"마음을요."

윌스턴 남작은 곰곰이 생각해 보곤 고개를 끄덕였다. 그러다 아내가 보지 못한다는 사실을 떠올리고는 황급히 대답했다.

"그래요. 그렇게 하지요."

며칠 뒤 한 명의 의사가 윌스턴 가에 초대되었다. 아직 잘 알려지지 않은 정신 의학이라는 분야를 전문으로 하는 의사였다. 많은 사람이 아직도 그 단어를 신비술이나 마술, 헛소리와 동급으로 취급했다. 그럼에도 남작 부부는 매달려 볼 수밖에 없었다.

자신을 쉐이든이라고 소개한 의사는 무척 묘한 인상을 가지고 있었다. 나이에 비해 머리가 벌써 하얗게 세기 시작한 반면 표정은 어린애처럼 장난기가 가득했다. 물론 이런 인상은 윌스턴 남작의 신뢰를 한층 더 떨어뜨렸다.

"반갑습니다. 이런 말이 실례가 될지 모르겠습니다만 남작 부인께서는 대단히 아름다우시군요. 그리고 남작님은 왜 그런 걸 두르고 계신지 여쭤 봐도 되겠습니까? 아직 겨울이 오려면 멀었는데요."

윌스턴 남작은 적당히 둘러댈까 하다가, 결국 머플러를 풀어 자신의 끔찍한 얼굴을 그대로 드러내 보였다. 그래야 이 사기꾼 같은 남자가 상황의 심각성을 파악할 수 있을 것 같아서였다.

예상대로 쉐이든 박사는 대단히 놀랐다.

"제 무례를 용서해 주십시오. 그런 사정이 있는 줄 몰랐습니다. 하지만 전 정신 의학 박사이지, 화상 전문의가 아닌데요."

"당신이 치료해야 할 것은 내가 아니오, 박사."

응접실에서 남작은 침중한 얼굴로 그들 가족에게 있었던 모든 일을 설명했다. 남작 부인은 눈물을 보이지 않기 위해 몇 번이나 바깥으로 나갔다가 돌아와야 했다.

쉐이든 박사의 얼굴에서 점점 장난기가 사라졌다. 대신 심각할 정도의 집중력을 보였다. 그러곤 남작의 말이 모두 끝나자 짧게 소감을 내뱉었다.

"이렇게 운이 좋을 수가."

남작 부부 모두 이 대답에 놀라자 그는 황급히 변명했다.

"아, 물론 이곳에서 있었던 크나큰 불행에 대해 말하는 것이 아닙니다. 다만 저는…… 뭐라고 말씀드려야 할까요. 남작님께서는 저를 부르길 아주 잘하신 겁니다. 전 옛날부터 이런 사례들을 깊이 연구해 왔습니다. 네, 놀라실지 모르겠지만 따님 같은 증상을 보이는 사람들은 또 있답니다. 많진 않지만 분명히 있어요."

"악마의 자식들이 또 있단 말이오?"

남작이 이렇게 묻자 쉐이든 박사는 마치 무지한 어린아이를 보듯 너그러운 미소를 띠었다.

"그렇게 말씀하시는 것도 이해는 합니다. 하지만 이건 결코 악마의 소행 같은 게 아닙니다. 다 의학적으로 설명 가능한 일이지요. 일단 따님의 증상이 제가 생각하는 것과 일치하는지부터 확인해야겠군요. 지금 당장 만나 볼 수 있을까요?"

남작이 가서 딸을 불러오겠다고 했다. 그러나 박사는 고개를 저었다.

"죄송하지만 단둘이 만나고 싶습니다. 이런 성격의 환자들은 다른 사람들, 특히 가족들 앞에서는 입을 잘 열지 않거든요. 제가 아길라 양의 방으로 가는 게 좋겠습니다. 절 소개한 다음에는 물러나 주십시오."

생전 처음 보는 남자와 딸을 단둘이 방에 두라니. 남작 부인은 자신도 함께 있고 싶다고 간곡히 말했으나 의사는 거절했다. 윌스턴 남작은 뜻대로 하라고 말하곤 부인에게 이렇게 속삭였다.

"차라리 무슨 일이든 일어났으면 좋겠군요. 그럼 적어도 저 사기꾼인지 의사인지 모를 놈이 책임져 줄 것 아니겠어요?"

"여보!"

느닷없이 처음 보는 남자와 부모님이 함께 방으로 들어오자 아길라도 당황하지 않을 수 없었다. 하지만 이내 호기심 어린 눈초리로 쉐이든 박사를 뜯어보았다. 그는 나무랄 데 없이 훌륭한 태도로 자신을 소개한 후, 남작 부부에게 정중히 나가 달라 요청했다.

아길라는 그의 대담한 요구에 놀랐고, 부모님이 아무 거부 반응 없이 그 말을 따르자 더 놀랐다. 그녀는 드디어 때가 왔다고 생각했다.

"날 데려가려고 왔나요? 어디죠? 병원인가요, 아니면 수도원?"

"안심하세요. 어느 쪽도 아니랍니다."

그렇게 대답하고 나서 쉐이든 박사는 불쾌할 만큼 뚫어져라 아길라의 몸 구석구석을 훑었다. 처음에는 아무렇지 않은 척하던 아길라도 기어이 불쾌감을 드러냈다.

"나이가 어릴지언정 난 숙녀예요. 그렇게 함부로 바라보지 마세요."

"아, 미안합니다. 나는 다만 안타깝다는 생각을 하고 있었습니다. 어머님을 닮아서 대단히 미인이군요. 아마 온전히 자랐더라면 사교계를 뒤흔드는 숙녀가 되었을 거예요."

"그런 불가능한 일에 대해 이야기해 봤자 소용없어요. 날 기분 나쁘게 할 작정이 아니라면 그만두시죠."

"그런가요? 당신은 불가능한 일에 대해서 상상해 보는 게 싫군요?"

아길라는 기가 막혀 일단 입을 다물었다. 그리고 곰곰이 생각에 잠겼다.

한편 그들의 대화를 엿듣고 있는 사람이 있었다. 바로 에녹이었다. 그와 누이의 방은 문 하나로 연결되어 있었다. 여러 사고가 있고 나서 남작이 잠가 버렸지만 귀를 대고 있으면 소리가 또렷이 들렸다. 열쇠 구멍으로 작게나마 광경도 볼 수 있고 말이다.

아길라에게서 대답이 없자 쉐이든 박사는 잠시 다른 이야기들을 했다. 이곳으로 오는 동안 마차가 진창에 빠져 엉망이 되었다든가, 자기 친구 누구의 웃지 못할 실험 이야기라든가, 책만 읽기 시작하면 바로 잠에 빠져 버리는 이상한 환자 등에 대한 이야기를 했다.

아길라는 처음에는 코웃음만 치다가 점차 쉐이든 박사의 이야기에 귀를 기울이기 시작했다. 그리고 잠시 뒤에는 '이래서 그런 게 아닐까요?' 하고 자신의 의견을 말하기까지 했다. 쉐이든 박사는 그녀의 말이라면 뭐든 주의 깊게 들었고, 자주 고개를 끄덕여 긍정해 주었다.

"이런 말이 실례가 될지 모르겠지만 나이에 비해 상당히 박식하군요. 책을 좋아하나요?"

"딱히 좋아하는 건 아니에요. 하지만 알다시피 집에만 있어야 하는 사람이 할 수 있는 일은 많지 않으니까요. 아버지께서 서재를 다 치워 버리셨을 땐 화가 났었죠."

"그 서재는 작년에 있었다던 화재로 인해 없어진 것이 아니었나요?"

박사가 화재라는 단어를 입에 올리자 아길라의 표정이 굳어졌다. 겨우 부드러워지는 듯했던 분위기도 싸늘히 식었다.

"이제야 본론이 나오는군요. 아까부터 정말로 물어보고 싶었던 게 그거죠? 내가 불을 질렀는지 안 질렀는지, 부모님을 다치게 했는지 아닌지 궁금한가요?"

"아길라 양, 추궁하듯 들렸다면 미안합니다."

"이제야 당신 정체를 알겠어요. 당신은 경관이군요. 아니면 탐정?"

"어느 쪽도 아닙니다. 맹세할 수 있어요. 난 아길라 양을 도와주러 온 사람이에요."

"그럼 내게 다리를 가져와요. 그것 말고는 나한테 필요한 건 아무것도 없으니까!"

아길라는 휠체어를 홱 돌려 침대 쪽으로 밀었다. 그러곤 이불을 걷어 낸 뒤 무섭게 쏘아붙였다.

"지금부터 옷 벗고 침대로 들어갈 거예요. 그래도 안 나가실 건가요?"

쉐이든 박사는 얼른 일어섰다.

"오늘은 여기까지 하죠. 미리 말씀드리자면, 내일 또 찾아올 거예요. 부탁이니 그때는 화내지 말아 줘요. 나도 더 조심할 테니까."

두 사람의 대화를 듣던 에녹은 누이가 당장이라도 필요 없다고 꺼지라고 화낼 거라 예상했다. 하지만 의외로 아길라는 잠잠했다. 이 반응에 박사도 용기를 얻었는지 물었다.

"혹시라도 내일 내가 뭔가 가져다줬으면 하는 게 있나요? 책이라든 지요. 당신은 의학 분야에 관심이 많은 것 같더군요. 나한테 최신 의학 기술들에 대해 엮은 잡지가 있어요. 당신이 좋아할 거 같은데요."

"……필요 없어요."

잠시 뜸을 들인 뒤에야 누이의 대답이 이어졌다. 쉐이든 박사는 미련 없이 허리를 숙여 인사하곤 방에서 나갔다.

에녹은 누이가 한동안 방문을 뚫어져라 보고 있다는 걸 알아차렸다. 하지만 곧 침대 속에 파묻혀 이불을 머리끝까지 덮었다. 그러곤 무언지 알아들을 수 없는 말들을 중얼거리기 시작했다.

그날부터 쉐이든 박사는 윌스턴 가에 장기 투숙하는 손님이 되었다. 그는 저택에 온 목적을 굳이 숨기지도 않았다. 무한한 인내심을 가지고 자꾸만 아길라에게 다가갔으며, 그녀의 반응이 좋건 나쁘건 한결같이 대했다.

그는 어느 날에는 꽃 한 송이를, 어느 날에는 책을 가져다주었다. 아길라는 꽃은 버렸지만 책은 그날 바로 다 읽어 버렸다. 그러곤 무척이나 자존심이 상한 듯한 말투로 책을 좀 더 가져다줄 수 있으면 좋겠다고 말을 흘렸다.

하지만 쉐이든 박사는 그 말을 곧이곧대로 들어주지 않았다. 자신은 손님이라는 것을 상기시킨 뒤, 쉽게 책을 구할 수 있는 위치가 아니라고 말했다. 그러곤 드물게 아길라의 기분이 좋거나 나쁜 날에만 한 권씩 가져다주었다.

두 사람의 관계가 늘 잘 풀리기만 하는 것은 아니어서, 언젠가 쉐이든 박사는 아길라가 집어 던진 무언가에 맞아 머리에서 피가 난 적도 있었다. 하지만 그는 다만 소매로 피를 슥 닦아 내곤 이렇게 말할 뿐이었다.

"가끔 이렇게 피를 뽑아 주는 것도 좋아요. 나쁜 피를 배출하거든요. 몸에서는 모자란 만큼 다시 신선한 피를 보충하죠. 아, 벌써부터 머리가 맑아지는 것 같네요."

딱히 그가 재미있는 말을 한 것도 아닌데, 어째서인지 아길라는 이 말을 듣고 한참을 웃었다. 그리고 그때 일 이후로 두 사람 사이는 이상할 정도로 부드러워졌다.

에녹은 가능한 한 언제나 두 사람을 지켜보았다. 어쨌든 누이를 잘 모르는 남자와 단둘이 두는 걸 막고 싶었으며, 그들의 대화를 엿들음으로써 자신도 누이를 이해하고 싶었던 것이다.

하지만 정신 의학 박사라는 이 남자의 대화법은 영 의도를 알 수가 없었다. 예를 들면 이런 식이었다.

"아길라 양, 당신은 저 태양에 도달할 수 있다고 믿나요?"

"그건 무슨 바보 같은 소리예요?"

"그냥 한번 상상해 보자는 거예요. 우리가 날 수 있고 이카루스와는 달리 태양에도 녹지 않는 단단한 날개를 가졌다면, 언젠가는 도달할 수 있지 않겠어요?"

"그런 생각을 왜 하는 건지 알 수가 없네요."

"사람의 몸은 너무나 제한적이잖아요. 오직 상상력에만 한계가 없죠. 그러니 그 안에서 온전히 자유로울 수 있는 거 아니겠어요?"

아길라는 이해하지 못하는 얼굴로 쉐이든 박사의 얼굴과 창밖의 해를 번갈아 보았다.

"잘 모르겠어요. 난 그런 쓸데없는 생각은 하지 않아요."

"그래요? 난 오히려 당신이 이런 개념에 익숙할 줄 알았어요. 몸이…… 미안해요. 조금 불편하기 때문에요."

"그렇다고 해서 상상 속으로 도망치는 멍청이는 되지 않을 거예요."

그러곤 의기양양하게 덧붙였다.

"당신은 모를걸요? 내가 이 몸으로도 얼마나 많은 일을 할 수 있는지."

박사는 뭔가 대답하려다, 포기했다는 듯 웃으며 두 손을 들어 올렸다.

"물론 많은 일을 할 수 있죠. 의심하지 않아요. 미안해요. 내가 괜한 소릴 했군요."

두 사람은 이런 식으로 매일 대화를 나누며 함께 시간을 보냈다. 아길라가 극심히 꺼리는 정원으로의 산책도 쉐이든 박사는 쉽게 설득하여 나갈 수 있었다.

언제나 에녹을 곁에 두지 못해 안달이던 아길라는 점차 동생을 찾지 않게 되었다. 대신 그보다 훨씬 더 쉐이든 박사에게 집착했다.

에녹은 이런 상태가 지속된다면 내년에는 학교에 입학할 수도 있지 않을까 조심스럽게 기대했다. 확실히 아길라의 폭력성은 한동안 수그러졌으며, 뭔가 자기 뜻대로 되지 않더라도 쉐이든 박사가 있을 때는 간신히 참아 냈다.

그러던 어느 날 그녀는 하녀를 불러 자신을 꾸며 달라고 부탁했다.

"꾸…… 꾸며 달라고요, 아가씨?"

불려 간 하녀는 매우 두려워하고 있었다. 그 집에서 아길라를 두려워하지 않는 고용인은 루퍼슨 집사뿐이었다.

"그래, 어머니처럼 말이야. 어머니는 눈이 온전할 적엔 얼굴에도 뭔가 바르고 머리도 말아 올리고 하던데. 그거 할 줄 알아?"

"네, 네. 물론이죠. 지금 당장 해 드릴게요."

아길라의 이 요구에 하녀는 물론이고 윌스턴 남작도 어찌나 놀랐던지, 에녹과 함께 몰래 훔쳐보러 왔을 정도였다. 아길라는 머리 모양을 이리저리 바꾸어 보면서 자꾸만 다시 해 달라고 부탁했다.

"난 어느 쪽이 더 나은지 잘 모르겠어. 뭐가 다르긴 한 건가?"

"그럼요. 머리를 이렇게 말면 훨씬 예뻐 보인답니다, 아가씨."

아길라는 하녀가 가장 예쁘다고 말한 머리 모양을 하고 얼굴에 분까지 발랐다. 그렇게 하자 그녀는 정말로 깜짝 놀랄 만큼 아름다웠다. 어찌할 수 없이 삭막한 저 표정만 제외한다면 말이다.

다음으로 그녀는 옷장의 옷을 모두 꺼내게 하고 하나씩 훑어보았다.

"몰라, 모르겠어. 네가 보기에 가장 예쁜 옷을 입혀 줘."

그러곤 하녀가 추천하는 대로 분홍색 드레스를 입었다. 그 차림으로 휠체어에 앉는 건 무척이나 불편한 일이었음에도 아길라는 불평 한마디 하지 않았다.

하녀가 돌아가고 방에 혼자 남은 아길라는 어색한 듯 자꾸만 휠체어를 방 안 이리저리 밀고 다녔다. 언제나처럼 문 앞에 자리를 잡은 에녹은 열쇠 구멍으로 이 모습을 지켜보았다. 누이의 갑작스러운 변화가 이해되지 않았지만, 좋은 일일 거라고 믿었다.

잠시 후 시간에 맞춰 쉐이든 박사가 아길라를 만나러 왔다. 그도 아길라의 모습을 보고 놀란 표정을 지었다. 그동안 온갖 엉뚱한 행동에 익숙해진 박사로서도 이 변화는 놀라운 것인 듯했다.

"오늘따라 정말로 아름다우시군요, 아길라 양."

"그래요? 내가 아름다운가요?"

"그럼요. 원래부터 미인이라는 건 알았지만 오늘은 눈 뜨기 어려울 정도예요. 혹시 오늘이 무슨 특별한 날인가요?"

"네, 특별한 날이고말고요."

쉐이든 박사가 궁금한 표정으로 다가와 앉자, 아길라는 미소를 지었다.

"그동안 날 잘 참아 내더군요. 다들 질색하고 피하기에 바쁜 나를요. 부모님도 이젠 내게 다정히 말을 걸지 않는데, 당신은 한결같았어요. 그 점을 높이 평가한다고 말해 주고 싶어요."

"고맙군요, 아길라 양. 하지만 난 원래 그러기 위해 여기 온 것이었으니까요. 갑자기 왜 그런 말을 하는 거죠?"

"이제 나는 준비됐다는 걸 알려 주려고요."

"준비가 돼요? 무엇에?"

아길라는 잠시 아래를 내려다보았다. 거기엔 휠체어를 덮고 있는 담요가 있었다. 그녀가 남에게 가장 보이기 싫어하는 부분을 가리기 위함이었다. 한데 잠시 담요를 꾹 잡고 있던 그녀가 어느 순간 예고도 없이 그것을 홱 걷어 버렸다.

언제나처럼 두 사람을 훔쳐보고 있던 에녹은 깜짝 놀랐다. 드레스 자락이 길게 이어지긴 했지만 빈 공간을 숨길 수는 없었다. 입체감 없이 주저앉은 그 부분은 누이의 푹 꺼진 마음과도 같았다. 그것을 지금 왜, 쉐이든 박사의 앞에서 보이고 있는 건지 이해할 수 없었다.

쉐이든 박사도 놀란 것이 분명했지만 눈을 돌리지 않았다. 아길라는 박사의 반응을 예의 주시하고 있었다. 잠시 후 그가 침착하게 물었다.

"당신은 가족 누구에게도 그 모습을 보이기 싫어한다고 하더군요. 한데 왜 나에게 보여 주는 거죠?"

"그건 말이죠, 박사님. 나는 이제 말할 준비가 되었기 때문이에요."

쉐이든 박사가 저택에 온 지 7개월 만의 일이었다. 그는 '무엇을?' 하고 반문하지 않았다. 대신 이렇게 물었다.

"이제야 드디어…… 나를 믿나요? 내게 마음을 여는 건가요?"

"당신을 신뢰할 만한 사람으로 판단했다고 해 두죠."

"솔직히 이건 내게 정말 기쁘고 의미 있는 일이에요. 내가 묻는 모든 말에 솔직히 대답해 줄 건가요?"

"이 모습을 보인 이상 내 결심을 이해했을 거 아니에요."

박사는 힘 있게 고개를 끄덕이곤, 오랫동안 아껴 두었던 진짜 질문을 하기 시작했다.

"서재에 있었던 그 화재는 역시 당신의 소행이었나요?"

"네, 그래요."

"왜 그런 일을 했죠?"

"미워서요. 화도 났고요. 아버지가 동생과 나를 떨어뜨려 놨거든요. 우리가 성공했어야 할 중요한 의식도 방해했고요. 날 수도원에 보내 버릴 거라고 협박도 했어요. 아버지만이 이 집에서 유일하게 나를 제압하는 인물이었죠. 그래서 본보기를 보일 필요가 있었어요."

"당신 아버지는 그 사고로 죽을 수도 있었어요."

"뭐, 그럴 수도 있었죠. 하지만 안 죽었잖아요?"

쉐이든 박사는 안경을 고쳐 쓰곤 말했다.

"잠시 잊고 있었군요. 당신은 일어나지 않은 일들에 대해 상상하거나 가정해 보는 걸 좋아하지 않죠. 그래요……. 나는 남작님의 예전 초상화를 본 적이 있어요. 정말 멋진 신사분이시더군요. 하지만 지금은 그런 끔찍한 흉터가 남아 늘 얼굴을 가리고 다니셔야 하지요. 그런 걸 보면 어떤 기분이 드나요?"

"글쎄, 보기 싫다는 기분이요?"

"보기 싫다? 그 모습이 당신의 마음을 불편하게 만드나요?"

"물론이지요. 누가 그런 얼굴을 보고 싶겠어요? 식사 시간 때마다 어쩔 수 없이 머플러를 벗곤 하는데, 정말이지 입맛이 싹 달아나요. 아버지는 따로 식사했으면 좋겠다고 생각해요."

에녹은 지금 오가는 대화들이 현실이라고는 믿을 수가 없었다. 누이는 끔찍한 답을 너무도 쉽고 당당하게 말하고 있었다. 질문을 던지고 답을 듣는 쉐이든 박사 또한 이상하리만치 담담했다. 둘 다 자신과는 다른, 어떤 새로운 종류의 사람들 같았다.

"그렇군요. 그럼 어머니의 사고는 어떤가요? 갑자기 시력을 잃어서 굉장히 고통을 받고 계시던데, 그것도 혹시……."

"네, 제가 그랬지요."

"어머니에게는 왜 그런 짓을 했죠?"

"어떤 책에서 그렇게 하는 그림을 봤거든요. 직접 한번 해 보고 싶기도 했고, 어머니가 아프면 동생이 학교에 가지 않을 것 같았어요. 물론 제 계획대로 되었지요."

"그로 인해 어머니가 겪을 고통과 불편함은 생각해 보지 않았나요?"

"어머니의 고통이라고요? 오히려 내가 불편한걸요. 밤마다 잘 자라며 키스해 주시는데, 보이지 않으니까 자꾸만 제 얼굴을 더듬거려요. 그게 얼마나 짜증나고 성가시는지 몰라요."

에녹은 자신도 모르게 두 주먹이 새하얗게 되도록 꽉 쥐었다. 저기 저 방에 앉아 있는 것이 자신과 피가 이어지는 누이라는 걸 믿을 수가 없었다. 사람이긴 한 것인가?

"당신은 많은 사람에게 그런 식으로 괴로움을 줬더군요. 이 집안에서 단 한 명, 동생만 빼고요."

동생의 이야기가 나오자 아길라는 잠시 머뭇거렸다.

"에녹은…… 그 아이는 나 자신과 마찬가지니까요."

"동생과 본인을 동일시하나요?"

"우린 한 몸으로 태어났어요, 똑똑한 박사님. 부모님이 강제로 떨어뜨려 놓기 전까지는요. 당신은 그런 경험을 해 본 적 없을걸요?"

"하지만 당신도 너무 어려서 그때 일은 기억하지 못하잖아요."

"기억은 없어도 느낌은 남아 있어요. 에녹을 볼 때마다 나는……

그 몸이 여전히 내 것이라고 생각해요."

쉐이든 박사는 이제 아길라의 대답에 완전히 도취된 얼굴이었다.

"그 몸? 당신에게 없는 하반신 말인가요?"

"아니, 에녹은 그 자체로 내 것이에요. 나는 그 아이가 아름답게 자라났으면 해요. 내가 배우고 싶은 걸 배우고, 내가 가 보고 싶은 곳에 갔으면 좋겠어요. 그리고 내가 사랑하는 사람을 사랑해야만 해요."

누이의 말을 들으며 에녹은 마음속으로 강렬한 거부감을 느꼈다. 그런 일은 말도 되지 않는다고, 쉐이든 박사가 자기 대신 부정해 주길 바랐지만 그는 그러지 않았다. 대신 속삭이듯 다른 것을 물었다.

"사랑이라고 했나요? 아길라 양, 당신은 태어나서 뭔가를 사랑해 본 일이 있나요?"

"아, 그럼요. 나는 에녹을 사랑하고 또……."

그녀는 한참이나 말을 잇지 않고 쉐이든 박사를 바라보았다. 박사는 그녀가 다시 입을 열 때까지 시선을 피하지 않고 인내심 있게 기다렸다.

"박사님, 당신은 어쩌면 나를 괴물이라고 생각할지도 몰라요. 하지만 그렇지 않아요. 나는 상처 입었을 뿐이에요. 누군들 부모가 자신을 죽이려 한 기억을 잊을 수 있겠어요? 나는 아주 처참한 상처를 입었어요. 그래서 이렇게 되고 말았어요. 하지만…… 하지만 당신이 하는 이 모든 일들, 잘은 모르겠지만 효과가 있어요. 나는 어쩌면 치유될 수도 있어요. 박사님, 당신도 그것을 믿죠? 그러기 위해 여기 온 거죠? 당신만이 이걸 고칠 수 있어요. 왜냐하면……

내가 그것을 허락하고 또 원하기 때문에."

그렇게 말하는 동안 아길라는 휠체어를 앞으로 밀었다. 두 사람은 이제 매우 가까워져 있었다. 쉐이든 박사는 피하지 않고 그녀를 바라보았다. 그녀는 매혹적인 입술을 열어 속삭이듯 말했다.

"키스해 줘요, 박사님."

에녹은 황급히 뒤로 물러났다. 왠지 더 이상 안을 들여다봐서는 안 될 것 같았다. 하지만 동시에 다음에 일어날 일도 막아야 했다.

그는 황급히 방을 나와 누이의 방으로 달렸다. 아무리 끔찍하고 무서워도 하나뿐인 누이였다. 그녀의 명예를 지켜 줘야 했다.

한데 에녹이 아길라의 방 앞에 도착했을 때 쉐이든 박사는 이미 방 밖으로 나와 있었다. 그도 충격을 받은 듯 혼란스러운 얼굴로 이마를 감싸고 있었다. 에녹이 다가가자 그제야 기색을 알아차린 듯 그가 돌아보았다.

"아, 에녹 도련님."

놀랍게도 쉐이든 박사는 금세 평정을 되찾으며 말했다.

"누님을 만나러 오셨나요? 방금 상담이 끝난 참이랍니다. 아무래도 지금은 좀 지친 것 같으니, 조금 이따가 들어가시는 건 어떨까요?"

에녹은 대답하지 않고 그의 얼굴과 옷매무새를 살폈다. 짧은 시간 안에 뭔가 심각한 일이 일어난 것 같지는 않았다. 다만 누이가 말한 그…… 키스 정도는 했을지도.

에녹의 표정이 심각하다는 걸 알아차렸는지 쉐이든 박사가 조금 어색한 표정을 지었다.

"괜찮으신가요? 뭔가 저한테 하실 말씀이라도?"

"당신은 누나를 고칠 수 있나요?"

그런 말을 하려던 게 아니었지만, 달리 무슨 말을 해야 할지도 알 수 없었다. 쉐이든 박사는 안심하라는 듯 미소를 띠었다.

"그건 현재로서는 뭐라고 대답해 드리기가 어렵군요. 최선을 다하고 있다고 말할 수밖에요."

"그럼 누나를 치료하는 동안…… 신사로서 명예롭지 않은 행동은 하지 않을 거라고 약속하실 수 있나요?"

쉐이든 박사는 입을 다물고 에녹을 한동안 바라보았다. 에녹은 그가 자신의 마음을 읽어 내는 것 같다고 생각했다. 왜냐하면 잠시 후 이렇게 대답했기 때문이다.

"약속하지요. 만약 도련님께서도 그런 행동을 하지 않으신다면요. 다른 사람을 엿보는 것 같은."

"……하지 않을게요."

"그래요. 그럼 우리 악수하죠."

에녹은 그의 말대로 했다. 박사의 손은 생각보다 차고 단단했다.

"사실 당신을 만나 뭔가 말해야 하나, 경고해야 하나 그런 걱정을 했었지요. 하지만 이제 굳이 그럴 필요 없겠지요? 부디 스스로를 잘 보살피도록 해요, 에녹."

쉐이든 박사는 몸을 돌려 복도를 걸어갔다. 에녹은 잠시 뒤에야 그가 도련님이라는 호칭이 아닌 이름으로 자신을 불렀음을 깨달았다.

다음 날부터 아길라는 무시무시한 표정으로 저택을 돌아다녔다.

그 표정을 보고 나서야 에녹은 전날 쉐이든 박사가 누이의 키스해 달라는 부탁을 거절했음을 알게 되었다.

처음에는 다행스러운 일이라고 생각했지만, 까닭 없이 하인들에게 소리를 지르고 물건을 집어 던지는 아길라를 보고 나니 확신하기 어려워졌다.

박사가 온 뒤로 집안이 잠잠해진 것에 기뻐하던 윌스턴 부부는 겁먹은 채 딸의 눈치를 살폈다. 그들은 쉐이든 박사가 무슨 말이라도 해 주길 바랐지만, 박사는 평상시와 똑같이 행동할 뿐이었다.

"이 부야베스는 정말로 맛있군요. 평소엔 구경하기도 힘든 음식인데 제가 과하게 잘 대접받고 있는 건 아닌지 모르겠습니다."

"그럴 리가요, 박사님. 우리한테 해 주신 것에 비하면…… 그런데 오늘은 아길라의 기분이 조금 안 좋아 보이더군요."

"약간의 의견 차이가 있어서요. 걱정 마십시오. 그렇지 않아도 식사를 마치고 가서 다시 이야기해 볼 생각입니다. 그럼 곧 괜찮아지겠지요."

아길라가 극도로 신경질을 부리고 난 뒤에는 항상 무슨 일인가가 일어났기 때문에 윌스턴 부부는 걱정하지 않을 수 없었다. 그들은 염려하는 눈빛으로 에녹을 바라보았다. 왠지 다음 차례는 아들일 것만 같았다.

"에녹, 괜찮다면 오늘은 나와 함께 있자꾸나."

윌스턴 남작이 그걸 염두에 두고 말했다. 에녹도 아버지가 그런 말을 하는 이유를 금세 눈치챘다.

"네, 아버지. 지난번에 가르쳐 주기로 하셨던 나인볼을 해 봐요."

"나인볼이라, 그거 좋지. 오랜만인걸."

두 사람은 식사 후 함께 나인볼을 즐겼다. 월스턴 남작은 에녹을 가르치면서 오래간만에 즐거워하고 있었다. 눈이 보이지 않는 남작 부인도 한쪽에 앉아 두 사람이 투닥거리는 것을 들으며 미소를 지었다.

하지만 그 시간은 오래가지 못했다. 위층에서 소란스러운 소리가 들려왔기 때문이었다. 직감적으로 그들 모두는 아길라를 만나러 간 쉐이든 박사에게 무슨 일이 생겼다는 걸 알아차렸다.

"에녹, 넌 어머니와 여기에 있거라."

"저도 갈래요!"

때마침 그곳으로 집사가 들어왔기에 월스턴 남작도 더 말리지 않았다. 그들은 남작 부인을 집사에게 맡기고 아길라의 방으로 곧장 뛰어갔다.

방문을 열었을 때 쓰러진 휠체어와 바닥에 엎드린 채 비명을 지르는 아길라가 보였다. 월스턴 남작이 얼른 가서 딸을 일으켰다. 쉐이든 박사는 약간 떨어진 곳에서 하얗게 질린 얼굴을 하고 있었다.

"이게 대체 무슨 짓이오, 박사!"

"전…… 전 아무 짓도 하지 않았습니다."

"그럼 아길라가 혼자서 이렇게 쓰러졌단 말입니까?"

"그건 아닙니다. 저도 무슨 일이 일어난 건지 모르겠습니다. 무언가…… 무언가 보이지 않는 것이 그녀를 쓰러뜨렸습니다. 어둠 덩어리 같은 것이……."

박사는 땀을 흘리며 횡설수설했다. 월스턴 남작은 분노 어린 표정을 지었지만 에녹은 가슴이 철렁했다. 짚이는 것이 있었다. 아길라가 탐독하던 『고대의 주술』과 같은 책에는 여러 기이한 존재들을 소환하는 방법이 쓰여 있었다. 그 자신도 직접 누이의 의식에 동참한 적이 있지 않았던가. 바닥 어딘가에 문양이 그려져 있을 거라 생각했지만 얼핏 훑어봐도 보이지 않았다.

"박사, 당신 방으로 돌아가시오. 그리고 내가 찾아갈 때까지 거기 계셔 주셨으면 좋겠소."

쉐이든 박사는 공포에 질린 얼굴로 고개를 끄덕였다. 그리고 그 말을 기다렸던 사람처럼 얼른 방에서 나갔다.

아길라 역시 안색이 좋지 않았다. 그녀는 아버지 품에서 정신을 차리자마자 이렇게 물었다.

"박사님은요? 박사님은 어떻게 됐죠?"

"그는 괜찮다. 대체 무슨 일이 있었던 거냐? 그가 너를 이렇게 만들었느냐?"

"아니에요, 그건…… 아니에요. 아무 일도 없었어요."

"거짓말하지 말고 솔직히 말해! 우연히 네가 쓰러졌단 말이냐?"

하지만 아길라는 그때부터 입을 꾹 다물고 한마디도 하지 않았다. 달래기도 하고 윽박지르기도 하던 남작도 결국 지쳐 단념했다. 딸을 침대에 눕힌 그는 방을 나가며 이렇게 말했다.

"아길라, 너에게 무슨 일이 생겼을 때…… 우리가 기뻐할 거라 생각하진 말거라."

윌스턴 남작이 나가자 에녹은 얼른 누이에게 다가갔다. 아길라는 눈을 꽉 감고 있었다.

"뭔가 또 불러낸 거지?"

에녹의 목소리에 아길라가 눈을 떴다. 놀랍게도 동생을 보는 그녀의 눈이 다정하게 일그러졌다.

"실패했어. 하지만 덕분에 알아냈어, 에녹. 지난번 무엇이 문제였는지. 이제는 확실히 방법을 알아. 마지막으로 한 번만 더 나를 도와줘. 그러면 모든 게 원래대로 돌아갈 수 있어. 너도, 나도 다리를 갖고, 예전처럼, 처음처럼……."

꿈처럼 멀게 들리는 이야기였다. 서재에서 부모님의 대화를 엿듣던 날 이전의 일상들. 벽난로 앞에서 남매가 마음껏 뒹굴며 어머니와 아버지에게 어리광을 부리고, 그걸 타이르면서도 싫지 않아하던 목소리의 아버지, 아직 어린데 뭐 어떠냐며 남매를 안아 주었던 어머니……. 그런 소소한 웃음과 온기, 이른 저녁의 일상들.

"돌아갈 수 있을까? 누나는 그렇게 믿어?"

"방금 아버지가 하신 말씀 너도 들었잖아. 그럼에도 불구하고 나는 아버지와 어머니의 딸인 모양이야, 여전히."

아길라는 그것이 우스갯소리라도 된다는 듯 말했다. 에녹은 그런 누이를 잠시 바라보다가 고개를 끄덕였다. 언제나 누이의 말대로 하는 수밖에 없었다. 태어나면서부터 누이에게 죄를 지은 그는.

아길라가 새로이 준비하는 의식이 뭔지는 몰라도 지난번보다는 간단했다. 단지 순도 높은 백묵 하나와 세 번 끓여 식힌 정화수가 필요했다. 정화수의 경우엔 대단히 많이 필요했으므로 에녹은 하인들이 없는 새벽 시간마다 부엌으로 내려가 몰래 물을 끓였다.

이 기간 동안 아길라는 놀라울 만큼 얌전히 지냈다. 지난번 사고 이후 월스턴 남작은 이제 쉐이든 박사의 상담 시간마다 방으로 들어와 참관했다. 쉐이든 박사를 아예 내쫓을 생각도 하지 않은 건 아니지만, 일시적이나마 아길라의 상태가 나아졌던 것을 무시할 순 없었다. 그래서 더 이상 두 사람만 따로 두지 않는 것으로 타협했다.

아버지가 있어서인지 몰라도 아길라는 상담 시간에 성실히 응답했다. 하지만 지난번 드레스를 입고 마주했을 때처럼 순수하게 내면 그대로의 모습을 드러내는 일은 더 이상 없었다. 쉐이든 박사도 마찬가지로 형식적인 문답만 주고받을 뿐이었다.

지리멸렬하게 시간이 흐르기를 2주. 마침내 준비가 끝나고 의식을 치를 날이 다가왔다.

죽은 듯이 고요한 자정. 에녹은 부모님과 쉐이든 박사, 하인들의 방까지 둘러보고 모두가 잠든 것을 확인했다. 그리고 하인들의 방문 중 하나에 누이가 그려 준 문양을 똑같이 따라 그렸다. 이유는 모르겠지만 아길라는 그게 꼭 필요하다고 했다.

그다음 욕실로 갔다. 자신이 목욕할 때 사용하는 작은 욕조가 거기 있었다. 예전에 한번 들어 보려 했지만 무게가 만만치 않았기에 다른 방법을 쓰기로 했다. 두툼한 담요를 가져다 펼쳐 놓고 그 위로 욕조를 끌어다 올려놓았다. 그리고 담요 끝자락을 붙잡고 누이의 방까지 끌고 갔다.

아길라는 잠옷 하나만 걸친 채 침대 위에 앉아 있었다. 그녀의 눈이 그토록 형형하게 빛나는 것은 오래간만의 일이었다.

"잘했어. 이제 욕조를 문양 가운데로 옮겨."

아길라의 방 양탄자 아래에 미리 그려 둔 복잡한 문양들이 있었다. 에녹은 양탄자를 접어 치운 뒤 그림이 지워지지 않도록 조심하며 욕조를 옮겼다. 그러면서 처음으로 바닥을 자세히 보게 되었는데, 문양 사이에 있는 글자들이 왠지 낯익었다. 아마도 지난번 의식 때 사용한 것과 비슷한 글자인 모양이었다.

에녹이 준비를 마치자 아길라는 책을 펴서 문양이 맞는지 다시 확인했다.

"가운데 있는 원형진은 완벽하지만 양쪽에 있는 건 내가 응용해서 그린 거야. 맞길 바라는 게 좋을 거야. 이게 잘못되면 우리 둘 다 어떤 모습이 될지 알 수 없거든."

이렇게 말하고 그녀는 시험하듯 동생을 쳐다보았다.

"그래도 하겠어, 에녹? 날 위해서?"

에녹은 망설이지 않고 고개를 끄덕였다. 아길라는 놀랄 만큼 성숙하고 요염한 미소를 지었다.

"그럼 물을 욕조에 부어."

에녹은 시키는 대로 미리 만들어 둔 정화수를 욕조에 가득 부었다. 방의 모든 불을 끄고 대신 커튼을 걷자 달빛이 새어 들어왔다. 완연한 보름이었다.

창문에서 돌아선 에녹은 누이가 옷을 모두 벗어 버린 것을 보았다. 얼른 눈을 다른 곳으로 돌렸다. 두 사람이 함께 목욕을 하지 않게 된 건 이미 오래전의 일이었다.

"누나, 왜……?"

"너도 벗어. 몸의 모든 곳이 물과 완전히 접촉해야 해."

"설마 저 물속으로 들어가야 하는 거야?"

"물론이지. 대체 욕조가 왜 필요하다고 생각한 거니?"

에녹은 불안했지만 아길라가 시키는 대로 옷을 모두 벗었다. 그리고 최대한 보지 않으려고 애쓰며 누이의 몸을 들어 욕조로 옮겼다.

"물을 데워 올 걸 그랬어. 차가울 텐데……."

"쓸데없는 소리 하지 마. 차가운 건 한순간이야. 곧 괜찮아질 거야."

두 사람은 함께 욕조 속으로 들어갔다. 당장 몸이 덜덜 떨려 왔다. 에녹은 물 밖으로 머리만 내민 채 누이를 바라보았다. 아길라 또한 추위 때문에 떠는 목소리로 말했다.

"셋을 세면 머리끝까지 물속으로 들어가. 나도 그렇게 할 거야. 그리고 나를 꽉 안아 줘. 과거에 그랬듯 한 몸이 된 것처럼 안아야 해."

에녹은 고개만 끄덕였다. 도무지 무슨 일이 벌어질지 짐작이 가지 않아 심장이 쿵쾅거렸다. 누이는 이걸로 다리를 갖게 될까? 정말로?

"자아, 센다. 하나, 둘, 셋……."

에녹은 숨을 크게 들이쉰 뒤 물속으로 들어갔다. 눈을 꽉 감았다. 고요할 것만 같던 물속은 요란한 소리로 가득 차 있었다. 어쩌면 자신의 심장이 뛰는 소리인지도 몰랐다.

차갑고 가느다란 손이 에녹의 몸을 더듬었다. 누이가 한 말을 떠올린 에녹은 그녀를 끌어당겨 안았다. 그 정도면 된다고 생각했지만 아길라는 아닌 모양이었다. 마치 절박하게 매달리듯 에녹의 품으로 파고들었다. 마지막으로 두 사람의 이마가 맞닿았다.

에녹은 숨을 참기 힘들다고 느꼈다. 그때 아길라의 목소리가 들려왔다. 물속에서 누이가 뭔가를 끊임없이 중얼거리고 있었다. 물이 불안하게 요동치기 시작했다. 아니면 본능적으로 자신이 누이의 손에서 벗어나기 위해 몸부림치고 있는 것인지도 몰랐다. 하지만 아길라의 손은 떨어지지 않았다. 오히려 무서울 만큼 자신에게 착 달라붙어, 정말 그녀의 말 그대로 다시 한 몸이 되려는 것 같았다. 이유는 알 수 없었지만 끔찍한 느낌이었다. 부모님으로부터 말을 듣긴 했지만 그제야 에녹은 두 사람이 하나였다는 사실을 실감했다. 그대로 살았더라면, 그대로 자라났더라면 대체 어떻게 되었을까?

언제부터인지 몰라도 그들을 감싼 물이 뜨겁게 끓어오르고 있었다. 온몸이 델 정도였다. 에녹은 그만 물 밖으로 나가고 싶었다. 피부가 아프고 따가웠으며 숨을 참는 것도 한계에 다다랐다. 하지만 누이의 손이 강하게 그의 머리를 눌렀다. 도대체 저 작은 몸 어디에서 그런 힘이 나오는 걸까? 누이의 주문과도 같은 목소리는 계속해서 이어졌고 더 이상 내용을 알아들을 수 없는 기괴한 말로 바뀌었다.

한순간 에녹은 누이와 맞닿은 이마에서 무언가 번쩍하는 걸 느꼈다. 그것을 빛이라고 해야 할지 정점에 다다른 뜨거움이라고 해야 할지 알 수 없었다. 머리 전체가 들뜬 듯 이상했다. 뇌가 출렁이는 것도 같았다. 도저히 말로 표현할 수 없는, 태어나 처음 겪어 보는 감각이었다.

인지하지 못한 어느 순간부터 세계가 멎었다. 에녹은 더 이상 숨 쉬는 것에 대해서 신경 쓰지 않았다. 아무것도 느껴지지 않았으며 모든 것이 고요했다. 에녹은 자신이 죽었다고 생각했다. 이런 완벽한 정적 상태가 죽음 말고 달리 무엇이겠는가.

"에녹. 에녹?"

처음 듣는 소년의 목소리가 그를 깨웠다. 에녹은 눈을 떴다. 더 이상 그는 물속에 있지 않았다. 맨등에 닿은 찬 바닥이 느껴졌다.

"에녹. 오, 이럴 수가……."

소년은 눈부신 미소를 지었다. 왠지 모르게 익숙한 얼굴이었다. 익숙한데, 너무 친숙한데 또한 이상하게 낯설었다. 마치 잘 알고 있던 어떤 물체를 새로운 각도에서 보는 듯한 기분이었다.

"성공했어, 에녹. 성공했다고!"

그가 자신을 껴안았다. 서로의 맨살이 닿았다. 그 순간 에녹은 그들이 뭘 하고 있었는지 깨달았다.

"누나…… 누나야?"

"그래, 나야."

소년이 기쁜 듯 에녹을 쳐다보았다. 에녹은 설마, 설마 하면서도 불안하게 물었다.

"그런데 왜…… 내 얼굴을 하고 있어?"

소년이 짙게 웃었다. 에녹은 자신의 얼굴이 그렇게 낯설어 보일 수 있다는 것에 놀랐다.

알몸인 자신이 일어서더니 어디론가 걸어갔다. 누이의 방에 있는 화장대였다. 거기서 자신이 작은 거울을 들고 되돌아왔다. 서서히 거울이 다가오는 것을 보면서 에녹의 직감이 외쳤다.

보지 마. 보지 말라고.

"잘 봐, 에녹. 이제부터 이게 너야."

거울 속에는 두려움에 질린 아길라의 얼굴이 있었다.

제2장

모든 사람의 눈에 지옥은
각기 다른 모습으로 보인다.

다음 날 윌스턴 남작가의 아침은 이상하리만치 침울했다. 무슨 일 때문인지 몰라도 지난밤 하인 여럿이 원인 모를 병에 걸린 것이다. 증상도 제각각이었다. 누군가는 폐렴에 걸린 것처럼 피 섞인 기침을 했고 누군가는 종기가 난 몸을 끊임없이 긁었다.

어찌 된 영문인지 알아보러 내려간 루퍼슨 집사에게 하녀가 간밤에 별다른 일은 없었지만 이상한 걸 하나 보았다고 말했다. 문에 백묵으로 그린 묘한 도형이 있어 자신이 지워 버렸다는 것이었다. 이 말을 들은 하인들은 악마의 짓이라고 수군거렸고, 역시 저주받은 저택이라며 몇 명의 하인이 또 일을 그만두었다.

묘한 도형이라는 말을 전해 들은 윌스턴 남작의 표정이 한순간 굳어졌다. 하지만 그는 차분한 어조로 아픈 하인들의 일을 모두 쉬게 하고, 의사를 불러 그들을 잘 보살펴 주라고 말했다.

그런 다음 곧장 아길라의 방으로 향했다. 걸음걸이에서 이미 넘실거리는 분노가 느껴졌다. 그는 노크도 없이 딸의 방문을 벌컥 열었다.

예상과 달리 방 안은 너무도 평온했다. 아길라는 얌전히 잠들어 있었다. 남작은 방 여기저기를 살피고 양탄자도 조심스레 들춰 보았다. 깨끗했다.

침대로 간 그는 아길라를 깨울까 고민했다. 하지만 너무도 곤히 자고 있었다. 월스턴 남작은 한순간 자기 딸의 얼굴이 저렇게도 평범했나 생각했다. 여러 번 끔찍한 짓을 저질렀음에도 자는 모습은 보통 또래의 소녀들과 다를 것이 없었다.

결국 그는 조용히 그 방에서 나왔다. 한데 문 앞에서 에녹이 기다리고 있었다.

"무슨 일이에요, 아버지?"

아들이 궁금하다는 듯 물었다. 에녹의 모습을 본 월스턴 남작의 얼굴에 어찌할 수 없는 미소가 떠올랐다. 문젯거리인 딸에 비하면 이 아이는 어찌나 바람직하고 아름답게 자라나고 있는가.

"간밤에 좋지 않은 일이 있었단다. 저택에서 일하는 하인들이 여럿 병에 걸렸다는구나. 그들을 위해 기도해 주렴."

"네, 그럴게요."

에녹은 공손한 미소를 짓곤 아버지에게 손짓했다. 월스턴 남작이 어리둥절해하며 다가가 몸을 숙이자, 에녹이 그의 볼에 입을 맞췄다.

"사랑해요, 아버지."

"응? 녀석, 갑자기 웬 어리광이니."

월스턴 남작도 싫지 않은 듯 허허 웃고는 에녹의 뺨에 다정히 입을 맞추었다.

남작이 응접실로 내려가자 에녹은 아길라의 방으로 들어갔다. 그러곤 그녀가 자거나 말거나 상관없이 침대 위로 펄쩍 뛰어 올라갔다. 이런 행동에 스스로도 놀랐는지 에녹은 눈을 휘둥그레 뜨고는, 다시 땅으로 내려갔다가 침대로 뛰어올랐다. 그리고 깔깔대며 웃었다.

"……누나? 뭐하는 거야?"

잠에서 깨어난 아길라가 에녹을 보곤 놀란 표정을 지었다.

"이렇게 신이 날 수가! 넌 모르겠지. 다리가 있다는 게 이렇게 즐거운 일이란 걸. 아니다, 이젠 알겠구나? 이번 일로 너도 내 고통을 이해할 수 있을 거야."

"누나……."

"자꾸 누나, 누나거리지 마. 이젠 에녹이라고 불러. 그 호칭에 익숙해져야 할 테니까. 안 그래?"

"내 몸 돌려줘."

아길라의 애처로운 말에 에녹이 사나운 미소를 지었다.

"벌써? 넌 참 욕심도 많구나. 고작 하룻밤 지났을 뿐인데 벌써 가져가겠다고? 단 하루도 내가 즐거워하는 걸 못 보겠다는 거니?"

"그건 아니지만……."

"누가 영원히 갖겠대? 곧 돌려줄 거야. 하지만 당분간은 나도 자유 좀 느껴 보자. 설마 그렇게 야박하게 굴 생각은 아니겠지?"

아길라는 괴로운 얼굴로 고개를 숙였다. 에녹이 달래듯 그녀의 볼을 쓰다듬었다.

"이게 네가 바라던 거 아니었어? 이렇게 될 걸 알고 도와준 거 아니었냐고. 난 이제 새사람이 됐어. 정말로 새로 태어난 기분이야. 예전처럼 못되게 굴지도 않을 거고, 부모님에게 잘하고 너도 정성껏 돌봐 줄 거야. 그건 내 몸이기도 하니까. 너만 입을 다물고 너만 참아 내면 모든 게 잘 돌아갈 텐데, 설마 그 정도도 희생할 수 없는 거야? 너 혼자만 행복하고 싶어? 그런 거야?"

"……그건 아니야."

"그럼 당분간 조용히 있어. 너한테도 좋은 기회 아니니? 내가 얼마나 끔찍한 삶을 살았는지 이참에 이해하도록 해 봐. 그럼 너도 날 원망할 수 없을 테니까."

아길라는 아무 말도 하지 않았다. 에녹은 그녀의 이마에 다정하게 입을 맞추곤 몸을 일으켜 주었다.

"자, 이제 휠체어로 옮겨 줄게. 누군가 나에게 그렇게 해 줄 때마다 얼마나 무력감을 느꼈는지 몰라. 그나저나 정말 작고 볼품없는 몸이로군. 남이 보는 내 모습이 이렇다니 구역질이 나는걸."

에녹은 손수 아길라의 얼굴을 씻겨 주고 옷도 갈아입혔다. 그러면서 자꾸만 거울에 자기 모습을 비춰 보았다. 무척이나 만족스러운 표정이었다.

"완벽해. 하지만 좀 말랐다, 많이 먹어야겠어. 그래야 키도 크지. 난 나중에 멋진 신사가 될 거야. 그렇게 생각하지 않니?"

아길라는 대답 없이 에녹의 모습을 물끄러미 바라보기만 했다. 가슴이 불안감으로 조금씩 요동쳤다.

정말로 돌려주기는 할까?

아침 식사 시간이 되자 에녹은 아길라의 휠체어를 직접 밀어 식당으로 데려갔다. 처음 걸어 보기 때문인지 자주 비틀거리고 여기저기 다리를 부딪쳤는데, 그럼에도 불구하고 무척 즐거운 것 같았다.

식당에는 윌스턴 남작과 쉐이든 박사가 앉아 있었다. 쉐이든 박사는 두 사람에게 아침 인사를 건넸는데 말투가 확연히 달랐다. 아길라에게는 사무적으로 딱딱하게 말하는 반면 에녹에게는 친근한 목소리였던 것이다.

이는 윌스턴 남작도 마찬가지였다. 아길라의 모습을 하고 있는 에녹은 아버지가 자신을 그런 표정으로 본다는 것에 깜짝 놀랐다. 혐오하고 꺼려하고, 있어서는 안 될 것이 그 자리에 와 있는 것처럼 눈을 찡그리고 있었다. 그런 눈으로 아버지가 자신을 본다는 것에 마음이 아팠다. 누이는 지금까지 저런 시선을 견뎌 온 걸까?

"어젯밤에 잘 잤니, 아길라."

아길라는 한동안 가만히 있다가, 그것이 자신에게 건넨 말이라는 걸 퍼뜩 깨닫고 대답했다.

"네, 아버지. 안녕히 주무셨어요."

"간밤에 별다른 일은 없었고?"

"네."

"거짓말은 아니겠지?"

윌스턴 남작이 무섭게 쏘아보았다. 아길라는 슬그머니 에녹을 향해 시선을 돌렸다. 에녹은 그녀를 모른 척했다.

"아뇨, 왜 그러시는데요?"

"아니라면 됐다."

아길라는 가슴이 쿵쾅거리는 걸 느꼈다. 아버지가 뭔가 알아차린 것은 아닐까? 어쩌면 부모이기 때문에 아버지는 느끼는 게 아닐까? 옆에 앉아 있는 에녹은 진짜 에녹이 아니고, 자신이 아길라가 아니라는 것도…… 다 알지 않을까?

하지만 월스턴 남작은 그 이상 말을 꺼내지 않았다. 식당은 부담스러우리만치 조용했고 식사 시간 내내 어떤 긴장감마저 감도는 것 같았다. 에녹만이 그 분위기를 감지하지 못한 듯 명랑한 목소리로 입을 열었다.

"아버지, 오늘 함께 승마하러 나가면 안 되나요?"

"승마를? 네가 웬일이니, 항상 마지못해 따라 나가던 녀석이."

"오늘은 꼭 타고 싶어요. 네?"

에녹이 눈을 반짝이며 조르자 월스턴 남작이 미소를 지었다.

"오후에 일이 있지만 조정해 보마. 간단히 점심을 먹고 출발할 수 있을 거다. 아니지, 그래. 아예 음식을 준비해 바깥에서 먹도록 하자꾸나. 언덕에 오르면 멋진 풍경을 보면서 점심을 먹을 수 있을 거다."

에녹은 뛸 듯이 기뻐했다. 후식으로 나온 푸딩을 빠르게 먹어 치우며 벌써부터 자리에서 들썩거리고 있었다. 아길라는 기대하지 않으려고 애쓰며 조심스레 아버지를 바라보았다. 하지만 남작은 그녀에겐 시선을 보내지 않았다.

"어떠신지요, 박사. 바람도 쐴 겸 함께 나가는 것이."

"오늘 오후에도 상담 시간이 있습니다."

"조금 미뤄도 괜찮지 않습니까?"

"아닙니다. 저는 아길라 양과 함께 저택을 지키고 있겠습니다."

그제야 남작이 잠깐 멈칫하는 기색을 보였다. 하지만 그게 다였다. 끝내 아길라에게는 함께 나갈 것인지 물어보지 않았다.

식사가 끝나자 에녹이 저택 여기저기를 날뛰듯 뛰어다니는 바람에 하인들이 곤혹스러워했다. 그 와중에 세 번이나 넘어졌는데도 낄낄거리며 웃기만 했다. 결국 루퍼슨 집사가 상처를 치료해야 한다는 명목으로 그를 붙잡아 방으로 데려가 앉혔다.

"오늘은 이 저택에 아픈 사람들이 많습니다, 도련님. 조금은 자중해 주실 것을 부탁드리고 싶군요."

"그게 나랑 무슨…… 알았어요, 미안."

성의 없이 대답한 에녹은 도취된 듯 자신의 두 다리만 내려다볼 뿐이었다.

아길라는 창밖으로 아버지와 에녹이 승마 준비를 하는 모습을 보았다. 에녹은 마치 말을 처음 타는 사람처럼 어쩔 줄 몰라 했다. 말도 당황한 듯 불안하게 투레질하고 에녹을 태우려 하지 않았다. 어릴 적부터 함께해 온 친숙한 말인데도 말이다.

남작은 네가 너무 가끔 타서 그런 거라고 핀잔을 주며 웃었다. 에녹은 처음엔 즐거워했지만 자기 뜻대로 되지 않자 신경질을 내기 시작했다. 하지만 결국엔 말 위에 올라탔고, 두 사람은 저택을 출발해 부드러운 잔디와 야생화가 가득한 곳으로 향했다.

아길라는 그만 휠체어를 돌리려고 했다. 하지만 뜻대로 잘 되지 않았다. 혼자서 이리저리 애쓰고 있는데 누군가가 가볍게 휠체어를 돌려 주었다. 아길라는 고개를 들고 누구인지 바라보았다. 쉐이든 박사였다.

"상담 시간입니다, 아길라 양."

"아, 네."

방으로 가서 쉐이든 박사와 마주 앉긴 했지만 적잖이 부담스러웠다. 엿듣던 일은 예전에 그만두었으니 최근 두 사람이 무슨 이야기를 나눴는지 알 도리가 없었다. 하지만 쉐이든 박사는 입을 열지 않았다. 왜 그런가 하고 기다리고 있는데, 잠시 후 방문이 열리면서 하녀가 남작 부인을 모시고 왔다.

'맞다, 참관.'

지난번의 사고 이후 남작 부부는 두 사람이 단둘이 있는 것을 막아 왔다. 아버지가 없으니 어머니가 대신하는 모양이라고 아길라는 생각했다.

"난 옆에 가만히 있을 테니 신경 쓰지 말고 진행하세요, 박사님."

남작 부인이 다정하게 말했다. 그녀를 향해 고개를 숙여 보였던 쉐이든 박사는 곧 실수를 깨닫곤 목소리를 내서 대답했다.

"네, 남작 부인."

다음으로 이어진 박사의 질문들은 아길라를 어리둥절하게 만들었다.

어제는 무슨 일을 했나요? 어떤 책을 읽었죠? 기분은 어땠나요? 간밤에 꿈을 꿨나요? 꿨다면 무슨 내용을? 오늘 아침에 일어났을 때 가장 먼저 떠오른 생각은요? 지금은 기분이 어떻죠?

아길라가 생각하기엔 그저 일상적이고 의미 없는 질문들이었다.

박사 또한 자기 노트만 들여다보고 있을 뿐, 처음 저택에 왔을 때처럼 열성적으로 아길라의 표정을 살핀다거나 학문적인 호기심을 드러내지 않았다.

한동안 성실하게 대답하던 아길라가 더 이상 참지 못하고 물었다.

"그런 걸로 무얼 알아낼 수 있죠? 누…… 저를 치료할 생각이 있긴 한 건가요?"

그러자 처음으로 쉐이든 박사가 고개를 들고 그녀를 바라보았다. 당장 대답하는 대신 뭔가를 생각하듯 침묵을 지켰다. 그러더니 뜻밖에도 전혀 다른 말을 꺼냈다.

"사실대로 말하죠, 아길라 양. 이건 우리의 마지막 상담입니다."

아길라는 물론이고 가만히 듣고만 있던 윌스턴 부인도 깜짝 놀랐다. 쉐이든 박사는 채 놀라움이 가실 새도 없이 말을 이었다.

"나는 이곳에 열정과 책임감을 가지고 왔습니다. 당신에게 관심을 갖고 어떻게든 치료해 보려 했어요. 하지만 여러 가지 요소가 저를 가로막았고……."

이렇게 말하면서 쉐이든 박사는 남작 부인 쪽을 힐끔 보았다.

"무엇보다 당신이 나를 거부했으며 위협까지 했죠."

"위협이요? 도대체 무슨……."

"모른 척하지 말아요. 당신은 기괴한 마술로 나를 겁주지 않았던가요."

아길라는 아버지와 나인볼을 하던 때를 떠올렸다. 요란한 소리를 듣고 누이의 방에 도착했을 때 누이는 넘어져 있고 쉐이든 박사는 겁에 질린 채 서 있었다. 그리고 무언가 어둠 덩어리 같은 것이 나타났었다고 말했다.

지금 자신의 상태를 생각해 보면 박사의 말이 터무니없지는 않았다. 틀림없이 누이가 무슨 짓인가를 했던 것이다.

"그래서 겁먹었다는 건가요? 이제 포기하고 도망치겠다고요?"

그런 박사에게 동정이 가기는커녕 아길라는 분노를 느꼈다. 아버지도 어머니도, 자신도 누이가 끔찍할지언정 결코 도망친 적이 없었다. 한데 이 정신 의학 박사라며 자신만만했던 남자는 고작 그 일 하나를 가지고 벌써 포기하려 드는 것이다. 어쩌면 가족이 아니라 서일까?

쉐이든 박사는 그 말에 반박조차 하지 않았다. 다만 착잡한 표정을 지었다.

"당신의 말이 맞을지도 모릅니다. 내가 아직 많이 부족하다는 걸 이번 일로 깨달았습니다. 하지만 이대로 그냥 떠나는 것도 도리는 아니겠죠. 그동안 내가 연구해 온 것들, 당신과 비슷한 증상을 보이는 다른 환자들의 사례, 그리고 당신에 대한 내 판단을 적은 연구 일지를 건네 드리고 가겠습니다. 그걸 읽고 결론을 내리는 것은 이제 당신 몫입니다, 아길라 양."

그가 연구 노트를 건넸다. 아길라는 외면한 채 가만히 있었다. 쉐이든 박사는 대신 탁자 위에 노트를 올려놓았다. 그러곤 허리를 깊이 숙여 인사하고 방에서 나갔다.

한동안 미동 않고 있던 아길라는 노트를 집기 위해 휠체어를 밀었다. 그러자 저편에 앉아 있던 어머니가 움찔하는 기색을 보였다. 아길라는 의아해하며 그녀에게 다가갔다.

"어머니, 박사님은 나가셨어요. 이제 가 보셔도 돼요. 하녀를 부를 게요."

"그, 그래. 나는…… 아니야. 혼자 나갈 수 있을 것 같구나."

"그러다 다치시면 어쩌려고요. 앉아 계세요."

하지만 아길라가 가까이 가면 갈수록 윌스턴 남작 부인의 떨림이 심해졌다. 그제야 상황을 깨달은 아길라가 멈춰 섰다.

어머니는 지금 두려워하고 있는 거다. 자신과 단둘이 있는 것을.

순간 참을 수 없는 슬픔과 연민이 아길라의 마음을 뒤덮었다. 거기서 더 이상 다가가지 않는 것이 어머니를 위해 좋은 일이란 걸 머릿속으로는 알고 있었다. 그럼에도 계속해서 어머니의 곁으로 휠체어를 밀고 갔다. 그리고 어머니의 손을 잡았다.

남작 부인의 손이 움찔 떨렸다. 한순간 그녀는 손을 빼낼 듯 보였다. 그러나 그러지 않았다.

"죄송해요, 어머니."

자신이 왜 사과하는 것인지 알 수 없었다. 육신을 빌렸을 뿐 그는 아길라가 아니었다. 그럼에도 불구하고 죄책감을 느꼈다. 지금은 자신이 정말로 죄지은 그의 누이 자체가 된 것 같았다.

"죄송해요. 죄송해요. 죄송해요……."

억제할 길 없이 눈물이 흘러내렸다. 누이는 일곱 살 때 이후 남들 앞에서 운 적이 거의 없었다. 지금 자신이 그것을 대신해 울어 주는지도 몰랐다.

놀란 듯 가만히 있던 남작 부인의 눈에서도 곧 눈물이 쏟아지기 시작했다.

"아니야, 내가…… 내가, 아길라. 모든 것이 내…… 내 잘못……."

"어머니는 잘못 없어요. 제 잘못이에요. 죄송해요, 정말로 죄송해요."

모녀는 끊임없이 서로에게 사과했고, 서로를 위해 끊임없이 눈물 흘렸다.

저녁 시간이 다 되어서야 돌아온 윌스턴 부자는 무척이나 즐거워 보였다. 말에서 내리면서도 뭐가 그리 재밌는지 에녹은 깔깔대고 웃었다. 윌스턴 남작은 그런 아들을 높이 들어 올렸다가 땅에 내려놓았다. 그 저택에서 실로 오래간만에 퍼지는 웃음소리였다.

응접실에서 남작 부인과 아길라가 그런 둘을 맞이했다. 눈은 부어 있었지만 이상할 정도로 따스한 공기가 흘렀다. 남작은 부인과 다정히 인사하고, 웬일로 얌전한 딸에게도 입맞춤을 했다. 에녹은 누이에게 매달렸다가 다시 어머니에게 매달렸다. 그러곤 벽난로 앞에 모여 앉아 승마 도중 일어난 일들을 이야기하며 또 한 번 웃음을 터뜨렸다.

하인들은 이런 변화가 믿기지 않는지 몇 번이나 응접실을 번갈아 훔쳐보았다. 결국 집사가 호되게 꾸짖고 난 후에야 다들 자기 일자리로 돌아갔다.

오래간만에 윌스턴 가족은 화기애애한 저녁 식사 시간을 보냈다. 어머니도 아버지도 에녹도 행복해하는 모습을 보면서 아길라는 생각했다.

어쩌면 영원히 이대로인 것이 좋지 않을까? 나만 입을 다물면 결국 모두가 행복한 게 아닐까?

물론 지금 당장은 몸의 불편함과 성 정체성에 대한 의문, 앞으로 남아 있는 까마득한 미래에 대한 걱정으로 가슴이 미어질 것처럼 두렵고 답답했다. 그러나 결국은 어떻게든 적응하게 되지 않을까? 인간은 놀라우리만치 적응과 순응이 빠른 존재라고 책에서도 말하지 않던가.

'그래, 어차피 우린 한 몸이었어. 내가 누나의 몸으로, 누나가 내 몸으로 올 수도 있었어. 그리고 어쩌면 부모님은 내가 아닌 누나를 선택할 수도 있었어. 모든 것이 그렇게 하나 차이였을 뿐.'

처음에는 말도 안 된다고 느꼈던 그 생각을 아길라는 점차 진지하게 고민해 보기 시작했다.

"그렇게 부자끼리만 재미있게 보내지 말고 다음에는 다 같이 가요."

남작 부인이 눈을 감은 채 그렇게 말했다. 윌스턴 남작은 깜짝 놀라 대답했다.

"당신은 승마를 즐기지 않잖아요."

"그랬는데, 몸이 이렇게 되고 보니 오히려……."

남작 부인의 말끝이 흐려졌다. 윌스턴 남작의 얼굴도 희미하게 굳어지면서 식당 안에 침묵이 감돌았다.

아길라는 감히 어머니나 아버지의 얼굴을 쳐다볼 생각을 하지 못했다. 이때 유일하게 입을 연 것은 에녹이었다.

"그렇게 해요. 아버지가 어머니를 태우고, 제가 누나를 태우면 되잖아요."

"아…… 그래. 그렇게 하면 되겠구나. 조만간 다시 가 보도록 하지요, 부인."

"네, 네. 그래요."

이후로는 분위기가 좀 전과 같지 않았다. 예전에 아길라가 있으면 늘 그랬던 것처럼 무척이나 조심스럽고 경직된 분위기였다. 아길라는 문득 어머니가 자신을 두려워하던 모습을 떠올렸다. 아버지가 혐오하듯 바라보던 것도.

앞으로 그 모든 걸 고치기까지 얼마의 시간이 걸릴까. 고쳐지긴 하는 걸까? 아길라는 절망과 죄스러움 속에 다시 생각하지 않을 수 없었다.

나 하나만 포기한다면.

식사가 끝나자 에녹이 자진해서 아길라를 방까지 데려다주겠다고 했다. 남작 부부의 표정은 불안해 보였지만 좀 전의 분위기 때문인지 허락했다.

방까지 가는 동안 아길라는 한마디도 하지 않았다. 반면 에녹은 재잘재잘 떠들었다.

"네 말은 너무 말을 안 듣더라. 좀 더 강하게 길들여야겠어. 아니면 이참에 내 말을 따로 사 달라고 할까? 그 말은 마음에 들지 않는다면서 말이야. 아버님은 뭐든 해 줄 기세던데? 나와 달리 넌 사랑스럽고 눈에 넣어도 아프지 않은 아들이니까."

말을 하다 기분이 나빠졌는지 에녹이 아길라의 팔을 꽉 꼬집었다.

"아파, 누나."

아길라가 팔을 빼자 에녹이 바싹 고개를 들이밀며 말했다.

"내가 이 모습으로 있으니 아버지가 나를 얼마나 사랑스럽다는 듯 보시던지! 원래의 나를 보던 것과는 완전히 다른 눈빛이었어. 난 마치 더러운 것을 보는 듯하다면, 너는 깨질까 봐 어쩔 줄 모르는 보석처럼 쳐다봐. 그런 아버지가 너와 내가 지금 어떤 모습으로 있는지 알게 되면 어떤 반응을 보일까? 내가 귀하디귀한 자기 아들에게 무슨 짓을 했는지 알면? 반응이 정말 기대되는걸."

"하지 마, 누나."

"뭘? 사실대로 말하는 거? 그야 당연히 할 수 없지. 내가 이 좋은 걸 왜 포기하겠어?"

깔깔대며 웃는 에녹에게 마침내 결심하고 아길라가 말했다.

"그래, 포기할 필요 없어. 난…… 이대로도 좋으니까."

에녹이 딱 멈춰 서자 휠체어도 섰다. 계단 바로 옆이었기 때문에 아길라는 불안했다. 에녹은 숨조차 쉬지 않는 것 같았다.

"이대로가 좋다고?"

거의 속삭이는 듯한 목소리로 누이가 물었다. 아길라는 고개를 끄덕였다.

"누나가 그 모습이 좋다면, 이 상태로 누나도, 어머니도 아버지도 행복하다면…… 난 상관없어."

에녹에게선 아무 대답도 없었다. 잠시 기다리던 아길라는 조심스레 고개를 들어 누이의 얼굴을 바라보았다. 그러곤 깜짝 놀랐다. 뭔가 감정도, 영혼도 없는 무생물이 눈앞에 서 있는 것 같았다. 마치 아무 표정 없이 제자리에 멈춰 있는 유리 인형처럼.

그동안 누이가 무섭고 이해되지 않은 적은 자주 있었지만 지금 만큼 소름 끼친 적은 없었다. 아길라는 다리가 없다는 사실도 잊은 채 휠체어에서 몸을 빼려고 했다. 하지만 그 순간 휠체어가 다시 움직였다. 에녹이 여전히 생기 없는 인형처럼 삐걱거리며 휠체어를 밀었다.

"아…… 뭐. 그래…… 그렇군."

분명 정신이 어디 다른 곳에 가 있었다. 하지만 아길라는 감히 괜찮으냐고 물어볼 엄두가 나지 않았다.

방에 도착하자 에녹이 손수 아길라의 몸을 들어 침대까지 옮겨 주었다.

"잘 자, 에녹."

여전히 다른 곳에 홀려 있는 것처럼 누이가 희미하게 말했다. 같이 인사하려던 아길라는 그때 뭔가를 떠올렸다.

"잠깐만, 쉐이든 박사님이 누나한테 남긴 게 있어."

"……어?"

"박사님 내일 떠나신대. 오늘이 마지막 상담이었어. 이걸 나한테 읽어 보라고 줬어. 그동안 상담한 결과인 것 같아."

그제야 퍼뜩 정신을 차린 에녹이 걸어와 아길라가 내민 것을 홱 잡아챘다. 그러곤 침대에 털썩 앉아 빠르게 읽어 내려갔다.

처음에는 놀라움이, 다음에는 조소가, 마지막에 이르러서는 걷잡을 수 없는 딱딱한 표정으로 바뀌었다. 익숙한 자기 얼굴이 낯설기 그지없는 표정을 짓는 것은 아길라에게 여전히 이상했다.

"왜 그래?"

아길라가 물었으나 에녹은 대답하지 않았다. 마지막 장을 다 읽은 그는 일지를 탁 덮었다. 그러곤 침대에 던져 두고 화장대로 가서 서랍을 뒤졌다. 무언가 부스럭거리며 찾아낸 그는 그것을 주머니 속에 넣곤 아무 말 없이 방에서 나갔다.

그 모습을 멍하니 보던 아길라는 노트를 향해 고개를 돌렸다. 어째서인지 그쪽을 향해 손을 뻗는 게 쉽지 않았다. 대체 무슨 내용이 적혀 있길래? 결론은 또 무엇이기에? 어쩌면 누이는 영원히 치료될 수 없다는 건 아닐까?

잠시 후 그녀는 머뭇머뭇 노트를 끌어당겨 첫 장을 펼쳤다.

상담 1일째. '대상'은 내가 지금껏 만나 본 또래의 아이 중 가장 피폐한 눈을 하고 있다. 부모로부터 들은 어린 시절의 이야기를 생각해 볼 때 쉽게 납득 가지 않는 일이다. 보통 극심한 애정 결핍에 시달리거나 학대를 당한 경우에나 볼 법한 눈이었다…….

상담 4일째. 대상이 느끼는 분노와 불합리함, 피해 의식 등은 대상이 한 번도 가져 보지 못한 다리와 관련이 있는 것 같다. 대상은 자기 하체의 '빈 자리'를 보여 주는 것을 가장 싫어한다. 이에 관해 멀리서 운을 떼기만 해도 발작적인 공격성을 보인다. 그것이 이 모든 사태의 원인으로 보인다. 하지만 이미 제거된 것을 무슨 수로 채워 넣는단 말인가.

상담 17일째. 대상이 처음으로 나에게 호의를 보였다. 유일하게 관심

있어 하는 책을 가져다준 후였다. 대상은 조금 더 많은 책을, 특히 범죄나 고문, 살인에 대한 책을 가져다 달라고 말했다. 대상은 이런 것들에 일반 사람들이 보이는 혐오감이나 두려움을 보이지 않는다. 오히려 극도로 호기심을 가지며 어떤 경우 즐거움을 느끼기도 한다. 앞으로 여러 종류의 책들을 보여 준 뒤 반응을 관찰해 보는 것도 좋을 것이다.

상담 28일째. 대상은 아끼는 것이 많지 않다. 무언가를 아낄 줄 아는가 하는 것 또한 의문이다. 그러나 적은 만큼 집착은 심하다. 그중 동생에 대한 집착은 쉽게 이해하기 어려울 정도다. 본래부터 한 몸이었기 때문에 소유욕을 느끼는 걸까? 아니면 자기가 가지지 못한 걸 모두 가지고 있는 이상에 대한 빗나간 동경인가?

……상담 213일째. 대상이 나에게 성적 매력을 느끼는 듯하다. 이상한 일은 아니다. 대상은 성장 과정 동안 가족과 하인을 제외한 이성을 만나 본 일이 없다. 한창 성적인 호기심이 상승할 나이에, 내가 자신의 끝없는 변덕을 참아 내며 유익한 대화를 나눠 주는 유일한 남성이기 때문일 것이다.
대상이 그 마음을 표현한 문장도 유념할 법하다. 정확히 '키스해 달라'고 말했다. 아직 완전히 발육하지 않은 육체로 매력을 발산하려 시도하기도 했다. 이것이 진실로 인간다운 애정인지 아니면 또 다른 소유욕의 발로인지는 좀 더 지켜봐야 한다.

읽는 동안 아길라는 점차 속이 거북해지는 걸 느꼈다. 정확하게 딱 짚어 말할 수는 없었지만, 이 글을 쓴 인간은 어떤 점에서는 그의 누이와 너무도 비슷했다. 즉 감정을 완전히 배제한 채 타인을 바라보고 있는 것이다.

무엇보다 누이를 대상이라고 지칭한 점이 마음에 들지 않았다. 어쩌면 정신 의학 박사라는 직업은 본래 그래야 하는 것인지도 모르지만.

다음 페이지는 찢어져 있었다. '상담 215일. 혼란……' 키스 사건 이후로 짐작해 보면 누이가 박사에게 주술을 시도했던 그날인 것 같았다. 그날의 충격에 대해 두서없이 적었다가 나중에 찢어 버린 것이리라.

그리고 마침내 마지막 장을 읽는 순간, 아길라는 거북함을 넘어서 분노를 느꼈다.

상담 250일. 상담 및 실험 종료. 나는 실패했다. 이는 실패할 수밖에 없는 실험이었다. 그렇기 때문에 기쁘다. 나는 이 치료가 실패한다는 것을 증명해야 했다.

열 번째 대상, 본명 아길라 윌스턴. 대상의 분노는 통제의 대상이 될 수 없다. 대상은 감정을 조절할 줄 모르며 타인의 감정 또한 이해하거나 공유할 줄 모른다. 그것은 가르쳐 준다고 해서, 고친다고 해서 고쳐질 수 있는 성질의 것이 아니다.

즉, '태어날 때부터 이미 비어 있었던 다리'와 마찬가지로 '태어날 때부터 감정을 느낄 능력을 가지지 못한 것'이다. 지난 아홉 명의 대상들이 모두 그러했듯이.

이는 분명한 증상의 한 형태로, 주로 범법자나 살인자들에게서 찾아볼 수 있는 특성이다. 이번 대상 또한 그렇게 될 여지가 충분하다. 이미 작은 동물과 가족들을 상대로 폭력적인 본능을 표출한 적이 있다. 그 폭력성은 횟수를 거듭할수록 잔인해질 것이며 외부에서 강제하지 않는 한 결코 줄어들지 않을 것이다.

만일 대상을 이대로 놔두고 무엇이든 대상이 원하는 대로 하게끔 둔다면, 조만간 끔찍한 짓을 저지르고 말 것임이 분명하다. 이미 부모를 상대로 저지른 악행보다 더한 것이리라. 이에 대한 해결책은 대상을 사회와 사람으로부터 영원히 격리하는 것뿐이다. 그 외에는 어떠한 해결책도 치료법도 없다. 대상을 정신 병원에 장기간, 가능하다면 영속적으로 입원시킬 것을 부모에게 권하는 것이 최선이다.

열 번째 대상에 대한 상담 종료.

PS. 그동안 고마웠습니다, 아길라 양. 당신 덕분에 내 연구가 완성될 수 있었습니다. 당신을 포함하여 다른 환자들의 사례를 적은 내 책이 곧 출간될 겁니다. 하지만 내게 확신을 준 것은 당신이므로, 이 증상의 이름 또한 당신의 이름을 따서 지을까 합니다. 영원히 좁은 세상 안에만 갇혀 있어야 하는 당신은 내 덕분에 이제 유명 인사가 되겠지요. 부디 그것을 내 마지막 선물로 생각해 주십시오.

아길라는 머리에 피가 몰리고 심장이 두근거리는 걸 느꼈다. 이게 도대체 무슨 소리인가. 치료가 아니라 연구였다고? 실패할 수밖에 없는 실험이었다고? 게다가 누이의 사례를 적은 책을 출간하고, 누이의 이름을 따서 이 끔찍한 증상의 이름을 짓는다고?

가슴이 찢어질 듯 배신감이 밀려왔다. 싹싹하고 성실하고, 책임을 다하는 듯 보였기에 그를 좋아했었다. 누이를 고쳐 줄 수 있을 거란 희망도 가졌다. 한데 단지 실험이었다니, 절대로 용서할 수가…….

아길라는 퍼뜩 고개를 들었다. 누이, 누이가 어디로 가 버렸지? 그래, 이 책을 읽자마자 뛰쳐나갔었다. 설마.

그녀는 팔로 침대를 짚어 자신의 몸을 끌어당겼다. 어떻게든 휠체어까지 가야 했다. 그런데 너무 멀었다. 누이가 번쩍 들어 옮겨 주던 것과 달리 혼자서 휠체어에 오르려니 기어서 산에 오르는 것처럼 터무니없게 느껴졌다. 그럼에도 불구하고 아길라는 온 힘을 다해 침대 끝까지 기어갔다. 그러곤 마음을 굳게 먹고 상당히 높은 침대에서 아래로 떨어졌다.

어깨가 바닥에 부딪치면서 쿵 하는 소리가 났다. 고통스러웠지만 머뭇거릴 새가 없었다. 바닥을 기어 간신히 휠체어가 있는 곳까지 간 아길라는 절망적으로 자기가 앉아야 할 자리를 올려다보았다. 저곳에 어떻게 오를 수 있을까?

일단 손잡이를 잡고 상체를 들어 보았다. 소년의 몸으로 있을 때는 그렇게나 가볍던 누이의 몸이 직접 끌어올리려니 너무도 무거웠다. 더군다나 조금 올라갔다 싶은 순간 바퀴가 움직이며 휠체어가 뒤로 밀려났다. 아길라는 다시 땅에 부딪히고 말았다.

자기도 모르게 욕설을 내뱉은 그녀는 바퀴를 고정시키고 다시 기어올랐다. 온몸의 힘과 진과 땀이 다 빠져나갈 때쯤이 되어서야 휠체어 위에 앉을 수 있었다.

아길라는 한동안 숨을 헐떡였다. 그러곤 휠체어 고정축을 풀고 문 쪽으로 다급히 밀었다.

짐을 정리하고 있던 쉐이든 박사는 노크 소리에 뒤를 돌아보았다.

"들어오세요."

윌스턴 남작이나 아길라일 것이라고 생각했는데, 뜻밖에도 쌍둥이 동생인 에녹이 고개를 내밀었다. 소년은 상냥한 표정을 짓고 있었다.

"아, 도련님. 무슨 일이신가요?"

"그게 사실인가요? 곧 떠나신다는 게?"

소년의 목소리 톤이 묘하게 높다고 생각하며 쉐이든 박사는 대답했다.

"네, 그렇게 되었답니다. 내일 아침 일찍 떠날 생각이에요."

"누나를 고치는 일은 포기하셨나요?"

"유감스럽게도 그건 내 능력을 벗어나는 일이었답니다."

"뻔뻔하기도 하네요. 그럼 애초에 여긴 뭘 하러 왔던 거죠?"

쉐이든 박사는 들고 있던 옷가지를 내려놓고 가방을 닫았다. 아무래도 짧게 끝날 이야기 같지 않아서였다.

"치료를 시도해 보려고요. 하지만 안 되더군요. 무능력한 의사인

점은 미안하게 생각합니다."

"당신은 배신자예요. 혹 겁쟁이거나."

에녹의 빈정거리는 말투에도 쉐이든 박사는 화를 내지 않았다. 다만 소년에게 다가가 상체를 약간 숙이고 말했다.

"예전에도 한 번 말한 적이 있었죠. 부디 스스로를 보살피라고. 내가 떠나고 나면 당신 누이의 증상이…… 뭐랄까, 조금 더 심해질지도 모릅니다. 그러니 한동안 몸조심하도록 해요. 이 저택에서 유일하게 무사한 것은 당신뿐이니까."

박사가 손을 들어 에녹의 뺨을 건드렸다. 소년을 보는 그의 눈은 묘하게 반짝거렸다.

"혹은 이 저택에서 유일하게 아름다움을 간직한 것도 당신뿐이라고 할까. 그게 당신 누이처럼 퇴색되면 안 될 텐데 말이죠."

에녹의 표정이 한순간 사나워졌다. 그러나 곧 그런 표정을 풀고 대신 미소를 지었다.

"그렇게 생각하나요? 내가 아름답다고?"

"그래요. 당신이 이해할까 모르겠네요. 소년의 순결함과 아름다움은 옛 그리스의 성인들도 찬양했었죠."

"알고 있어요. 그들이 단지 찬양만 한 게 아니었다는 것도요. 현명하고 고귀한 사람일수록 소년과 사랑을 나누는 것을 신성시했었죠."

에녹의 대꾸에 쉐이든 박사가 움찔했다. 그는 얼른 에녹에게서 손을 떼며 말했다.

"설마 그런 책까지 읽었을 줄은 몰랐군요. 아무튼 당신과 아길라 양을 알게 되어 좋았습니다. 아쉽지만 이만 짐을 정리해야 하니, 작별 인사는 이쯤으로 하는 게⋯⋯."

그의 말끝이 흐려졌다. 에녹이 박사의 손을 다시 잡았기 때문이었다. 그것도 천천히 부드럽게 감싸 쥐었다. 그러곤 자기 얼굴로 가져다 대었다가 입을 맞추었다.

쉐이든 박사는 어찌해야 할 바를 몰랐다. 손을 빼지도 움직이지도 못하고 다만 제자리에서 식은땀을 흘리고 있었다. 그의 머릿속에 아길라가 했던 말들이 떠올랐다.

에녹은 그 자체로 내 것이에요. 내가 사랑하는 사람을 사랑해야만 해요.

설마 그게 사실일까? 이 소년이 그렇게 터무니없이 누이의 말대로 행동할까? 그럴 리가, 아무리 어려도 어엿한 자기 생각을 가진 인격체인데.

하지만 만약 정말로 그렇다면 또 어찌할 것인가.

"박사님이 떠나신다니 슬프네요. 그래도 이게 마지막이라고 하니, 헤어지기 전에 내게 키스해 주시겠어요? 작별의 키스를요. 옛 그리스의 성인들이 그들의 애제자에게 했듯이."

쉐이든 박사는 깜짝 놀랐다. 그가 이렇게나 누이와 닮았던가 싶었다. 어쩌면 말투와 표정까지도 그렇게.

문제는 자신의 반응이었다. 아길라가 요구할 때와 달리 에녹의 요구는 전혀 부담스럽게 느껴지지 않았던 것이다. 어쩌면 환자와 의사 관계가 아니었기 때문일까?

"그 정도⋯⋯ 작별 인사야 해 드릴 수 있겠죠, 도련님."

에녹은 기쁜 듯이 그의 허리를 껴안고 매달렸다. 쉐이든 박사는 천천히 몸을 숙였다. 소년의 티 없이 부드러운 하얀 뺨이, 그 위를 살짝 덮은 머리카락이 보였다. 가까이 다가갈수록 신선한 향기가 느껴졌다. 박사의 가슴이 두근거리기 시작했다. 도대체 왜? 그에게는 약혼녀도 있고, 소년과 사랑을 나누는 그리스 성인들의 이야기를 결코 좋아하지도 않았는데…….

그의 입술이 소년의 볼에 닿는 순간, 에녹이 고개를 살짝 돌리면서 두 사람의 입술이 맞닿았다. 순간 쉐이든 박사는 정신을 잃을 정도로 짜릿한 기분을 느꼈다. 아니, 실제로 그는 목에 날카로운 통증을 느꼈다. 그리고 순식간에 기절해 버렸다.

에녹의 품으로 박사가 쓰러지듯 안겼다. 에녹은 그런 그를 내려다보며 화사하게 웃었다. 그러곤 박사의 목에 꽂아 넣은 주사기를 천천히 빼냈다.

"사랑스러운 박사님. 감히 날 가지고 실험했나요? 하지만 인정하죠. 당신을 매력적이라고 생각했어요. 내가 치료될 수도 있다는 희망도 가졌어요."

에녹은 박사의 얼굴을 다정하게 쓰다듬었다.

"하지만 아니라고 해도…… 당신이 말한 게 이런 걸까? 별 유감을 느끼지 않아요. 물론 당신이 날 거부한 건 좀 유감이지만, 이렇게 지금은 내 품에 있으니 그것도 아니랄까. 당신은 어쩌면 대단한 사람이었는지도 몰라요. 연구 일지에 남긴 말들 대부분이 맞아떨어졌거든. 그중 가장 확실한 부분이라면 아마 이걸 거예요."

에녹이 주사기를 톡톡 두드렸다. 그리고 박사의 머리카락으로 손을 집어넣어 부드럽게 매만졌다.

"살인자. 그래, 난 그렇게 될 여지가 충분했지. 잘 가요, 박사님. 그동안 수고했어요."

그는 자신을 거부했던 박사의 입술에 마음껏 키스했다.

쉐이든 박사의 소지품을 모두 가방 속에 넣고 닫았을 때, 에녹은 문밖에서 복도에 끌리는 휠체어 바퀴 소리를 들었다. 그가 다가오고 있었다. 동생이 눈치챈 것이다.

에녹은 얼른 달려가 문을 걸어 잠그려 했다. 그러나 아길라가 더 빨랐다. 문이 벌컥 열렸다.

"역시……."

박사의 방에서 에녹을 발견한 아길라의 얼굴이 일그러졌다. 에녹은 쉿 하면서 손가락을 세웠다. 머리를 내밀어 복도를 살핀 그는 얼른 아길라의 휠체어를 방 안으로 끌어왔다. 그리고 이번엔 단단히 문을 잠갔다.

그사이 아길라는 바닥에 쓰러져 있던 박사를 발견했다.

"쉐이든 박사님!"

"조용히 해."

에녹이 나직이 윽박질렀다. 쉐이든 박사는 바닥에 쓰러진 채 미동도 하지 않았다.

"죽은…… 거야?"

아길라의 질문에 에녹은 대답하지 않고 다시 한 번 방 안을 둘러보며 남은 물건들이 없는지 확인했다. 그의 뒷모습을 쫓던 아길라가 목소리를 높여 물었다.

"누나가 죽인 거냐고!"

"조용히 하라니까."

에녹이 다가와 휠체어 손잡이 양옆을 붙잡았다. 그러곤 고개를 바싹 들이밀며 말했다.

"그래, 내가 그랬어. 하지만 마땅한 최후가 아니니? 너도 읽었을 거 아냐. 이 남자는 우리 모두를, 감히 나를 속였어."

"하지만…… 박사님은 누나를 치료하려고 했어. 잠깐 동안은 나아지게도 했어!"

"내가 나아졌다고? 진심이니? 그럼 여기 누워 있는 이건 뭔데. 아버지의 얼굴을 그렇게 만들고, 어머니의 눈을 멀게 한 건 다 뭔데?"

코웃음 치는 에녹의 모습에 아길라는 몸을 떨었다. 그날 오후 가족들이 다 같이 보낸 잠깐의 행복한 시간이 벌써부터 멀게 느껴졌다. 또다시 자신의 잘못일까? 박사가 준 것을 누이에게 보여 주지 않는 편이 옳았을까? 혹 누이보다 먼저 펼쳐 보기만 했더라도…….

"약속했잖아."

그녀가 애원하듯 말했다.

"다리만 갖게 되면, 예전처럼 돌아갈 거라고 했잖아."

에녹은 들은 척도 하지 않고 고개를 돌려 버렸다.

"다 양보했잖아. 바라던 대로 됐잖아! 그런데 왜 또 이러는 거야?"

"넌 이해 못 해."

그 말 하나면 충분하다는 듯 에녹이 잘라 말했다. 그러곤 늘어진 쉐이든 박사의 두 다리를 붙잡고 힘겹게 끌어당기며 덧붙였다.

"처음부터, 모든 걸 갖고, 한 번도 부모로부터 배신당한 적 없던 네가 뭘 알겠어?"

아길라는 심장 한쪽이 저 끝없는 밑바닥으로 떨어져 나가는 것을 느꼈다. 그것은 절망이기도 하고 분노이기도 했다. 결국은 또 처음으로 되돌아가 그 이야기인 것이다. 어쩌면 박사의 말이 맞는지도 몰랐다. 누나는 결코 고쳐질 수 없다.

"그래, 난 알 수 없어. 누나와 똑같은 걸 겪지 못했으니까. 누구도 자기 자신만큼 본인의 고통을 이해하진 못할 거야. 하지만 그래서? 상처 입은 사람은 누나뿐만이 아니야. 부모님도 누나 못지않게 고통을 받고 계셔. 그런다고 그분들이 다른 사람을 원망하거나 다치게 하는 거 봤어? 아니, 그럼에도 불구하고 계속 누나를 사랑하셔. 심지어 누나의 모든 행동을 용서했다고. 한데 누나는 어때? 배신을 당했다고 사람을 죽여? 다리를 갖고 태어나지 못했다는 이유로 가족들을 다치게 해? 대체 언제쯤 이 미친 짓을 그만둘 거야!"

"다 죽어 버리면!"

에녹이 박사의 다리를 내팽개치며 소리를 질렀다.

"날 배신한 것들이 다 죽어 버리면! 전부 다 이렇게 만들 거야, 내가, 내가! 아직 안 끝났어. 결코 끝나지 않아!"

우려했던 사실을 확인받았음에도 아길라는 절망하지 않았다. 오히려 심장 한쪽이 단단하게 얼어붙는 걸 느꼈다.

"그래? 그렇다면 좋아."

그녀는 휠체어를 에녹 쪽으로 밀었다.

"그럼 나부터 시작해야겠네. 나부터 죽여. 결국 죄인은 나 아니야? 나와 한 몸으로 태어나지 않았다면 누나가 이렇게 될 일도 없었겠지. 부모님이 그토록 괴로운 선택을 할 필요도 없었을 거고. 그러니 나부터 죽여. 내가 죄인이니까. 그래야 하지 않아?"

당장 달려들 줄 알았던 누이는 그러나 뜻밖에도 한 걸음 물러섰다.

"나는…… 넌…… 그게 얼마나 웃기는 말인 줄 알아? 넌 지금 내 모습을 하고 있다고. 널 죽이면 날 죽이는 것과도 마찬가지란 말이야."

"진심으로 그렇게 생각해? 이 모습을 볼 때마다 혐오감을 느끼잖아. 누나가 가장 미워하고 가장 되돌아보기 싫은 게 바로 이 모습, 이 몸 아니야? 그러니 눈앞에서 치워 버려. 없애 버리라고."

아길라의 목소리는 한 점 흔들림이 없었다. 에녹은 동생의 이런 뜻밖의 모습에 놀라 뭐라 대꾸하지 못했다. 아길라가 낮은 목소리로 말을 이어 갔다.

"하지만 나로 끝내야 할 거야. 만약 내가 죽은 다음 부모님까지 건드린다면…… 명심해. 누구보다도 누나가 가장 잘 아는 분야일 테니까. 죽어서도 난 절대 누나를 용서 안 해. 지금 이 몸으론 누나를 막을 수 없지만, 아무도 모르지. 죽음 뒤에 어떤 세계가 있을지."

"하, 지금 날 겁주는 거야? 그것에 관해 아무것도 모르는 네가?"

아길라는 받아치려고 입을 열었으나 아무 말도 할 수 없었다. 에녹도 마찬가지였다.

바로 옆에서 다른 사람의 목소리가 들려왔기 때문이었다.

"으……."

두 사람 다 깜짝 놀라 바닥을 내려다보았다. 아까부터 쓰러져 있던 한 사람, 쉐이든 박사의 몸이 경련을 일으키듯 꿈틀거리고 있었다. 손가락도 까딱거렸다. 목에서는 가래가 끓는 것 같은 이상한 소리가 났다.

"도…… 도와……."

에녹이 얼른 그의 몸을 덮쳐 입을 틀어막았다. 그러나 쉐이든 박사가 울컥하면서 피 섞인 토사물을 뱉어 내자 질색하며 손을 떼어 냈다.

"왜, 왜지? 죽었어야 하는데, 당연히 죽었어야 하는데!"

아길라는 당장이라도 박사를 살피고 싶었지만 휠체어에서 내려갈 수가 없었다.

"아직 안 늦었어, 누나. 씻을 수 없는 죄를 짓기 전에 여기서 멈춰. 가서 부모님을 불러와, 어서!"

"미쳤어? 이런 짓을 한 걸 보여 주라고? 이번에야말로, 이번에야말로……."

에녹은 제정신이 아닌 것 같았다. 마구 머리카락을 헤집었다. 누이가 무엇을 생각하는지는 뻔했다. 다시 이런 일이 생기면 그때는 영원히 수도원에 가둬 버릴 거라고 아버지가 말했었다.

아길라의 머릿속에 앞으로의 일들이 빠르게 그려졌다. 절망을 느낄 법한데도, 입을 열어 나오는 목소리는 놀라울 정도로 침착했다.

"버려지겠지."

에녹이 텅 빈 눈으로 그녀를 바라보았다. 아길라는 지친 미소로 그를 마주 보며 말을 이었다.

"누나가 아닌 내가. 잊었어? 우리 둘의 모습이 지금 어떤지."

윌스턴 부부는 오래간만에 행복한 얼굴로 침실에 마주 앉아 있었다.

"그 신뢰하기 어렵던 박사가 마침내 뭔가 해낸 모양이군요. 정말 아길라가 울었단 말인가요? 미안하다고 사과하면서?"

남작의 믿을 수 없다는 목소리에 부인이 미소 지으며 답했다.

"그랬다니까요. 두 손을 꼭 붙들고 나도 함께 어쩌나 울었던지 몰라요."

"하지만 하루아침에 어떻게 달라졌을까요? 솔직히 난 믿기 어렵군요. 또 무슨 짓을 꾸미는 건 아닌지⋯⋯."

"그건 연기가 아니었어요, 여보. 난 알 수 있어요. 진심이라는 걸요."

윌스턴 남작은 생각에 잠긴 표정으로 중얼거렸다.

"그게 사실이라면, 앞으로 늘 오늘 같을 수만 있다면⋯⋯."

남작 부부 둘 다 잠시 과거를 회상했다. 아이들이 어린 시절엔 얼마나 행복했던가. 동화책에 나오는 이상적인 가족처럼 무서우리만치 행복했다. 비록 두 아이가 태어난 지 7년 만에 끝나 버렸지만, 인생 중 어느 시간과도 바꿀 수 없었다.

"아길라가 정말로 뉘우쳤다면 과거에 무슨 일이 있었든 용서할 수 있어요. 날 이렇게 만든 것도요."

"나도 마찬가지예요. 아니, 용서는 우선 내가 빌었어야 했어요. 아길라를 먼저 그렇게 만든 것이 우리였으니까."

"그렇군요. 그럼 아길라도 우릴⋯⋯."

말하던 윌스턴 남작의 몸이 갑자기 딱딱하게 굳었다. 그의 팔을 붙잡고 있던 남작 부인이 불안하게 물었다.

"왜 그래요? 무슨 일이에요?"

"……그거였나? 그걸 알았나?"

"네?"

남작이 부인의 두 팔을 붙잡고 다급하게 물었다.

"아길라가 만약 그걸 알았다면요?"

"그거라니요?"

"아길라가, 아길라가 갑자기 그렇게 변해 버린 이유가…… 그때 우리의 결정을 알아 버렸기 때문이라면요?"

그제야 남편이 하는 말을 깨닫고 남작 부인의 얼굴도 하얗게 질렸다.

"우리가 그때 에녹을 택했다는 거요?"

"그래요! 우린 한 번도 아길라에게 물어보지 않았어요. 왜 그렇게 우릴 미워하게 됐는지, 그렇게 변해 버렸는지. 아길라도 우리에게 물은 적 없어요. 왜 자신은 동생과는 달리 멀쩡하지 않은 채 태어난 건지. 어쩌면, 어쩌면 이미 알고 있었던 게……."

두 사람 다 몸에 소름이 돋는 걸 느꼈다. 한참 동안 방 안에 정적만 흘렀다.

잠시 후 월스턴 남작이 퍼뜩 정신을 차리며 부인에게 말했다.

"이제 말해야 해요. 제대로 설명해야 해요. 우리가 일부러 그런 게, 그 아이를 버리려고 그런 게 아니었다고요."

"난…… 모르겠어요. 정말 아니었을까요? 우리가 아길라를 버리고 에녹을 택한 게 아니에요?"

"아니에요! 그때 의사 선생님도 그랬고, 에녹 쪽이 훨씬 살 확률

이 높다고 했잖아요. 붙어 있는 위치를 봤을 때도, 분명 그 다리는 아길라의 것이 아닌 에녹의 것이었어요."

"그만해요! 그런 얘긴 더 끔찍해요. 아길라가 이해해 줄 리 없어요."

"이해하지 못한다고 해도, 우리 입으로가 아니라 다른 어딘가에서 잘못된 이야기를 듣는 것보단 나아요. 우리가 직접 그때 상황을 설명해야 해요. 그러고 나서 용서를 비는 게 맞아요."

남작 부인은 여전히 두려운 얼굴이었지만 그 말에 대해 생각해 보는 눈치였다. 윌스턴 남작은 그런 그녀를 가볍게 끌어안고 토닥이며 말했다.

"조금 시간을 두고 생각해 보도록 해요. 하지만 언젠가는 분명히 우리 입으로 말해야 할 때가 올 거예요."

남작 부인이 그의 품에서 갑작스럽게 울음을 터뜨렸다.

"만약 아길라가 정말 어딘가에서 그 이야길 들은 거라면, 그래서 그토록 우릴 미워한 거라면 어떻게 하죠. 혼자서 얼마나 괴로웠을까, 얼마나 상처 입었을까……."

"되돌릴 시간이 있을 거예요. 포기하지 말고 노력해 봐요. 오늘 같은 날이 있었던 걸 보면 분명 우리에게 희망은 있어요."

그러나 바로 그 순간 그들의 희망을 몸소 부수며 문을 박차고 나타난 존재가 있었다. 머리카락과 두 손이 피투성이인 에녹이었다.

"아버지, 어머니. 죄송해요. 하지만…… 큰일이 났어요."

윌스턴 부부의 마지막 희망, 아직까지 유일하게 집안에서 온전히 아름다움을 간직한…… 그 하나뿐인 아들이 피투성이인 채로 나타났을 때 그들 부부가 느낀 절망감은 말로 표현하기 어려웠다.

윌스턴 남작은 생각했다. 아길라의 짓이야. 역시 오늘 보여 준 잠깐의 평화는 속임수였어.

윌스턴 부인 역시 피 냄새를 맡고는 생각했다. 사고가 생긴 거야. 이번만큼은 아길라일 리 없어.

그러나 찰나의 생각이 이처럼 판이해도 입 밖으로 나가는 소리는 똑같았다.

"에녹!"

"에녹!"

남작이 먼저 침대를 박차고 아들에게 달려갔다.

"괜찮니? 어딜 다친 거야!"

"전 괜찮아요. 제가 다친 게 아니에요. 하지만 박사님이…… 빨리 박사님 방으로 가 보셔야 해요."

"박사? 박사라고?"

윌스턴 남작은 잠시 에녹의 말을 이해하지 못했다. 하지만 곧 냉정을 되찾았다.

"네 누나가?"

에녹은 고개를 애매하게 돌리며 대답을 회피했다. 그사이 허공을 휘저으며 다가온 윌스턴 부인이 아들을 꽉 끌어안았다.

"오, 에녹. 왜 이렇게 젖어 있니. 이게 다 피야? 정말 다친 데 없어?"

"전 괜찮아요, 어머니."

윌스턴 남작이 잠옷 위에 가운을 걸치며 에녹에게 말했다.

"네 어머니와 여기에 있거라. 무슨 일이 있어도 밖으로 나오면 안된다. 여기서 어머니를 지키고 있어라."

100

"난 괜찮아요. 에녹, 그보다 가서 집사를 깨우렴."

"아니, 안 돼! 내가 할게요. 둘 다 여기 있어요. 문도 걸어 잠그고. 어서!"

남작 부인은 남편의 말대로 했다. 불안하게 떨리는 어머니의 품에 안겨 있는 동안 에녹은 이상할 정도로 말이 없었다.

윌스턴 남작은 우선 집사의 방으로 달려갔다. 하인들 모두 잠든 듯 고요했기에 어쩔 수 없이 발걸음 소리가 울렸다. 세차게 노크를 하고 방문을 열자, 다행히 아직 잠들지 않은 집사의 얼굴이 보였다.

"미안하네, 루퍼슨. 지금 날 좀 도와줘야겠네."

루퍼슨은 아무것도 묻지 않고 남작을 따라 나왔다. 두 사람은 램프를 든 채 쉐이든 박사의 방으로 향했다. 복도는 괜한 긴장감이 들 정도로 적막했다.

박사의 방에 도착한 윌스턴 남작은 굳게 마음을 먹고 문을 열었다. 토사물 냄새와 피비린내가 훅 끼쳐 왔다. 다음으로 방 안의 광경이 보였다.

쉐이든 박사가 방 한가운데 쓰러져 있었다. 입 근처가 피범벅이었다. 그 곁에 너무나도 침착한, 마치 인형 같은 모습을 한 아길라가 휠체어에 앉아 있었다. 쉐이든 박사를 내려다보고 있던 그녀가 천천히 고개를 들어 윌스턴 남작을 바라보았다.

"제가 그랬어요, 아버지."

처참한 상황과는 맞지 않는 담담하고도 차가운 고백. 윌스턴 남작은 눈앞에 있는 것이 정말 사람이 맞는지, 자기 피를 이어받은 혈육이 맞는지 의심하기 시작했다.

"죄송해요."

그로부터 며칠간 윌스턴 남작가의 분위기는 마치 장례식이라도 치르듯 침울했다. 실제 검은 옷을 입지는 않았으나 모두가 그런 사람들인 것처럼 행동했다.

조용히 의사가 몇 번 왔다 갔고 편지도 몇 통 오고 갔다. 쉐이든 박사의 약혼녀는 병문안을 와서 박사의 상태를 들여다보고는 남몰래 한숨을 내쉬었다. 그리고 집으로 돌아가 일주일 후 파혼의 뜻을 전하는 정중한 편지를 보내왔다.

윌스턴 남작은 침상에서 그 편지를 읽어 주었으나 쉐이든 박사가 내용을 알아들었는지는 확인할 길이 없었다. 사고 이후 박사의 표정은 언제나 한결같았으며 누운 자리에서 전혀 움직이지 못했기 때문이다.

그 외에 다른 연고는 없었기에 자연스럽게 윌스턴 부부가 쉐이든 박사를 책임지게 되었다. 부부는 아무 불평 없이 최선을 다해 박사를 간호하고 돌보았다.

"누나는 이제 어떻게 하실 건가요?"

박사가 잠든 것을 확인하고 방 밖으로 나온 어느 날, 에녹이 남작에게 물어 왔다. 남작은 깊이 한숨을 내쉬었다. 아들의 질문은 지금껏 외면하고 있던 문제에 대한 해결책을 내놓아야 할 때가 왔음을 뜻했기 때문이다.

"루퍼슨이 예전에 말했던 그 수도원으로 보내 버리는 수밖에······."

어렵게 대답하는 남작의 말을 에녹이 단칼에 잘랐다.

"수도원이라뇨. 침묵하는 신의 품에서 누나가 조금이라도 바뀔 것 같나요? 정말 그렇게 당하고도 여전히 모르시겠어요? 누나는 결코 고쳐지지 않아요. 또한 어디에서도 안전하지 않을 거예요. 누나를 그저 다른 곳으로 보내 버리는 건, 아버지가 감당하지 못한다고 문젯거리를 다른 사람에게 떠맡기는 것에 불과하죠. 거기서도 만약 누군가를 해친다면 어떻게 하실 건데요?"

에녹의 표정에는 전에 없던 단호함과 일말의 비웃음이 떠올라 있었다. 남작은 예전과 다른 아들의 태도에 당황하면서도, 솔직한 마음으로 자긴 아무 상관 없다고 외치고 싶었다. 이 집을 나서는 순간 아길라는 더 이상 그의 딸이 아니며 자신의 인생과 아무 상관도 없는 존재가 될 거라고, 이제는 오직 너만이 내게 남은 자식이라고 말이다.

그러나 그는 남은 기력을 끌어모아 가까스로 그 말을 막았다. 아길라에 대한 미안함이나 양심의 가책 때문이 아니었다. 그는 아들이 자신을 경멸하게 될까 봐 두려웠다.

"거기까지는 미처 생각하지 못했구나. 하지만 그러면 네 누나를 어떻게 해야 할지······. 혹시 다른 방법이라도 있니?"

"있고말고요."

에녹은 그렇게 말해 주길 기다렸다는 듯 곧장 대답했다.

"어쩌면 아버지는 그 방법을 너무 비정하다고 생각하실지도 몰라요. 어머니는 더 하실 테고요. 그럼에도 불구하고, 누나를 벌주는 것과 동시에 우리 가족과 다른 사람들까지 지킬 수 있는 단 하나의 방법이 있어요."

남작은 그게 어떤 방법인지조차 묻지 않았다. 정신적으로 너무나 지쳐 버린 그의 눈에 아들은 마치 선지자처럼 보였다. 이 아이가 하는 말이 무조건 옳고 이 아이가 말하는 대로 행동해야 했다.

"신화에도 나와 있잖아요. 괴물은 본디 미로 속에 가두는 게 아니겠어요?"

처음 남작 부인은 남편이 영지 한구석 아무도 가지 않는 절벽에 정원을 만들겠다고 했을 때 자신의 귀를 믿지 못했다. 아길라의 문제를 해결하는 동안 그들의 재정 상태는 에녹의 학비를 걱정해야 할 지경으로 나빠진 상태였다. 아길라가 수도원으로 가는 걸로 알고 있는 남작 부인은 그곳에도 어느 정도 기부할 생각을 하고 있었다.

그러나 남작은 어디에서 났는지 모를 상당한 양의 돈을 마련해 왔고, 설마하니 자신 몰래 먼 친척들에게까지 돈을 구걸하고 다녔을 거라곤 상상도 못 한 남작 부인은 결국 어둡기만 했던 영지의 환경을 조금은 바꿀 필요가 있다는 데 동의했다.

돈이 마련되자 에녹은 남작에게 그림 한 장을 내밀었다. 에녹 스스로 자신의 역작이라고 말하는 그것은 그림이라기보다 도면에 가까웠다. 지면의 아름다운 정원으로부터 시작하여 지하로 파고 들어가 뱀처럼 끝없이 얽혀 내려가는 수직의 미로. 그대로 만들자면 지옥까지 닿을 수도 있을 것만 같았다.

"정말 인상적이다만…… 이런 걸 만들기엔 시간도 돈도 부족할 것 같구나."

남작의 말에 기대감으로 빛나던 에녹의 표정이 순식간에 일그러졌다.

"부족하다고요?"

"난 네가 미로에 대해 이야기했을 때 어떤 수사적인 표현이라고 생각했단다. 아길라를 가둘 지하실을 만들고 그 위를 정원으로 덮으면 된다고 생각했어."

"지하실이요? 겨우?"

에녹은 자리에서 일어나 흥분한 듯 응접실 안을 왔다 갔다 했다.

"아버지, 이건 아버지도 저도 아닌 누나를 위한 거예요. 저는 며칠 밤을 자지도 않고 오직 누나만을 위해 이걸 완성했어요. 이런 공간이야말로 누나한테 어울리니까요. 영원히 가둘 생각이라면 최소한 그 정도는 해 주셔야죠. 딸을 위해 이 정도도 못 한다는 말씀이세요?"

전에 없이 폭발할 듯 초조한 아들의 모습을 보자 윌스턴 남작이 얼른 대꾸했다.

"알겠다, 알겠어. 어떻게든 해 보자. 내가 어떻게든 해 보마."

그리고 그 '어떻게든'을 채우는 것은 어김없이 집사 루퍼슨의 몫이었다. 에녹이 만든 도면을 쥐지은 사람처럼 내미는 남작에게 루퍼슨은 평소처럼 간단히 대답할 뿐이었다.

"알겠습니다. 제가 적당한 사람을 알고 있습니다."

어릴 적 분리 수술을 성공시킨 의사를 데려올 때도, 쉐이든 박사를 데려올 때도 루퍼슨은 그렇게 대답했기에 남작은 집사의 능력을 조금도 의심하지 않았다. 예상대로 그는 금세 어디선가 건축가를 구해 왔고 그 건축가는 이해조차 하기 힘든 기하학적인 구조물을 보고서도 별다른 말없이 알겠다고만 했다.

수많은 통로가 절벽을 뚫고 끝없는 어둠으로 이어진다. 10년은 걸릴 일이라고 생각했는데 공사는 상상 이상으로 빠르게 진행됐다. 조금씩 형체를 갖춰 가는 수직 미로의 위용을 보면서 윌스턴 남작은 아들의 말에 동의하지 않을 수 없었다. 그런 끔찍한 곳이야말로 아길라에게 어울렸다.

그런 곳에 딸을 가둘 생각을 하면서 조금은 죄책감을 느꼈느냐고? 아니…… 오히려 옳은 바를 행하기 위해 자식을 땅 밑에 가두는 자신의 결정에서 숭고함마저 느꼈다.

그는 가족이 아닌 다른 사람을 해치기 전까지는 아길라를 용서할 수 있다고 말해 왔었다. 그러나 사실이 아니었다. 부인의 눈이 멀기 이전부터, 자신의 얼굴이 화상으로 일그러진 뒤 그걸 보고 아길라가 혐오스러운 표정을 지을 때부터 그는 이미 딸을 용서하지 못했다.

'그 아이는 악마의 딸이야. 이게 옳은 일이야.'

별들마저 침묵하는 밤, 수개월간 지하실에 홀로 갇혀 있던 아길라가 눈을 떴을 때 그녀의 곁에는 루퍼슨이 서 있었다. 아길라는 직감적으로 떠날 때가 왔음을 알았다.

실로 오래간만에 바깥으로 나온 그녀는 해가 아닌 달이 떠 있는 것을 보고 적잖이 실망했다. 어둠은 그녀에게 너무 익숙했고 그럼에도 여전히 두려웠다. 어째서 이렇게 밤에 떠나야 하는 것인지 이해하지 못했다. 마지막으로 저택을 돌아보기 전까진 말이다.

현관문이 굳게 닫혀 있었다. 모든 창문에도 커튼이 내려져 있었다. 주위에는 루퍼슨 말고 아무도 없었다. 아길라의 시선이 잠시 부모님 방 창문 근처를 덧없이 헤맸다. 그러나 누군가 지켜보고 있다는 기색조차 없었다.

차갑게 계산된 단호한 이별. 이것이 그녀의 선택에 따른 결과였다. 마지막으로 부모님의 얼굴조차 볼 수 없는 것이다.

미련처럼 잠시 더 기다리던 아길라는 루퍼슨을 향해 고개를 끄덕여 보였다. 집사는 그녀의 휠체어를 밀었다. 조용히 바퀴 굴러가는 소리만 들려왔다.

그가 자라 온 요람, 작은 정원과 테니스 코트, 그의 방, 함께 누워 책을 읽곤 했던 벽난로와 응접실, 그리고 아버지, 어머니…….

아길라는 소리 없이 눈물을 흘렸다. 휠체어가 필요 이상으로 오래 굴러가도록 울고 있을 뿐 자신이 어디로 가고 있는지에 대한 자각이 없었다. 그리고 눈물이 멎을 즈음에 그것을 발견했다.

땅 위로 갑자기 솟아오른 듯 그녀의 눈앞에 나타난 것은 달빛을 받아 창백하게 빛나는 밤의 정원이었다. 초여름을 맞아 갓 피어오르기 시작한 장미들이 숨 막히게 고혹적인 향을 풍겼다. 아길라는 자신이 꿈을 꾸고 있다고 생각했다. 꿈이 아님을 자각했을 때 자신도 모르게 웃어 버렸다.

"깜짝 선물인가요? 저를 놀라게 해 주려고…… 저는 수도원에 가는 게 아니었던 거군요."

아길라가 이렇게 말하며 올려다보자 루퍼슨은 무척이나 이상한 표정을 지었다. 원래부터 속을 알 수 없는 사람이긴 했지만 그 표정만큼은 정말로 무엇이라고 해석할 수가 없었다.

"네, 수도원에 가는 게 아니랍니다."

그가 짤막하게 대답하고 휠체어를 밀었다.

덩굴로 감싼 아치형의 문을 지나 말끔하게 포석이 깔린 정원으로 들어섰다. 왼쪽과 오른쪽에서 서로 다른 종류의 꽃이 조명을 받으며 각자의 빛을 발했다. 부드러운 꽃향기에 이어 싱그러운 나무 향이 그동안 두려움만 가득했던 아길라의 마음을 씻어 내는 듯했다.

풀숲에 간간이 숨어 있는 조각상만이 그 속에서 이질적이었다. 사람도 동물도 아닌 그것들은 어딜 봐도 이 세계에 속한 것이 아니었다. 처음으로 아길라는 불길한 기분을 느꼈다. 하지만 아닐 거라고 애써 떨쳐 냈다.

어쩌면 여기 남을 수 있을지도 모른다. 갇혀 있어야 하더라도 가끔 이렇게 밤에 나올 수 있다면 그것으로 괜찮을지 모른다. 미로와도 같은 정원을 끝없이 지나 여기가 어딘지, 저택이 어딘지도 볼 수 없는 키 큰 나무들 사이로 들어왔을 때에도 그녀는 여전히 희망을 버리지 못하고 있었다.

그 끝에 서 있는 에녹을 보기 전까진.

"어서 와, 누나."

화려하게 미소 짓는 에녹과 달리 아길라의 얼굴에서는 웃음이 사라졌다. 대답 없는 누이를 아랑곳하지 않고 에녹이 루퍼슨을 향해 말했다.

"고마워요, 집사님. 여기서부터는 내가 데려갈게요."

루퍼슨이 고개를 살짝 숙이고 물러섰다. 아길라는 지금까지 집사에게 특별히 애정을 느낀 적이 없었지만 지금만큼은 그에게 가지 말라고 매달리고 싶었다. 그러나 에녹이 휠체어 뒤에 서면서 시야를 막아 버렸다.

"보고 싶었어."

에녹이 입을 맞추려고 가까이 오자 아길라는 고개를 돌려 버렸다.

"서운하게 그러지 마."

"이게 다 뭔지 말해."

"명령하는 거야? 나한테?"

"말해."

에녹은 어깨를 으쓱이고 대답 대신 휠체어를 밀기 시작했다. 그들은 벽돌이 높게 쌓인 길로 들어섰다. 앞으로 나아갈수록 통로는 점점 더 좁아졌다. 빽빽하고 높은 벽이 달을 완전히 가렸다. 그 속에선 바람 소리조차 들리지 않았다. 아길라는 숨이 막히는 것 같다고 생각했다.

"자, 여기야."

그 길 끝에 문이 하나 서 있었다. 문이 필요한 장소가 아닌데도 뜬금없이 그저 길 위에 놓여 있었다. 실내로 이어지는 것도 아니고 그 문을 열어 봐야 그저 반대편 길이 보일 터였다. 그러나 누이가 아무 이유 없이 저런 문을 세워 두고 자신을 여기까지 데려오진 않았을 것이다.

"너도 알아줘야 해. 내가 이걸 만들기 위해 정말 많이 노력했다는 걸 말이야. 네 반응이 정말 기대돼. 자, 그럼 같이 한번 열어 볼까?"

"열고 싶지 않아."

아길라가 저항하자 에녹의 표정이 좋지 않게 굳어졌다.

"그러지 마. 이 순간을 망치지 말라고. 말 들어야지, 착한 내 동생."

에녹이 휠체어를 문 바로 앞까지 밀었다. 그러곤 억지로 아길라의 손을 뻗어 문에 닿게 했다. 어두워서 보이지 않았던 문에 그려진 문양들이 그제야 아길라의 눈에 들어왔다. 누이가 좋아하는 그 의미를 알 수 없는 문자들. 그리고 문자들을 동그랗게 감싸며 자신의 꼬리를 물고 있는 뱀의 모습이 보였다.

"너를 너만의 왕국으로 초대할게. 네가 이 모든 것의 주인이야."

에녹이 달콤하게 속삭임과 동시에 아길라의 손을 잡아 그 문을 함께 열었다.

모든 곳에 날이 서 있는 어둠. 마치 벽을 검게 칠해 놓은 것처럼 그 안에는 빛이라고 할 만한 것이 아무것도 없었다. 불가능했다. 아무리 그 안이 깊다 해도 이쪽 바깥의 빛이 한 점은 들어가야 할 게 아닌가. 그런데 그 어둠은 마치 문을 경계로 하여 세상을 이분법으로 나눠 버린 듯했다.

아길라는 직감적으로 그 안으로 들어가선 안 된다는 걸 알았다. 누구라도 그걸 본다면 알 수 있을 것이다. 그러나 휠체어를 붙잡고 버텨 보아야 에녹의 힘을 이길 순 없었다. 그들은 그렇게 지워지듯 어둠 속에 묻혔다.

아무것도 보이지 않았다. 그 안엔 공기마저 없는 것 같았다. 아길라는 손을 들어 눈앞에서 휘휘 움직여 보았다. 보이기는커녕 느껴지는 것조차 없었다. 그곳의 어둠은 비정상적으로 날카로웠고 냄새도 이상했다.

"나가…… 나가게 해 줘."

목소리를 내어도 소리조차 들리지 않을 거라 생각했다. 그러나 다행히 자신의 목소리는 들렸다. 뒤에서 비웃는 에녹의 목소리도.

"어둠이 무섭니, 에녹? 단지 어둡기만 한 것은 전혀 무서워할 필요가 없어. 없고말고……. 네가 신경 써야 할 것은 어둠이 아니라 그 속에 숨어 있는 무언가겠지."

아길라는 목덜미에 소름이 돋는 걸 느꼈다. 에녹이 그렇게 말하는 순간부터 보이지 않는 모든 곳에 무언가가 있는 것처럼 느껴졌다. 그녀는 절박하게 몸을 뒤로 빼서 에녹의 팔을 양손으로 붙들었다.

"가지 마. 내 옆에서 떠나면 안 돼."

"나한테 매달리는 거야? 이런……. 너무 사랑스러운데."

에녹은 떠나진 않았지만 휠체어를 미는 것도 멈추지 않았다. 이 어둠 속에서 누이는 대체 어떻게 보고 걸어가는 걸까? 당장이라도 어디 부딪히거나 굴러떨어질 것 같았다. 어느 순간 휠체어가 앞으로 기울었고 아길라는 소리를 질렀다. 그녀의 비명은 텅 빈 높은 공간에서 그러하듯 메아리를 타고 울렸다.

"귀 아프니까 그만해. 떨어뜨리는 거 아니야. 그냥 아래로 내려갈 뿐이야."

아길라는 더더욱 에녹의 팔을 꽉 붙들었다. 손톱이 그의 팔에 상처를 냈다. 그런데도 의외로 에녹은 내버려 두고 휠체어만 밀었다.

"어디로 가는 거야? 왜 이런 곳으로 들어온 거야!"

"아까 내가 하는 말을 귀담아듣지 않았구나. 여기가 바로 네 왕국이자 평생을 지내야 할 곳이야."

평생이라고? 아길라는 그 말을 들었지만 무슨 뜻인지는 이해하지 못했다. 와닿지 않았으니까.

"이 모든 광경이 보이지 않니? 널 위해 이렇게나 아름다운 지하 정원을 만들었어. 네가 좀 더 기뻐할 거라 생각했는데."

에녹의 다정한 말이 이어졌다. 그가 대체 진심으로 말하는 건지 놀리는 건지 구분할 수가 없었다.

"알았어, 알았으니까 나가. 날 위해 만들었다니 충분히 고마우니까 나가자고!"

"아무래도 받아들이지 못하나 보네. 하긴, 혼자만의 시간이 좀 필요하겠지. 너와 좀 더 있고 싶지만……."

"아니, 아니야! 혼자서는 안 돼. 날 두고 가지 마. 제발, 누나. 날 여기 혼자 두고 가지 마!"

그러나 아길라가 붙들고 있던 에녹의 팔은 자비 없이 빠져나갔다. 공황 상태에 빠지기 직전 무언가가 그녀의 얼굴에 닿았다. 마치 벌레와도 같은 감촉이라 아길라는 비명을 지르려 했다. 그러나 입이 무언가에 의해 막혔다.

잠시 후에야 아길라는 자신의 얼굴을 에녹의 두 손이 감싸고 있음을, 그가 자신에게 입맞춤하고 있음을 깨달았다.

"네가 나한테 매달리는 모습은 정말 보기 좋아. 하지만 에녹, 너도 기억하지? 내가 똑같이 너에게 매달렸을 때 네가 어떻게 했는지 말이야."

에녹, 너마저 떠나고 나면 난 정말로, 난 정말로 혼자가 될 거야……. 에녹, 내 사랑하는 동생. 그동안 내가 해 온 일들 모두 너와 나를 위해서였다는 거 알지? 그렇지? 날 버리지 않을 거지?

아길라는 과거의 그 목소리를 메아리처럼 들었다. 누이의 목소리이자 지금은 자신의 목소리였다. 하지만 그 대답에 어떻게 대답했었는지 도저히 생각나지 않았다. 뭐라고 대답했더라?

"버리지 않아, 누나. 학교에 가서도 매일 편지 쓸게. 가능할 때마다 집에 돌아올 거야. 나는 정말로 누나를 사랑해. 누나가 나를 그러하듯이."

에녹이 그 답을 천천히 되뇌는 걸 들으며 아길라는 조금씩 숨이 차오르는 것을 느꼈다. 이렇게 뛰다가는 심장이 금방이라도 멎으리라.

"누나, 나는…… 누나."

"나도 그렇게 할게. 편지는 루퍼슨이 가끔씩 와서 읽어 줄 거야. 방학 때는 집에도 돌아올 테니까 만나러 올 수 있겠지. 하지만 그때까진 얌전히 여기서 혼자 있어야 해. 알겠지, 내 동생?"

"안 돼!"

아길라가 울부짖으며 에녹의 품으로 파고들었다.

"누나! 누나, 제발…… 누나, 안 돼. 날 여기 혼자 두고 가지 마."

그러나 에녹은 단호히 그녀를 떼어 내고 뒤로 물러섰다. 단지 그랬을 뿐인데 아길라는 더 이상 그의 존재를 느낄 수 없었다. 그가 거기 있다고 확신할 수가 없었다. 그녀가 울면서 소리쳤다.

"날 버리지 마!"

어둠 저편에서 웃음소리가 들려왔다. 이미 상당히 멀었고 또 더 멀어지고 있었다.

"누나!"

그녀는 급히 휠체어를 굴렸다. 그러나 조금 나아가다가 뭔가에 막힌 것인지 한쪽 바퀴가 서 버렸다. 그럼에도 무리하게 힘을 주어 밀다가 휠체어가 옆으로 기울었다. 아무것도 보이지 않고 방향을 가늠할 수 없는 와중에 아길라는 자신의 몸이 붕 뜬 것 같다고 느꼈다.

다음으로 느낀 것은 어마어마한 고통이었다. 휠체어가 넘어지면서 단단한 바닥에 그대로 몸을 부딪혔다. 휠체어 손잡이에 옆구리를 찔린 아길라는 숨을 쉴 수가 없었다. 그 와중에도 울면서 생각했다.

내가 이렇게 된 걸 보면 누나가 다시 달려와 줄 거야.

그러나 기다려도, 기다려 보아도 아무 소리도 들리지 않았다. 웃음소리는 그쳤으나 자신에게 다가오는 발소리도 없었다.

갔을 리 없어. 그럴 리 없어. 내심으로는 나를 정말로 미워했을 리 없어.

그러나 울면서 땅을 기어도 누이는 다가오지 않았다. 아무도 그에게 오지 않았다. 어쩌면 이미 거기 없는지도 몰랐다.

"가지 마……!"

그녀는 거친 땅에 팔이 긁히는 것도 상관 않고 열심히 앞으로 기었다.

"돌아와 줘!"

그러나 그쪽이 앞이 맞기는 한 것일까? 자신이 들어온 길 그대로 올라가고 있는 게 맞을까?

그런 꿈을 꾼 적이 있었다. 두려운 무언가를 피해 아무리 달리고 기고 매달려도 앞으로 나아갈 수 없는 꿈. 깨어났을 때 온몸에 힘이 없고 이불이 흠뻑 젖어 있는 그런 꿈.

그녀는 울면서 끝없는 악몽을 기어갔다.

"한밤의 산책은 즐거우셨는지요."

문을 닫고 나오는 에녹에게 루퍼슨이 정중히 물었다. 에녹은 그 말에 대답하는 대신 다른 것을 말했다.

"식사는 당신이 챙겨 줄 테지요, 집사님."

"그럴 겁니다."

"꺼내 주지 말아요. 아무리 가여워 보여도. 아무리 당신에게 매달린다고 해도 말이에요."

"물론입니다. 그녀가 그곳에서 나오지 않길 가장 바라는 건 저니까요."

"왜죠?"

에녹이 홱 고개를 돌려 노려보았다. 루퍼슨은 대답 없이 평소처럼 무표정하게 서 있을 뿐이었다.

"아니……. 상관없어."

앞서가는 에녹의 뒤를 집사가 조용히 뒤따랐다. 저택으로 들어서기 직전이 되어서야 에녹이 덧붙였다.

"다음번 식사를 가져갈 때 상처에 바르는 약을 가져다줘요."

"알겠습니다."

"새 휠체어도."

"네."

"그 밖에는 아무것도 필요 없어요."

그가 조용히 중얼거렸다.

"나밖에는 필요하지 않아."

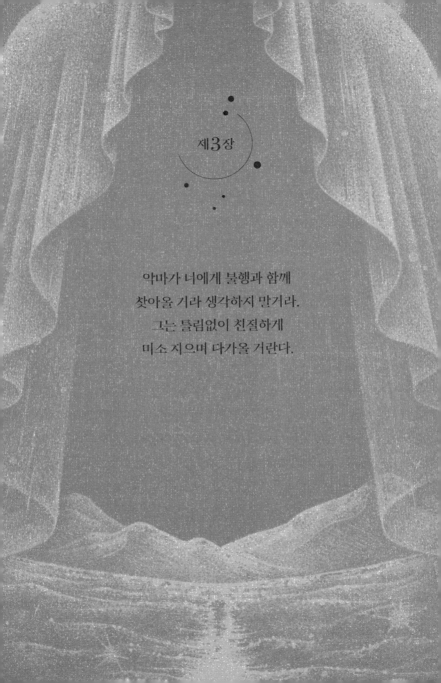

제3장

악마가 너에게 불행과 함께
찾아올 거라 생각하지 말거라.
그는 틀림없이 친절하게
미소 지으며 다가올 거란다.

세 남자가 테이블을 사이에 두고 서로를 마주 보며 앉아 있었다. 그들이 있는 곳은 무척이나 고풍스러운 취향을 가진 소유자의 응접실이었는데, 금과 조가비로 장식된 18세기의 원형 테이블과 한때 프랑스 왕가의 소유였던 안락의자 등이 이를 증명했다.

붉은 벨벳 커튼이 창문을 모두 뒤덮어 실내는 매우 어두웠다. 테이블 위에 놓인 은촛대만이 주변을 밝히는 빛 전부였다.

세 남자 중 상석에 앉아 있던 모리세이가 가장 먼저 입을 열었다. 세어 버린 금발에 회색 눈을 가진 그는 비교적 젊어 보이다가도, 한순간 짐작할 수 없이 나이가 들어 보이기도 했다.

"환영하노라, 영원한 밤의 일족들이여. 본디 밤은 하나이자 여러 개의 명암을 가진 것처럼, 우리는 서로가 서로의 과거이자 현재이며 미래인 바. 마술사여, 그리고 수집가여. 우리들이 불결의 땅이라 부르는 이곳에 자의로 혹은 타의로 머무르는 자들이여. 우리는 밤의 일족으로서 오랫동안 각기 인간들에게 관여하여 왔다. 오늘, 지금 이 순간은 그에 대해 고백하는 시간이다."

그의 말이 끝나자 양옆의 두 사람이 각기 다른 미소를 지어 보였다. 잠시 침묵이 흐른 뒤 모리세이가 다시 입을 열었다.

"친애하는 나의 마술사, 순수를 갈망하는 그릇된 자여. 그대는 원하던 바를 찾았는가, 키욜 백작?"

모리세이의 질문에 키욜은 자기 모자를 벗어 테이블 위에 올려놓았다. 젊은 얼굴과는 다르게 하얗게 퇴색된 머리카락이 이질적이었다.

"과거의 어딘가에서 분명히 찾았다고 믿고 있습니다. 그래서 서둘러 그곳을 떠나왔지요."

"떠나왔다라? 과연, 그대다운 선택이군."

그러자 나머지 남자가 비웃음 소리를 냈다. 두 사람 모두 그를 돌아보았다.

"무언가 마음에 들지 않는 부분이 있는가 보군, 마라 공작."

"아, 설마 그럴 리가요."

그는 키욜 백작과 다르게 모자를 벗지 않았다. 그림자 속에서 유독 새빨간 입술이 두드러졌다.

"나는 다만 그의 말을 믿을 수가 없을 뿐입니다. 찾던 것을 찾았단 말인가요, 진실로?"

"진실인지 아닌지는 내가 판단할 몫이 아닙니다. 그러나 나는 그렇다고 믿고 있습니다."

"하, 하, 하. 백작, 그대가 찾는 것은 어디에도 없어요. 무지개의 끝에라면 있을까? 혹 달의 뒷면에라면."

"오해한 것이길 바랍니다만, 공작. 당신의 말은 마치 내 갈망을 비웃는 듯하군요."

"용서해 주시지요. 내가 지을 수 있는 웃음은 이것뿐이라서."

그의 말이 끝나자 테이블 위에 놓인 다섯 개의 촛불이 흔들거렸다. 백작과 공작은 촛불 너머로 서로를 조용히 바라보았다. 이때 모리세이가 자리에서 일어나 양팔을 벌렸고, 그제야 둘 다 서로에게서 눈을 떼고 그를 바라보았다.

"적어도 불결의 땅에서 살아가야 하는 우리 일족만큼은 서로 간의 다툼이 없을 줄 알았는데."

"사과드리지요, 대공. 이 자리에 품위와는 어울리지 않는 자가 있다 보니 저도 잠시 예의를 망각했나 봅니다."

키욜 백작이 그렇게 말하곤 자기 모자를 끌어당겼다. 마라 공작은 도드라지게 붉은 입술을 길게 찢어 웃을 뿐이었다.

"자, 그럼 친애하는 나의 수집가, 백골의 노예여. 그대는 벗어나려던 것으로부터 자유로워졌는가?"

마라 공작은 고개를 돌린 채 손가락으로 테이블을 탁탁 두드렸다.

"과거에도 미래에도 언제나 나는 그것에 매여 있습니다. 그건 바로 이 내가 자유로워지길 원하되 원하지 않기 때문이지요. 사실은 이 구속이 막 마음에 들려던 참입니다."

"그대를 위해 그것을 기뻐해야 할까, 아니면 안타까워해야 할까?"

"내 대답은 아무것도 하지 말고 그저 신경을 거두어 주시라, 그뿐입니다. 사실은 이 자리도 마음에 들지 않습니다. 당신들은 내게 내

놓을 것이 아무것도 없기 때문이지요. 천생 수집가인 나는 내게 아무것도 줄 수 없는 자들을 좋아하지 않습니다."

키욜 백작이 그를 향해 나직이 말했다.

"회한의 공작이여, 당신이 지금 말하고 있는 상대가 우리들의 대공이란 것을 잊어버린 듯하군요. 예의를 버릴 참입니까, 저 불결한 인간들처럼?"

"그러는 당신이야말로 우리의 유일한 지배자가 아닌 다른 자에게 충성을 바칠 작정입니까, 저 오염된 인간들처럼?"

모리세이는 또다시 두 사람을 중재하기 위해 손을 들어 올려야 했다.

"그만, 둘 다. 나는 공작의 말을 존중한다. 잠시 밤을 떠나온 그대들과 달리 나는 모든 지위와 명예를 외면한 채 이곳으로 떨어진 몸. 지금의 나는 어찌 보면 가장 저급한 밤벌레보다도 못한 존재라 할 수 있다."

키욜 백작이 뭔가 반문하려 했으나 대공이 저지하며 말을 이었다.

"다만 이러한 시간을 가지고자 하는 것은 나 자신의 권태를 물리치기 위해서일 뿐. 응해 준 그대들에게 고마움을 느끼는 것이 내가 할 수 있는 전부다."

그렇게 말하고 그는 반대편의 비어 있는 한 자리를 바라보았다.

"물론 부름에 응하지 않는 자도 있다만, 이런 의외성 역시 나에겐 즐거움이지."

"과연, 고독하신 대공께서 우리를 심심풀이로 불러내시는 거였군요."

"해서 그대에게 모욕적인가, 공작?"

모리세이가 어둠 속에서 가만히 응시했다. 마라 공작은 잠시 그 시선을 받아 내다 대꾸했다.

"각기 다른 곳에 존재하는 우리가 서로 무얼 하는가 알아보는 것도 나쁘진 않다……는 정도로 해 두지요."

"고맙군."

모리세이가 자리에 앉자 응접실 안에는 잠시 평화로운 정적이 흘렀다. 조명은 그들의 고향인 밤의 세계와 완전히 부합했다. 때문에 키욜 백작은 그의 대공이 얼마나 그곳을 그리워하는지 알 수 있었다.

"실례가 아니라면 이쪽에서도 한 가지 질문을 드리고 싶군요, 칼마 대공."

"해 보게."

키욜 백작은 그들이 고향을 부를 때면 으레 그러하듯 한쪽 가슴에 손을 대고 고개를 숙인 뒤 말했다.

"불온한 어둠의 안식처이자 결코 생명이 잉태되지 않는 땅, 우리들의 고향으로 다시 돌아가실 생각은 없는 겁니까?"

모리세이는 잠시 침묵을 지키고 있었다. 그 찰나의 정적 속에는 많은 것이 담겨 있었다. 회한과 그리움, 어쩌면 증오 같은 것들이.

"유감스럽게도 내 대답은 '그렇다'일세. 짐작할 수 없이 긴 밤의 시간 동안 나는 서서히 압사당해 왔지. 안락함과 권태, 평온 같은 것들에 말이야. 불안정하지 않을 것, 넘치지도 모자라지도 않을 것, 아무 흔들림이 없을 것. 그런 것들이야말로 온전하며 무결한 상태라고 믿어 왔어. 나는 밤의 고요와 평온을 닮으려 했고 그 이면의 소란과 격정은 모두 외면했다네. 점점 완전해져 가고 있다고 생각했어. 굳이 밤의 안락한 품을 떠나 불결의 땅으로 가는 그대 같은 자들을 이해하지 못했지."

키욜 백작은 알겠다는 듯 고개를 끄덕였으나 마라 공작은 작게 비웃는 소리를 냈다. 모리세이는 신경 쓰지 않고 말을 이어 갔다.

"그 어리석은 밤의 끝에서 나는 돌처럼 굳어 가고 있네. 아니, 수사적인 표현이 아니야. 말 그대로의 의미지. 어쩌면 이대로 마지막을 맞이한다 해도 그다지 아쉬움은 없을지도 몰라. 그러나 단 한순간의 망설임이, 어쩌면 이쪽과 다른 저편에 무언가 있을지도 모른다는 일말의 궁금증이 내 걸음을 움직였다네."

백작은 살짝 고개를 숙여 보였다.

"대공의 뜻을 존중하며 또 위로의 뜻을 표합니다. 어쨌든 이미 불결의 땅에 머물기로 결정하셨으니 이 땅에서 대공께 흥미로운 것을 찾아보는 일도 나쁘지 않을 겁니다. 우스갯소리이긴 합니다만, 인간 세상에서 반세기를 지내면 천사는 타락하고 악마는 반대로 교화된다고 하지요. 그 말은 어쩌면 진실에 가깝지 않습니까?"

"그건 유감스럽군. 그리고 절망스러워. 나에게는 그 말이 해당되지 않아. 왜 나는 그대들이 발견한 그 흥미로운 것들을 하나도 찾지 못했을까?"

모리세이의 말이 너무나도 공허하게 텅 비어 있어, 키욜 백작은 자신의 마음도 마찬가지로 아프다고 생각했다. 그러나 마라 공작은 입술을 길게 찢어 웃으며 대꾸했다.

"그야 미천한 우리와는 다르게 워낙 고상한 취향을 가지고 계시기 때문이지요. 그러나 알고 계신지요? 그런 존재일수록 오히려 미물과 다름없는 하찮은 것에 갑작스레 마음이 빼앗겨 자기 자신을 잃어버리기도 한답니다. 대공께서 그 기나긴 침묵을 깨고 마침내 선택하는 게 무엇일지 염려되면서도 무척 기대되는군요."

모리세이는 그 말에 아무 반응도 보이지 않았으나 대신 키욜 백작이 잔잔한 분노를 드러냈다.

"참을 수 없이 저급한 빈정거림이군요, 공작. 점점 그대의 뒤틀린 입술을 닮아 가는 듯합니다."

"백작의 말대로 내가 이 땅에 너무 오래 있어 교화된 모양이지요. 당신처럼 교활하게 혀를 놀리는 일 따윈 할 줄을 모르겠으니."

모리세이는 세 번째로 손을 들어 올렸고, 그것은 모임의 끝을 알리는 것이었다.

"유쾌하고도 아쉬운 시간이었네. 이제 그대들의 시간으로 돌아가게나."

"언제든지 또 불러 주시죠, 대공."

마라 공작은 그렇게 말하고 곧장 어둠 속으로 퇴장했다. 키욜 백작은 천천히 일어서서 모자를 눌러 썼다.

"어떤 바다는 너무도 깊고 잠잠하여 약간의 바람으로는 파도조차 일으키기 어려운 법. 그러나 거센 바람이 불어올 것입니다. 그것은 언젠가 반드시 오죠. 감히 바라건대, 당신의 마음을 뒤흔들 그 무언가를 찾아내시길. 제가 그러했듯이 말입니다, 대공."

"고맙네, 나의 진정한 벗이여."

키욜 백작은 미소 짓곤 어둠 속으로 걸어 들어갔다. 혼자가 된 모리세이는 의자 깊숙이 몸을 눌렀다. 촛불이 하나씩 꺼지고, 마침내 그곳에는 어둠밖에는 남지 않게 되었다.

키욜이 남기고 간 마지막 말이 잔상처럼 어둠 속을 맴돌았다.

"그러나 바라던 것을 마침내 찾았다고 하여, 그 끝이 반드시 만족일 수는 없으니……."

"여러분은 나와 함께 1년간 신학을 공부했습니다. 이제 적어도 이 과목이 단지 신이 존재하느냐, 그렇지 않느냐에 대해 답을 찾는 간단한 학문은 아니라는 걸 알았을 겁니다. 물론, 매시간 신보다는 꿈과 소통하길 좋아했던 막심 군은 모를 수도 있겠지만."

반쯤 졸고 있던 막심은 자기 이름이 불리자 화들짝 놀라며 제자리에서 들썩거렸다. 학생들이 웃음을 터뜨렸다. 모두 들떠 있었기에 무슨 말을 하든 웃을 준비가 되어 있었다.

모리세이는 그들을 돌아보곤 말을 이었다.

"나는 신자가 아닌 학자입니다. 신을 대하는 자세도 마찬가지죠. 그러니 신앙심의 정도에 따라 학점이 나갈 거란 걱정은 하지 않아도 됩니다. 본인을 무신론자라고 말하기 좋아하는 토머스 군에겐 좋은 소식이겠군요. 자 그럼, 마지막 수업이니 긴말은 하지 않겠습니다. 방학 잘 보내도록 해요."

학생들 모두 소리를 질렀고 전통에 따라 교과서를 위로 던졌다. 몇몇은 일부러 평소 사이가 좋지 않던 급우를 향해 던지기도 했다.

모리세이는 난장판이 된 교실을 떠나 자기 방으로 절뚝거리며 돌아왔다. 그리고 손에 들고 있던 교과서와 수업 노트, 학생들의 이름이 적힌 출석부를 난로 속에 집어넣었다.

종이가 불 속에 잠긴 채 사그라지는 것을 보던 그는 난로 위에 있던 주전자를 들어 올렸다. 찻잔에 따뜻해진 물을 따르고 작은 커피 봉지를 담갔다. 그리고 서랍 속에서 병을 꺼내 브랜디를 살짝 부었다.

그가 찻잔에 대고 손가락을 튀기자 브랜디에 파란 불이 확 붙었다. 마지막으로 설탕 한 조각을 넣고 수저로 천천히 저으며 창가로 걸어갔다.

창밖 교정에서는 신이 난 학생들이 교문으로 뛰어가고 있었다. 석 달에 가까운 자유는 충분히 흥분할 만했다. 학생들은 가족들과 시간을 보내고 여행도 가고, 취미 생활을 즐기며 여름 방학을 보낼 것이다. 다시 학교로 돌아갈 일을 생각하며 하루하루 최선을 다해 즐길 터였다.

'살아 있는 것은 모두 사랑스럽다고 했던 엘마이다의 말이 이해가 갈 것도 같군.'

모리세이는 마지막 학생이 교정을 떠날 때까지 그 자리에서 지켜보았다. 해가 지면서 텅 빈 교정 위로 붉은 빛이 흘러들었다. 고요하고 고독한 풍경이었다.

"마치 지옥 같군."

오래도록 떠나온 고향을 생각하면서, 그가 중얼거렸다.

모리세이는 어두운 색의 가죽 가방 안에 간단히 짐을 쌌다. 20년 동안 썼던 방을 마지막으로 나오면서 한 번 뒤돌아보지도 않았다.

진작 행했어야 할 일이었다. 처음 학교에 온 순간부터 꽤 시간이 지난 지금까지 그의 외모는 전혀 변한 것이 없었다. 그리고 쓸데없이 남의 일에 참견하길 좋아하는 동료 교수 하나가 이를 수상하게 여겼다.

점차 자신에게 접근해 오는 그를 보며 모리세이는 고민에 빠졌다. 그만 학교를 떠날 것인지, 아니면 그 동료 교수를 죽일 것인지 말이다.

결정을 하기까지는 오래 걸리지 않았다. 그는 시끄러운 일도, 성가신 일도 싫어했다. 그래서 혼자 조용히 떠나기로 마음먹었다.

이제 어디로 갈 것인가.

기차역에 앉아 시간표를 들여다보며 모리세이는 고민에 잠겼다. 이 나라에서 그가 가 보지 않은 도시는 거의 없었다. 130년이 넘은 긴 방황이었으니 그럴 만도 했다. 이참에 나라를 옮기는 것도 한번 고려해 봄직했다.

시간표를 손에 든 그는 짧게 무언가 중얼거렸다. 그러자 종이들이 저절로 갈라지더니 잠시 후 십육각형의 모형이 만들어졌다. 각각의 면에는 서로 다른 도시의 이름이 적혀 있었다.

"매혹적인 우연의 흐름이여. 나를 인도해 보게나."

그는 모형을 기차역 바닥에 던졌다. 도형은 바닥을 굴러가더니 제자리에서 몇 번 돌았다. 모리세이는 눈을 떼지 않고 지켜보았다. 그리고 멈출 때쯤, 누군가의 발이 그 종이 도형을 밟아 버리고 말았다.

모리세이는 한순간 말을 잃고 있다가 천천히 고개를 들어 누구인지 확인했다.

"이런, 세상에."

밟은 이도 자기가 무슨 실수를 저지른 건지 알아차린 모양이었다. 그는 짓밟힌 종이와 모리세이의 얼굴을 확인하곤 매우 미안해하는 표정을 지었다.

"정말 죄송합니다. 제가 발밑을 잘 살피지 못했어요. 이걸 어떻게…… 아끼시는 물건인가요?"

그는 종잇조각을 주워 들고 모리세이에게 걸어왔다. 하지만 모리세이의 눈은 망가진 주사위 대신 상대방을 보고 있었다.

상대는 고작 열 살 전후의 나이대로 보이는 어린 소년으로, 한번 보면 잊기 힘든 인상을 가지고 있었다. 태어날 때부터 신에게서 찬란함을 부여받은 반면 짧은 생을 살아오며 얻은 알 수 없는 그늘로 인해 얼굴에서부터 독특한 분위기를 풍기고 있었다. 고전풍의 화가라면 이 소년을 모델로 여러 가지를 그리고 싶어 할 게 분명했다. 자기 자신을 사랑했던 미소년에서부터 타락한 성자까지.

"괜찮으신가요? 저……."

아무 말도 하지 않고 쳐다만 보고 있으니 소년은 모리세이가 화가 났다고 판단한 모양이었다. 곤란해하는 소년을 좀 더 놀려 주고 싶은 게 그의 본성이었지만, 그쯤 해 두기로 했다.

"아니요, 괜찮습니다. 자세히 보면 그게 기차 시간표에 불과하다는 걸 알게 될 겁니다. 단조로웠던 나머지 모형을 접어 굴렸을 뿐, 내겐 아무 의미가 없습니다. 괜히 당신을 곤란하게 만들었군요. 그러니 그만 미안해하고 가 봐도 좋습니다."

"아, 그런가요. 다행이네요."

소년의 얼굴에 안도감 섞인 미소가 번졌다. 모리세이는 문득 이 소년이 마음만 먹는다면 누구든 자기편으로 만들 수 있겠다고 생각했다.

"어쨌든 못 쓰게 되었으니, 여기 제 시간표를 받으세요. 어디로 가시는지는 모르겠지만 안전한 여행길이 되길 바랄게요."

소년은 정중하게 인사하곤 기차역 저편으로 걸어갔다. 모리세이는 소년이 사라질 때까지 지켜보다 자기 손에 쥐인 시간표를 향해 눈을 돌렸다.

거기에 적힌 수많은 도시 중에서 알포드라는 도시에 동그라미가, 그리고 12시 30분에 밑줄이 쳐져 있었다. 모리세이는 미소를 지으며 시간표를 주머니 속에 넣었다.

"과연. 우연의 인도란 흥미롭군."

그는 창구로 걸어가서 알포드로 가는 기차표를 달라고 했다.

기차를 타고 가면서 보이는 풍경은 매혹적일 만큼 아름다웠다. 모리세이는 인간 세상에서 무언가를 아낄 수 있다면 바로 이와 같은 풍경일 거라고 생각했다.

그의 고향인 밤의 세계에서는 결코 볼 수 없는 녹빛 초원, 푸른 빛의 하늘, 간간이 끼어 있는 구름 아래 동그라미처럼 지는 그림자, 시냇가에 놓인 작은 돌다리와 장난감 같은 집과 마을. 그 아기자기

한 평온은 모리세이의 마음도 기분 좋게 만들었다.

"……객실을 착각하다니, 집사님답지 않네요."

"죄송합니다, 도련님."

대화 소리와 함께 모리세이가 있던 객실의 문이 벌컥 열렸다. 객실로 들어오던 상대는 모리세이를 발견하고는 당황하는 기색이었다.

"아, 죄송합니다. 누가 계신 줄도 모르고 소란스럽게……."

소년의 말끝이 흐려졌다. 대신 모리세이를 보는 눈빛에 낯익은 반가움이 떠올랐다.

한편 모리세이도 이 뜻밖의 만남에 놀라고 있었다. 객실로 들어온 것은 아까 기차역에서 만난 바로 그 소년이었다. 소년의 시간표를 따라 목적지를 고른 것은 맞지만 같은 객실까지 얻은 건 우연한 일이었다.

"혹시 아까 기차역에서 뵌 분이 아닌가요? 제가 시간표를 망가뜨렸었지요."

모리세이는 꼬았던 다리를 곧게 펴며 소년을 마주 보았다.

"맞습니다. 이곳에서 또 만나게 되는군요."

"아, 역시! 같은 기차에 같은 객실이라니, 놀라운 인연이네요."

모리세이는 간단히 고개만 끄덕이곤 소년이 앉을 수 있도록 짐을 한쪽으로 밀어 자리를 내주었다. 소년은 바로 맞은편에 앉았고, 집사라고 불린 남자는 짐을 정리한 뒤 소년의 곁에 앉았다. 집사는 모리세이를 한동안 바라보다가 시선을 창가로 돌렸고 그 이후로 거의 자세를 바꾸지 않았다.

그러나 소년의 경우에는 이 만남을 재미있어하는 게 분명했다.

곧장 입을 열어 이렇게 말을 걸어왔기 때문이다.

"어디까지 가시나요? 저는 알포드에서 내려요."

"또 다른 우연의 연속이군요. 나도 그곳까지 갑니다."

"그곳에 살고 계신가요?"

"그렇지는 않습니다."

"저는 처음 가 봐요. 거기 있는 학교에 입학 면접을 보러 가는 길이에요."

소년은 모리세이가 묻지 않은 것까지 즐거운 듯 늘어놓았다.

"학교에 가 보는 건 처음이라 조금 떨리네요. 혹시 알포드에 있는 세인트 카빈 스쿨이란 데가 어떤 곳인지 아시나요?"

모리세이가 대답하려고 입을 여는 순간 그때까지 가만히 있던 집사가 먼저 말했다.

"도련님, 이쪽 신사분께서 알포드에 살고 계시지 않는다고 하니 아마 잘 모르실 겁니다. 학교에 대한 것은 제게 물어보셔도 됩니다."

"아참, 그랬지요."

집사의 말을 들은 소년은 곧장 모리세이에게 사과했다.

"성가시게 해 드려 죄송합니다."

"아니, 괜찮습니다."

그대로 잠시 침묵이 흘렀다. 소년이 굳이 집사에게 다시 학교에 대해 묻지 않는 것을 보니, 정말로 궁금해서였다기보단 그저 말동무가 필요했음을 알 수 있었다. 그래서 이번엔 모리세이가 먼저 말을 걸었다.

"학교에 입학할 시기는 아닌 걸로 아는데, 다른 곳에서 옮겨 오

132

는 겁니까?"

"아니요. 사실 제가 다른 아이들보다 늦게 학교에 들어가는지라……. 벌써 1년 늦은 입학생이네요."

"학교에 늦게 들어가는 특별한 이유라도 있습니까?"

기대감에 차 있던 소년의 얼굴이 조금 어두워지는 것을 보니, 말하지 않아도 곤란한 일이 있었음을 짐작할 수 있었다. 모리세이는 소년이 대답하지 못하는 것을 사과하기 전에 먼저 말했다.

"사적인 걸 물었군요. 방금 내 질문은 잊어버려도 좋습니다."

소년이 고마운 눈빛을 보내왔다. 그러더니 자세를 고쳐 앉고 자못 진지하게 말했다.

"실례가 되지 않는다면 정식으로 저를 소개하고 싶습니다."

그러고서 옆에 있는 집사를 바라보았다. 집사는 처음 보는 남자에게 에녹이 자신을 소개한다는 것이 못마땅한 기색이었지만 태도만큼은 깔끔하게 입을 열었다.

"여기 계신 분은 더처 영지에 있는 월스턴 남작가의 자제인 에녹 월스턴 도련님이십니다."

그렇게까지 소개를 받고 나니 모리세이로서도 답하지 않을 수 없었다.

"모리세이 칼마입니다. 여러 학교를 전전하며 교수직을 맡고 있습니다."

"와, 교수님이셨군요. 어떤 과목을 가르치시나요?"

"주로 역사와 신학입니다."

"주로 제가 어려워하는 것들이네요."

에녹은 장난기 섞인 부끄러워하는 표정을 지었고, 그 표정을 보니 모리세이도 미소 짓지 않을 수 없었다. 동시에 충동적으로 어떤 것을 결정하고 말했다.

"아까 우리 사이의 인연과 우연에 대해서 이야기했었지요? 사실 한 가지가 더 있습니다. 당신은 세인트 카빈 스쿨에 입학 면접을 보러 간다고 했지요. 나도 마찬가지입니다. 그곳의 역사학 교수 자리가 비어 있다고 해서 그 자리에 지원하러 가는 길입니다."

알포드까지 가는 동안 두 사람은 끊임없이 대화를 나눴다. 중간에 목이 마른 에녹이 뭔가 마시지 않겠냐고 권하자, 모리세이는 설탕과 우유를 넣지 않은 커피라고 대답했다. 루퍼슨이 식당 칸으로 가서 주문하고 돌아오자 곧 커피와 에녹 몫의 코코아가 도착했다. 에녹이 그걸 맛있게 먹는 모습을 보며 모리세이는 역시 어린애답다고 생각했다.

기차로 네 시간이나 걸리는 거리였지만 서로 대화를 나누다 보니 금세 흘러갔다. 모리세이는 그 시간 동안 에녹에 대해 꽤 많은 것을 파악했다. 소년은 공손하고 예의 바른 태도를 지녔으며 누구나 다정한 눈으로 바라보았다. 목소리는 듣기 좋았으며 정확하고 고급스러운 발음을 구사했다. 학교에 다니지 못했다고 하지만 지식과 교양도 부족함이 없어 보였다.

다만 무언가 즐거운 것을 말하다가도 이따금 얼굴에 수심이 떠오르곤 했다. 마치 자신은 그런 즐거운 일을 겪어서는 안 되고 그럴 자격도 없는 것처럼, 이해할 수 없이 죄스러운 표정을 지었던 것이다. 아마도 소년의 독특한 인상을 만든, 모리세이가 알지 못하는 그의 유년 시절이나 개인사에 얽힌 일이리라. 학교에 늦게 입학하게 된 일도 무관하지 않을 터였다.

"알포드에 도착한 모양이군요."

기차가 서서히 속력을 줄이기 시작하자 모리세이가 말했다. 창밖을 내다본 에녹은 표지판을 발견하고 반가움과 아쉬움이 뒤섞인 표정을 지었다.

"벌써 도착하다니, 대화하다 보니 시간 가는 줄도 몰랐네요."

"나도 마찬가지입니다. 덕분에 생각보다 즐거운 여행이 되었습니다."

"학교까지 우리와 함께 차를 타고 가는 게 어떠세요?"

에녹이 권했지만 모리세이는 고개를 저었다. 이만 소년과 작별을 고할 때라고 느꼈다.

"아닙니다. 걸어가면서 주변 풍경을 둘러볼 생각입니다. 내겐 머물 곳의 환경도 중요해서요."

"아, 네……."

에녹은 아쉬운 기색이었지만 다시 권하지는 않았다.

기차가 완전히 서자 모리세이는 자신의 가방을 들고 내렸다. 에녹과 그의 집사가 짐을 챙기는 사이 조용히 빠져나온 것이다. 그들에게 절뚝이며 걷는 모습을 보여 주고 싶지 않았다.

기차역에서부터 학교까지 이어지는 길은 고즈넉한 전원 풍경의 모습이었다. 풍성하게 익어 가는 초록의 들판과 이름 모를 꽃들, 약간 뜨거운 볕과 땀을 훔쳐 가는 시원한 바람, 가끔 마주치는 이 고장 사람들의 정감 어린 눈빛과 인사까지.

'우연히 고른 장소치고는 마음에 드는군.'

기차역에서 에녹을 만나고 그가 자신의 시간표를 밟았던 것은 기분 좋은 인도였는지도 모른다. 만약 학교 분위기까지 마음에 든다면 정말 이곳에 정착하리라고 마음먹었다.

"이상한 일이군요. 우린 면접 일정을 잡은 일이 없는데."

"나는 분명히 오늘 날짜로 통보받고 왔습니다만. 직원을 통해 확인해 보시죠."

"그렇다면…… 잠시만요."

교장은 전화기를 들고 누군가를 불렀다. 잠시 후 모리세이를 교장실로 안내한 비서가 들어왔다.

"부르셨나요, 교장 선생님?"

"오늘 새로운 역사학 교수님 면접을 보기로 약속했다는 게 사실인가요?"

"네, 아침에 말씀드렸는데요."

"그래요?"

교장은 기억을 떠올리려 애쓰는 듯 잠시 미간을 찌푸렸다.

"하지만 왜…… 누가 그런 약속을 잡으라고 했지?"

"교장 선생님께서 직접요. 한 달 전인가, 역사학 담당이신 안센 교수님께서 다음 학기부터 안식년에 들어간다고 하셨잖아요. 그래서 새로운 역사학 교수님을 알아봐야겠다며 공고를 내 달라고 제게 말씀하셨어요."

여전히 미묘한 표정을 짓고 있던 교장이 한순간 아 하고 탄성을 질렀다.

"그랬지. 이제야 기억이 나네. 고마워요, 로스터 군. 그만 나가 봐도 좋아요."

비서가 나가자 교장이 한결 부드러운 태도로 모리세이를 바라보았다.

"실례를 용서하십시오. 제가 요즘 이렇답니다. 아무튼 서류도 완벽하고 경력도 훌륭하시고……. 우리 세인트 카빈에서 교수님 같은 분을 받아들이는 걸 오히려 영광이라고 해야 할 정도입니다."

그 후로 모리세이는 다음 학기 일정과 봉급 같은 실질적인 문제들에 대해 이야기를 나누었다. 역사학 교수 자리는 이미 그에게 내정된 것이나 다름없었다. 오랫동안 인간 세계에서 살아온 모리세이에게 마음만 먹는다면 누군가로부터 호감을 이끌어 내는 것은 어려운 일이 아니었다. 면접이 끝날 때쯤엔 교장이 거의 애원하다시피 자신과 함께 식사를 들자고 권할 정도였다. 그러나 모리세이는 예전에 생활하던 곳에서 짐을 옮겨 와야 하는 문제 때문에 그럴 수 없다고 거절했다.

"그리고 완전히 결정을 내리기 전에 내 신체상의 문제를 말씀드려야 할 것 같군요."

"신체상의 문제라고요?"

모리세이는 왼쪽 다리 위에 손을 얹었다. 교장의 눈이 그리로 향했다.

"이쪽 다리가 굳어 잘 움직이지 않습니다. 지팡이가 필요한 정도는 아닙니다만, 빨리 걷거나 뛰는 것은 무리입니다. 만약 학교생활을 하는 데 있어서 이 점이 문제가 된다면 얼마든지 거절하셔도 됩니다."

"거절이라니요, 무슨 말씀을. 그런 건 전혀 문제가 되지 않습니다. 우리 학교에도 몸이 조금 불편한 학생들이 있기 때문에 그런 문제에 대한 대처는 아주 잘해 두었답니다. 오히려 생활하기에 불편한 점이 있다면 언제든지 말씀해 주십시오. 즉시 개선해 드릴 테니까요."

"고맙군요."

악수하고 그의 방을 나서려는 순간 마지막으로 교장이 물었다.

"아, 그리고 이건 무엇보다 중요한 문제입니다만, 종교가 있으십니까?"

모리세이가 돌아보았다.

"종교요?"

"신을 믿으시냐고요."

교장이 미소를 지었다. 어떤 대답을 하든 나는 이해할 준비가 되었다. 그리고 나의 뜻에 맞도록 당신을 설득할 것이라는 의미가 담긴 미소였다.

그를 충족시키기 위해서가 아니라 자신의 생각에 따라 모리세이는 대답했다.

"물론입니다. 그의 존재를 부정한다는 것은 나 자신의 존재 또한 부정하게 되는 것이기 때문이죠."

교장은 그 이상 만족스러울 수 없다는 표정을 지었다.

학사 건물을 빠져나온 모리세이는 산책 겸 학교 안을 둘러보았다. 방학 이후라 넓은 교정 안은 무척 조용했다. 건물들은 그때그때 필요에 따라 지어진 것처럼 불규칙하게 늘어서 있었다. 그러나 오히려 주변 나무들이나 연못 등과 어우러져 편안한 느낌을 주었다. 학교라기보단 고즈넉한 옛 유적지를 거니는 기분이었다.

이전 학교에서 20여 년간 머물렀으니 이곳에서도 마찬가지일 터였다. 그 정도 시간을 보내기에 나쁘지 않았다. 그렇게 생각하며 걷던 그가 마침내 카빈 스쿨의 자랑거리라는 다이아몬드 호수 앞에 도착했을 때였다.

"이럴 수가."

그의 입에서 메마른 탄식이 흘러나왔다. 확실히 그 호수는 교장이 자랑할 만큼 아름다웠다. 바닥이 석회질이라 눈이 시릴 만큼 투명한 덕에 파란 하늘이 그대로 비쳐 보였다. 다이아몬드 호수라는 이름에 진정으로 걸맞았다.

그러나 모리세이가 놀란 건 그 때문이 아니었다. 호수 전체가 자신에게 너무나 친숙한 냄새를 풍기고 있었다. 밤의 세계에서나 맡을 수 있었던 그것. 게다가 다른 사람들의 눈에는 보이지 않겠지만 모리세이의 눈에는 호수 속에서 유영하는 밤벌레들이 똑똑히 보였다.

오랜 과거, 이곳에서 그의 고향과 관련된 어떤 일이 일어났던 게 분명했다. 그 여파로 이 근처 어디에 그곳으로 이어지는 통로가 생겨난 것이다.

'이곳은 안 돼.'

굳이 들인 수고가 아깝게 되었으나 그는 다른 학교를 찾아가야 했다. 그렇게 생각하며 호수로부터 돌아선 순간이었다.

"교수님."

낯익은 소년이 눈앞에 서 있었다. 주의력이 온통 호수로 가 있던 탓에 모리세이는 잠시 후에야 그가 누군지 알아보았다.

"윌스턴 남작가의 자제로군요."

"그렇게 부르지 마세요. 그냥 에녹이라고 불러 주시면 좋겠어요. 방금 면접을 마치고 나오는 길이에요. 교수님께서도 면접을 잘 치르셨나요?"

에녹의 질문에 순수한 기대감이 담겨 있었기에 어쩐지 그 앞에서 거짓을 말하기가 어려워졌다.

"교장에게 괜찮은 인상을 보인 것 같습니다."

"와! 잘되었네요. 저도 입학을 허가받았어요. 다음 학기부터 학교에 다닐 수 있을 거예요."

"그렇군요. 축하합니다, 윌스턴 군."

에녹은 그 부름이 어쩐지 서운하단 표정을 지었지만 잠시뿐이었다. 곧 허물없이 모리세이의 곁으로 걸어와서는 호수를 내려다보며 감탄을 내뱉었다.

"정말 아름답네요. 이 학교의 가장 큰 자랑거리라더니 그럴 만해요. 그렇죠?"

모리세이는 고개만 끄덕였다. 순수하게 감탄하고 있는 이 소년에게 호수의 밑바닥에 무엇이 있는지, 과거에는 이 호수가 어떤 모습을 하고 있었는지 알려 줄 필요는 없었다.

에녹은 호숫가로 가까이 다가가 쪼그리고 앉았다. 그러곤 잔잔한 호수 물결 위로 손을 뻗었다. 모리세이는 하마터면 그러지 말라고 말할 뻔했다. 그러나 적절히 자신의 입을 단속했고, 그래서 에녹은 거리낌 없이 손을 물속으로 집어넣을 수 있었다.

에녹의 손짓에 따라 물결이 이리저리 흔들렸다. 번져 가는 파동을 보고 있던 에녹이 천진한 얼굴로 모리세이를 돌아보며 말했다.

"물이 따뜻해요, 교수님."

"그렇습니까?"

"저는 이 학교가 정말 마음에 들어요. 교수님은 어떠세요?"

"……환경이 좋은 곳이라는 생각은 드는군요."

에녹이 미소를 지었다. 계속 그 자리에 있다간 눈앞의 소년과 더 긴 대화를 나누고, 원하지 않는 끈이 연결될 터였다. 모리세이는 그만 작별을 고할 때가 되었다고 생각했다. 그러나 입을 여는 순간 놀라운 일이 벌어졌다.

에녹의 손을 따라 멀어지던 물결들이 거꾸로 되돌아오기 시작했다. 거기서 그치지 않고 마치 소년을 붙잡으려는 것처럼 수면 위로 뻗어 나왔다. 모리세이를 돌아보고 있던 에녹은 물론 이 모습을 볼 수 없었다.

모리세이는 자신도 모르게 소년의 어깨를 붙잡아 자신 쪽으로 끌어당겼다. 강제로 물가에서 멀어진 에녹은 어리둥절한 얼굴로 모리세이를 올려다보았다.

"아······. 놀라게 해서 미안합니다. 호숫가 경사가 가팔라 월스턴 군이 물에 빠질 것 같았습니다."

"그랬나요? 감사합니다."

에녹은 고마워하는 미소를 보인 뒤 다시 잔잔한 호수를 돌아보았다.

"이런 물에서는 수영하는 것도 기분 좋을 것 같지만요."

방금 자신에게 무슨 일이 일어날 뻔했는지 전혀 알지 못하기에 그런 말을 할 수 있을 터였다.

"전 학교를 좀 더 둘러보고 저녁 기차로 집에 돌아갈 생각이에요. 교수님께서는요?"

"오늘은 이 근처 어딘가에서 잘 생각입니다. 이만 묵을 곳을 알아보러 가야겠군요."

"아······."

에녹은 무슨 이유에선지 머뭇거리다가 말했다.

"네, 그럼 방학이 끝나고 학기가 시작될 때 다시 뵙게 되겠네요."

"그렇겠지요."

"다시 뵐 때까지 건강하세요."

"월스턴 군도."

모리세이는 그를 놔둔 채 돌아서서 걷기 시작했다. 그러면서 조금 전에 있었던 일을 머릿속으로 떠올려 보았다.

호수 속에서 잔잔했던 그들이 어째서 에녹이 다가가자마자 손을 뻗었던 걸까? 그리고 무엇보다 자신은 그걸 왜 막아 주었던 걸까.

분명한 것은 그들이 에녹을 원하고 있고, 자신 같은 이가 막아 주지 않는 이상 조만간 그들에게 끌려갈 거란 거였다. 학교에서는 그저 신입생에게 생긴 불운한 사고 정도로 여길 것이다. 저 얕디얕은 호수에 빠져 목숨을 잃었다고.

'내가 관여할 바는 아니지만……'

우연히 만나 동행한 소년에게 이 정도의 작은 호의는 베풀어 줘도 괜찮을 터였다.

'이번에는 내가 적절한 때에 막아 줄 수 있었지만, 다음번에는 어떨지.'

알포드의 중심가는 시내라고 부르기도 민망할 정도였다. 기차역 근처에 상점과 여관, 음식점 몇 개가 옹기종기 모여 있는 것이 전부였다. 이렇다 보니 식당도 여관도 선택의 여지는 별로 없어 보였다.

모리세이는 동네 유일한 숙소로 보이는 작은 모텔로 들어가 방을 잡았다. 방은 저렴하면서도 생각보다 깨끗했다. 얼마 없는 짐을 내려놓고 식사를 하러 나오는데 여관 주인이 넉살 좋게 맞은편 식당을 추천해 주었다. 식당이라기보단 선술집이라는 말이 더 어울릴 법한 곳이었지만 군말 없이 추천해 준 곳으로 들어갔다.

메뉴에 있는 것은 대부분 안줏거리였지만 식사를 대체할 만한 것들도 마련되어 있었다. 주문한 음식을 기다리는 동안 모리세이는 창밖을 내다보았다. 차도, 사람도 별로 없는 모든 것이 작고 사소한 동네. 멀찌감치 높이 솟은 언덕 몇 개와 그 뒤로는 희미한 산도 있었다. 마을을 둘러싼 들판도 넓고 조용했다. 그가 딱 좋아하는 환경이었다.

'음식마저 입에 맞다면 정말로 여기 정착하게 될지도 모르겠군. 그러나 고향의 냄새를 풍기는 곳과 가까이 있는 게 과연 옳은 선택일까.'

잠시 후 감자샐러드와 신선한 야채 샌드위치가 나왔다. 음식을 내려놓는 종업원의 이름표가 보였다. 타일라.

"음료나 술은 필요 없으시고요?"

"물 한 잔 부탁합니다."

그녀는 왜인지 웃음을 참는 듯한 표정을 짓고 돌아섰다. 그러곤 바 뒤에 서 있던 식당 주인으로 보이는 여성과 모리세이 쪽을 힐끔거리며 뭔가를 속삭였다. 굳이 귀를 기울이지 않더라도 자신에 대해 이야기한다는 걸 알 수 있었다.

잠시 후 타일라가 물을 가지고 돌아와서는 물었다.

"혹시 신부님이세요?"

"아닙니다."

"이런, 틀렸네요. 술도 안 드시고 식단도 채식이라 분명히 신부님일 줄 알았거든요."

"채식을 선호할 뿐입니다."

"아하."

그녀는 그러고도 가지 않았다.

"그럼 여행인가요? 이 동네는 볼 것도 별로 없는데요."

"학교를 둘러보러 왔습니다."

"세인트 카빈 말씀이시군요. 자제분을 입학시키시려는 건가요?"

"아닙니다. 역사학 교수를 뽑는 모집 공고가 있더군요. 그 자리에 지원하러 온 겁니다."

"교수님이시구나. 잘됐어요? 뽑힌 거예요?"

"그렇다고 봐도 무방할 것 같군요."

"와우. 축하드려요, 교수님."

"고맙습니다."

대답하고 모리세이가 음식으로 눈을 돌리자 그녀는 눈치 있게 물러났다. 주방으로 돌아가는 타일라에게 다른 자리에 앉아 있던 손님이 모리세이와 무관하지 않은 농담을 던졌고, 그러자마자 그녀가 성을 냈다.

잠시 후 식사를 마친 모리세이는 값을 지불할 테니 커피에 브랜디를 타서 가져다 달라고 부탁했다. 타일라가 곧 가지고 돌아왔다.

"오늘 여기서 묵고 가세요? 그렇다면 추천해 드릴 만한 여관이 있는데……."

"건너편에 있는 곳에 이미 짐을 풀었습니다."

"잘됐네요. 저도 거길 말씀드리려던 거였어요."

"신경 써 줘서 고맙군요."

"카빈 스쿨의 교수님들이나 직원분들이 여기 자주 오시거든요. 단골 확보죠, 뭐. 자주 오실 거죠?"

"아직 잘 모르겠습니다."

"에이, 그러지 말고 종종 오세요. 채식주의자를 위한 메뉴도 마련해 둘 테니까요. 꼭이요, 네?"

모리세이는 잠시 그녀를 마주 보다가 대답했다.

"그렇게까지 말한다면 더 거절하기도 어렵군요."

그제야 타일라는 만족한 얼굴로 주방으로 돌아갔다.

모리세이는 해가 지는 창밖을 보며 천천히 커피를 즐겼다. 음식과 커피 모두 나쁘지 않았다. 다만 방금 그 종업원의 경우 다소 성가실지도 몰랐다.

이미 그는 인간들로부터 본의 아니게 호의를 얻은 경험이 종종 있었다. 그리고 대부분 좋지 않게 끝났다. 어쨌거나 모리세이로서는 그들에게 친절할 순 있어도 결코 애정을 줄 순 없었으니까.

예전에는 그게 큰 문제가 될 거라 생각하지 않고 아무 학교에나 들어가 있곤 했다. 그러나 다른 동료 교수나 직원들과 곧 문제가 생겼고, 심지어 어떤 경우 여학생과 얽히기도 했다. 이 때문에 학부모까지 학교로 찾아와 난동을 피우는 일이 벌어지자 그 뒤로는 남학생들만 있는 학교에서 근무하게 됐다. 그편이 조용히 생활하는 데 훨씬 도움이 되었다.

커피를 다 마신 그는 산책할 겸 동네를 한 바퀴 돌았다. 천천히 걸었음에도 한 시간도 안 되어 다 돌 수 있는 크기였다. 그러면서 사람들과도 거의 마주치지 않았다. 오직 저물어 가는 낮의 고요함과 저녁노을 냄새, 서늘한 바람만이 그와 함께했다.

그렇게 산책을 마치고 숙소로 돌아와 청결한 냄새가 나는 침대에 누웠을 때, 숙소 앞의 기차역에서 마지막 기차가 떠나는 소리가 들려왔다. 그 순간의 평온은 정말로 완벽한 것이었다.

눈을 감으면서 모리세이는 자신이 결정을 내렸음을 깨달았다.

알포드에 적응하는 데는 일주일이면 충분했다. 집 밖으로 나서는 일은 손에 꼽을 정도로 적었음에도 이미 시내 상점의 대부분의 상인들이 모리세이를 알았다.

식료품을 사고 나오는 길에 그럴 필요가 전혀 없는데도 상점 주인은 계산대 뒤에서 달려 나와 손수 문까지 열어 주는 친절을 발휘했다. 모리세이는 무뚝뚝하게 고맙다고 인사하고 가게를 나왔다.

그의 손에는 두 개의 종이봉투가 들려 있었다. 한쪽에는 일주일치 식료품이, 다른 한쪽에는 커피와 술이 가득 들어 있었다. 무게는 별게 아니었지만 양손이 자유롭지 않다 보니 어쩔 수 없이 걷는 자세가 흐트러졌다. 그는 천천히, 평범하게 걸으려고 노력했다. 하지만 얼마 가지 않아 곧 절뚝거리기 시작했다.

인도 옆 차도로 지나가던 차 한 대가 서행하며 작게 경적을 울렸다. 모리세이는 그쪽을 바라보았다. 운전사가 타지 않겠느냐고 물었다. 고맙지만 괜찮다며 거절했다. 차는 곧 멀어져 갔다.

보통 사람이라면 10분이면 도착할 거리를 그는 서너 배의 시간을 더 들이고 나서야 도착했다. 알포드 교외의 어느 주택이었다. 이 동네에는 여러 채의 주택이 더 있었지만 그 집은 묘하게 사람들 눈에 띄지 않는 동떨어진 곳에 있었다. 덕분에 조용했고, 그 점이 마음에 들어 구입했다.

모리세이는 정원을 지나 현관문을 열고 들어가 식탁 위에 종이봉투를 내려놓았다. 그러곤 잠시 의자에 앉아 숨을 돌렸다. 자신도 모르게 왼쪽 다리를 주무르려고 손을 뻗었다가 마치 손길을 거부하듯 튕겨 내는 딱딱한 다리의 감촉을 느끼고는 쓴웃음을 지었다.

바지를 살짝 걷어 올리자 시체의 그것처럼 죽은 회색의 피부가 보였다. 예전에는 고작 발목 정도까지만 그런 모습이었다. 하지만 이제는 종아리까지 올라와 있었다.

체념한 듯 그가 중얼거렸다.

"좀 더 번졌군."

그리고 계속 번져 갈 터였다.

그 석화 증상은 모리세이가 불결의 땅으로 떠나오기 얼마 전 생긴 것이었다. 병명을 알 수 없었고 치료 방법 또한 마찬가지였다. 다만 고향에서 흔하게 겪는 증상이 아니라는 것, 그가 종속된 힘을 쓸 때마다 석화되는 속도가 빨라진다는 것만 알 수 있을 따름이었다.

그 증상이 잠시나마 완화되었던 때는 모리세이가 10여 년 전 어느 저택 앞을 지나가다 아주 인상 깊은 일을 목격했을 때였다. 타인의 삶에 그다지 흥미가 없는 그조차 걸음을 멈출 수밖에 없는 굉장한 감정들이 안에서 폭발하듯 흘러나오고 있었다.

감정의 주체는 방금 출산을 마친 한 산모였다. 생명의 탄생은 모리세이와 같은 존재들에게는 언제나 특별한 일이었다. 빛이 없는 그의 고향에서는 결코 생명이 잉태될 수 없기 때문이다.

그러나 오랜 시간 불결의 땅을 배회하며 여러 번 탄생을 목격한 모리세이에겐 그리 큰 감흥이 없었다. 따라서 그만 걸음을 돌리려던 그때, 사람들의 반응이 그의 눈길을 끌었다. 의사와 간호사가 아기를 내려다보며 충격을 금치 못하고 있었다. 산모는 탈진한 상태에서도 아기를 보여 달라고 허우적거렸다.

마침내 의사가 결심한 듯 아기를 들어 산모에게 안겨 주었고, 그때 모리세이도 아기의 모습을 볼 수 있었다. 그러곤 드물게 놀랐다.

두 아기가 한 몸으로 붙어 있었다. 한 아이가 다른 아이의 등에 업혀 꽉 붙든 모습이었고, 상반신은 떨어져 있었으나 하반신을 공유했다.

아마도 대다수의 인간들은 그 모습을 보고 끔찍하다고 여길 터였다. 하지만 모리세이는 경이롭다고 생각했다. 자기 몸으로 낳은 어머니조차 알지 못할, 아기가 그렇게 태어나야만 했던 이유를 그만이 꿰뚫어 보았다.

한 아기는 죽은 채 태어날 운명이고 한 아기는 살아 태어날 운명이었다. 그러나 죽었어야 할 아기가 살 아기와 한 몸이 되는 것으로 그 생명을 나누어 가졌다. 오직 살기 위해, 태어나기 위해 그런 모습이 되는 걸 선택한 것이다.

더 놀라운 것은 다른 한쪽도 기꺼이 자신의 생명을 형제를 위해 나누어 줬다는 사실이다. 아직 제대로 된 사고조차 할 수 없는 저 작은 것들이 말이다.

긴 유배의 삶, 기약 없는 헤맴 속에서 그가 무언가로부터 감동을 받은 것은 그때가 처음이었다.

"너희를 축복하고 싶구나."

그들은 자신의 축복을 아마도, 아니 틀림없이 저주로 여길 테지만 진심으로 그들에게 축복을 내려 주고 싶었다.

"너희들의 삶이 끝없는 밤으로 이어지길."

모리세이는 그렇게 속삭이고 그 자리를 떠났다.

그날 밤 잠자리에 들 때까지 그의 가슴은 이상한 기분으로 들떠 있었다. 그런 느낌은 처음이었기 때문에 그게 무언지 잘 알 수 없었다. 그러나 결코 나쁘지 않았다.

그 기분은 그로부터 한동안 더 유지됐고, 그러는 동안 다리를 타고 올라오는 석화 역시 더는 진행되지 않았다. 무슨 관련이 있는 걸까? 아니면 그저 우연한 일일까. 고민해 보았지만 여전히 해답을 찾는 일은 막연한 안개 속을 걷는 듯했다.

다만 적어도 이것이 어떤 징조라는 건 알 수 있었다. 그와 비슷한 기분을 찾는다면, 다시 느낀다면 그때는 좀 더 분명히 알 수 있으리라.

식사를 마친 모리세이는 집 밖으로 나갔다. 오후에는 뜨거운 햇볕을 쬐며 긴 산책을 할 예정이었다. 절뚝이며 걷는 동안 이제 그를 알아보기 시작한 몇몇 주민들이 인사를 했다. 모리세이도 답했다. 마을을 벗어나 카빈 스쿨로 이어지는 긴 들판 길에 이르자 기다렸다는 듯이 어디선가 검둥개 한 마리가 뛰어왔다.

그 개는 얼마 전부터 모리세이가 산책을 나갈 때마다 이유도 없이 따라왔다. 한 번 먹이를 주거나 쓰다듬어 준 적도 없는데 말이다. 개도 딱히 꼬리를 흔들거나 가까이 다가와 친근감을 표시하지 않았다. 그저 모리세이가 걷는 동안 앞서거니 뒤서거니 하면서 이것저것 냄새도 맡고 같은 자리마다 영역을 표시했다. 그러는 동안 모리세이도 개도 서로에게 어떤 관심도 보이지 않았다. 다만 함께 걸을 뿐이었다.

한 시간쯤 걸어 카빈 스쿨의 백색 원형 도서관이 또렷이 보이기 시작하자 검둥개는 갈대숲 사이로 뛰어들어 사라졌다. 언제나 학교가 가까워지면 자신의 목적지는 여기까지라는 듯 그렇게 가 버리곤 했다.

학교는 조용했다. 사람이 없는 텅 빈 교정은 마음을 가라앉게 만드는 무언가가 있었다. 모리세이는 이제 익숙해진 교정 안을 걸어 다녔다. 강의관과 학생회관, 식당과 기숙사를 지나쳤다. 모두 오랜 시골풍으로 정감 있는 건물들이었다.

학교를 한 바퀴 다 돌고 마지막으로 도착한 곳은 그들이 가장 자랑하는 다이아몬드 호수였다. 지금처럼 하늘이 맑은 날엔 누구나 감탄할 수밖에 없을 정도로 멋진 풍경을 선사했다. 하지만 모리세이는 그것을 결코 아름답다고 생각할 수 없었다. 호수 밑바닥을 꿰뚫어 볼 수 있는 그로서는.

"그게 저도 골치랍니다. 그렇게 깊지도 않은 물에 매년 누군가가 꼭 빠져 죽거든요……. 한때 아예 메워 버려야 한다는 의견도 나왔었지요. 하지만 우리 학교뿐만 아니라 워낙 이 고장의 자랑거리로 유명하다 보니 반대 의견이 많아 그대로 놔두고 있습니다. 펜스를 치거나 경고문을 늘리는 수밖에는 없었지요. 그럼에도 불구하고 이상할 정도로 사고가 끊이지 않습니다, 그 호수는."

언젠가 산책을 하다 우연히 만난 교장이 모리세이에게 그렇게 한탄한 적이 있었다. 모리세이는 놀랄 일도 아니라고 생각했다. 그리고 자신의 예감이 맞다면 올해도 꼭 한 명이 그 호수에 빠져 죽을 터였다. 이미 호수 안의 그들이 먹잇감을 선택해 두었기 때문이다.

에녹 윌스턴.

거리낌 없이 낯선 사람에게 손을 내밀어 친근히 인사하던, 작은 실수에 어쩔 줄 몰라 하며 진심으로 사과하던 소년. 모리세이가 베푼 친절로 목숨을 부지했다는 것도 모른 채 물이 따뜻하다며 미소 짓고, 신분이나 분위기를 봐서는 듬뿍 사랑을 받으며 평탄하게 자란 것이 분명한데도 얼굴 한구석에 뜻 모를 그늘이 져 있던 소년.

그럼에도 소년은 어렸고, 아직 세상의 진정한 비열함에 대해 알지 못했으며 순수하게 무언가를 믿을 줄 알았다. 그래서 가소로웠고 그래서 사랑스러웠다.

"곧 스러질 생명, 게다가 매혹적이기까지 하다면······."

모리세이는 이전까지 에녹과 연결 짓지 못했던 하나의 개념이 떠오르는 것을 느꼈다.

소년은 아름다웠다.

시간은 빠르게 흘러 여름이 지나 가을에 접어들었다. 학교의 입학 시즌이 다가온 것이다.

모리세이는 학생들을 가르치는 일에 특별한 흥미나 열정을 가져본 적이 없었다. 다만 그 일이 적성에 맞았다. 지식을 전달하고 그걸 받아들이는 올망졸망한 눈동자들을 보는 게 좋았다. 아니 그보다는, 반드시 인간들 틈에 섞여 살아가야 한다면 어린 학생들과 있고 싶었다. 그들의 쾌활함과 누구도 흉내 낼 수 없는 활력은 바라보기에 즐거운 점이 있었다.

"기대되십니까? 저도 한시라도 빨리 학생들에게 교수님을 소개해 드리고 싶군요."

입학식을 기다리며 단상 아래 서 있는 모리세이에게 교장이 다가와 말을 걸었다. 그다지 대답할 말이 없어 고개만 끄덕이고 말았다. 늘 하던 일일 뿐, 기대감은 그의 감정과 거리가 멀었다. 차라리 기다리고 있다고 표현해야 옳을 것이다.

'기다리고 있다고, 내가?'

모리세이는 의아함을 느꼈다. 그러나 더 고민해 볼 틈도 없이 학생들이 강당 안으로 쏟아지듯 들어왔다. 긴 방학 이후 맞은 새 학기라 다들 들떠 있었다. 귀가 멍멍할 정도로 소란스러웠고, 교장은 민망한 꼴을 보인 사람처럼 어쩔 줄을 몰라 했다.

"평소에도 이러진 않습니다. 어디까지나 조숙한 모범생들로……."

생활 지도 사감들이 소리를 지르기 시작하자 교장의 목소리는 의미 없이 묻혀 버리고 말았다. 그러거나 말거나 모리세이는 어차피 그의 말을 듣고 있지 않았다. 학생들을 쭉 훑어보며 무의식중에 누군가를 찾고 있었다. 자신이 지금 이곳에 있는 원인을 제공해 준, 순간의 변덕으로 목숨을 구해 준 소년.

그러나…… 없었다.

모리세이는 자신이 아직 그를 발견하지 못했거나 혹 얼굴을 잘못 기억하고 있다고 생각했다. 그러나 다시금 천천히 훑어봐도 없었다.

이쯤 되면 두 가지 가능성을 생각할 수밖에 없었다. 무슨 사고라도 생겨 늦어지는 것이거나, 아예 학교에 입학하는 일이 취소된 것이다. 이유는 듣지 못했지만 이미 1년 입학이 늦었다고 했으니 그게 2년이 되어도 이상할 건 없어 보였다.

그럼에도 불구하고 모리세이는 마치 서로 만나기로 한 상대가 약속 장소에 나타나지 않은 것처럼 묘한 불쾌감을 느꼈다.

그럼 방학이 끝나고 학기가 시작될 때 다시 뵙게 되겠네요.

웃으면서 자신에게 그렇게 말했다면 그 말을 지켰어야 했다. 지금 이 순간 이 자리에 있어야 했다. 모든 것이 완벽한 풍경에서 퍼즐한 조각이 떨어져 나간 것처럼, 소년이 없는 자리를 보는 기분은 찜찜하기 그지없었다.

입학식 행사가 끝나자마자 모리세이는 교장실로 찾아갔다.

"별다른 일은 아닙니다만 한 가지 궁금한 점이 있어서 말입니다."

모리세이가 그렇게 운을 떼자마자 교장이 얼른 대꾸했다.

"그럴 줄 알았습니다! 그렇지 않아도 내내 마음에 걸리더군요. 우리 학교가 다른 건 모두 자랑할 만하지만 건물들이 오래됐다 보니 지내기에 쾌적하다고 말하긴 어렵답니다. 특히 기숙사가 말썽이지요. 나는 이미 생활 감독관에게 말해 뒀답니다. 지금 숙소는 교수님 같은 분이 머물기엔 터무니없이 열악하다고요. 교수님께 학교 근처에 제대로 된 숙소를 구해 줘야 한다고 했지요. 한데 알다시피 이 사회란 게 좀 까다로워야 말이지요. 작은 화분 하나 들여놓는 문제까지도 모두가 모여 회의를 해야 한답니다. 하지만 걱정하지 마십시오. 시간이 좀 걸릴 뿐이니까요. 곧 교수님의 격에 맞는 집을 구할 수 있을 겁니다."

이 모든 말을 하는 동안 교장은 모리세이가 한 마디 대꾸할 틈도 주지 않았다. 말을 마친 교장이 마치 칭찬을 기다리는 강아지처럼 바라보자, 모리세이는 겨우 입을 열어 말했다.

"지내는 곳에 대해 특별히 불만은 없지만 그토록 신경을 써 주었다니 감사하군요. 하지만 내 용건은 다른 것입니다."

"아하⋯⋯. 그러면 어떤 문제지요?"

"지난여름 내가 면접을 보러 방문한 날을 기억하는지요."

"네, 물론이죠. 그렇게 중요한 약속을 잊고 있었다니 나도 참⋯⋯."

교장의 말이 다시 길어질 틈을 보이자 모리세이는 얼른 그의 말을 잘랐다.

"그날 나와 마찬가지로 교장 선생님을 방문했던 학생이 한 명 있지 않습니까? 에녹 윌스턴이라고, 다른 아이들과 달리 사정이 있어 입학이 1년 늦어졌다고 하던데요."

그러자 교장의 미간이 심각하게 찌푸려졌다. 무언가를 떠올리려고 애쓰듯 복잡하게 일그러졌다 펴지기를 반복했다.

"윌스턴, 윌스턴이라⋯⋯. 귀에 익은 이름이기는 한데, 잠시만요."

교장은 어디론가 전화를 걸었다. 아마도 입학 담당 관련 부서인 것 같았다. 교장이 사정을 설명해 주지 않아도 간간이 들리는 통화 내용으로 모리세이도 내용을 파악할 수 있었다. 입학이 연기된 것도 아니고 아예 취소됐다는 말이었다.

전화를 끊은 교장이 탄식과 함께 말했다.

"이제야 기억이 납니다. 그 집 남작님께서 약간의 돈을 기부해 주셨지요. 뒤늦게 학교에 입학하는 아들에 대한 배려를 부탁하면서 말입니다. 한데 이번에도 결국 오지 못한 모양입니다. 집에 사고가 있었다는군요."

"사고라니요. 심각한 사고입니까?"

"학생 본인은 아니고 가족 중 누군가가 다쳤다는 모양입니다. 그 이상 자세히는 말하지 않았다네요. 하지만 윌스턴 가라고 하니 어째 납득이 되는 것도 같고요."

"그건 무슨 뜻입니까?"

"그 지역 사교계에서는 꽤 유명한 이야기입니다. 사람들이 자꾸만 다치거나 이상한 일이 일어나고…… 이런저런 불행한 일들이 겹쳤는데 단순히 사고라고 하기엔 너무 빈번하고 또 기분 나쁜 일들뿐이었단 말이죠. 학자의 입장으로 이런 말을 해선 안 되겠지만, 저주받은 가문이라는 말은 그런 곳에 어울리는 게 아닌가 싶습니다."

모리세이는 더 물을까 하다가 거기까지만 하고 입을 단속했다. 이 이상 한 명의 학생에게 개인적인 관심을 보이는 것은 옳지 못하다는 생각이 들어서였다.

교장에게 작별 인사를 하고 나온 그는 버릇처럼 다이아몬드 호수 앞으로 걸어갔다. 여전히 투명하고 말 없는 호수. 아무 두려움 없이 물속으로 손을 집어넣고 따뜻하다고 말하던 소년이 떠올랐다.

그제야 지난여름 내내 에녹에 대해 생각해 왔다는 것을, 소년을 기다렸다는 것을, 이곳에서 다시 만나기를 바랐다는 걸 깨달았다.

그 기대와 약속이 깨진 지금 그가 느끼는 실망감은 스스로도 납득하기 어려울 정도였다.

'어쩌면.'

문득 그는 오래전 들었던 벗의 이야기를 떠올렸다.

'네가 내 바람이 될 수도 있었을까.'

이 땅에는 깊고 잠잠한 바다에도 파도를 일으킬 수 있는 바람이 있고, 그것은 언제고 반드시 불어온다고 키욜이 말했었다. 소년이 그가 말한 바람인지는 알 수 없으나 분명한 건 모리세이가 지금처럼 무언가를 기다리거나 실망하는 일이 극히 드물었단 점이다. 소년을 다시 한 번 만났더라면 좀 더 분명해졌을지도 모른다. 그러나 소년은 그에게 오지 않았다.

'감히.'

그래, 감히 말이다.

모리세이의 발끝이 닿은 호숫가에서 거품이 일었다. 이내 다이아몬드 호수 전체가 미약하게 들끓기 시작했다. 그 안을 유영하던 밤벌레들이 아우성치기 시작하자 그는 어찌할 바 없는 희열을 느꼈다. 그러나 이내 자신의 상태를 깨닫고 스스로 놀라 발을 뗐다.

호수는 잠잠해졌지만 이미 수면 위로는 밤벌레들의 사체가 떠오르고 있었다. 잠깐이나마 자신을 잃어버린 일의 대가는 결코 적지 않았다. 왼쪽 종아리를 딱딱하게 조이는 통증이 기분 나쁘게 조금씩 위로 타고 올랐다. 하지만 그건 호수의 표면을 바라보며 느끼는 쓸쓸함에 비하면 아무것도 아니었다.

그는 한참이 지난 후에야 그 감정을 고통이라고 기억할 것이다.

그러나 어쨌든 지금은 분노 뒤에 숨은 채 그것을 부인한다. 소년이라는 하찮은 존재가 자신을 이렇게까지 동요하게 만들었다는 것을 인정할 수 없다. 적어도 아직은.

모리세이는 세인트 카빈에서의 생활을 꽤 훌륭하게 수행해 냈다. 오랜 교수로서의 생활이 몸에 배어 특별히 신경 쓰지 않아도 그는 언제나 학생들과 동료 교수들로부터 호감을 얻어 냈다. 특히 교장은 자신의 치부까지도 아무렇지 않게 털어놓을 수 있을 만큼 모리세이를 깊이 신뢰하고 있었다.

몇 번인가는 펍에서 일하는 타일라의 요청으로 데이트를 나가기도 했다. 그로서는 딱히 거절할 이유가 없어서였는데, 타일라는 꽤 기뻐하며 그를 알포드의 이곳저곳으로 데리고 돌아다녔다.

그러나 몇 번의 만남 뒤에 눈치 빠른 그녀는 모리세이가 자신뿐만 아니라 대부분의 사람들에게 그다지 관심이 없다는 것을 알아차렸다. 그 후로 그녀는 모리세이를 단골손님 중 하나로만 대했고, 그때부터 오히려 두 사람은 친구처럼 가까워졌다.

표면적인 조건들로만 봤을 때는 불만이랄 게 없는 생활이었다. 그를 귀찮게 하는 사람도 없고 평온한 마을의 분위기도 마음에 들었고 세인트 카빈의 학생들도 학구적이었다. 그런데도 이따금 그런 완벽한 생활이 그를 짓누르는 것처럼 느껴졌다. 가슴 한쪽이 답답한데 이유를 알 수 없었다.

뜨겁게 정지된 여름의 한낮 같은 날들.

그를 서서히 마비시키는 석화 증상은 그사이 무릎까지 올라와 있었다.

"하지만 찰스는 이미 여러 번이나 학교의 명예를 실추시켰지 않습니까?"

"그래도 퇴학은 불가합니다. 헤이스 재단에서 우리 학교에 기부하는 돈이 얼마인지는 압니까? 학교 운영 예산의 10퍼센트가 넘습니다."

"다 입막음을 위한 것이지요. 찰스 때문에 학교를 그만둔 학생이 벌써 세 명입니다. 언제까지 두고만 보실 겁니까?"

오래간만에 세인트 카빈의 교수 회의는 열띤 논쟁의 장이 되어 있었다. 그 주제는 찰스 헤이스라는 학생이었는데, 입학할 때부터 유명 인사였던 그는 교수들의 우려를 저버리지 않고 비행이란 비행은 모두 저지르고 다녔다.

하급생들을 향한 폭력 행위는 물론이고 상급생, 심지어 교수들에게까지 서슴지 않는 조롱 섞인 언사들. 학교 규칙을 어기는 것은 예사고 시설물을 부수거나 심지어 여학생들을 몰래 학교 안으로 데려오기도 했다.

헤이스 가문에서 세운 재단이 학교 예산의 큰 부분을 떠안고 있으니만큼 그동안은 그런 행위를 못 본 척 눈감아 준 게 사실이었다. 그러나 얼마 전 일어난 사고는 제법 심각한 것이었고, 찰스의 룸메이트는 그 일로 인해 거의 실명할 뻔했다. 이렇게 되자 교수단 회의를 열지 않을 수 없게 되었다.

"찰스의 지도 교수였던 그린 교수가 올해 갑자기 안식년에 들어가겠다더군요. 아무리 봐도 찰스를 피해 도망가는 것이라고밖엔 해석되지 않습니다."

"도망이라니 말씀이 좀 지나치시군요. 그렇게 말씀하시는 분께서 찰스를 한번 맡아 보는 건 어떨지."

잠시 불편한 정적이 흘렀다. 이 권유를 받은 교수가 차마 대답하지 못하고 있을 때, 교장이 손을 들어 중재했다.

"여러 교수님들의 의견 잘 알았습니다. 그러나 나는 이 학교 정문으로 들어온 이상 단 한 명의 학생도 쉽게 포기하지 않을 겁니다."

그리고 돈도 쉽게 포기할 수 없겠지. 교수들은 속으로 누구나 다하는 이런 생각을 입 밖으로 내지 않았다.

"물론 여러분도 나와 같이 노력해 주시리라 믿습니다. 찰스에게는 다른 지도 교수님을 붙여 주도록 하지요. 그 아이를 잘 통제하고 이끌어 주실 분으로 말입니다. 그러실 수 있는 분이 이곳에 분명……."

여기까지만 말을 꺼냈을 뿐인데 교수들이 일제히 교장으로부터 고개를 돌렸다. 어떤 교수는 갑자기 손톱을 들여다보기 시작했고 어떤 교수는 천장을 올려다보았다. 누군가는 급한 약속이 있는 것처럼 시계를 쳐다보았고 또 다른 교수는 내일 당장 죽을 사람처럼 아픈 표정을 짓고 있었다.

교장은 한숨을 내쉬고 싶은 걸 참으며 찬찬히 한 사람씩 훑어보았다. 그때 단 한 명의 교수만이 전과 다름없이 조용히 앉아 있다는 걸 깨달았다.

"그래, 칼마 교수님이라면 적당하겠군요."

모리세이는 조용히 교장을 바라보았다.

"칼마 교수님은 학생들에게 인기가 많으시죠. 찰스와 같은 학생도 잘 지도하실 수 있으리라 믿습니다. 이참에 고문을 맡고 계신 고고학 연구반에 가입시켜도 좋고요."

다른 교수들은 더없이 안됐다는 눈빛으로 모리세이를 바라보았다. 하지만 그는 잠깐 생각하는 듯하더니 아무렇지 않게 대답했다.

"잘 지도할 수 있을지는 모르겠습니다만 한번 해 보겠습니다."

"역시! 그럼 지도 교수님은 결정되었군요."

다른 교수가 손을 들고 물었다.

"찰스의 룸메이트는 어떻게 하실 겁니까? 입원한 학생 대신 다른 학생을 배정해 줘야 할 텐데요. 누가 찰스와 같이 방을 쓰려고 할지 모르겠습니다."

교장은 하마터면 당신을 룸메이트로 집어넣고 싶다고 말할 뻔했다. 그러나 적절히 입을 단속했고 대신 너그럽게 미소 지으며 대답했다.

"룸메이트는 이미 제가 구해 됐으니 아무 걱정하지 않으셔도 됩니다."

회의가 끝나고 교수진들이 하나둘 퇴장하기 시작했다. 모리세이도 그만 나가려는데 교장이 한쪽에서 그를 은밀히 불렀다. 마치 못된 장난이라도 하자는 것처럼 반짝거리는 눈동자였다.

"교수님, 칼마 교수님! 놀랄 만한 이야기를 들었습니다. 교수님께 제가 이 소식을 알리게 되어 대단히 기쁘게 생각하는 바입니다!"

모두가 지루해한 크리스마스 파티를 계획할 때도, 모두가 알아차린 깜짝 핼러윈 파티를 열 때도 교장은 그런 눈이었기에 모리세이는 별 감흥 없이 답했다.

"무슨 소식인지요."

"혹시 기억하십니까? 아, 물론 교수님이라면 당연히 기억하시겠지요. 예전에 제게 개인적으로 근황을 물으셨던 학생 있지 않습니까. 교수님께는 중요한 학생인 것 같아 이름을 기억해 두고 있었지요. 워낙 유명한 가문이기에 잊으려야 잊을 수도 없었지만 말입니다. 한데 놀랍게도 얼마 전 그 가문에서 연락이 왔습니다. 그 학생이 다시 세인트 카빈으로 돌아온다고 합니다!"

모리세이는 진심으로 어리둥절한 기분을 느꼈다.

"무슨 말을 하는 건지 모르겠군요."

"예? 하지만, 분명 2년 전쯤 그러셨지 않습니까. 그날 입학하기로 했던 학생이 오지 않았다고요. 저를 찾아오셨기에 직접 전화까지 해서 알아봐 드렸습니다. 똑똑히 기억하고 있어요."

모리세이는 기억을 더듬어 보려는 노력조차 하지 않았다. 그의 머릿속은 언젠가부터 암흑처럼 까말 뿐이었고 그 속을 들여다보는 건 지치는 일이었다.

그는 자신이 침묵을 지키고 있으면 교장이 알아서 술술 토해 내리라는 것을 알았다. 예상대로 조바심을 못 견딘 교장이 먼저 입을 열었다.

"월스턴, 에녹 월스턴 학생 말입니다. 2년 전 사고가 생겨서 입학하지 못했던 그 학생이요. 올해 다시 입학한다고 연락이 왔단 말입니다!"

그 이름을 듣자 모리세이의 머릿속에 무언가 반짝하는 것이 있었다.

그해 초여름은 유독 모든 날이 선명하고 깨끗했다. 변화를 좋아하지 않는 모리세이는 오래도록 한곳에 머물렀지만 더 이상 그러지 못할 일이 생겼었다. 20년간 머물렀던 곳을 미련 없이 버리고 떠난 그의 손에 짐이라곤 가방 두 개뿐. 그다지 고민하지 않고 기차역으로 걸었고 나른한 기분으로 기차에 올랐다. 그리고 거기서 만난 한 소년.

모든 것이 선명하게 떠오름과 동시에 모리세이는 현실로 돌아왔다.

"에녹 월스턴 학생이라고요."

반문하는 자신의 목소리가 왠지 어색하게 느껴졌다. 교장은 기쁜 얼굴로 고개를 끄덕였다.

"예! 이 소식을 교수님께 가장 먼저 알려 드리고 싶어 어찌나 안달이 나던지요. 아까 말씀드린 찰스의 새 룸메이트가 바로 그 학생이랍니다. 교수님께서 그처럼 높이 평가하시는 학생이니만큼 찰스와도 잘 지낼 거란 생각이 들어서요."

사실 모리세이는 지금까지 찰스 헤이스란 학생에 대해 아무 관심이 없었고 그의 비행에 대해 심각하게 여기지도 않았다. 그러나 지금은 다시 생각해 봐야 할 문제로 느껴졌다.

"월스턴 학생은 지금까지 학교를 다닌 적이 없습니다. 그렇지 않아도 생활에 적응하기 어려울 텐데 헤이스 군과 같은 학생을 룸메이트로 정해 줘도 괜찮은 일일지요."

"예? 그게…… 아무래도 찰스에 대해 선입견이 없는 학생이면 좋을 것 같아서요. 찰스도 학교에 대해 이것저것 가르쳐 주면서 스스로 어른이 된 기분을 느낄 수 있을 거고……."

모리세이의 반응이 예상과 달랐던지 교장의 목소리가 점차 작아졌다. 짚고 넘어가고 싶은 문제야 차고 넘치게 많았지만, 모리세이는 거기까지만 하기로 했다.

"그렇군요. 교장 선생님의 말도 일리 있습니다. 오래전의 일을 지금껏 기억하고 있다가 내게 먼저 말해 줘서 고맙습니다."

"천만의 말씀을요. 그럼 윌스턴 학생에게도 지도 교수가 정해져 있지 않으니, 찰스와 더불어 두 학생 모두 교수님께서 맡아 주시겠습니까?"

이유는 알 수 없었지만 거부감이 먼저 들었다. 그러나 언제나 거절하지 않는 모리세이답게, 대답을 할 때에는 그런 기색이 전혀 묻어 있지 않았다.

"그렇게 하지요."

회의실을 나온 모리세이는 평소와 다름없이 천천히 교정을 걸어갔다. 그가 절뚝인다는 사실은 학교의 모든 사람이 아는 사실이었고 지금까지 한 번도 그런 모습을 빤히 쳐다본다거나 필요 이상 도우려 하지 않음으로써 그를 존중해 왔다.

한데 그날따라 지나가며 마주치는 모든 학생이 그를 뚫어져라 바라보았다. 심지어 교직원들도 마찬가지였다.

모리세이는 의아함과 더불어 약간의 불쾌감을 느꼈지만 마주치는 사람마다 목례하고 지나가는 것을 잊지 않았다.

'그게 벌써 2년 전이라고.'

그런 일이 있었다는 것을 까맣게 잊고 있었다. 떠올려 봐야 불쾌할 뿐이어서 생각하지 않으려고 했던 것 같다. 소년은 자신과 약속한 그날 학교에 오지 않았다. 한 번 약속을 어긴 자에게 관심을 둔다 한들 무슨 가치가 있을까.

연구실 앞에 도착한 그는 또 다른 골칫거리가 문 앞에서 자신을 기다리고 있음을 발견했다.

"내게 할 이야기가 있습니까, 헤이스 군."

조금 전까지 교수들이 앞다투어 내쫓을 것을 성토하던 학생이었다. 첫인상만 보고 그를 심각한 문제아라고 여길 사람은 아무도 없을 것이다. 이름 있는 가문의 자제답게 말끔한 옷차림과 태도를 갖추었고, 상대가 누구건 결코 고개를 숙이지 않는 여유와 당당함이 있었다.

찰스는 묘한 얼굴로 웃으며 고개를 갸웃거렸다.

"재미있는 소식을 들어서요. 칼마 교수님께서 제 새로운 지도 교수님이 되셨다죠."

"그렇게 되었습니다. 조금 전 결정된 사안인데 벌써 들었을 줄은 몰랐군요."

"그런 교수님께서 직접 말씀을 전해 주시더군요. 회의가 끝나자마자 신이 나서 가장 먼저 제 방으로 뛰어오셨거든요. 이런 말씀도 덧붙이셨어요. 다시 생각해 보니 아무래도 안식년은 취소하는 게 좋겠다고요. 저한테서 벗어나자마자, 뻔한 수순이죠."

모리세이는 대꾸하지 않고 찰스를 가만히 바라보았다.

"교수님은 별로 반응이 없으시군요. 화를 내실 거라 생각했는데요. 그러고 보면 교수님이 화내시는 모습은 한 번도 본 적이 없네요. 기뻐하시는 모습도 마찬가지고."

"할 말은 거기까지인 것 같군요."

모리세이가 그를 지나쳐 연구실 문을 열려고 할 때 찰스의 말이 이어졌다.

"아니, 본 적이 없었다고 말을 고쳐야겠군요. 조금 전에는 아니셨으니까."

모리세이는 잠시 멎어 있다가 뒤를 돌아보았다.

"그건 무슨 뜻입니까."

"늘 고정되어 있던 차분한 얼굴과는 다른 표정을 짓고 계셨다는 말씀이지요."

"내가 말입니까?"

"네. 웃고 계시던데."

모리세이는 적절하게 반응할 만한 말을 찾을 수 없었다. 그건 드문 일이었다.

"저를 담당 학생으로 두게 된 걸 기뻐하셔서 그런 거라고 믿고 싶지만, 저에 대한 평판이 어떤지는 저도 잘 알고 있으니까요. 앞으로 자주 뵙게 될 테니 미리 인사드리고 싶었습니다. 그럼, 다음에 또

뵙지요. 교수님."

찰스는 과장되게 정중한 태도로 인사하고 물러났다. 그 인사에 화답조차 하지 못한 건 모리세이였다.

연구실로 들어온 모리세이는 책상 위 달력을 넘기며 에녹이 입학할 날짜를 무심코 헤아려 보았다. 4주가량 남아 있었다. 눈 한 번 깜빡이면 지나갈 시간이었다.

중간 평가에서 학생들은 모리세이의 시험 문제가 지나치게 어려웠다며 불평을 늘어놓았다. 모리세이는 시험의 난도보다는 너희들 머리의 성숙도를 탐구하는 게 더 효율적일 거라는 농담으로 응수했다. 소리 없는 아우성과 눈빛으로 항의하는 그들에게 한 문제씩 차근차근 해설해 주자 곧 납득하는 얼굴이 되었다.

동료 교수의 제안으로 하루는 식당이 아닌 세인트 카빈이 자랑하는 초록빛 언덕에서 점심을 먹었다. 교수들 모두 스스로 자신 있어 하는 비장의 요리를 하나씩 만들어 왔지만 누구의 것도 썩 만족스럽지 않았다. 오직 모리세이의 견과류 샐러드만 호평을 얻었다.

모리세이는 달력을 바라보았다. 일주일 정도 남아 있었다.

펍에서 타일라가 만드는 채식주의자를 위한 메뉴는 날이 갈수록 다양해졌다. 모리세이의 까다로운 입맛을 그녀는 완벽하게 극복해 냈다. 이제는 말하지 않아도 알아서 음식을 가져다줄 정도였다.

"무슨 좋은 일이라도 있으신가 봐요? 기분이 좋아 보이시네요."

"내가 말입니까?"

"네. 웃고 계시던데."

모리세이는 어색하게 입가를 문질렀다. 얼굴 근육이 몸 주인의 의지를 배반하고 멋대로 움직이는 게 가능한 일인지 고민해 보았다. 타일라는 반쯤은 재미있어하고 반쯤은 질투 섞인 목소리로 펍을 떠날 때까지 그를 놀렸다.

이제 하루가 남았다.

그는 문득 의문이 들었다. 소년이 아직까지도 2년 전 모습 그대로를 간직하고 있을지 궁금해졌다. 혹 자신의 기억 속에서 터무니없이 미화된 것은 아닐지 염려되었다. 기억과 다른 모습으로 나타난다면 그건 소년을 다시 보지 못하는 것과 마찬가지로 씁쓸한 일이 될 터였다.

그에게는 친숙한 밤이 이토록 길었던 적이 있는지.

그리고 마침내.

모리세이는 몇 번인가 생각해 본 일이 있었다. 소년을 다시 만날 때의 기분이 어떨지, 그 재회의 광경은 어떤 모습일지, 자신은 소년을 어떻게 대할 것인지, 소년은 자신을 보고 무어라고 말할지, 그런 것들에 대해서 말이다.

에녹과의 재회는 그가 상상했던 것 중 어느 것과도 맞지 않았다.

모리세이는 눈앞에서 지나쳐 가는 소년을 알아보지 못했다. 그가 기억하는 에녹은 어렸고, 수줍었지만 새로운 생활에 대한 기대감으로 반짝거리고 있었다. 그가 보지 못하고 지나간 그 학생은 똑같은 얼굴에 똑같은 교복을 입고 있었으나 걸음걸이와 눈빛, 표정 등 모든 면에서 소년과 달랐다.

그는 예전보다 어둡고 은밀한 모습으로 성숙했으며 그럼에도 여전히 사람들의 이목을 끌었다. 스스로도 그걸 아는 것처럼 걸음걸이에 거칠 것이 없었다. 오만에 가까운 긍지와 호기심으로 사람들을 빤히 쳐다보고 관찰했다. 탐구적이었으나, 한곳에 오래 집중하지는 않았다. 마치 자신의 관심을 받을 자격이 있는 것들을 까다롭게 고르겠다는 듯이.

그렇게 학교의 주인인 양 모든 것을 둘러본 그는 마지막엔 가볍게 코웃음 쳤다. 이미 이곳에서 자신이 가장 큰 관심과 사랑을 받을 것을 알아차린 것이다. 그러기 위해서라면 뭐든 할 준비도 되어 있었다.

모리세이를 지나쳐 가던 순간 에녹은 원형의 백색 도서관을 보고 있었다. 주의를 끄는 게 있으면 목적지를 잊어버리고 달려가는 어린아이처럼 그는 도서관 안으로 들어갔다. 그리고 처음 목격한 방대한 양의 책에 행복하게 압사당해 한동안 나오지 않았다.

한편 시간이 지나도 그를 위해 마련된 입학식 행사에 소년이 나타나지 않자 모리세이는 두려워졌다. 이렇게 두 번이나 자신을 아무렇지 않게 외면한 존재는 지금껏 감히 존재하지 않았다. 2년 전에 했던 그 약속이 또다시 지켜지지 않는다면, 이 기대가 배반당한다면 자신이 어떤 기분을 느낄지 알 수 없었다.

기대가 실망으로 바뀌는 순간은 결코 유쾌하지 않다. 그런 것에 익숙하지 않은 그에게는 더욱 그랬다.

그날 입학식 행사가 끝날 때까지 소년은 결국 모습을 보이지 않았다.

오후 늦게 모리세이는 저녁 산책에 나섰다. 아직 내부에서 정리되지 않은 감정들을 차분히 돌이켜 볼 시간이 필요했다. 그의 곁에는 언제나처럼 검둥개가 함께였다.

평소와 달리 개는 걸어가다가도 자주 모리세이를 돌아보았다. 동행자의 심리 상태가 보통 때와 다르다는 걸 아는 듯했다.

모리세이는 그런 개를 향해 한 번도 해 본 적 없던 일을 해 보았다. 손을 내밀었던 것이다.

그러나 개는 그의 손이 닿기 직전 고개를 슥 숙여서 피했다. 그러곤 몇 걸음 앞으로 걸어가 나무라듯 모리세이를 돌아보았다. 마치 이렇게 묻는 듯했다.

나는 지금 이 거리에 만족해. 왜 변화하려 하지?

2년간 거의 매일 산책을 함께 했어도 그와 개의 관계란 결국 그 정도였다. 손을 뻗었을 때 닿지 않는 무언가가 있다는 게 처음으로 쓸쓸하게 느껴졌다.

돌아가는 길에 모리세이는 다이아몬드 호수가 평소와 달리 심하게 요동치는 것을 느꼈다. 피로했기에 그만 숙소로 돌아가고 싶었지만 발걸음이 저절로 그쪽으로 향했다. 고향과 관계된 일에 그는 결코 둔감해질 수 없었다.

해가 진 뒤의 호수는 깊이 모를 공허처럼 까만빛을 발했고 낮과는 다른 아름다움이 있었다. 그 진귀한 어둠을 뚫고 누군가의 목소리가 들려왔다.

"그 정도로 내가 너희 손을 잡고 따라갈 줄 알았어? 동생과 다르게 난 무르지 않거든."

이어지는 목소리는 사람의 아이라면 본래 결코 말할 수 없는 언어를 말하고 있었다.

멎은 듯 서 있던 모리세이는 조금 전까지의 피로도 잊고 절뚝이는 걸음을 옮겼다. 단순히 고향의 언어가 들려와서가 아니었다. 그가 너무나 잘 알고 있는 목소리였기 때문이다.

카라바조가 그렸을 법한 명화의 한 장면처럼, 제한된 조명 속 소년의 얼굴은 극적으로 떠올라 있었다. 스스로 도취된 듯 어두운 호수를 바라보며 몽롱하게 중얼거리는 소년의 모습은 가히 인상적이라 할 만했다. 그러나 아름다운 얼굴과는 대조적으로 그 입에서 나오는 언어는 끔찍한 저주로 점철되어 있었다.

"윌스턴 군."

보고도 믿지 못할 그 이름을 부르자 소년이 깜짝 놀라며 들고 있던 램프를 호수에 빠뜨렸다.

순식간에 어둠이 내려앉았고 그 속에서 소년의 눈은 맹수처럼 가늘어졌다. 그 눈이 적의와 경계의 빛을 띠자 모리세이는 적잖은 당혹감을 느꼈다.

"누구세요? 어떻게 제 이름을 아시죠?"

소년의 그 질문은 생각보다 날카롭게 모리세이를 찔렀다. 어둠 때문이라고 말할 수도 있을 터였다. 그러나 확신이 없었다. 2년 전의 일을 떠올려 보던 그는 문득 피로감을 느꼈다.

"……나는 당신의 지도 교수입니다. 입학 원서에서 사진을 보아 알았습니다."

소년은 그 말을 믿을지 말지 한순간 고민하는 듯 보였다. 그러면서 눈으로 모리세이의 모습을 천천히 훑었다. 누군가 평가하듯 그렇게 자신을 쳐다보는 것은 모리세이로서는 오래간만에 경험해 보는 일이었다.

마침내 평가가 끝나고 만족스러운 결과가 나왔는지, 소년의 눈이 둥글게 휘어졌다.

"그러셨군요. 몰라뵈어 죄송합니다. 이름이야 이미 알고 계시다지만, 에녹 윌스턴입니다."

소년이 먼저 손을 내밀었다. 그러나 모리세이는 그 손을 마주 잡는 대신 물었다.

"입학식 행사에는 어째서 참석하지 않은 겁니까? 학교에 오지 않은 줄 알았습니다."

모리세이는 하마터면 '이번에도'라는 말을 덧붙일 뻔했다.

"도서관에 가 있었어요. 그렇게 많은 책이 한곳에 모여 있는 건 처음 봐서 입학식 행사를 깜빡 잊고 말았지요."

하지만 참석하지 못한 것에 별다른 유감은 없어 보였다.

"학교란 어떤 곳일까 하고 오기 전부터 기대가 많았어요. 실망할 게 두렵기도 했지만 지금까지는 썩 마음에 드네요. 도서관이나 풍경도 그렇고……."

어째서인지 모리세이를 한동안 바라보던 에녹이 만족스러운 표정을 지었다.

"제 담당 교수님이라고 하셨지요? 실례가 되지 않는다면 성함을 알 수 있을까요?"

"······모리세이 칼마입니다."

"칼마 교수님, 담당하고 계신 과목은요?"

"역사와 신학입니다."

"역사와 신학이라, 그거 아주 마음에 드네요. 저는 그 두 과목을 제일 좋아하거든요."

이 말을 듣고 모리세이는 2년 전 기차에서 만난 에녹이 했던 말을 떠올리지 않을 수 없었다.

역사와 신학이라, 주로 제가 어려워하는 것들이네요.

"이 학교에서 가장 좋아하는 분이 교수님이 될 거란 예감이 들어요."

에녹의 미소가 짙어졌다. 모리세이는 그 모습을 보며 지금 느끼는 이 감정을 뭐라고 설명해야 할지 알 수 없었다.

한 가지는 분명했다. 교장은 찰스 헤이스의 룸메이트로 이 학생을 지정한 것에 대해 일말의 후회도 없을 것이다.

그의 예상대로 에녹과 룸메이트가 된 찰스의 비행은 눈에 띄게 줄어들었다. 도대체 무슨 수로 오만하던 찰스의 마음을 단번에 사로잡은 것인지 알 수 없어도, 찰스는 그동안 그를 추종하듯 따라다니던 친구들을 모두 저버리고 오직 에녹하고만 붙어 다녔다.

굳이 이러한 찰스의 변화 때문이 아니더라도 에녹은 입학한 순간부터 모든 학생들과 교수들의 관심을 한 몸에 받았다. 그것은 그의 특출한 이력 때문이기도 하고 어디에서나 눈에 띄는 외모 때문이기도 했다.

소설 속 주인공처럼 교정 안을 고고히 걸어 다니는 그는 마음만 먹으면 누구든 쉽게 자신의 친구로 만들 수 있었다. 아무에게서나 쉽게 볼 수 없는 독특한 분위기, 때로는 안쓰럽고 때로는 위험해 보이는 미소가 학생들은 물론이고 교수들의 마음까지 기이하리만치 끌어당겼다.

이런 그를 미덥지 않게 여기는 것은 학교에서 모리세이가 유일했다. 에녹이 학교로 돌아오기를 가장 기다린 것이 그였음에도 말이다. 그 이유를 스스로에게도 잘 설명할 수 없었다.

"……이와 같은 일은 신학에서도 종종 찾아볼 수 있습니다. 특히 악마에 대한 편협한 태도가 그렇지요. 단지 죽음과 같은 인간이 잘 알지 못하고 두려워하는 영역을 관장한다는 이유로 악마 또한 멸시와 질시의 대상이 되어 왔습니다. 심지어 인위적인 죽음, 질병, 혼란, 탐욕과 같은 부정적인 관념조차 모두 악마가 만들어 내고 조장한 것이라 믿죠. 그것이 인간들 내부에 악이 있다는 걸 인정하는 것보단 여러모로 편리하기 때문일지도 모르겠습니다. 인류의 어둡고 더러운 면모를 대신 떠맡아 주는 존재, 이는 종교적 위상을 가진 자들이 신의 권위와 사랑을 설파할 때 대적자로 몰아세우기에 매우 적합했으니까요."

모리세이가 수업을 하는 날이면 에녹은 언제나 맨 앞자리에 앉아 모리세이의 입에서 나오는 말이 세상에서 가장 중요한 것처럼 들고 있었다. 그리고 때로는 이런 질문을 던져 오는 것이었다.

"교수님은 악마주의자인가요?"

장난기 섞인 그의 말에 근처에 있던 학생들이 웃음을 터뜨렸다. 모리세이는 미소 비슷한 것도 짓지 않고 대답했다.

"나는 종교와 역사에 관한 학문을 연구하는 사람입니다. 어느 한쪽에 치우치지 않고 객관적으로 접근하려고 하지요. 그러다 보니 종종 학생과 같은 오해를 하는 사람들이 있더군요. 어느 쪽도 비방하거나 옹호할 생각은 없습니다. 무엇이 진리에 가까운지 탐구할 뿐이죠."

상대와 가까워지고 싶어 할 때 으레 그러듯 에녹은 조금 더 장난을 칠까 하는 기색이었다. 그러나 모리세이의 표정을 살피고는 무슨 생각을 했던지 공손하게 한발 물러서는 태도를 취했다.

"제 질문이 무례했다면 용서하세요. 저는 단지 신학자로서 교수님이 악마의 존재를 실제로 믿고 계신지 궁금했을 뿐이에요."

"앞서 내가 한 이야기는 인간들이 그러한 관점으로 신과 악마라는 개념을 유용하고 있다는 의미였습니다. 신의 실재성이나 악마의 존재성을 밝히는 것은 이 수업의 목적이 아니죠."

대답하고 나서야 모리세이는 자신의 말투가 필요 이상으로 딱딱했음을 알았다. 첫 수업 때 무슨 질문이든 망설이지 않고 해도 좋다고 이야기했건만. 따라서 에녹을 향해 다시 입을 열 때는 목소리를 조금 누그러뜨렸다.

"하지만 윌스턴 군은 그 부분에 관심이 많은 것 같군요. 악마가 존재한다고 믿는 겁니까?"

"믿는 게 아니에요. 아는 거지요. 직접 본 적이 있으니까요."

에녹의 대답에 다른 학생들이 놀란 표정을 지었다. 세인트 카빈은 성자의 이름을 딴 학교답게 예배 시간이 따로 있을 정도로 종교와 깊은 관련을 맺고 있었고, 학생이나 교직원 대부분이 가톨릭 신자였다. 그러니 에녹이 하는 말은 결코 스스로에게 득이 될 게 없었다. 그의 과거에 대한 소문을 보면 더욱 그랬다.

학생들의 웅성거림이 들려왔지만 에녹은 신경 쓰지 않고 모리세이의 반응만 지켜보고 있었다.

"……스스로 무언가를 보았다고 믿는 것과 실제로 본 것 사이에는 괴리가 있을 수 있다는 걸 명심해야 합니다. 월스턴 군이 목격했다는 흥미로운 존재에 대해서는 나중에 따로 의견을 나눌 기회가 있을 겁니다. 이제 수업 내용으로 돌아가죠."

모리세이가 주의를 환기하자 에녹도 얌전한 태도로 돌아가 그대로 수업이 끝날 때까지 더 이상 질문을 던지지 않았다. 하지만 내내 희미한 미소를 그리고 있는 것이, 마치 모리세이가 일부러 대답을 회피했다는 사실을 알고 있는 것 같았다.

수업이 끝나고 사무실로 돌아왔을 때 모리세이는 가방 안에 초콜릿 하나와 쪽지가 들어 있는 것을 발견했다.

제 질문이 교수님의 기분을 상하게 한 게 아니었길 바랍니다.
교수님의 수업이 너무나 유익하고 즐겁다 보니 도를 지나쳤던 것 같습니다. 사과드리는 것과는 별개로 교수님 같은 분을 이곳에서

만나게 되어 진심으로 기쁘게 생각합니다. 교수님도 저를 보고 같은
생각을 하셨으면 좋겠습니다.

에녹 월스턴.

모리세이는 쪽지를 잠시 보다가 쓰레기통에 버렸다. 단것을 좋아
하지 않았기에 초콜릿은 서랍 속에 넣었다. 그때까지만 해도 에녹
이 주는 초콜릿 때문에 서랍 하나를 통째로 내주게 될 줄은 상상도
하지 못했다.

에녹은 수업이 있건 없건 자주 방으로 찾아왔다. 그걸 피하기엔
그와의 교차점이 너무도 많았다. 모리세이의 담당 학생이기도 하고,
고문을 맡은 고고학 연구반에도 찰스와 함께 가입한 탓이었다. 무
엇보다 수업과 관련된 질문을 하러 가장 많이 왔다. 학문적 질문을
위해서라면 언제든 찾아와도 된다고 학기 초에 말한 것을 철회할지
진지하게 고민하게 만들 정도였다.

모리세이의 저녁 산책 시간은 점점 길어졌다. 비가 올 때엔 다리를
움직이는 게 힘들어 사무실에 남아 있곤 했지만 최근엔 날씨와 관계
없이 거의 매일 바깥으로 나갔다. 그리고 늘 타일라의 펍에 들렀다.

"땅콩 가루와 아몬드를 얹은 아보카도 샐러드예요. 삶은 계란도
들어갔어요. 계란은 괜찮다고 하셨죠?"

모리세이는 고개를 끄덕이고 포크를 들었지만 타일라는 가지 않
고 맞은편에 앉았다. 그러곤 한쪽 손으로 턱을 괸 채 모리세이를 관
찰하듯 바라보았다. 타인의 시선을 별로 신경 쓰지 않는 사람일지
라도 식사할 때 그렇게 빤히 바라보면 불편하기 마련이다.

"내게 할 말이라도 있습니까?"

"요새 무슨 일 있으세요?"

"특별한 일은 없습니다만."

"그렇다기엔 너무 시내에 자주 나오시는데요. 원래 주말이나 되어야 올까 말까 하셨잖아요. 제가 보고 싶어서 그런 거라고 믿고 싶지만 저한테는 도통 관심도 없으시고, 마치 학교에 남아 있기 싫어서 그러시는 것 같단 말이죠."

종종 느끼는 일이지만 모리세이는 다시 한 번 그녀의 예리함에 놀랐다.

"학교에 싫어하는 사람이라도 생겼나요?"

"그렇지는 않습니다."

"하지만 뭔가 전과 다르신걸요. 얼마 전까지만 해도 제가 알던 분이 맞나 싶을 정도로 부드러운 분위기였는데, 요즘은 오히려 더 삭막해지셨어요. 꼭 뭔가를 피해 다니는 사람처럼⋯⋯."

"초콜릿 좋아합니까?"

모리세이의 갑작스러운 질문에 타일라가 놀란 표정을 지었다. 그런 일이 별로 없었던 탓이다.

"네? 아니 뭐⋯⋯ 싫어하지는 않죠? 있으면 잘 먹어요."

모리세이는 가방에서 초콜릿을 한 다발 꺼내 테이블 위에 올려놓았다. 타일라는 뭔가 심오한 물건이라도 되는 것처럼 바라보다가 조심스레 손을 뻗었다.

"이걸 지금 저한테 주시는 건가요?"

"다른 이로부터 선물 받은 물건을 또 다른 이에게 전달하는 일을

178

한 것뿐입니다."

"……그냥 간단하게 선물이라고 말하면 될 것을."

투덜거리면서도 초콜릿을 앞치마 주머니 속에 넣는 타일라의 표정은 싫지 않아 보였다.

"잘 먹을게요. 어쨌든 기쁘네요."

"아직도 많이 남아 있습니다. 다음번에 또 가져다주도록 하죠."

"선물 받았다면서 왜 그렇게 짐 떠넘기듯 처리하시려는 거예요? 초콜릿을 증오하거나 선물을 준 상대를 싫어하는 게 아니라면."

그때 종소리가 울리면서 새로운 손님이 안으로 들어온 덕분에 모리세이는 그 말에 대답할 필요가 없었다. 타일라는 인사하러 일어섰다가 깜짝 놀란 목소리로 말했다.

"너 세인트 카빈 학생 아니니? 평일에는 학교 밖으로 나오면 안되잖아."

이 말을 듣고 모리세이도 뒤를 돌아보았다. 누군가를 찾듯 두리번거리던 학생과 정면으로 눈이 마주쳤다. 에녹이었다. 모리세이를 발견한 그의 눈이 둥글게 휘어졌다.

"괜찮아요. 교수님과 같이 왔거든요."

에녹은 쪼르르 다가와 조금 전까지 타일라가 앉아 있던 자리에 앉았다. 모리세이는 포크를 내려놓고 소리 없이 한숨을 내쉬었다. 유일한 도피처마저 더 이상 도피처가 아님을 깨달은 것이다.

"거짓말을 그렇게 자연스럽게 하면 안 될 텐데요, 윌스턴 군."

"죄송해요. 다른 변명거리가 생각나지 않았어요."

어쨌든 타일라는 메뉴판을 가지고 돌아왔고 모리세이는 에녹이 예전에 기차에서 그랬던 것처럼 코코아를 시킬까 궁금해졌다. 하지만 그는 메뉴를 보지도 않고 홍차를 진하게 타 달라고 부탁했다.

타일라가 주방으로 들어가자 에녹은 모리세이의 식단을 살폈다.

"또 샐러드네요. 고기를 안 드시는 건 어떤 이유 때문인가요? 동물들을 가엾게 여겨서인가요?"

"피 냄새가 싫어서입니다."

"익힌 고기도요?"

"윌스턴 군, 학문적인 질문을 위해서가 아니라면 내 개인적인 저녁 시간을 방해하지 말아 주었으면 좋겠군요."

에녹이 서운한 표정을 지으며 약간 뒤로 물러섰다.

"교수님께 제가 뭔가 큰 잘못을 한 건 아닐까, 요즘 그런 생각이 들어요."

"그게 무슨 뜻입니까?"

"모두에게 친절하신 교수님께서 유독 제게만 냉정하게 구신단 말이죠."

"오해가 있는 모양이군요. 윌스턴 군에게만 냉정하게 행동한 적은 없습니다. 나는 모든 학생들을 공평하게 대하려고 노력하지요."

"공평하게라……. 하긴, 교수님은 지나칠 정도로 모든 사람들과 일정하게 거리를 유지하려고 애쓰는 사람처럼 보여요. 다가가는 만큼 멀어지고, 멀어지는 만큼 또 다가오시고요. 누구에게나 낯설지 않으면서 누구와도 친근하지 않은 관계. 마치 언제라도 떠날 준비가 될 사람 같단 말이지요."

에녹이 빙그레 웃는 것을 보며 모리세이는 그 말을 부정할지 잠간 고민했다. 그리 틀린 말은 아니었지만 그걸 인정함으로써 에녹이 우쭐하는 모습은 별로 보고 싶지 않았다. 어쨌든 에녹이 그동안 자신을 면밀히 관찰해 온 것만은 분명해 보였다.

"그래서 유독 저한테만 냉정하신 거라면, 틀림없이 교수님이 저를 다른 아이들과 남다르게 여기기 때문일 거라고 생각했지요. 그래서 기뻐하던 참이었어요."

"나한테 미움을 받기 위해 노력하고 있다는 뜻입니까?"

"저는 다만 교수님께 특별한 학생이고 싶은 거예요."

에녹이 미소를 지으며 고개를 앞으로 내밀어 속삭였다.

"교수님이 저를 다른 사람들과 똑같이 대하는 건 참을 수 없으니까요."

그가 너무도 가까이 다가와 있었기에 모리세이는 뒤로 물러서고 싶은 충동을 느꼈다. 하지만 그렇게 하면 방금 전 에녹이 말한 대로 거리를 유지하려는 행동으로 보일 터라 그 자리에서 움직이지 않았다. 확실히 영리한 학생이었다.

그렇게들 말하곤 한다. 사람의 아이는 너무 빨리 자라고 또 너무 빨리 변해 버린다고. 그렇다고 해도, 수줍고 어렸던 2년 전의 에녹과는 너무도 다른 모습을 모리세이는 이해하기 어려웠다.

"윌스턴 군이 그런 말을 한다는 것에 놀라는 사람도 있을 겁니다."

"네, 그렇겠죠. 하지만 교수님은 아니잖아요."

"내가 어떤 사람인지 섣불리 판단하지 말 것을 권고하고 싶군요."

에녹은 미소를 거두며 모리세이의 표정을 살폈다. 그러곤 손을 내밀어 자신을 이해해 달라는 듯 다정하게 모리세이의 팔을 잡았다.

"제가 무례했다면 용서하세요. 교수님 앞에서만큼은 솔직하게 행동하고 싶었어요. 모두에게 친절한 에녹 윌스턴, 저는 그렇게 보여야만 하는 거겠죠. 겉보기에 꽤 많은 아이들과 친구로 지내는 것처럼 보일 테고요. 하지만 그렇지 않아요. 그들은 내게 아무 가치도 없어요. 그들이 나를 어떻게 생각할지도 신경 쓰지 않고요."

모리세이는 에녹이 이런 말을 한다는 것에 놀랐다. 그런 생각을 하고 있다는 건 그동안 조용히 지켜본바 짐작하고 있었으나 이처럼 소리 내어 말할 줄은 몰랐다. 그것도 자신의 앞에서 말이다.

"이렇게까지 솔직하게 이야기하는 건 교수님이 비밀을 지켜 주시리란 걸 알고 있기 때문이에요. 또한 교수님도 저와 같은 생각을 하고 있다고 믿기 때문이고요. 그러나 무엇보다…… 교수님만이 제게 특별한 사람이기 때문이에요. 저도 교수님께 특별한 학생이 되고 싶고요."

에녹이 잡은 팔에서 모리세이는 간질거리는 것과 비슷한 통증을 느꼈다.

"누구도 소중히 여기지 않는 두 사람이 온전히 서로만을 소중히 여길 때, 마치 기적과도 같은 애정이 탄생하겠죠. 서로를 구원하는 것도 나락으로 빠뜨리는 것도 오직 두 사람의 손에 의해서만 가능할 거예요. 나에게 사랑이란 게 존재한다면 오직 그러한 형태로만 가능할 테죠."

모리세이를 바라보며 조용히 타오르는 에녹의 눈은 뜻이 명확할 뿐 아니라 대답을 갈구하고 있었다. 마치 '당신도 나와 같은가요?' 하고 묻는 것 같았다. 무슨 말이든 거기에 대답하는 순간 모리세이는 다시는 전과 같이 돌아갈 수 없으리란 걸 알았다.

'네가 내 바람일까.'

그는 소년을 바라보며 예전에 가졌던 의문을 다시 떠올리지 않을 수 없었다. 에녹이 나타나지 않았던 그때는 다시 한 번 만나면 알 수 있을 것 같았다. 그러나 눈앞에 있는 지금이 오히려 더 혼란스러울 뿐이었다.

마침 타일라가 찻잔을 들고 돌아왔다. 그러곤 조금 놀란 듯 두 사람을 번갈아 보았다.

"무슨 얘기를 그렇게 심각하게 해요?"

에녹은 모리세이에게서 손을 떼고 눈을 아래로 내리깔았다. 타일라는 찻잔을 에녹의 앞에 놓아 주며 친근하게 물었다.

"귀여운 학생이네. 이름이 뭐니?"

모리세이는 에녹이 그 질문을 무시할지도 모른다고 생각했다. 그러나 타일라를 힐끗 본 에녹은 단정하게 대답했다.

"에녹 윌스턴입니다."

"칼마 교수님 담당 학생인가 보구나. 주말에 여기 놀러 오면 언제든 비스킷을 서비스로 줄게."

거기까지만 했으면 좋았을 것이다. 그러나 타일라는 앞치마 주머니에서 뭔가를 꺼내 에녹의 앞에 올려놓았다.

"맛있게 먹으렴. 돌아갈 때는 꼭 교수님과 함께 가야 돼."

초콜릿이었다. 에녹이 모리세이에게 주었고 모리세이가 타일라에게 건넨 초콜릿. 다른 사람이 준 것과 헷갈리지 않도록 그만의 독특한 방법으로 포장한.

방금 전 에녹과 나눈 대화를 여기 오기 전에 미리 했더라면 모리세이도 그걸 다른 사람에게 주는 행동 같은 건 하지 않았을 거다. 하지만 돌이키기엔 늦었다. 모리세이는 에녹의 반응을 주의 깊게 지켜보고 있었다.

에녹의 시선이 초콜릿에 머물다가 그대로 타일라에게 향하기까지는 찰나의 시간도 걸리지 않았다. 그게 초콜릿이 아닌 평범한 비스킷이었어도 그보다 자연스러울 수는 없었을 거다.

"감사합니다. 정말 친절하시네요."

그가 활짝 웃었다.

학교로 돌아가는 길에 두 사람은 한마디도 하지 않았다. 모리세이의 걸음이 느렸지만 에녹은 별로 의식하지 않고도 속도를 잘 맞추었다. 그리고 쓸데없이 도움의 손길을 내밀거나 하지도 않았다.

다만 적절하게 필요할 때, 예를 들어 도랑을 건너뛰어야 할 때나 울타리를 만나 계단을 올라야 할 때만 자연스럽게 팔을 잡아 주고는 곧바로 놓았다. 마치 다리가 불편한 사람이 어떤 어려움을 겪고 어떤 부분에서 도움이 필요한지 잘 아는 것처럼.

학교에 도착하자 에녹은 안녕히 주무시라고 예의 바르게 인사하고 기숙사로 향했다. 적어도 겉으로 보기에 평소보다 말이 없는 것 빼고는 별로 다를 게 없어 보였다.

혼자 남겨진 모리세이는 셔츠 소매를 걷어 보았다. 아까 에녹이 잡았던 자리에 모리세이만 볼 수 있는 희미한 흔적이 남아 있었다.

나선형으로 휘어지는 밤의 운율을 가진 문자. 에녹을 다시 보던 날 그가 호숫가에서 중얼거렸던 고향의 언어였다.

단지 밤벌레들의 희생양에 불과해 보였던 소년이 어떻게 2년 만에 황혼 언어를 이토록 능통하게 익혔단 말인가.

모리세이는 팔에 새겨진 주문이 최면적 기제를 섞어 상대방에게 긍정적 감정을 심어 주는 것임을 깨닫고 헛웃음을 지었다. 그토록 바라고 있는 모양이지만, 모리세이는 에녹을 좋아하지도 싫어하지도 않았다. 다만 화는 나 있었다. 그러나 그 사실을 에녹에게는 물론 스스로에게조차 제대로 설명할 자신이 없었다.

어떻게 표현해야 한단 말인가. 기차에서의 만남에 대해 모조리 잊어버린 그를, 자신을 신경 쓰지 않던 존재를 내내 신경 쓰고 있었다는 사실이 이토록 불쾌하다는 것을.

모리세이는 잠시 후 팔에 새겨진 주문을 지워 버렸다.

다음 날 아침부터 교장에게 호출받은 모리세이는 전날 그와 에녹이 외부에서 함께 돌아오는 걸 목격한 사람이 있으며 그에 대해 우려하고 있다는 이야기를 들었다. 해마다 교장은 본받아야 할 덕목과 경계해야 할 덕목에 대해서 말하곤 했는데, 올해 그가 유독 강조한 단어는 후자에 속했다.

"편애라고요."

"물론 제가 감히 교수님의 행동을 평가하려는 것은 아닙니다. 교수님께서는 언제나 맡은 역할 이상의 일을 해 주셨지요. 가장 우려했던 찰스의 일도 잘 해결해 주셨고요. 이번 일은 교수님을 단지 동료가 아닌 존경하는 친구로 생각하기에 걱정되어 드리는 말씀입니다."

모리세이는 에녹이 학문적 관심이 남다른 학생이라 질문이 많아서 자주 찾아왔을 뿐, 튜터 제도 안에서 허용되는 교수와 학생의 도리를 넘어서는 일은 없었다고 못 박았다. 또한 담당 학생을 관리하는 일은 자신의 고유 권한이라며 불필요한 참견에 대해서도 적절히 선을 그었다.

교장은 멋쩍은 얼굴로 물러섰지만 모리세이가 느낀 불쾌감은 쉽게 사라지지 않았다. 저렇게 말하는 사람이 있다는 건 이미 학교의 다른 많은 이들도 그렇게 생각하고 있다는 이야기였다. 에녹과의 접촉을 되도록 줄이는 편이 좋겠다고 생각했다. 그러나 그렇게 말한다 한들 수업까지 빠질 수 있는 것은 아니었다.

에녹은 역사학 수업에서만큼은 언제나 맨 앞자리에 앉아 눈도 거의 깜빡이지 않고 모리세이만을 뚫어져라 바라보았다. 어떤 학생보다도 질문에 가장 열심히 대답했고 모리세이의 의견에 반박하기도 했다. 특히 자신이 잘못 알고 있던 사실을 바로잡게 되었을 때 가장 기뻐했다.

편애라니. 오히려 세인트 카빈의 교수들 중에서 그 단어와 가장 관련이 적은 것이 모리세이였다. 다른 교수들은 드러내 놓고 에녹을 귀여워했기 때문이다. 그런 학생을 누군들 가르치는 입장에서 사랑하지 않을 수 있을까. 자신을 세상 가장 위대한 스승처럼 바라보며 배움을 갈구하는 학생을.

특히 화학 담당 교수인 레이놀 교수가 그러했다. 에녹이 역사를 제외하고 가장 좋아하는 학문도 바로 화학이었다. 레이놀 교수를 어떻게 설득했는지 몰라도 실험실을 자기 방처럼 드나들었고, 책으로만 익혔던 지식을 직접 실험해 보면서 작은 해프닝처럼 사고를 일으키기도 했다.

실험에 심각하게 푹 빠진 에녹이 자신의 방에 잘 오지 않게 되자, 모리세이는 안도하는 한편 저녁 시간이 어쩐지 평소보다 길어진 것을 느꼈다. 심지어 에녹은 지도 교수와의 정기적인 상담에도 종종 늦곤 했다. 그럴 때면 헐레벌떡 뛰어오는 그의 얼굴엔 온갖 재와 약품 등이 묻어 있었다.

"죄…… 죄송해요. 제가 많이 늦었나요?"

"15분 정도입니다."

"다시는 이러지 않을게요."

"앞으로는 그럴 필요도 없을 겁니다."

"네?"

동그랗게 눈을 뜨고 자신을 바라보는 에녹을 모른 척하며 모리세이는 등을 돌렸다. 그러곤 수건에 물을 적셔 가져와 그에게 내밀었다. 그러나 에녹은 오직 모리세이의 입에서 나올 다음 말이 세상에서 가장 중요한 것처럼 쳐다보고 있었다.

"앞으로는 내가 아닌 레이놀 교수에게 가면 됩니다. 담당 학생 교환을 요청할 생각입니다. 레이놀 교수도 월스턴 군을 높이 평가하고 있고, 그편이 월스턴 군에게도 도움이 될 것 같아서입니다."

에녹은 입을 벌렸다. 그의 얼굴에 처음으로 목격하는 표정들이 스쳐 지나갔다. 놀라움과 당혹감, 마지막으로는 증오였다.

"저를 버리시는 건가요?"

"……그 표현은 좀 과도한 것 같군요."

"버리시는 거잖아요! 왜요? 귀찮아하셔서 요즘은 잘 찾아오지도 않았잖아요. 그렇지 않아도 친구들이 요즘 교수님과 가까워 보인다고 말해서, 저도 무척 조심했다고요. 교수님은 그런 말을 듣는 걸 세상에서 가장 싫어하실 분이니까."

이를 악물고 말을 이어 가던 에녹의 얼굴이 한순간 지독하게 일그러졌다. 거의 다른 사람처럼 보일 정도였다.

"날 또 버리려고……."

무언가 작은 목소리로 더 중얼거리던 에녹은 문득 정신을 차렸는지 입을 다물었다. 그러곤 모리세이를 노려보다 몸을 돌려 방을 나갔다.

에녹이 신경질적으로 닫은 문이 커다란 소리를 내며 닫혔다. 모리세이로서는 거의 자신의 가슴에서 나오는 소리라고 착각할 정도였다.

"최초의 살인을 언급할 때면 반드시 빠지지 않는 이야기가 있습니다. 성경을 읽어 본 학생들이라면 누구나 잘 아는 이야기죠."

"카인의 이야기네요."

찰스가 자신 있게 대답하곤 옆자리의 에녹을 쳐다보았다. 요즘 에녹을 따라 공부에 재미를 붙인 그는 친구로부터 칭찬을 듣고 싶어 했다. 그러나 에녹은 평소와 달리 뒷자리에 멍하니 앉아 있을 뿐 별로 수업을 듣는 기색이 아니었다.

모리세이는 그가 왜 그러는지 잘 알고 있었다. 평소같지 않은 자신을 봐 달라는 거다. 상처 입었음을 온몸으로 표현하고 있는 거다. 그래서 일부러 더 그쪽을 보지 않았다.

"헤이스 군이 바로 맞혔습니다. 성경에 최초의 살인으로 기록되어 있는 카인의 이야기. 그는 동생 아벨과 함께 신에게 공물을 바쳤으나, 신이 자신의 것은 받지 않고 동생의 것만 취하자 극심한 질투심을 느끼고 동생을 죽이게 됩니다. 자신의 죄를 깨달은 카인은 두려워하지만 신이 그를 가엾게 여겨 다른 사람들이 해치지 못하도록 낙인을 찍어 표시합니다."

모리세이는 칠판에 그가 알고 있는 낙인의 모양을 그리며 말을 이었다.

"애초에 신이 아벨의 공물만 받은 이유에 대해선 여러 가지 설이 있습니다. 당시 카인의 제물은 땅에서 자란 최초의 곡식이었고 아벨의 제물은 새로 태어난 새끼 양이었죠. 이를 경제적 관점에서 보면, 그 이야기가 쓰이던 당시 곡식보다 가축의 중요도가 더 크다는 시각이……."

"아니요."

조용한 반문이 교실 안에 울려 퍼지며 모리세이의 말을 잘랐다. 그런 일은 매우 드물었기에 학생들의 시선이 모아졌다. 평소답지 않은, 존중과 열정이라곤 없이 텅 비어 있는 목소리로 에녹이 말했다.

"다 헛소리예요. 가축이 더 중요해서……? 아니에요. 신은 아벨을 편애했어요. 형이 바친 게 곡식이 아닌 금이고 동생이 바친 게 가축이 아닌 쭉정이였어도 신은 동생의 것을 받았을 거예요. 동생을 더 사랑하니까, 동생만이 소중하니까요. 신은 결코 공평한 존재가 아니에요. 오히려 삐뚤어지고 뒤틀리고, 자신을 사랑하는 자들만 사랑하고 적대자에게는 자비 없이 벌을 내리는 이기적인 존재죠. 사랑, 시기, 질투, 분노, 증오, 혐오…… 모든 것을 인간과 똑같이 느끼는, 그렇기에 인간은 신을 닮은, 신이 가지지 않았다면 결코 알지 못했을 수많은 감정들을 신으로부터 배운…….'

교실은 그 이상 적막할 수 없었고 오직 에녹의 숨소리와 목소리만이 맴돌고 있었다. 에녹은 잠시 헐떡이다 말을 이었다.

"신은 동생만 사랑한 거예요. 형 따위는 처음부터 안중에도 없었다고요. 카인을 보호하기 위한 낙인이라고요? 아니죠. 그건 세상 사람들에게 보라는 거예요. 낙인찍힌 이 흉측한 모습을 보라고, 이 살인자를 모두가 보고 손가락질하라고요!"

격하게 몸을 들썩이는 그의 모습에 아무도 함부로 입을 열지 못했다. 모리세이만이 가만히 다가가 에녹의 어깨를 잡았다. 그의 몸은 뜨거웠고 얼굴에도 식은땀이 맺혀 있었다.

"몸이 좋지 않아 보이는군요. 윌스턴 군, 병동으로 가는 걸 허락하겠습니다."

에녹은 모리세이의 말을 이해하지 못한 것처럼 숨만 몰아쉬고 있었다. 그러다 잠시 후 눈을 내리깔며 공손히 대답했다.

"네, 교수님. 감사합니다."

에녹이 일어서서 교실을 나가자 찰스 또한 허락도 맡지 않고 일어나 에녹을 뒤따라 나갔다.

학생들은 평소답지 않은 이런 광경에 넋이 나가 있었다. 모리세이는 학습 과정에 없던 흥미로운 전쟁사 이야기를 꺼내 간신히 그들의 주의를 돌려놓았다. 그러나 정작 자신이 무슨 말을 하고 있는지도 몰랐다.

에녹은 항상 모리세이의 앞에서는 솔직하게 행동한다고 말했었다. 하지만 그게 사실이 아니라는 걸 조금 전 광경을 목도함으로써알 수 있었다.

동생만을 사랑한다며 신을 비난하는 모습이야말로 그가 감춰 온진짜 모습 중 하나였다.

모리세이는 그날 레이놀 교수를 찾아가 담당 학생 교환을 요청했다. 레이놀 교수는 이 제안을 매우 기뻐하며 수락했다. 모리세이가에녹을 맡는 것은 크리스마스 방학이 끝날 때까지만이었다.

크리스마스를 앞두고 학교는 들뜬 분위기에 젖어 있었다. 건물마다 화려한 장식의 트리가 놓이고 곳곳이 크리스마스 소품들로 꾸며졌다. 산타 인형들과 알록달록한 양말과 반짝이는 트리 장식은학생들을 설레게 만들기 충분했고, 크리스마스이브 전날에는 눈까지 내려서 모두들 행복한 분위기였다.

이 시기에 학교에 있는 골칫거리라곤 원인 모를 작은 사고들뿐이었다. 어느 날에는 사육장에서 기르던 닭이 모두 죽어 있었고 또어느 날에는 기숙사 응접실에 있던 난로가 이유도 없이 폭발했다.

기숙사와 학생회관을 이어 주던 튼튼한 다리가 갑자기 무너지면서 큰 사고로 이어질 뻔했다. 다행히 학생들이 다니지 않는 새벽 시간대여서 다친 사람은 없었다.

다이아몬드 호수에 학생이 빠져 죽는 끔찍한 사고는 더 이상 없었지만, 이런 사건들만으로도 교장을 비롯해 학생들을 긴장하게 만들기는 충분했다. 그러나 이러한 긴장감조차 크리스마스 방학을 앞두고는 무색해졌다.

모리세이는 담당 학생들과 방학 전 마지막으로 함께 시간을 보내기로 했다. 주말 외출을 이용해 학교를 떠나 시내에서 식사를 하기로 한 것이다. 미리 타일라의 펍으로 전화를 걸어 여러 가지 메뉴를 부탁해 두었다. 타일라는 학생들을 위해, 또 채식주의자인 모리세이를 위해 최선을 다할 것을 약속했다.

그 모임은 지도 교수로서는 에녹과의 마지막 만남이기도 했다. 예전에 카인과 신에 대해 이야기한 이후로 에녹은 더 이상 개인적으로 모리세이를 찾아오지 않았다. 그래서 이번 식사 때도 오지 않을 수 있겠다고 생각했으나, 예상 밖으로 그날 시내로 향하는 차 안에는 에녹과 찰스가 함께 앉아 있었다.

에녹은 평소보다 침울해 보였다. 곁에는 그런 에녹의 기분을 풀어 주기 위해 혼자 떠들썩하게 이야기하는 찰스가 있었다. 잠자코 듣고 있던 에녹이 고개를 들었고 마침 그를 지켜보던 모리세이와 룸 미러를 통해 눈이 마주쳤다.

교수님은 알고 있죠?

모리세이는 그가 이렇게 말을 걸어오고 있다고 느꼈다.

교장을 비롯해 다른 교수들은 모두 에녹의 덕으로 찰스가 교화되었다고 말하지만, 그건 사실이 아니라는 걸 모리세이는 알고 있었다. 찰스는 전혀 달라진 게 없었다. 다만 좀 더 교활하게 감추는 법을 알게 되었을 뿐. 문제는 에녹이 찰스를 말리기는커녕 친구의 비행을 교묘하게 부추기는 듯 보인다는 점이었다.

그는 또 기억해 냈다. 폭발한 난로와 무너진 다리 근처에 황혼 언어가 새겨진 도형을 발견했던 것을. 화학적 지식과 밤의 언어를 조합해 내는 솜씨는 모리세이조차 감탄할 정도로 훌륭했다.

그는 모든 것을 보고 또 알았다. 그럼에도 일단 지켜보고 있는 것은, 그런 에녹을 이해해 보고 싶었기 때문이다. 2년 전 그 모습은 결코 연기가 아니었다. 어떻게 하면 그 소년이 짧은 시간 동안 이렇게까지 변해 버릴 수 있는 건지 알고 싶었다.

타일라가 준비해 둔 요리는 예상대로 훌륭했다. 고기류와 생선류, 샐러드까지 뷔페식으로 꾸며 원하는 음식을 마음껏 가져다 먹을 수 있었다. 또한 미리 교장의 허가를 받아 왔기에 학생들과 무알콜 맥주를 한 잔씩 마시기도 했다.

사적인 자리가 되자 학생들은 평소와 다르게 다양한 질문을 던졌고 모리세이는 곤란해하면서도 최대한 대답해 주려고 노력했다. 떠들썩하게 웃고 탄식하기를 여러 번, 그 즐거운 대화에 동참하지 않는 것은 에녹이 유일했다.

식사가 끝나자 타일라가 후식으로 케이크와 차 등을 가지고 나왔다.

"역시 한창 자랄 나이들이라 잘 먹네요. 준비한 보람이 있는걸요."

"평소보다 신경을 많이 써 주었더군요. 준비하느라 시간이 오래 걸렸을 텐데 고맙습니다, 타일라 양"

"그렇게 말씀해 주시니 뿌듯하네요. 주방장님이랑 저랑 새벽부터 나와서 준비했거든요. 다른 사람도 아니고 교수님 부탁인데 이 정도는 해야 하지 않겠어요?"

타일라는 다정하게 모리세이의 어깨를 잡았다 놓고는 다 먹은 접시를 들고 주방으로 돌아갔다.

다들 배가 부르고 노곤해진 채로 자리에 늘어져 있었다. 움직이는 사람이라곤 찰스가 마시던 코코아를 좀 더 가져다주겠다며 자리에서 일어나 주방으로 향하는 에녹뿐이었다.

모리세이는 시계를 들여다보았다. 이제 학교로 돌아가야 할 시간이었다. 식당 밖으로 나간 그는 노천에서 커피를 마시고 있던 운전기사를 불렀다. 이제 학생들을 다독여 일으킬 차례였다.

다시 식당으로 돌아온 모리세이는 분위기가 어쩐지 소란스럽다는 것을 알아차렸다. 학생들 모두 일어서서 한 방향을 바라보며 웅성거리고 있었다. 그 와중에 누군가 크게 외쳤다.

"구급차 불러요! 빨리!"

모리세이는 학생들 틈을 헤치고 들어갔다. 누군가 바닥에 쓰러져 있었다. 타일라였다.

그녀는 눈을 뜨고 있었지만 의식이 없었다. 입으로는 거품을 토해 내는 중이었다. 타일라의 곁에 앉은 모리세이는 그녀의 입술이 검게 변한 것을 보았다. 자신도 모르게 그 입술에 손을 대고 무언가를 중얼거렸다. 손을 치우자 다행히 입술 색은 정상으로 돌아왔다.

응급 처치를 한 뒤 그는 고개를 들어 누군가를 찾았다. 모리세이와 눈을 마주치길 거부한 그 학생은 슬그머니 사람들 틈으로 사라졌다.

구급차가 오고 타일라가 실려 갔다. 다행히 빠른 처치 덕에 고비는 넘길 수 있었다. 그녀가 심각한 유독성 물질을 섭취한 것으로 밝혀졌기 때문에 나중에 경찰이 다녀갔다. 그러나 심증이 갈 만한 사람도 없고 물적 증거도 남아 있지 않았다. 일하는 환경의 특성상 주방에 세척제와 같은 약품이 놓여 있었다는 것도 불리하게 작용했다. 기억이 없던 그녀는 자신이 실수로 무언가 잘못된 것을 먹었을 가능성을 인정할 수밖에 없었다. 그렇게 수사는 흐지부지 종료되었다.

방학식이 있고 다음 날, 어째서인지 아직 집에 돌아가지 않은 에녹이 모리세이를 찾아왔다. 식당 사건 이후로는 처음 만나는 것이었다.

"이제 지도 교수로서의 의무는 끝나신 걸 알지만, 마지막으로 제대로 인사드리고 싶어서요."

모리세이는 대답 없이 그를 바라보았다.

"교수님은 어쩌면 제가 예전에 말씀드렸던 그 일을 포기했다고 생각하실지도 모르죠. 하지만 아니에요. 우선은 웅크리고 있을 뿐이에요. 때가 될 때까지 말이에요. 그리고 사실대로 말하자면, 교수님께도 이미 어느 정도 제가 특별해졌다고 확신해요……."

모리세이는 그 말을 부정하지 않았다. 설마 하던 에녹의 표정이 의혹에서 기쁨으로 바뀌는 것을 보았다. 이 말이 그를 더욱 만족시키리란 걸 알았지만, 하지 않을 수 없었다.

"그 말이 맞습니다, 윌스턴 군. 마침내 나는 학생을 싫어하게 된 것 같습니다."

잠시 멎어 있던 에녹이 입가를 일그러뜨리며 웃었다. 우는 듯 보이는 미소였다.

학생들과 교직원 모두 고향으로 떠난 세인트 카빈은 무척 조용했다. 마치 모리세이가 처음으로 그곳을 방문하던 날과 같았다.

모리세이는 다이아몬드 호수 앞에서 생각에 잠겨 있었다. 지금 하려는 일들이 과연 자신에게 어울리는 것인가에 대한 고민이었다. 대답을 찾기 난해했던 이 질문은 한 가지 생각을 떠올림으로써 해결되었다.

그는 학자였다. 학자라면 학자답게 가지고 있는 의문을 해소해야 하는 것이다.

모리세이는 그대로 호숫가를 떠났다. 자신의 저택 앞에 도착했음에도 멈추지 않았다. 평소와 다른 행동을 하려 할 때면 언제나 그를 막아서던 관성적인 습관들, 성가신 것을 싫어하고 소란에 휘말리는 것을 피해 다니던 오랜 습관이 이번만큼은 모리세이를 붙잡지 못했다. 에녹을 만난 뒤로 이미 그런 것과는 거리가 먼 생활을 하고 있었기에.

기차역에 도착한 그는 더처 영지로 가는 기차표를 한 장 달라고 말했다. 미풍이 그의 등을 부드럽게 밀어 주고 있었다.

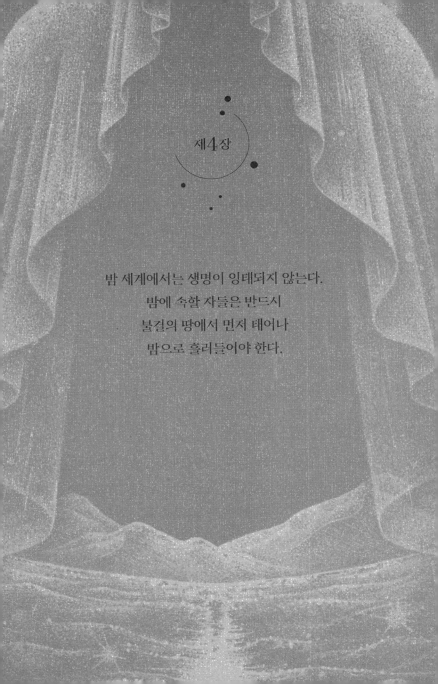

제4장

밤 세계에서는 생명이 잉태되지 않는다.
밤에 속할 자들은 반드시
불길의 땅에서 먼저 태어나
밤으로 흘러들어야 한다.

불결의 땅을 떠도는 동안 남자는 많은 이름으로 불리다 잊히곤 했다. 하지만 이름은 그에게 그리 중요하지 않고 때론 덧없기까지 했다.

남자와 같은 존재들이 이름보다 특별하게 여기는 것은 스스로의 정체성을 나타낼 수 있는 별호였다. 그건 본인이 만들어 가질 수는 없고 특출한 몇몇 존재만이 그러한 별호를 만들어 줄 수 있었다. 역설적으로 그 지고한 존재들은 스스로의 별호를 짓지 않았으니, 마치 그들이 그들로서 존재하기 위해 그런 것은 필요하지 않다는 듯 했다. 하지만 남자는 그들의 오만함이 마음에 들었다. 자신에게 붙여 준 별호도 마음에 들었다.

남자는 '장서가'였다. 기억나지 않는 오랜 옛날부터 책을 수집하는 것을 좋아했기 때문인 것 같다. 그에게 있어 책이란 읽기보다 수집하기에 더 적당한 물건이었다. 그의 작은 도서관이 책으로 채워지면 한없이 만족스러웠다.

셀 수 없는 시간 동안 온갖 곳을 떠돌면서 그는 이상한 책들을 많이 모았다. 그중에는 혼잣말을 하거나 꽂아 둔 자리에서 사라졌다가 엉뚱한 곳에서 다시 나타나는 책도 있었다. 열두 권의 연작물로 이어진 어떤 시리즈는 읽는 동안 그를 거의 죽음으로 몰고 갔다……. 그건 정말 쉽게 잊지 못할 경험이었다.

그중에서 가장 아끼는 책이 무엇이냐고 묻는다면, 그는 책장 구석에 꽂혀 있는 회색 표지의 낡은 책을 망설임 없이 가리킬 것이다. 그건 그가 오랫동안 염원해 왔지만 존재 자체가 불가능하다고 생각했던 책이었다.

"장담하건대 이것만큼은 당신이 만고의 삶을 살았다고 해도 처음 볼 겁니다."

그의 도서관을 가끔 찾아오는 정체 모를 서적 상인은 온갖 미사여구를 늘어놓으며 그 책을 꺼내 놓았다. 과연, 보는 순간 남자는 오래도록 존재를 잊고 있던 심장마저 떨려 오는 걸 느꼈다.

"이것의 가치는 입에 담는 것조차 조심스럽죠. 만약 이 책의 이름을 맞히신다면 어느 정도 제 몫을 포기하는 일도 고려해 보겠습니다만……."

상인의 다소 성급한 제안이 남자에게는 행운이었다.

"당신에겐 안된 일이지만 나는 이 책의 이름을 알고 있습니다. '생명을 만드는 책'이죠."

상인은 당혹스러워했고 분노했지만 자신이 한 말을 주워 담을 수는 없었다. 남자는 만족스러운 거래를 끝냈고, 상인이 가자마자 그 자리에 주저앉아 책을 안고 울었다.

"이것만 있으면⋯⋯."

그의 도서관 문이 다시 열린 것은 그로부터 오랜 시간이 흐른 뒤였다. 종소리가 들리자 남자는 눈을 떴다. 수십 년 만에 처음으로 눈을 뜨는 것 같은 느낌이었다.

"말을 타고 도주하는 것은 아름다운 숙녀요, 그 뒤에 탄 것은 악마이니."

그 한마디를 듣기 위해 인고한 시간이 얼마던가. 그의 오랜 염원은 스스로도 염원할 거라 생각지 못한 일이었다.

남자는 불도 켜지 않은 골방에서 천천히 걸어 나갔다. 아무렇게나 쌓여 있는 책 더미 뒤에 누군가 서 있었다. 그의 눈에는 마치 성녀처럼 보이는 사람이었다.

생명의 책을 찾아 이곳까지 온 자가 처음으로 집어 든 것이 죽어가는 책이라는 점은 얼마나 역설적인가.

"부인께서는 운이 정말 좋으시군요. 마침 딱 한 권 남아 있습니다."

루퍼슨은 마지막 책을 서재의 맨 마지막 책장에 꽂았다. 몇 년 전 이 저택에서 화재가 일어난 이후 책은 모두 창고로 옮겨졌었다. 하지만 이제 더 이상 화재의 위험이 없기에 그는 책을 다시 꺼내 오기로 결정했다. 습한 창고에 책을 보관하는 건 책에 대한 모독이었다. 그렇게 결정하고 행동함에 있어 남작 부부의 허락 같은 건 필요하지 않았다.

그는 책장에 남아 있던 먼지를 마른걸레로 닦아 모든 곳을 무결하게 만들었다. 만족스러운 기분으로 주변을 둘러보다 서재의 조그마한 창을 통해 낯선 이가 저택으로 걸어오는 것을 발견했다.

아니, 자세히 보니 완전히 낯설지는 않았다.

그는 걸레를 손에서 놓고 습관처럼 자신의 복장을 매만졌다. 장서가에서 다시 집사로 돌아갈 시간이었다.

모리세이는 윌스턴 가의 저택을 둘러보고 그곳의 풍경이 어쩐지 익숙하다는 느낌을 받았다. 이 나라 전역을 오랜 시간 떠돌았으니 언젠가 지나친 곳이라 해도 그리 놀라진 않을 터였다. 하지만 단지 지나치고 만 곳이라면 기억에 이토록 친숙히 남아 있을 리 없었다.

누군가 드나드는 것도 신경 쓰지 않는지 반쯤 열려 있는 대문을 통해 안뜰로 들어섰다. 앙상한 나무들과 잔가지들로 가득한 정원은 아무렇게나 방치되어 있었다. 이른 시각이라곤 해도 불이 모두 꺼져 있고 커튼도 내려져 있었다. 쌓여 있는 눈조차 사람의 발길이 닿은 흔적이 없어 아무도 살지 않는 듯했다.

굳게 닫혀 있던 저택의 현관이 열린 것은 그가 정원을 반쯤 가로질렀을 때였다. 단정한 제복 차림의 누군가가 눈을 헤치고 걸어와 인사했다. 모리세이는 한눈에 그가 2년 전 에녹과 함께 기차에 탑승했던 집사임을 알아보았다.

"환대가 늦었습니다. 손님이 오시는 줄 모르고."

"연락 없이 방문한 내 불찰입니다. 나는……."

"윌스턴 도련님의 지도 교수님이시지요. 알고 있습니다."

모리세이는 저택을 응시했다.

"윌스턴 군이 집에 있습니까? 방학 동안 헤이스 군의 자택에서 지낸다고 들었습니다만."

"도련님은 안 계십니다."

"그런데 어떻게 내가 지도 교수임을 알았습니까?"

집사는 무언가 가늠하듯 모리세이를 바라보다 대답했다.

"기억하실지 모르겠으나 우리는 예전에 만난 적이 있습니다. 함께 기차를 타고 가는 동안 성함을 말씀해 주셨지요. 도련님께서 집에 보내온 편지에도 그 성함이 지도 교수님이라 적혀 있어 알아보았습니다."

"재미있는 일이군요. 정작 윌스턴 군은 그때의 일을 전혀 기억하지 못하던데 말입니다."

기분 탓인지 집사가 잠시 멈칫하는 것처럼 보였다.

"밖은 추우니 우선 안으로 들어오시지요. 남작 부부께서도 반갑게 맞아 주실 겁니다."

저택 안이라고 그리 따뜻하지는 않았다. 단지 바람을 막아 줄 뿐, 응접실 난로에는 희미한 불씨만이 간신히 남아 있었다. 집사는 성의 없이 장작을 뒤적거린 뒤 남작 부부를 불러오겠다며 나갔다.

모리세이는 손수 새 장작을 벽난로 속에 집어넣고 불씨를 살려보려고 했다. 그러는 동안 둘러본 저택의 모습은 정원과 마찬가지로 제대로 관리되고 있지 못하다는 것을 말해 주고 있었다. 선반뿐만 아니라 바닥 여기저기에 굴러다니는 먼지와 구석에 떡하니 주인처럼 자리 잡은 거미들이 보였다.

잠시 후 나타난 윌스턴 남작은 실내에서도 머플러를 꽁꽁 두르고 있었다. 남작 부인 또한 외출용 모자를 깊이 눌러써서 얼굴조차 제대로 보이지 않았다. 그들이 불편하고 또 불안해하는 기색을 보고 모리세이는 불청객이 된 듯한 느낌을 받았다.

"이렇게 불쑥 찾아와 미안하게 생각합니다. 외출을 준비 중이었던 모양이군요."

"아, 아닙니다. 이건……."

자신들의 모습이 이상하게 보일 거라는 걸 눈치챘는지 남작은 다소 시무룩하게 말을 이었다.

"귀한 분을 모시고도 이런 차림인 것을 이해해 주시기 바랍니다. 부인도 저도 사람과 대면하기에 불편한 점들이 있어서 말입니다."

어색한 분위기는 에녹의 학교생활이라는 공통의 주제를 화제에 올림으로써 조금씩 깨어질 수 있었다. 남작 부부가 특히 걱정하는 건 늦은 나이에 학교에 입학한 에녹이 다른 학생들과 제대로 어울릴 수 있는가 하는 점이었다. 모리세이는 그 점에 있어서만큼은 조금도 걱정할 필요가 없다고 말해 주었다.

학교에서 있었던 몇 가지 일화에 대한 이야기를 더 나눈 뒤, 남작 부인이 매우 어려운 질문을 하는 사람처럼 물었다.

"그런데 저…… 외람되지만, 제 아들이 혹시라도 다른 학생들과는 남다른 점을 보인 적은 없는지요?"

다른 사람이 들었다면 아들의 숨겨진 재능이라도 얘기해 달라는 것처럼 오해받기 좋은 발언이었다. 그러나 모리세이는 남작 부인이 무슨 의도로 그런 질문을 하는지 단번에 이해했다. 이해했음에도 모른 척 반문했다.

"남다른 점이라니요?"

"그…… 에녹은, 어머니인 제 입으로 이런 말씀을 드리기는 부끄럽습니다만 조금 지나칠 정도로 순수한 아이였습니다."

모리세이는 고개를 끄덕였다. 기차역에서 만난 그 에녹을 지칭하는 것이라면 얼마든지 납득이 가는 말이었다. 그러나 남작 부인은 과거형으로 말했다.

"자세히 말씀드릴 수는 없지만 그동안 이 집에서 여러 일이 있었습니다. 몇몇은 심각하기도 했지요. 그로 인해 아들이 조금은 변하지 않았나 싶어서요. 물론 에녹은 너무나 착한 아이입니다. 이런 질문을 한다고 해서 이상한 오해는 하지 않으셨으면 좋겠습니다. 하지만 만에 하나라도 교수님께서 뭔가 보신 게 있으시다면……."

모리세이는 잠시 뜸을 들였다가 대답했다.

"윌스턴 군은 결점이라곤 찾아보기 어려운 학생입니다. 모든 교수가 그를 높이 평가하고 있고 친구들 사이에서도 인기가 많습니다. 지금까지는 객관적으로 본인의 훌륭함을 증명해 왔을 뿐 염려할 만한 일은 없었습니다."

"그렇다면 정말 다행이네요."

안도의 한숨을 내쉬는 남작 부인과 달리 윌스턴 남작은 아까부터 조용히 침묵만 지키고 있었다. 이런 대화가 오가는 것 자체가 마음에 들지 않는 것 같았다. 모리세이는 일부러 그쪽을 돌아보며 말했다.

"다만 지나치게 화학 과목에 몰두하는 모습 때문에 걱정을 하는 사람들도 있습니다. 윌스턴 군은 여러 가지 기발한 실험을 고안하기도 했습니다만 몇몇은 위험하기도 했지요. 지금까지는 다행히 큰 사고가 없었습니다만 조만간 주의를 줘야 할 일이 생길지도 모릅니다. 지도 교수로서 혹시라도 내가 미리 알아야 할 일이 있다면 지금 말해 주는 게 좋습니다."

머플러 사이로 간신히 보이는 남작의 눈빛이 흔들리는 게 보였다. 그러나 그는 애써 침착함을 유지하며 말했다.

"교수님께서는 정말 친절하시군요. 하지만 아무 말썽 없이 성장기를 보내는 사람이 몇이나 있겠습니까. 솔직히 말씀드리겠습니다. 에녹의 삶은 결코 순탄치만은 않았어요. 그러나 제 아들은 심성이 고와 결코 정도를 벗어나는 일이 없을 겁니다. 세상 밖으로 막 나간 참이니 호기심이 과할 뿐이에요."

그런 방어적인 반응은 이미 예상하고 있던 참이었다. 모리세이는 이쯤에서 가장 중요한 부분을 건드려 보기로 했다.

"그렇다면 혹시 윌스턴 군이 화학뿐만 아니라 다른 분야에도 관심을 가진 적은 없었습니까? 보통의 정규 과목과는 다른 비과학적인 학문에 대해서 말입니다."

순간 부부가 둘 다 숨을 크게 들이켠 것은 유념해 둘 만한 반응이었다. 남작 부인이 떨리는 목소리로 반문했다.

"무슨 학문을 말씀하시는 건지……."

"신비학이나 이교도의 학문, 점성술과 마법과 같은 학문입니다."

"말도 안 되는 소리 마십시오!"

윌스턴 남작이 자리에서 벌떡 일어서며 외쳤다. 남작 부인이 손을 더듬거리듯 뻗어 남편을 잡아 앉히려 했다. 그러나 남작은 필요 이상으로 흥분하며 소리쳤다.

"제 아들이 이교도라도 된다고 말하고 싶은 겁니까? 그런 걸 추궁하기 위해 눈길을 헤치고 여기까지 찾아오신 겁니까? 연락도 없이 왔음에도 에녹의 지도 교수님이라 하여 이렇듯 맞아들인 건데, 제 아들의 험담을 하기 위해서였다면 태도를 달리할 수밖에 없습니다. 지금 당장 이 저택에서 쫓아내도 할 말이 없단 걸 아셔야죠!"

몸동작이 커지자 머플러가 풀어지면서 남작의 얼굴이 조금씩 드러났다. 모리세이는 그의 얼굴을 끔찍하게 일그러뜨려 놓은 화상 자국을 볼 수 있었다.

"여보, 우선 진정하시는 게 좋겠어요."

부인이 나직이 말하자 윌스턴 남작은 움찔하며 말을 멈췄다. 그제야 자신의 머플러가 풀어진 것을 알고 수습하려 했으나 뜻대로 되지 않자 곧 성질을 내며 아예 벗어 던졌다. 그러곤 어디 이 얼굴에 대해 하고 싶은 말이 있으면 하라고 대드는 것처럼 모리세이를 바라보았다.

"적절하지 못한 방법으로 찾아온 것은 나도 잘 알고 있습니다. 그에 대한 사과와 양해의 말은 아까 나눈 것 같으니 반복하지 않겠습니다. 내 질문은 윌스턴 군을 비난하기 위한 게 아니었습니다. 그 반대죠. 만약 학생이 정규 과정에서 벗어난 학문에 필요 이상으로 관심을 가진다면 주의시키는 게 좋을 것 같아서였습니다. 그러나 두 분의 태도로 보건대 윌스턴 군은 정도를 지킬 줄 아는 학생인 것으로 보이는군요. 내 우려는 기우인 듯하니 앞으로 같은 주제를 놓고 대화하는 일은 없을 겁니다. 용건이 끝났으니 이만 돌아가지요."

모리세이가 정말로 가려고 일어서자 남작은 막상 안절부절못하면서도 붙잡지 못했다. 그대로 돌아서서 현관까지 걸어왔을 때 남작 부인이 벽을 더듬으며 모리세이를 쫓아왔다.

"교수님, 기다려 주세요. 조금 전 남편이 보인 무례한 행동에 대해 사과드립니다. 먼 곳까지 오셨는데 식사도 대접하지 않고 보내드릴 수는 없어요. 부디 화를 푸시고 하루만 이곳에 머물렀다 돌아가세요."

허공을 휘저어 다가온 부인이 그의 손을 꽉 붙잡았다. 그러곤 모리세이의 얼굴을 올려다보며 간곡히 말했다.

"부탁드릴게요. 에녹의 학교생활에 대해 조금만 더 들려주세요. 아들은 편지로 우리에게 거의 아무것도 말하지 않아요……."

모자 아래로 보이는 그녀의 두 눈은 하얗게 변색되어 있었다. 모리세이는 그 눈을 잠시 마주 보다 답했다.

"알겠습니다. 그럼 조금만 더 신세를 지도록 하지요."

저택의 상태로 보아 별반 기대하지 않았던 저녁 식사는 예상외로 훌륭했다. 호박 수프나 뿌리채소 스튜, 고구마 캐서롤 등 모리세이도 먹을 수 있는 채식 위주의 메뉴였다. 에녹이 편지로 자신의 식성에 대해 언급한 게 아닐까 생각이 들 정도였다.

남작 부부는 더 이상 모리세이 앞에서 얼굴을 가리지 않았다. 어딘가 하나씩 손상된 그들은 그림처럼 서로 닮아 있었다. 남작 부인은 모리세이가 하는 말이라면 에녹과 관련이 있든 없든 주의 깊게 들었고, 남작은 아까 보인 행동 때문인지 필요 이상으로 정중하게 굴었다.

그들은 에녹이 역사와 과학을 좋아한다는 말에 기뻐했고 학교 테니스 팀에 들어가 활동 중이라는 사실에 관심을 보였다. 교수들도 모두 그를 좋아한다고 말하자 남작은 자랑스러움을 숨기지 못했다.

"사랑받는 게 당연한 아이니까요. 어디서든……."

정말로 그렇게 생각한다면 에녹은 집에서도 자신에 대해 꽤 잘 숨겨 온 것이 분명했다.

식사를 마치고 남작 부인이 응접실에서 후식을 들 것을 권했으나 모리세이는 거절했다. 피곤하기도 했거니와 두 사람이 하는 말들이 모리세이가 이곳을 찾아온 목적에 전혀 도움이 되지 않았기 때문이다. 남작 부인은 아쉬운 듯 집사에게 모리세이가 머물 방을 안내해 주라고 말했다.

그 방은 저택의 다른 곳에 비하면 깨끗한 편이었다. 방의 예전 주인은 여자아이인 것 같았다. 아직 채 없애지 못한 부분마다 그런 흔적이 느껴졌다.

"제대로 단장하지 못한 방으로 안내해 드려 죄송합니다. 이 저택엔 손님방이라고 할 만한 게 없어서 말입니다."

"난 괜찮습니다. 한데 이 방의 원래 주인은 누구였습니까?"

집사는 어디까지 말할지 가늠해 보듯 모리세이를 응시하다가 대답했다.

"이 저택의 아가씨께서 쓰시던 방입니다. 남작 부부의 영애셨죠."

"에녹에게 누이가 있단 말입니까?"

사실이라면 흥미로운 일이었다. 가족 사항에 적혀 있지 않았을뿐더러 에녹도 그에 대해 언급한 적이 없었기 때문이다.

"지금은 같이 살고 있지 않습니다. 그에 관해선 사정이 있으니 남작 부부 앞에서는 그분에 대한 이야기를 하지 말아 주시길 부탁드립니다. 그리고 죄송하지만 한 가지 부탁을 더 드려야겠습니다. 이복도 반대편에는 중환자가 누워 있습니다. 절대적인 안정이 필요한 상태이므로 그쪽으로 가지 말아 주셨으면 합니다."

모리세이가 고개를 끄덕이자 집사는 고개를 숙이고 나갔다.

침대에 앉아 저린 왼쪽 다리를 쉬게 해 주면서 모리세이는 이 집에 대해 이상한 소문이 퍼진 것도 놀라운 일은 아니라고 생각했다. 끔찍한 화상을 입은 남작과 눈이 멀어 버린 남작 부인, 정체를 알 수 없는 환자와 가족 모두가 입을 다문 딸의 존재까지.

'에녹의 누이라면 그녀도 밤의 언어에 대해 알고 있을까.'

모리세이가 이런 의문을 떠올린 것은 한쪽 벽에 조그맣게 밤의 언어로 쓰인 이름을 보아서였다. 그 언어에 대해 배운 자라면 아무리 초보적이어도 하지 않을 실수였다. 자신 말고는 누구도 저택에서 그걸 읽을 수 없다고 자신하지 않는 이상은 말이다.

'단지 이름의 발음을 가르쳐 주는 것은 아무 상관 없겠지. 그러나 그 이름을 어떻게 그리는지 알게 된다면……'

평소의 모리세이였다면 그런 일은 하지 않았을 것이다. 그건 처음 만난 상대의 이름을 함부로 부르는 것만큼이나 품위 없고 무례하기까지 한 일이기 때문이다. 그러나 여기까지 온 이상 소득 없이 돌아갈 수도 없었고, 오래간만에 그는 호기심을 느끼고 있었다. 에녹이 한 번도 언급하지 않은 누이에 대해.

"아길라 윌스턴."

모리세이가 밤의 언어로 그 이름을 말하는 순간 광풍처럼 어마어마한 기억들이 그를 휩쓸고 지나갔다.

미워 미워 증오해 당신들 모두 괴롭게 만들고 싶어 사랑받고 싶어 **왜 나를 버렸어요 왜 나를 이런 모습으로 만들었죠 대답해 봐요 어머니 세상 가장 소중한 딸이라면서 날 포기했던 주제에 날 그렇게 보지 마 대답해 봐요 아버지 날 위해서는 뭐든 할 거라면서 항상 내가 아닌 그 아이에게 주었잖아 그 아이를 먼저 찾았잖아** 왜 나를 사랑하지 않죠 **당신들이 혐오스러워 구역질 나 괴로워했으면 좋겠어** 날 아껴 줘 **내가 추악하다는 걸 알아 그러나 당신들이 이렇게 만들었잖아 내 일부분은 당신들을 분명** 나를 사랑해 줘 **하지만 언제나 그 아이가 먼저였잖아**

이곳에서 그녀는 매일 밤 온갖 증오와 경멸과 불안에 차 떨며 자신이 아는 모든 저주를 퍼부었다. 신을 저주하고 가족을 저주하고 자기 자신마저……. 그것은 절망이자 절규였다. 아스라이 먼 울부짖음이 모리세이의 귀에도 들려왔다.

방 안은 짙은 밤의 냄새로 숨이 막혔다. 아무리 둔감해진 자신이라 할지라도 지금껏 알아차리지 못했다는 것이 놀라울 정도였다.

권능은 반드시 흔적을 남긴다. 이 방에서 수없이 많은 그릇된 시도들이 있었다. 이미 지워지고 없는 그것을 모리세이는 바로 앞에서 목도하는 것처럼 똑똑히 보았다.

밤의 언어를 익힌 그녀는 가장 먼저 자랑스럽게 자신의 이름을 벽에 써 두었다. 나선형으로 휘어지는 황혼 언어의 운율. 마음에 들었다. 그 아래 다른 이름을 하나 더 쓰려다가 그만두었다.

그녀는 지옥으로 가는 문을 열어 보려고 했다. 순수한 호기심 때문이었다. 그러나 실패했고, 대신 그 아래 웅크리고 있는 존재에 대해 알게 되었다.

그녀는 그 존재를 불러내 보려고 했다. 다음 일? 그런 것은 전혀 중요하지 않았다. 자신이 갖지 못한 걸 줄 수 있으면 다행이고 아니면 그만이었다. 다른 사람들의 안위 따위 알 바가 아니었다. 그녀는 자신조차 아끼지 않았다. 그녀가 아끼는 것은 오직…….

그 불온한 짐승은 세상 밖으로 나오기 직전 지하 구덩이 속으로 다시 떨어졌다. 그래서 분노하고 포효했다. 그것은 이미 먹잇감의 냄새를 맡았다. 한 번 맡으면 결코 잊을 수 없는 냄새였다.

마지막 흔적은 조금 독특했다. 그녀가 시도한 이런저런 주문 중에 최초로 완전하게 성공한 듯 보였다.

'죽은 자가 산 자의 몸으로 들어가려 할 때의 주문. 그런데 조금 변형되었군. 시전자와 희생자의 위치가……. 맙소사, 이건 정말 창의적이군.'

그녀 혼자서 익힌 것이 분명한 어설프지만 독창적인 문장들을 보고 모리세이는 감탄하지 않을 수 없었다. 늘 가르쳐 왔던 역사나 신학이 아닌, 자신이 능통한 학문에 이토록 재능을 보이는 아이가 있다는 것이 학자로서의 본능을 자극했다.

주문이 조금만 잘못되었어도 몸과 영혼은 밤에 의해 흔적 없이 찢겨 나갔을 것이다. 그럼에도 망설임 없이 주문을 실행시킨 과감함과 결단력이 마음에 들었다. 이것이 만약 에녹의 솜씨였다면 곁에 두고 가르쳐 볼 생각까지 했을 거다.

'잠깐, 에녹이 한 게 아니라고?'

모리세이는 주문을 주의 깊게 들여다보았다. 그리고 지난번 에녹이 자신의 팔에 새겨 넣었던 주문을 떠올렸다.

결코, 아무리 같은 책에서 같은 방식으로 배웠다 하더라도 사람마다 문장이 같을 수는 없다. 형제라 할지라도 마찬가지다. 그런데 두 사람이 적어 나가는 주문의 방식은 모양과 운율뿐만 아니라 구사하는 문장까지도 완벽하게 동일했다.

그는 다시금 마지막 주문에 집중했다. 주문의 시전자는 아길라 윌스턴이었다. 그리고 희생자는……

모리세이는 눈을 뜸과 동시에 탄식을 토해 냈다.

"영혼 치환. 그래서였군. 그래서 날 알아보지 못했던 거로군."

모리세이가 밤을 지새운 것은 실로 오래간만의 일이었다. 그 방에는 아길라가 주문을 이용하여 숨겨 둔 여러 공간이 있었다. 그중한 곳에서 스크랩북을 발견했다. 그 안에는 아길라가 모아 둔 것으로 보이는 여러 가지 뉴스 기사와 사진 등이 있었다.

— 최초로 분리 수술을 앞둔 윌스턴 쌍둥이 남매

— 모두가 실패를 예상한 세기의 수술이 성공하다

— 남자아이인 에녹은 온전한 다리를 갖게 되었고, 누이인 아길라
는…….

어떻게든 사진이 찍히는 걸 막으려는 남작 부부의 몸짓은 사진 속에 우스꽝스러운 모습으로 박혀 있었다. 아기들의 얼굴 정면에 강한 플래시 불빛을 비추는 기자들의 행위는 잔인하기까지 했다. 어떻게든 숨기고 싶고 지켜 주고 싶었을 모습은 적나라하게 기록으로 남아 전 세계로 퍼져 나갔을 것이다.

처음 아기들의 사진을 보고 모리세이는 충격을 받았다. 그들의 독특한 모습 때문이 아니었다. 자신의 기억 속에 선명하게 남은 모습이어서 그랬다.

정확한 시기는 기억나지 않지만 10여 년 전이었을 거다. 아기들이 그런 모습이 될 수밖에 없었던 이유를 그만이 들여다볼 수 있었기에 순수하게 감동했다. 그래서 충동적으로 아기들에게 세례를 내렸다. 필시 그들에게는 저주였을 법한…….

'그러고도 그 모든 걸 잊고 있었다니.'

자신의 세례를 받은 특별한 아기들과 의도치 않게 다시 만나게 된 것을 어떻게 받아들여야 할지 알 수 없었다. 아니, 오히려 그 때문에 이렇듯 다시 만났는지도 모른다. 분명한 건 아무리 우연과 운명에 초월한 그라 할지라도 이런 재회를 가볍게 여길 수는 없다는 점이었다.

모리세이는 또 다른 사진을 들여다보았다. 분리 수술 이후 병원에서 의료용 기록으로 남긴 사진이었다. 에녹은 평온한 모습으로 누워 있었으나 아길라는 그렇지 않았다. 그녀는 한눈에 보기에도 괴로워 보였고 당장이라도 숨이 끊어질 것 같았다.

그는, 잘 하지 않는 일이지만 아길라에게 연민을 느꼈다. 다리가 없는 자신이 왜 그런 모습이 되었는지, 원래는 어떤 모습이었는지 두 눈으로 목도하며 그녀는 어떤 기분을 느꼈을까.

그제야 모리세이는 그녀의 주문 속에 담겨 있던 악의와 분노, 절규와 절절함을 그대로 이해했다. 온전한 신체에 대한 갈망과 에녹의 몸을 가지고 싶어 한 욕망도 이해했다.

문제는 이 모든 걸 알게 된 지금 자신이 어떤 행동을 하느냐였다.

새벽이 되어서야 간신히 잠이 든 모리세이를 깨우는 초인종 소리가 울렸다. 저택 안이 잠시 소란스러운 발걸음 소리로 가득했다.

'이런 시간에 누가.'

그가 몸을 일으켜 가운을 걸치자마자 노크도 없이 방문이 벌컥 열렸다. 이 무례한 행동에 대해 무어라 반응할 새도 없이 상대방은 안으로 성큼성큼 들어왔다.

"안녕하세요, 교수님. 여기서 뵙게 되리라곤 상상도 못 했는데 말이에요. 그렇죠?"

분노와 호기심이 뒤섞였지만 반가운 표정 또한 숨기지 못하는 에녹, 아니 아길라였다.

모리세이는 이상하게 평범한 대답조차 하기 어렵다는 것을 깨달았다. 지난밤 모든 것을 알고 또 보게 된 그로서는.

"……헤이스 군의 거처로 가서 지내는 줄 알았습니다만."

"왠지 와 보고 싶더라고요. 한데 설마 교수님이 계실 줄이야. 그래서 그토록 걸음을 재촉하고 싶었나 봐요."

그러나 표정으로는 이미 알고 온 게 분명하다고 말하고 있었다. 모리세이는 지난밤 이곳에서 밤의 언어로 그녀의 이름을 부른 것이 본인에게 전달된 게 틀림없다고 생각했다. 누가 그 이름을 불렀는지 보기 위해 밤새 달려왔을 것이다.

"내가 방문한 것을 이상하다고 생각하겠지만……."

"이상할 수밖에요. 교수님은 이제 저를 싫어한다고 분명히 말씀하셨잖아요. 싫어하는 학생의 집에 별다른 연락도 없이, 자기 휴일까지 희생해 가며 방문한 이유가 무엇일까요?"

모리세이는 대답하지 않았다. 어떤 대답도 받아들일 기세가 아니었기 때문이다.

"이게 다 술집에서 있었던 사건 때문 아닌가요? 그 종업원에게 일어난 사고가 저하고 무슨 관련이 있다는 거죠? 도대체가, 교수님. 저에 대해 무슨 오해를 하시는 건지 모르겠네요. 그분도 자기가 잘못된 음식을 먹은 것 같다고 분명히 말했잖아요. 그런데 제가 왜, 무슨 수로 그런 짓을 하겠어요? 그리고 그 사람에 대해서 왜 그렇게 신경 쓰시는 건데요? 그래 봐야 한낱 종업원이잖아요!"

모리세이는 그를 가만히 보기만 했지만 표정에서 무언가 드러난 모양이었다. 에녹이 흠칫하는 게 보였다.

"아니, 이건…… 죄송해요. 교수님께 소리 지르고 싶었던 건 아니에요."

"그 전에 먼저 윌스턴 군이 가지고 있는 직업에 대한 편견을 지적하지 않을 수 없겠군요."

"죄송해요. 흥분한 나머지 말이 지나쳤습니다."

의외지만 에녹은 진심으로 반성하는 것처럼 보였다. 아니면 지난밤의 기억을 본 모리세이가 너무 물러진 것이거나.

침대 옆으로 다가온 에녹이 무릎을 꿇고 모리세이를 다정하게 올려다보며 말했다.

"그분을 무시하려던 건 아니에요. 솔직히 부러워서 그랬어요. 교수님이 그분에게만 너무 친절하셨잖아요. 사실…… 거짓말이었어요. 교수님이 진심으로 저를 미워하게 되는 건 원하지 않아요. 교수님이 하는 말이라면 뭐든 듣는 착한 학생이 되겠어요. 제게 다시한 번만 기회를 주세요, 네?"

모리세이가 무어라 대답하려 할 때, 열린 방문을 통해 다른 목소리가 들려왔다. 이 상황을 다소 어이없어하고 기막혀하는 윌스턴 남작의 목소리였다.

"에녹, 너 뭘…… 거기서 뭘 하고 있는 거냐?"

아버지로부터 등을 돌린 채여서 에녹의 표정이 일순간 사나워진 것을 모리세이만 볼 수 있었다. 그러나 문을 향해 돌아설 때 에녹은 환하게 웃고 있었다.

"오랜만이에요, 아버지. 잘 지내셨어요?"

"아니, 왜 거기서 무릎을……."

"제가 갑자기 와서 놀라셨죠? 크리스마스잖아요! 크리스마스는 아무럼 가족들과 함께 지내야 하지 않겠어요? 어머니는 어디 계세요? 제 선물은 어디 있지요?"

남작은 다소 정신없어 보였지만 에녹이 그를 꽉 끌어안자 어쩔 수 없이 표정이 녹아내렸다.

"집에 오지 않는다고 해서 학교로 보내 두었지."

"그럴 수가, 선물만 기대하면서 왔는데!"

"알았다, 알았어. 그렇다면 오늘 당장 새걸로 사 줘야지. 뭐든 네가 원하는 것이라면……."

아버지와 함께 나가며 에녹은 잠시 모리세이를 돌아보았다. 그의 눈가가 둥글게 휘어졌다.

이따 봬요, 교수님.

입모양만으로 그렇게 말한 에녹의 얼굴은 여느 평범한 소년과 다르지 않은 행복한 모습이었다.

에녹은 혼자 온 게 아니었다. 찰스까지 끌고 온 것이다. 찰스는 저택의 후줄근한 모습에 잠시 놀란 듯했으나, 친구 집안의 재정 사정이 좋지 않다는 걸 깨닫고 곧 아무렇지 않은 척했다.

늘어난 손님들 덕에 아침 식사 풍경은 평소와 달리 북적거렸다. 남작은 크리스마스인 데다 사랑하는 아들이 친구까지 데려오자 기분이 몹시 좋은 것 같았다. 평소 즐기지 않던 술까지 마시며 복된 날이라고 떠들어 댔다.

"지금 우리는 완벽한 가족 같구나. 진작 이랬어야 했는데, 진작……."

그가 딸의 부재를 축복하고 있다는 것은 찰스를 제외한 그 자리에 있던 모든 사람이 알 수 있었다. 점점 기분이 좋아지는 남작과 달리 남작 부인의 얼굴은 점점 더 어두워져 갔다.

식사를 마친 뒤 그들은 응접실에서 선물 상자를 열어 보고 음악을 들으며 카드놀이를 즐겼다. 에녹은 수를 잘 썼지만 어째서인지 매번 운이 따르지 않았다. 기어이 성을 내기 직전 아들의 이런 낌새를 알아차린 남작 부인이 카드놀이는 그만두고 밖에 나가 눈을 가지고 놀지 않겠냐고 제안했다.

에녹의 관심은 순식간에 그리로 쏠렸고, 잔뜩 들떠서는 모리세이의 팔을 잡아당기며 함께 나가자고 졸랐다. 곤란해하는 모리세이의 기색을 알아차린 것처럼 남작 부인은 그에게 자신과 함께 응접실에 남아 있어 달라고 청했다.

모리세이가 승낙하자 에녹은 어머니를 못마땅한 듯 바라보고 찰스와 함께 바깥으로 나갔다. 일찌감치 취해 버린 윌스턴 남작은 응접실 안락의자에 잠들어 있었다.

"내가 나가고 싶어 하지 않는다는 걸 어떻게 알았습니까?"

따뜻한 홍차가 든 잔을 남작 부인이 두 손으로 잘 잡도록 도와준 뒤 모리세이가 물었다. 그녀는 미소와 함께 대답했다.

"괜한 간섭이었다면 용서하세요. 그렇지만 다리가 불편해서 곤란하실 것 같았어요."

"알고 있었군요."

"조금이지만 들리니까요. 바닥이 끌리는 소리가요."

"보이지 않을 때 오히려 더 많은 것을 알게 되는 때가 있지요. 그 토록 세심하게 살피고 있었다니 고맙군요."

"교수님은 에녹에게 특별한 분인 것처럼 느껴지니까요. 목소리로 알 수 있어요. 아들이 교수님을 무척 좋아하고 있다는 걸요."

그녀는 그 사실을 오히려 염려하는 듯했다. 모리세이가 침묵을 지키자 남작 부인은 더없이 어려운 말을 하는 사람처럼 말했다.

"분명 이상하다고 생각하시겠지요. 어머니로서 자식에 대해 안 좋은 말을 다른 사람에게, 특히 지도 교수님에게 하려 하고 있으니 까요. 그러나 꼭 말씀드려야 할 것 같아요. 교수님, 에녹에겐 충동 적인 면이 있어요. 성격이 하루에도 몇 번씩 바뀌곤 하죠. 예전에는 분명 그렇지 않았어요. 하지만 지금은…… 자기가 좋아하는 것이 뜻대로 되지 않을 때 특히 사나워져요."

"알고 있으니 그만 이야기해도 됩니다. 괴로워 보이는군요."

"그렇지만 해야 해요. 또다시 그런 일이 벌어지기 전에……."

"걱정할 일은 없을 겁니다. 나는 당신의 생각보다 에녹에 대해 많은 걸 파악하고 있지요."

월스턴 부인은 마치 모리세이를 응시하는 것처럼 그쪽으로 고개를 가만히 두고 있었다. 그러다 잠시 후 대답했다.

"그랬지요. 교수님께서 먼저 저희를 찾아와 주셨지요. 잊고 있었어요."

바깥에서 성질이 난 듯한 눈덩이가 날아와 창문을 턱 하고 맞혔다. 보지 않아도 에녹이란 걸 알 수 있었다. 두 사람 다 아무 일도 없는 것처럼 평온하게 차를 마셨다.

　남작 부부에게 딸에 대한 이야기를 하지 않기로 했으니 아길라에 대해 물을 수 있는 사람은 집사나 에녹뿐이었다. 모리세이가 둘 중 전자를 택한 건 물론이었다.

　"한 시간 정도 근처를 산책하고 싶은데 길을 알려 줄 수 있는지요."

　모리세이의 부탁에 집사는 말없이 저택 바깥으로 그를 안내했다. 함께 걷는 집사에게서 희미한 약품 냄새가 났다. 분위기도 그렇고 묘한 느낌의 인물이었다.

　"동쪽으로 가면 옅은 개울을 낀 들판이 나옵니다. 남서쪽으로는 초원이 펼쳐져 있는데 눈이 쌓여 있어 언덕을 오르기 쉽지 않으실 겁니다. 그리고 저택 뒷길로 한참을 가면 버려진 정원이 하나 있습니다만……."

　그는 잠시 뜸을 들였다가 말을 이었다.

　"그쪽은 절벽 근처라 가까이 가시면 안 됩니다. 특히나 이런 미끄러운 길에는 더욱 위험하죠."

　"그렇군요."

　모리세이는 어느 방향으로도 가지 않고 집사를 향해 물었다.

　"에녹의 누이에 대해 물어도 되겠습니까?"

　집사는 예상했다는 듯 별로 놀라지 않고 되물었다.

　"그녀에 대해 무얼 알고 싶으신 겁니까?"

　"일상적인 것들입니다. 에녹처럼 기숙사 학교에 들어가 있는 겁니까?"

"유감스럽게도 그렇지는 않습니다."

"그럼 지금 어디에 있습니까?"

발길이 닿지 않은 눈에만 시선을 두고 있던 루퍼슨이 처음으로 고개를 돌려 모리세이를 정면으로 마주 보았다.

"어디에 있든 교수님이 관여할 바는 아닐 텐데요."

"반응에 날이 서 있군요. 나에 대해 부정적인 감정을 가질 만한 이유가 있습니까?"

"교수님께서는 고작 한 학기 동안 에녹 도련님을 가르치셨지요. 그런데 지금 크리스마스에 학생의 집까지 찾아와 별다른 이유 없이 가족들에 대해서 묻고 계시는군요. 경계하는 것도 당연하다 생각지 않으십니까?"

"그 경계는 당신이 아닌 에녹이나 그 부모가 해야 할 텐데요. 물론 그들은 나를 손님으로 받아들였습니다."

"전 아닙니다. 그들이 내게 의향을 묻지 않은 게 유감이군요."

이미 충분히 가까운 거리에서 루퍼슨이 한 걸음 성큼 다가왔다. 모리세이는 그게 마음이 들지 않았다. 거기서 한 발자국만 더 내딛는다면 모리세이에게나 그에게나 퍽 유감스러운 일이 벌어질 터였다.

"고저택에서 오랫동안 일한 고용인은 스스로를 주인이라고 생각한다던가요. 지나친 감이 없지 않지만 말입니다."

"이 저택에서 봉사한 것만 15년 가까이 되니까요. 이곳에서 자란 아이 또한 내 아이나 다름없죠."

모리세이는 새삼스럽게 집사의 모습을 보았다. 그건 분명히 애정으로부터 비롯된 말은 아니었다. 봉사라고 언급할 때는 경멸의 어

조마저 띠고 있었다. 게다가 아이는 분명히 둘일 터였다. '그 아이'
는 둘 중 누구를 지칭하는 것일까.

"교수님께서는 아마 제가 누군지 모를 겁니다. 하지만 지금부터
제가 하는 말을 듣게 될 겁니다."

그에게서 나던 약품 냄새가 더욱 짙어졌다. 아니, 그건 더 이상
약품 냄새로 숨기려는 노력조차 하지 않았다. 다음으로 이어진 집
사의 말은 지금까지와는 전혀 다른 언어를 말하고 있었다.

"늘 가르쳐 온 평범한 학생들과는 다른 에녹에게 당신은 잠깐 흥
미를 느꼈을 겁니다. 과거는 어딘지 모르게 비밀스럽고, 천사 같은
얼굴을 하고 있지만 언뜻 드러나는 본성은 어두우면서도 자극적이
었겠지요. 매일 반복되는 안온하고 지루한 삶에 자못 즐거움을 던
져 주었을 겁니다. 그걸 더 느끼고 싶어 발걸음을 옮겼고, 그 끝에
도착한 곳이 이곳이었겠지요. 하지만 여기까지입니다. 저와 대화를
끝내고 나면 당신은 학교에 남겨 두고 온 어떤 일이 생각날 겁니다.
급박할 수 있고, 그렇지 않을 수도 있지요. 하지만 지금 당장 그 무엇
보다 중요한 일처럼 생각될 겁니다. 그 일을 처리하기 위해 돌아가야
한다고 윌스턴 남작 부부에게 양해의 말을 남길 거고, 에녹과는 따
로 인사조차 나누지 않을 겁니다. 그에게 누이가 있다는 사실조차
머릿속에서 잊게 되겠지요. 그리고 다시는 여길 찾지 않을 겁니다."

말을 이어 가는 내내 루퍼슨의 어조는 사무적이었으며 언뜻 친
절하기까지 했다. 하지만 모리세이는 어간 사이를 헤집어 자신에게
로 다가오는 수많은 끈적한 그림자를 느꼈다. 그 불쾌하면서도 은밀
한 암시는 그로 하여금 이 집을 떠나게 할 것이고 다시는 돌아보고

싶지도 않도록 만들 것이다.

어디까지나 모리세이가 평범한 인간이었다면 그랬을 거란 이야기다. 다행스럽게도 혹은 불행히도 그렇지 않았고, 모리세이는 집사가 하는 모든 말을 명료하게 들었을 뿐만 아니라 지금까지의 대화를 잊지도 않았다.

다만 탄식처럼 옅은 한숨을 내쉬었다. 지금껏 상대가 동향 사람임을 알아보지 못한 스스로에 대한 회한과, 저토록 분명한 경고를 던지고 있음에도 도무지 걸음을 옮기고 싶지 않은 미련함 때문이었다.

"저항하신들 본인만 더 힘들어질 뿐입니다. 끝까지 예의 바른 태도를 유지하고 싶으니 도와주시겠습니까, 교수님?"

루퍼슨의 목소리는 다정했으나 그의 그림자는 더욱 우악스럽게 달라붙었다. 모리세이는 굳은 왼쪽 다리가 미세한 바늘로 찌르는 것처럼 쑤셔 오는 걸 느꼈다. 그게 불쾌해서는 아니었다. 상대가 이처럼 스스럼없이 자신을 드러낸다면 이쪽에서도 인사를 하는 것이 도리일 터였다.

"아무리 이 땅을 거닌 시간이 오래되었던들 내가 아는 고향의 예가 변하지는 않았을 텐데요. 그대의 예법은 내가 기억하던 것과 조금 다르군요. 다듬어 줄 필요가 있겠습니다."

모리세이의 평온한 대답에 루퍼슨의 얼굴에 처음으로 균열이 생겼다. 당황한 그는 그림자들을 거둬들이려 했다. 그러나 손에 아무것도 잡히지 않았다. 그의 어둠이 끝없이 황폐한 어딘가로 밀려나는 느낌이었다.

루퍼슨은 자신도 모르게 뒷걸음질 쳤다. 그만의 도서관으로 도망치려다 스스로의 행동을 깨닫고 놀랐다. 누군지도 모르는 자가 단순히 현혹에 걸려들지 않았다고 해서 당장 자신의 근원을 드러낼 뻔했다. 의식 저편에서 희미한 불안감이 경고를 던지고 있었지만 루퍼슨은 애써 무시하며 제자리에 버티고 섰다. 하지만 뭔가가 그를 향해 오고 있었다. 무언가 거대한, 짐작할 수 없을 만큼 압도적인 것이.

루퍼슨이 자신의 선택을 후회할 때쯤, 숨 쉬는 것마저 조심스럽던 무거운 공기가 한순간에 탁 풀렸다. 그는 더할 나위 없이 깊은 안도감을 느끼는 동시에 의아하게 모리세이를 바라봤다. 한데 상대방의 안중에 더 이상 자신이, 아니 처음부터 없었던 것 같았다. 모리세이는 다른 곳을 보고 있었다.

그의 시선이 향한 곳엔 저택 뒷문이 있고 거기서 누군가가 걸어나오고 있었다. 평소 그림자처럼 따라다니는 찰스는 어디에 떼어 놓은 건지, 혼자가 된 에녹이었다.

"⋯⋯교수님?"

조금 전과는 사뭇 달라진 목소리로 루퍼슨이 불렀다. 모리세이는 여전히 그에게 눈길조차 두지 않고 대답했다.

"그리 염려할 필요는 없습니다. 그대가 일부러 보내려 하지 않아도 나는 곧 떠날 겁니다."

두 사람이 여기 있다는 사실을 모르는지 에녹은 시선을 한 방향으로 고정한 채 똑바로 걸어가고 있었다. 그곳은 버려진 정원이 있는 절벽 쪽이었다.

"내가 원하는 답을 얻고 나면 말입니다."

자그마한 불빛이 깊은 어둠 속을 걸어 내려가고 있었다. 그걸 쥐고 있는 손 정도만 간신히 보일 정도로 희미한 빛이었다. 빛을 켠 자는 어둠에 그다지 구애받지 않는 듯 다소 무심한 걸음을 옮겼다.

미로는 광대했지만 그는 어렵지 않게 원하던 것을 찾아냈다. 다른 무엇도 아닌 역한 냄새를 통해서였다. 그토록 그리워하고 또 증오하던 것을 발견한 그는 누구도 목격한 적 없는 짙고 애가 타는 미소를 지었다.

"잘 있었어? 사랑스러운 내 동생."

얼굴도 머리카락도 옷도, 모든 게 엉망인 채로 아길라가 벽에 몸을 기댄 채 조용히 에녹을 바라보고 있었다.

기대했던 재회의 광경이 아니라서 에녹은 약간 실망했다. 자신의 방문에 놀라지 않는 건 물론이고, 울면서 매달리든 손에 잡히는 무엇이든 집어 던지며 절규해야 마땅한데 그러지도 않았다. 그의 동생은 아무래도 생각보다 나약하든지 아니면 필요 이상으로 강한 게 분명했다.

"표정이 왜 그래? 내가 반갑지 않아?"

에녹은 갑작스러운 빛에 그녀의 눈이 멀지 않도록 불을 멀찌감치 내려놓았다. 그러곤 천천히 다가가 아길라의 몸을 안았다. 뼈의 감촉이 느껴질 정도로 심각하게 마른 상태였다. 에녹은 가슴속에서 고통과 희열이 동시에 차오르는 걸 느꼈다.

"그럭저럭 잘 지낸 것 같네. 내가 생각했던 것보다는 잘 견뎌서 다행……."

눈앞에 뭔가 번쩍하고 나서야, 뺨에 생전 처음 느껴 보는 기분 나쁜 고통이 올라오고 나서야 에녹은 방금 전 아길라가 손을 들어 자신을 때렸음을 알았다. 한쪽 뺨을 감싼 채 믿을 수 없어 동생을 바라보았다.

"너 방금 나한테…… 뭘 한 거야?"

다른 손이 날아와 이번엔 에녹의 반대쪽 뺨을 후려쳤다. 몸이 휘청거려 땅을 손으로 짚어야 할 정도의 충격이었다. 그 마른 몸에서 나온 힘이라곤 믿기지 않았다.

"너……!"

에녹은 분노로 몸이 떨리는 것을 느끼며 오른손을 높이 치켜올렸다. 그러나 텅 빈 눈으로 자신을 마주 보는 아길라의 얼굴을 보자 더 이상 움직일 수 없었다. 잠시 후 가까스로 자신을 억누르고 손을 내렸다.

"용서……할게. 화를 내는 것도 당연하지. 화낼 만한 짓을 한 건 나니까, 용서할게. 그렇지만 이번 한 번만이야. 다시 한 번 내게 이런 짓을 한다면……."

"어쩔 건데. 나한테 무슨 짓을 더 할 수 있는데."

심하게 갈라지는 낮은 목소리였다. 에녹은 그게 아길라의 목소리이자 한때 자신의 목소리였다는 것을 믿기 어려웠다.

"죽이기라도 할 거야? 죽일 수 있을까? 누나는 그 기분 나쁜 박사조차 제대로 죽이지 못했지."

잠시 멎어 있던 에녹이 나지막이 웃음을 터뜨렸다.

"어떻게든 전과는 다른 모습일 거라고 생각했지만 이건 기대 이상인걸. 이제 착한 아이 역할은 그만두기로 한 거야?"

"착해, 내가? 그럴 리가."

아길라는 무덤덤하게 대꾸한 뒤 한쪽 구석을 향해 눈짓했다.

"날 저쪽으로 데려가. 씻기고 옷을 갈아입혀 줘."

에녹의 표정이 딱딱하게 굳었다. 누구도 지금껏 그에게 그런 식으로 명령한 적이 없었다. 아길라가 그의 표정을 보더니 슬쩍 웃었다.

"싫으면 관둬."

"싫진 않지만, 앞으로 그런 식의 부탁을 할 때는 좀 더 정중히 요구하는 게 좋을 거야."

에녹은 아길라의 몸을 가볍게 들어 통로 한쪽에 난 구멍으로 들어갔다. 미로 속은 마치 개미굴처럼 끝없는 통로가 이어졌지만 방과 같은 공간 또한 존재했다. 에녹은 다른 대륙으로 건너간 고대의 선교사들이 박해를 피해 숨어들었던 지하 구조물을 참조해 이 미로를 설계했다. 나름대로 부엌이라든가 침실, 욕실 같은 공간이 만들어져 있었다. 다만 그것을 아길라에게 설명해 주지 않았을 뿐이다.

"적어도 내가 만든 욕실은 찾아낸 것 같구나. 생각보다 잘 적응하고 있네."

"적응하게 되더라고. 사람의 적응력이 얼마나 대단한지 여기 와서 알게 됐어."

에녹은 아길라를 물가에 내려놓고 옷을 벗기려 했다. 그러나 아길라가 단호히 손을 거부했다.

"날 건드리지 마."

"씻겨 달라고 한 건 너야."

"날 보지 마."

에녹은 기가 막혀 어차피 그건 자기 몸이라고 말하려다 입을 단속했다. 지금 그런 걸 상기시켜 봐야 좋을 게 없었다.

에녹이 뒤로 돌아서자 아길라는 혼자서 옷을 벗고 고여 있는 물속으로 들어갔다. 위에서부터 천천히 흘러내린 물은 그곳에 모여 있다가 아래로 떠내려갔기에 욕조로 쓰기 적당했다.

한동안은 아길라가 몸을 씻으며 물을 첨벙거리는 소리만 들렸다. 에녹은 동생에게 일어난 변화를 이해하기 위해 생각에 잠겨 있었다. 그런 그의 등 뒤로 아길라의 목소리가 날아왔다.

"날 여기 버리고 다시는 찾지 않을 것처럼 굴더니, 왜 왔어?"

아무렇지 않은 척, 별것 아닌 질문처럼 무심코 던지려고 부단히 노력했지만 말끝에서 미세하게 느껴지는 떨림을 통해 그것이 아길라가 에녹을 만난 뒤로 내내 던지고 싶어 한 유일한 질문임을 알 수 있었다.

에녹은 그녀에게 등을 보인 채 미소를 지었다. 그 질문 하나로 주도권이 다시 자신에게 넘어왔음을 느꼈다.

"말했잖아. 보고 싶어서 왔다고."

물소리가 멎었다. 그대로 물에 떠내려가 버린 게 아닌가 싶을 정도의 시간이 지난 뒤 아길라가 다시 말했다.

"날 닦아 내고 옷 입혀 줘."

에녹은 즉시 움직였다. 루퍼슨이 가져다 놓은 수건으로 아길라의 몸을 감싸 안았다. 휠체어가 있는 곳으로 걸어가 그녀를 그 위에 내려놓고 다른 수건으로 머리를 문질러 주었다. 아길라는 인형처럼 가만히 있었다.

"그럼 날 여기서 꺼내 주러 온 건 아니겠네."

이미 알면서도 한 번 더 확인하려는 그녀의 말은 처연하기까지 했다.

"나야 물론 꺼내 주고 싶지. 하지만 아버지가…… 너도 알잖아. 그 나약해 빠진 인간이 꼭 필요하지 않을 때만 이상한 고집을 부린다는 거."

"이 모든 게 아버지가 저지른 일인 것처럼 말하지 마. 누나가 그렇게 하도록 만들었겠지."

"이젠 내가 하는 말조차 안 믿는 거야?"

머리를 말려주던 에녹의 손을 아길라가 덥석 붙잡았다. 아까 뺨을 때렸을 때 그랬던 것처럼 믿기 어려운 힘이었다. 적어도 에녹이 그 몸에 들어가 있었을 때는 한 번도 느껴 본 적 없었다.

"우리가 했던 약속까지 잊은 건 아니겠지. 누나는 분명히 말했어. 내가 이 몸에 얌전히 들어가 있는 동안은 가족을 비롯한 남을 해치지 않겠다고."

아길라가 고개를 들어 에녹의 눈을 똑바로 노려보았다.

"대답해 봐. 그 약속 지켰어?"

에녹이 그 대답을 일부러 피한 건 아니었다. 그러나 입을 여는 순간 말 대신 다른 것이 나오려 했다.

배 속에서부터 솟아오른 뜨겁고 격렬한 무언가가 동생에게 쏟아지는 것을 막기 위해 그는 급격히 몸을 틀었다. 그러곤 바닥에 대고 한참을 토했다. 주위가 어두웠기에 잘 보이지 않았으나 알싸한 비린내 때문에 뭔지 알 수 있었다.

"뭐 하는 거야? 그 정도로 세게 때리진 않았어."

에녹은 덜덜 떨리는 손으로 입가를 닦아 냈다. 속과 머리가 동시에 어지러웠지만 그 와중에 자신의 안위를 걱정하기보다 빈정거리는 아길라의 목소리가 더 그를 괴롭혔다.

그건 거부 반응이었다. 동생이 지금 상태에 머무르지 않고 벗어나려 할 때 일어나는 불쾌한 역류감. 지금까지는 조금 간질거리는 것에 불과했는데 서로를 대면하는 순간 폭발해 버리고 만 듯했다. 불행히도 그 역류는 조금씩 잦아지고 또 강해지고 있었지만, 이 사실을 동생에게 알려 줄 필요는 없었다.

"나 지금 아파. 정말로 아프다고. 나한테 왜 이리 매정하게 구는 거야? 여기 도착하자마자 제일 먼저 너한테 달려왔어."

"매정하다고? 누나, 여기 갇힌 후로 내게 주어진 게 뭐였을 거라 생각해? 오직 시간뿐이었어. 혼자서는 다 쓸 수도 죽일 수도 없는 시간. 그리고 그 시간 동안 나는 주로 생각이란 걸 했어. 내가 왜 이곳에 홀로 갇혀야 했을까, 왜 누나가 내게 이렇게까지 했을까, 왜 우리 가족은 평범하게 행복할 수 없었던 걸까."

아길라에게 다가가던 에녹은 그녀의 얼굴에 순수한 혐오감이 떠오른 것을 보고 멈추었다.

"그동안은 내내 누나를 이해해야 한다고 생각했어. 누나는 불쌍한 사람이니까 뭐든 내가 양보해야 한다고, 무슨 일이 있어도 나만은 누나를 믿고 사랑해야 한다고 생각했어. 그게 온전히 태어난 나의 도리니까. 누나와는 다르게 얌전하게, 누나와는 다르게 착하게. 그게 바람직하다고 생각했어."

아길라는 담담하고 텅 빈 목소리로 말을 이어 갔다.

"하지만 아니라는 걸 이젠 알아. 나는 다만 도피했던 거야. 불쌍한 누나를 위해 주는 착한 동생이라는 핑계 좋은 구실. 그러면 적어도 착해서 그 상황을 피한 거지 무서워서 피한 게 아니니까. 하지만 정작 누나에게 맞서야 했던 건 부모님이 아니라 나였어. 내가 좀더 내 역할에 충실하고 단호하게 행동했더라면 부모님의 사고를 막을 수 있었을 거야. 누나가 저지른 그 말도 안 되는 짓들도 멈출 수 있었겠지. 하지만 나는 그저 방관했어. 방관함으로써 나 또한 피해자로 남고 싶었던 거야. 어떤 면에서 그건 누나를 돕는 것만큼이나 나빴지. 나는 정말로…… 비겁했어."

스스로를 비난하는 것은 아길라임에도 에녹은 자기가 어쩔 줄 몰라 했다. 동생에게 다가가려다 멈추고, 다가가려다 멈추길 반복했다.

"그러니까 어떤 면에서 이렇게 된 건 내 탓이기도 해. 누나를 탓할 것도 없어. 바보같이 굴었고 우유부단하게 행동했어. 그러니까 더 이상 내가 여기 갇힌 것에 대해 불평하지는 않겠어. 다만, 어디까지나 그건 누나가 약속을 지킬 때의 이야기겠지. 내 앞에서 아픈 척하고 싶어? 나한테 동정받길 바라? 그럼 적어도 내 몸을 가지고 있는 동안에는 바깥에서 똑바로 행동해 주었으면 좋겠어."

그 말을 끝으로 숨소리조차 들리지 않는 정적이 이어졌다.

두 사람은 서로만을 바라보고 있었다. 에녹의 얼굴엔 표정이 없었고 아길라를 보는 눈도 어딘가 흐렸다. 아길라는 겉으로는 내색하지 않았지만 있는 힘을 다해 미동하지 않으려 애쓰고 있었다.

잠시 후 먼저 움직인 쪽은 에녹이었다. 그는 한 걸음씩 천천히 다가와 아길라의 앞에 섰다. 아길라는 그의 눈을 보지 않았다. 시선이 마주치는 순간 폭력으로 이어질 거란 직감이 들었다. 그래서 에녹이 손을 들어 올리는 순간 눈을 꽉 감았다.

그러나 그 손이 닿은 곳은 아길라의 머리카락이었다. 에녹은 손가락 사이로 동생의 머리카락을 한 번 쓸어 주고는 힘없이 웃어 보였다.

"메리 크리스마스, 에녹."

그의 입술이 아길라의 이마에 닿았다. 에녹은 짧게 키스하고 등을 돌려 멀어져 갔다. 불빛도 남겨 둔 채였다.

아길라는 에녹을 돌아보지 않았다. 그러고 싶은 마음이 가득했지만 돌아보는 순간 또다시 그에게 매달릴 것 같았다. 이 깊은 암흑 속에 자신을 혼자 두지 말라고 있는 힘을 다해 울 것 같았다.

그녀는 참았고, 참아 냈고, 마침내 발걸음 소리가 들리지 않을 때까지 그 자리에서 움직이지 않을 수 있었다. 스스로가 대견하다고 생각했다. 동시에 걷잡을 수 없는 설움이 눈과 입으로 솟구쳤다.

어둠 저 밑바닥까지도 닿을 것 같은 격렬한 통곡이 동굴 안에 울려 퍼졌다.

윌스턴 남작은 아이들보다 자기가 더 들떠서는 사람이 많아졌으니 트리도 더 크게 만들어야 한다고 우겼다. 집사가 새로이 나무를 잘라 오고 에녹과 찰스는 시내로 나가 트리를 꾸밀 재료와 선물을 잔뜩 사 왔다.

저녁 만찬도 훌륭했다. 휴가 동안 아들이 신세 질 것을 염려한 찰스의 집안에서 많은 재료와 함께 요리사까지 보내 준 덕분이다. 남작 부인은 민망한 듯 받기를 다소 주저했으나 남작이 기분 좋게 받아들이자며 부인을 설득했다. 손님들도 있는 까닭에 그녀는 더 거절하지 못했고 덕분에 오래간만에 훌륭한 저녁 식사를 즐길 수 있었다.

학교에서는 제멋대로 굴던 찰스도 에녹의 부모님 앞에서는 순한 양처럼 행동했다. 또한 항상 친구의 눈치를 살피며 자신이 더 해 줄 수 있는 게 없는지 찾아보았다.

반면 가족을 비롯한 모두의 관심이 자신에게 쏠려 있어도 에녹이 항상 시선을 두는 건 모리세이였다. 그걸 알았기에 모리세이는 거의 다른 사람들하고만 이야기를 나누었다. 가장 마음에 드는 대화 상대는 남작 부인이었다. 그녀는 일정한 선을 그리는 것처럼 내내 침착했으며 세상일에 달관한 듯한 분위기를 풍겼다. 같은 공간에서 말없이 차를 마실 때면 서로를 이해하거나 공감하는 것처럼 느껴졌다. 모리세이는 자신의 고향과 이곳에서 머무른 시간에 대해 이야기해도 그녀가 "그렇군요." 하고 대답할 거라는 생각까지 했다.

그가 이런 생각을 하고 있을 무렵 윌스턴 가의 응접실에서는 노래가 한창이었다. 오래간만에 따스하게 불을 지핀 난로 옆에서 기분 좋게 취한 윌스턴 남작이 부인을 위해 세레나데를 열창했다. 그에게 잘 보이고 싶었던 찰스가 가세하면서 이중창이 되었고, 남작 부인이 화답하며 삼중창으로 발전했다.

멋진 공연이 끝나고 모리세이가 두어 번 박수를 보내자 윌스턴 남작이 갑자기 울음을 터뜨렸다. 이에 가장 당황한 것도 남작 본인이었다.

"이상하군요. 오늘은 기쁜 날인데, 이렇게 에녹이 친구를 다 데려오고 멀리서 교수님까지 찾아오셨는데…… 술이 과했나 봅니다. 미안합니다."

그는 양해를 구하고 부인과 함께 먼저 응접실을 떠났다. 셋만 남겨지자 어색했는지 찰스가 에녹에게 나가자고 눈짓했다. 그러나 에녹은 고개를 저었다.

"먼저 올라가 있어. 나는 다음 학기 수업에 대해 교수님과 상의할게 있어."

"잊어버린 건 아니지? 칼마 교수님은 이제 네 지도 교수님이 아니야."

"잘 알고 있어. 고마워, 찰스."

찰스는 뜻 모를 웃음소리를 내고는 자리에서 일어섰다. 그러곤 모리세이를 지나쳐 가며 속삭였다.

"교수님이 여기까지 찾아온 걸 교장 선생님이 알게 되면 뭐라고 하실지 궁금하네요."

모리세이는 그 말에 반응하지 않았다. 다만 자신이 에녹을 편애한다는 소문을 퍼뜨린 게 누구인지 이제 알 수 있었다.

모두 사라지고 조용해지자 에녹은 크리스마스트리 뒤로 걸어가 무언가를 가져왔다. 조금 서툴렀지만 정성을 들여 포장한 상자였다.

"아직 크리스마스 선물을 못 드렸잖아요."

선물을 내미는 에녹의 태도는 의외로 조심스러웠다. 선물이 마음에 들지 않을까 걱정하는 눈치였다.

모리세이는 사적인 선물은 받지 않는다고 말할까 하다가 상자를 받았다. 기대하는 에녹의 얼굴을 보니 지금 풀지 않으면 안 될 것 같았다. 포장지를 풀어내자 진한 회색의 머플러가 나왔다. 까다로운 모리세이의 취향에도 제법 잘 부합하는 것이었다.

"항상 목에 두르고 다니시길래요. 집에서도 머플러를 하고 계실 거라 농담처럼 말하는 애들도 있어요."

"그들의 기대에 부응하지 못해 유감이지만 그렇지는 않습니다."

"지금 한번 해 보실래요?"

"나중으로 하지요."

모리세이가 머플러를 들고 그만 자리를 떠나려 할 때, 에녹이 속삭이듯 말했다.

"그럼 평온하고 즐거운 크리스마스 저녁은 여기까지인 것 같으니, 이제 교수님께 물어야 할 시간이군요."

조금 전까지와는 다르게 한참 가라앉은 목소리였다. 에녹은 몸을 약간 비틀어 장작이 타오르는 난로를 바라보았다. 불에 일렁이는 소년의 얼굴은 순간순간 다른 사람처럼 보였다.

"서로 모른 척하려고 애쓰고 있지만, 교수님도 저도 둘 다 모르지 않잖아요."

"무슨 말을 하려는 겁니까."

"아길라 윌스턴."

빠르게 내뱉은 에녹이 얼굴을 찡그렸다. 그런 이름은 발음조차 하기 싫다는 것처럼.

"지난밤 교수님이 불렀던 그 이름 말이에요."

대답하지 않는 모리세이를 에녹이 똑바로 바라보았다.

"짐작은 하고 있었어요. 교수님께 걸었던 주문이 다음 날 흔적도 없이 사라진 걸 봤으니까요. 하지만 제가 실수했을 거라 믿었어요. 저는 항상 저보다 그 세계에 대해 많이 아는 사람을 만나 스승으로 섬기고 싶었죠. 하지만 교수님만은 아니길 바랐어요."

모리세이가 아무 말도 하지 않자 에녹이 실망스럽다는 듯 물었다.

"부인하실 건가요?"

"부인하지 않겠습니다."

확신했던 것과 달리 에녹은 모리세이의 대답에 놀란 듯했다. 잠시 심호흡한 뒤에야 다시 입을 열었다.

"어젯밤 교수님이 부른 이름, 그건 제 누이의 이름이에요. 하나뿐인 쌍둥이 누나죠. 지금은 사정이 있어 함께 살지 않아요. 우리는 함께 황혼 언어에 대해 공부했죠. 전 얕은 표면만 알고 있을 뿐이지만 누나는 저보다 훨씬 더 많은 것을 알아요. 교수님께 썼던 주문도 누나가 가르쳐 준 거예요. 특별한 뜻이 있는 건 아니었어요. 그냥, 어떤 일이 생기는지 알고 싶었어요. 호기심에요."

한눈에 봐도 안쓰러울 만큼 그는 이를 악문 채 거짓말하고 있었다. 말하는 이도 듣는 이도 모두 거짓임을 아는 그런 대화였다.

"무너진 다리 옆에 쓰여 있던 언어 또한 같은 운율이었습니다만."

"그것도 누나가……"

"그 운율은 아름답더군요."

에녹은 숨을 멈추었다. 모리세이는 그런 그를 주의 깊게 바라보며 천천히 한 음절씩 말했다.

"당신의 누이는 아름다운 사람이었을 거란 생각이 듭니다."

긴 침묵이 지나고 에녹의 얼굴이 이상한 모양으로 변했다. 입으로는 하하 웃는 소리를 냈지만 표정은 살아 있는 사람 같지 않았다. 옆에서 장작 타는 소리가 오히려 훨씬 생동감 있게 들릴 정도였다.

"아름답다고……. 교수님은 아무것도 몰라요. 그 모습이 얼마나 추한지, 얼마나 끔찍하게 일그러져 있는지 말이에요. 아름답다고……? 세상 가장 밑바닥에 추악하고 혐오스러운 것들만 모아 두고 그 안에 던져 둔다면 그럴지도 모르죠. 그녀는 그런 것들의 여왕이 될 자격이 충분하니까요. 온갖 부정한 말들과 신을 욕되게 하는 말들은 모두 그녀를 부르는 이름이 될 거예요. 비틀리고 부패한 채 오물 속을 기어 다니는……."

그렇게 말하는 동안 에녹의 몸은 점차 위축되었다. 마치 스스로가 묘사하는 추한 모습 그대로 변해 가는 듯했다. 그는 무언가를 더 중얼거렸지만 더 이상 알아들을 수 없었다. 그것은 사람의 언어도 아니고 심지어 밤의 언어도 아니었다.

모리세이는 에녹에게 다가갔다. 가만히 손을 내밀어 어깨를 잡자 그제야 에녹이 중얼거리는 것을 멈추었다. 그러나 고개를 들진 않았다.

"나는 윌스턴 군이 말한 그녀의 모습을 본 적이 없어 무어라 말하기는 어렵습니다. 그녀는 분명 당신이 생각하기에 끔찍한 사람일 수 있습니다. 그렇지만, 이 세계를 살아가는 누구라도 그런 식으로 묘사되어서는 안 된다고 생각합니다."

에녹은 여전히 반응이 없었다. 모리세이는 무언가 더 말해야 할 필요성을 느꼈다.

"당신의 누이를 만나러 가려고 합니다."

그건 자신이 하려던 말도, 심지어 생각하고 있던 말도 아니었다. 말하고 나서 결정한 일이었고 모리세이는 그런 자신에게 어색함을 느꼈다. 그러나 반응은 있었다. 에녹이 고개를 들었던 것이다.

"방금…… 뭐라고요?"

"윌스턴 양을 만나러 가겠다고 말했습니다."

에녹이 다음 말을 하기까지는 한참의 시간이 걸렸다.

"왜 그런 일을 하신다는 건데요?"

"그녀를 만나 보고 싶기 때문입니다."

모리세이가 그녀를 죽이고 싶다 말했어도 에녹이 그보다 더 충격적인 표정을 짓지는 않았을 거다.

"교수님이 무언가를…… 하고 싶어 한다고요?"

"드문 일이지만 어쨌든, 지금은 그러고 싶군요."

에녹이 분을 이기지 못한 신음을 내질렀다. 그러곤 모리세이의 손을 덥석 붙잡아 그대로 끌고 응접실을 벗어났다.

그가 향한 곳은 2층이었다. 계단을 올라 전날 집사가 경고해 준 비밀스러운 환자가 머물고 있다는 복도에 도달했다. 똑같은 공간임에도 반대편과는 다른 공기가 흘렀다. 에녹은 복도 맨 끝 방에서 멈춰 섰다. 문을 열기 전부터 묘한 냄새가 났다. 약품과 분비물, 고통이 뒤섞인 냄새였다.

"정말로 그렇게 생각하신다면 누나가 한 짓부터 보세요."

마침내 문이 열리고 드러난 방 안의 광경은 정갈한 듯 처참했다.

한 남자가 환자용 침상에 누워 멍하니 천장을 응시하고 있었다. 입에서는 침이 흐르고 눈에서는 끈적한 눈물이 흘러내렸다. 누워 있다가도 가끔 숨이 막히는지 꺽꺽대는 소리가 났다. 그러나 초점 없는 시야가 자신은 그 모든 것과 전혀 상관없다고 말하는 듯했다.

"죄인."

에녹이 문 앞에서 중얼거렸다. 그 단어가 지칭하는 것이 그의 누이인지 아니면 누워 있는 남자인지는 분명치 않았다.

"이 모습을 보고도 정말 누나를 만나러 가고 싶나요?"

"이 남자의 모습은 내 결심에 어떤 영향도 주지 않습니다."

"하지만 저 꼴을 보세요! 누나는 저 남자를 죽이려고 했어요. 하지만 뜻대로 되지 않았죠. 지금은 죽는 것보다도 못한 삶을 살고 있어요. 저것뿐만이 아니에요. 아버지 얼굴을 보셨죠? 어머니의 눈은요? 그분들께 그런 짓을 한 건 누구라고 생각하시죠?"

모리세이가 침묵을 지키자 에녹이 잇소리를 냈다.

"내가……!"

에녹은 이를 악물고 고개를 숙였다. 그러곤 세상 가장 힘든 일을 하는 것처럼 모리세이에게 걸어와 그의 옷깃을 두 손으로 움켜쥐었다.

알아줘요. 나라는 걸 알아 달라고요.

그가 온몸으로 말하고 싶어 하면서도 말하지 않으려 애쓰는 그 말을 모리세이는 들을 수 있었다. 그러나 듣지 못하는 척했다.

"미워하든 싫어하든…… 내가 교수님께 조금이라도 소중하다면, 조금이라도 의미 있는 학생이라면, 가지 마세요. 제발 가지 말아요."

에녹은 모리세이가 그를 만난 뒤 처음 보는 끝없이 나약한 모습으로 중얼거렸다. 모리세이는 그런 그의 두 손을 떼어 내며 말했다.

"오해하고 있군요. 윌스턴 군이 내게 아무 의미도 없다면 처음부터 여기 오지 않았을 겁니다."

에녹이 퍼뜩 고개를 들었다. 그의 눈에 일말의 희망이, 보답받지 못할 기대가 차오르는 게 보였다.

"그래서 그녀를 만나러 가려는 것이기도 합니다. 그러니 당신의 누이가 어디에 있는지 내게 말해 주겠습니까?"

에녹의 얼굴이 일그러졌다. 꾹 다문 입술은 무슨 일이 있어도 열리지 않을 것처럼 보였다. 그러나 뜻밖에도 잠시 후 이렇게 말했다.

"대답해 드리겠어요. 대신 교수님의 그 말, 교수님께 내가 아무 의미도 없지 않다는 그 말을 증명해 보이세요."

"어떻게 말입니까?"

에녹은 환자가 누워 있는 침대로 걸어갔다. 의료 도구가 든 가방에서 날이 잘 세워진 가위를 꺼낸 뒤 모리세이를 바라봤다. 그 표정은 탐욕도 증오도 아닌 뭐라 형용하기 어려운 것이었다.

"제가 교수님께 상처를 낼 수 있도록 허락해 주세요."

다른 사람이 듣는다면 오해하기 충분한 말이었지만 그건 가학적인 의도에서 나온 건 아니었다. 오직 밤의 언어를 알고 또 말할 수 있는 두 사람만이 그게 어떤 의미인지 알았다.

모리세이는 잠깐 생각한 뒤 소매를 걷었다. 에녹이 가위를 들고 걸어왔다. 그대로 팔에 가위를 대기 전 잠깐 눈을 들어 모리세이를 봤다. 허락을 구하려는 몸짓은 아니었다. 그저, 이 상처로 인해 앞으로 달라질 둘의 관계를 눈으로 확인해 보려는 듯했다.

날카롭고 서늘한 감촉이 생각보다 깊이 모리세이를 긋고 지나갔다. 팔에 기분 나쁜 뜨거움이 흐르자 에녹은 그 위로 고개를 숙였다. 다시 고개를 들었을 때 부드러운 것이 훑고 지나간 자리에는 나선형의 무늬가 남아 있었다. 언제나처럼 완벽하게 모리세이의 마음에 드는 운율이었다.

"영원히 아물지 마세요."

에녹이 속삭이듯 덧붙였다.

불필요한 말이었다. 상처를 준 자는 잊어도 받은 자는 영원히 잊지 못하는 법이다.

에녹이 가 버린 뒤 채 몇 분이 흐르기도 전에 아길라는 이미 그녀가 내뱉은 말, 했던 행동 모두 후회하고 있었다. 다시 돌아와 주기만 한다면 에녹을 위해 무엇이든 할 수 있을 것 같았다. 그것이 사랑한다는 말이든, 껴안고 매달리는 것이든.

처음 그녀는 어둠 속에 에녹이 남겨 놓고 간 빛이 그녀를 위한 거라고 생각했다. 그러나 조금씩 꺼져 가는 걸 보고 있자니 오히려 자신을 더욱더 밑바닥으로 떨어뜨리기 위한 것으로 보였다. 그대로 불이 꺼지면 이번에는 분명히 견디지 못하리라.

그녀가 미로에 갇힌 뒤로 가장 힘들었던 날이 첫 번째 날과 바로 지금이었다. 차라리 혼자서 어둠을 기어 다닐 때가 나았다. 어디선가 들려오는 속삭임에 극심한 공포에 떨 때에도 그게 나았다. 그녀가 진심으로 견딜 수 없던 건 잠이 들었다 깨어났을 때, 그사이 누군가 다녀간 흔적을 발견할 때였다.

그것이 집사인지 부모님인지 그도 아닌 다른 누군가인지 알 수 없지만 잠들어 있던 그녀의 곁에는 새 옷이, 음식이, 때마다 그녀가 반드시 필요로 하는 물건 등이 놓여 있었다. 그런 걸 볼 때마다 미쳐 버릴 것 같았다. 이곳까지 내려와서도 자신을 만나지 않고 가 버리는 그 누군가를 발견하면 너무 화가 나서 죽여 버릴 수도 있을 것 같았다.

그러니 극도의 감정적 허기를 느끼는 그녀의 눈앞에 누군가 나타난다면, 그것이 가족이든 타인이든 심지어 악마일지라도 평생을 그리던 연인처럼 달려가 품에 안을 수밖에 없다.

"안녕, 아길라."

아길라는 제자리에서 꼼짝도 하지 않았다. 이미 수도 없이 어둠에 속고 바람 소리에 속았다. 한 번만 더 똑같은 목소리가 들려온다면, 그러면 그때는 아주 조금의 기대만 가지고 돌아봐도 좋으리라.

"난 이곳에 널 구해 주려고 왔단다. 그러니 이제 돌아봐도 괜찮지 않을까?"

그녀의 마음을 읽기라도 한 것처럼 목소리가 말했다. 아길라는 고개를 퍼뜩 돌려 그쪽을 바라보았다.

채 꺼지지 않은 불빛 위로 한 얼굴이 떠올라 있었다. 자신이 아는 사람이었다. 그러나 입을 열어 부르려는 순간 예상치 못한 낯선 느낌이 들었다. 그의 이름을 분명 알고 있었지만 눈앞의 사람은 그 이름과 어딘지 어울리지 않아 보였다.

"집……사님? 루퍼슨 집사님이세요?"

"우리가 함께한 시간이 그래도 꽤 된다고 생각하는데 그렇게 모르는 사람처럼 부르니 서운하구나."

말과 달리 루퍼슨은 아길라에게 다정한 미소를 지어 보였다.

그녀가 에녹이던 시절에도 집사와는 그리 친한 사이가 아니었다. 지금 와서 생각해 보면 루퍼슨은 항상 친절하게 대해 줬는데 자신이 잘 다가가지 못했던 것 같다. 항상 가까이 있고 매일같이 보는데도 어째서인지 쉽게 마음을 놓을 수 없는 사람이었다.

그러나 지금은 있는 힘껏 휠체어를 밀고 달려가 그를 향해 두 팔을 쭉 뻗는다. 루퍼슨은 살짝 허리를 굽혀 그런 그녀를 안아 주었다. 누군가에게 안겨 보는 느낌이 얼마 만인지, 아길라는 절망스러운 안락감을 느꼈다.

짧은 포옹이 끝나자 다시 어색함이 감돌았다. 그녀는 기대하지 않으려고 애쓰며 조심조심 물었다.

"절 구해 주러 왔다고 하셨나요?"

"그래. 네가 그걸 바란다고 말하기만 한다면."

아길라는 당연히 바란다고 말하려 했다. 그러나 집사의 말과 표정에서 어떤 위화감을 느꼈다. 꺼내 주러 온 것이라면 왜 그냥 데려가지 않고 자신이 바라야만 한다고 말하는 것일까?

"누…… 에녹이 그렇게 하라고 했나요?"

"아니."

"그럼 부모님께서 이제는 나가도 된다고 하셨나요?"

"아니."

그제야 아길라는 집사가 제안하는 게 뭔지 깨달았다. 이건 가족들이 모르는 일이며 그가 단독적으로 결정했다는 걸 말이다.

"그렇다면 여길 나가도 집으로 돌아갈 수 없다는 말이군요."

"그래."

"그럼 어디로 갈 수 있죠? 전 아는 곳이 없어요."

"일단은 내가 아는 장소로 갈 거야. 네게 필요한 모든 것이 제공되는 안락한 곳이라고 말할 수 없는 게 유감이구나. 그렇지만 어디든 낫겠지. 여기보다는."

"저와 함께 가신다는 건가요?"

"그래. 그럴 수 있다면. 아직 바깥에 한 가지 장애물이 남은 것 같거든."

집사는 친절하게 말하고 있었지만 아길라는 어째서인지 바로 대답하기 어려웠다. 몸이 바뀌기 전 아길라와 집사의 사이가 그다지 좋지 않았음을 알고 있었기 때문이다.

"어째서 절 위해 그렇게까지 하신다는 건데요?"

"솔직히 말하자면 그런 질문을 한다는 게 놀랍구나. 이곳에서 나갈 수 있다면 네가 곧바로 따라나설 거라고 생각했는데."

그의 말대로였다. 이렇게 누군가와 접촉하고 대화를 나눈 이상, 여기에 다시 혼자 남겨지는 건 견딜 수 없을 터였다.

"나도 이런 식으로 서두르고 싶지는 않았다. 하지만 아무래도 곧 불쾌한 방문자가 들이닥칠 것 같아서 말이다."

"방문자요?"

루퍼슨은 더 듣지 않겠다는 듯 고개를 가로젓고 아길라에게 손을 내밀었다.

"크리스마스는 아직 끝나지 않았단다. 바깥에는 하얗고 깨끗한 눈이 쌓여 있지. 공기는 차갑지만 햇볕은 제법 따스하단다. 어쩌면 가는 길에 너에게 자그마한 선물을 사 줄 수도 있겠지. 우리는 서로에게 친근한 동행은 아니겠지만 그럭저럭 잘 지낼 수 있을 거야. 그러니 내가 널 구원해 주길 바란다면, 이 손을 잡으렴."

아길라는 그 손을 보면서 잡을지 말지에 대해 생각하지 않았다. 다만 그런 따뜻한 말을 정말로 오래간만에 들어 본다고 생각했다.

만약 그곳에서 나가고 싶은 마음이 조금이라도 덜 간절했더라면, 사람을 조금이라도 의심할 줄 아는 법을 배웠다면 이유 없이 친절한 그를 한 번쯤은 이상하게 여겼을 거다. 하지만 불행인지 다행인지 그녀는 어느 쪽에도 해당되지 않았다.

아길라는 루퍼슨이 내민 손을 잡았다.

염소의 뿔을 가진 사람의 흉상 아래 거꾸로 된 오각형의 별이 그려져 있다. 정원의 중앙에는 거대한 십자가가 거꾸로 못 박혀 있고 감아올리는 뱀의 형상이 여러 나무를 휘감고 있었다.

모리세이는 꽃과 나무가 다 마르고 기이한 조각상들만 남겨진 정원에 도착했다. 악마 숭배자가 본다면 낙원이라고 좋아할 만한 곳이었다. 에녹이 속삭이고 간 저주와 주문들이 메아리처럼 그 안을 맴돌았다.

'왜곡된 조화로움. 꽤 공을 들였군.'

아길라가 있는 곳을 이야기할 때 에녹의 표정은 묘했다. 그것은 체념이거나 아니면 모리세이에 대한 일종의 시험인 것 같았다. 어릴 적 기억 때문인지 에녹은 버려지는 것에 대한 트라우마를 가지고 있었고, 동생과 자신 중 누가 선택받을 수 있는지를 끊임없이 저울질했다. 이번에도 버려진다면 아마도, 아니 틀림없이 버티지 못할 터였다.

이런 생각들을 하며 키 큰 나무들 사이를 지나 벽돌길 끝자락에 다다랐을 때였다. 그 끝에 문이 하나 홀로 서 있었다. 초현실주의 화가가 그린 것처럼 현실로부터 벗어나 고고히 떠 있는 문. 모리세이는 어쩐지 오래된 고서점의 입구 같다는 생각을 하며 그 문을 열었다.

다음 순간 그는 정말로 낡은 서점 안에 와 있었다. 책장을 채우다 못해 흘러넘친 책이 바닥마다 가득 쌓여 위태롭게 흔들거렸다. 틀림없이 창문이 있을 테지만 대부분 책장이 가렸기에 서점 안은 꽤 어두웠다. 어딘가 틈새로 간신히 기어들어 온 햇빛이 허공을 떠다니는 게으른 먼지들을 비추었다.

어딘지 모르게 그리운 느낌이 드는 곳이었지만 에녹이 이런 곳을 선택했다는 게 조금 의외였다. 처음 입학하던 날 도서관으로 달려가는 바람에 입학식 행사에 참여하지 않았을 정도로 책을 좋아한다는 건 알고 있었다. 하지만 이런 곳을 그의 공간으로 선택했다고 하기엔…… 에녹은 좀 더 극적인 걸 좋아했다.

"정확히 그 자리에 서 있었지요. 마지막으로 이곳을 찾아왔던 사람은 말입니다."

모리세이는 소리가 난 방향으로 고개를 돌렸다. 미로와도 같은 책들의 벽 사이로 누군가 걸어 나왔다. 외형을 보아서는 루퍼슨 집사였다. 하지만 이곳에서는 틀림없이 다른 이름으로 불릴 터였다.

"그대의 공간이었군요. 그렇지 않아도 에녹과 그다지 어울리지 않는다는 생각을 하고 있었죠."

"그 아이의 공간으로 향하는 문 앞에 이곳으로 통하는 문을 놓았습니다. 스스로 걸어 들어오시도록 말이죠. 에녹을 꽤 아끼시는 것 같다고 생각하긴 했지만, 솔직히 이렇게 아무 의심 없이 들어오실 거라곤 기대하지 못했습니다."

밤에 속한 존재들에게 그들만의 공간은 절대적인 힘을 행사할 수 있는 영역이었고, 그렇기에 상대방의 공간으로 들어설 때는 특별한 주의를 기울여야 했다. 하지만 어떤 존재에게는 그게 신경 쓰기에는 너무나 사소한 문제였을 뿐이다.

"어째서 이런 곳으로 허락 없이 나를 초대했는지 묻고 싶군요."

루퍼슨은 근처에 있던 책 하나를 바라보다가 그것이 놓인 위치가 마음에 들지 않는다는 듯 꺼내어 다른 곳에 꽂았다.

"교수님께서도 마찬가지겠지만, 지난번의 대담 이후 저는 우리가 같은 고향을 그리워하고 있다는 사실을 알게 되었습니다. 제 현혹에 조금도 영향을 받지 않으신 걸로 보아 교수님이 저보다 지위가 높은 분이라는 것도 짐작하게 되었지요. 그러니 혹시나 무례를 저지를지 모를 위험을 감수하려면, 조금이라도 제게 친숙한 공간이 낫지 않겠습니까?"

"이것이 무례임을 잘 알면서도 행동에 옮겼다는 말이군요. 그렇다면 그대가 이 행동에 충분히 책임을 질 준비가 되어 있다고 받아들여도 되겠습니까."

루퍼슨은 공손한 미소를 지어 보였다.

"교수님, 제가 썩 대단한 인물은 못 되지만 우리들의 고향에서는 남작으로 불린답니다. 장소가 협소하긴 합니다만 이만하면 그래도 잘 갖추어 놨다고 생각하는데요."

"그대의 공간을 비하하려는 의도는 없었습니다. 먼저 한 가지 묻죠. 이렇게까지 해서 그 아이를 감추려는 이유가 무엇입니까?"

루퍼슨은 대답하기에 앞서 잠깐 침묵을 지켰다. 오래전의 일을 거슬러 올라가듯 집중한 그의 얼굴은 다소 지쳐 보였다. 마침내 그는 손을 뻗어 허공을 휘저었고 어느새 그의 손에는 책 한 권이 들려 있었다. 아주 낡고 희미해져서 제목조차 잘 보이지 않는 책이었다.

"아까 말씀드린, 마지막으로 이곳을 방문했던 인물 말입니다. 그녀는 이곳에서 제일 먼저 이 책을 집어 들었죠. 이건 죽어 가는 책이랍니다. 이걸 들고서 제게 하는 말이, 생명을 만드는 책을 찾아서 왔다고 하지 뭐겠습니까."

모리세이는 입을 열었지만 말을 내뱉지 않고 다시 닫았다. 그럴 만큼 이건 쉽게 이야기할 만한 주제가 아니었다.

집사의 정체를 알게 된 후 그도 짐작한 바가 없었던 건 아니다. 동향 사람이 어떤 특정한 인간의 곁에 머문다면 보통 두 가지 이유 때문이다. 탐식 혹은 양육. 솔직히 후자일 거라고는 생각지 않았다. 그건 매우 드물고, 또 드물었기 때문이다.

밤의 세계에서는 결코 생명이 잉태될 수 없으니, 제아무리 지위가 높은 자라 해도 생명을 창조하거나 자식을 가지는 일만은 허락되지 않았다. 때문에 역설적으로 가장 많은 일족이 바라 마지않는 염원이기도 했다. 그들은 아이를 낳지 못하는 대신 밤에 속할 누군가를 자신만의 방식으로 인도하는 데에서 마치 부모가 된 것과 같은 기쁨을 느꼈다. 하지만 그럴 기회를 갖는 일조차 매우 드물었기에, 어떤 경우에는 단지 그 역할을 맡기 위해 서로를 말살할 때까지 싸우기도 했다.

생명을 만드는 책은 바로 그런 자들을 위한 것이었다.

"그렇군. 꿈결로 떠날 아이들이었습니까."

"아이들이 아니죠. 제 아이는 하나뿐입니다."

집사가 그런 식의 호칭을 사용하지 않았으면 모리세이의 기분이 덜 상했을지도 모른다. 그랬다면 다음 사실을 고함에 있어 조금은 유감스러운 마음을 가졌을 것이다.

"하지만 그 아이는 그대의 세례를 받지 못했을 텐데요. 어째서 그대의 아이라고 부르는지요."

"그 애는…… 잠깐, 그걸 어떻게 아신 겁니까?"

모리세이는 대답하지 않고 집사를 가만히 바라보았다. 루퍼슨의 얼굴에 여러 가지 표정이 스쳐 지나갔다. 책들이 금방이라도 무너질 것처럼 위태롭게 흔들거렸다.

"설마 당신…… 하지만 어떻게? 에녹을 처음 만난 건 그 기차역에서가 아니었습니까?"

"나도 그런 줄로 알았지요. 여기 오기 전까지는 말입니다."

루퍼슨은 자기 목을 조를 듯이 감싸고 있었다. 한참을 꾸역꾸역 무언가 삼키듯 생각에 잠겨 있던 그가 겨우 손을 떼어 내며 중얼거렸다.

"이상한 일이라고는 생각했지요. 분명 제게서 세례를 받아야 할 그 아이가 어째서인지 계속해서 제 손길을 거부했기 때문입니다. 처음에는 형제와 한 몸으로 태어난 탓인가 했습니다. 생명의 책은 항상 두 아이를 만들어 내고, 둘 중 하나는 배 속에서 제 형제의 피를 손에 묻힌 채 태어나지요. 그런데 교수님께서도 보셨겠지만, 시작부터 모든 게 틀어져 버렸습니다."

모리세이는 쌍둥이가 태어날 당시 그가 목격했던 일을 떠올렸다. 틀림없이 한 아이는 죽어서 태어났어야 할 운명이었다. 그러나 형제와 한 몸이 되는 것으로 스스로를 살려 냈다. 다른 형제 또한 그것을 거부하지 않았고 말이다. 그런 아이들의 선택에 깊이 감명받아 세례를 내렸었다. 그때는 생명의 책으로 탄생했다는 것까지는 몰랐지만.

"그걸 바로잡기 위해 제가 얼마나 많은 일을 해야 했는지 교수님께서는 상상도 하지 못하실 겁니다. 이유를 찾아 헤매며 기약 없는 봉사를 해야 했던 나날들이었습니다. 심지어 내가 조금도 존중할 수 없는, 환멸만 느껴지는 이들을 위해서 말입니다. 그런데 그게, 처음부터 내가 아닌 다른 자를 위한 것이었다니……"

그의 간절한 소망이 눈앞에서 절망으로 바뀌어 가고 있었기에 모리세이도 약간의 연민이나마 느끼지 않을 수 없었다.

"나는 동향 사람을 만나면 최대한 호의를 베풀기 위해 노력하죠. 보통의 경우라면 그대의 유일한 소망을 존중하며 품위 있게 물러났을 겁니다."

틀림없이 그랬을 것이다. 그 아이들이 탄생하던 순간 거기 있지 않았더라면, 충동적으로 그때 세례를 내리지 않았더라면, 기차역에서 에녹과 만나 이야기를 나누지 않았더라면, 그의 누이가 자신에게 상처를 남기는 걸 허락하지 않았더라면, 바람을 기다리지 않았다면, 벗의 말을 따라 처음부터 이 땅으로 오지 않았더라면 말이다.

"가련한 저를 위해 그 아이에게 내려 주신 손길을 거둘 생각이 없으시다는 겁니까?"

"그렇습니다."

"그럼 저 대신 그 아이를 밤으로 인도하실 때 곁에서 지켜보는 정도는 허락하시겠습니까?"

"나는 그 아이를 그곳으로 인도할 생각이 없습니다."

루퍼슨은 믿기 어렵다는 표정을 짓고 있다가 갑자기 웃음을 터뜨렸다. 한동안 현실을 부정하듯 고개를 젓던 그는 들고 있던 책의 페이지들을 우악스럽게 움켜쥐었다. 그러곤 뜯어내어 바닥에 흩뿌렸다. 떨어져 나온 페이지들 밑으로 검붉은 액체가 흘러나왔다.

"최대한의 호의를 베푼다고 하셨습니까? 그렇다면 말씀드리죠. 교수님을 여기까지 모셔 오긴 했지만 저도 호의를 베풀어 무사히 보내 드릴 생각이었습니다. 그저 여길 조용히 떠나겠다고 약속하신다면 말입니다. 하지만 이젠 그런 약속 따위가 문제가 아니라…… 서로의 소멸을 두고 다퉈야 할 지경이 되었습니다."

"그대를 위해 친절히 고하건대, 하지 않는 게 좋을 겁니다."

"아, 교수님께서는 너무나 관대하시군요. 하지만 여기가 어디인지 잠시 망각하신 것 같습니다. 몸도 성치 않아 보이시는데 친절을 베푸는 건 이쪽이 아닐지요."

"그대는 그대 앞에 선 자가 누구인지 모릅니다."

"알아야 할 필요를 느끼지 못하겠습니다. 이 이상의 논쟁이 무슨 소용이겠습니까? 오랜 연구대로 누구의 밤이 더 길고 어두운지는 밤을 지새워 봐야 아는 법이지요."

모리세이는 씁쓸하게 시선을 아래로 내렸다. 굳이 왼쪽 다리의 상태 때문이 아니더라도 오래간만에 만난 동향 사람에게 권능을 잃어야 한다는 게 내키지 않았다. 상대는 긴 시간 품어 온 소망과 더불어 더 많은 것을 잃게 될 수도 있었다. 그러나 이 소요를 끝내려면 자신의 이름 정도는 알려 줄 필요가 있어 보였다. 그 때문에 한쪽 다리를 완전히 못 쓰게 된다고 해도, 어쩌면 그뿐.

"그렇다면 그대는 이 어둠을 감당하여 보라."

모리세이가 황혼 언어로 자신의 이름을 말하는 순간 모든 곳을 밤이 덮었다.

오랜 세월 루퍼슨은 책을 모았고 마음에 드는 수많은 문장을 찾아냈다. 자신이 수집한 것 중에서도 아끼고 아끼는 정수만을 꺼낸 그는 그것들을 쪼개고 비틀어 새로운 것을 빚어냈다. 수많은 문장들이 뒤엉켜 새로이 탄생한 기괴한 언어는 듣는 이의 머릿속을 어지럽혀 끝내 자기 자신마저 잃게 만들었으니, 그 착란이야말로 그가 가장 잘하는 것이었다.

모리세이는 처음부터 그것을 해석하여 풀어내려는 시도를 하지 않았다. 대신 한여름 밤 꿀 수 있는 가장 무서운 악몽으로 맞섰다. 비논리적이고 비현실적인 모든 것이 꿈속에서는 지극히 당연하게 받아들여졌다. 아무리 복잡한 언어의 괴물일지라도 그곳에서는 실체가 되지 못하고 무너져 내렸다.

동시에 악몽은 마주한다면 그저 끝없이 엎드려 올 수밖에 없는 최악의 무언가를 빚어내고 있었다. 상대방의 무의식과 상상력을 재료로 한 그것은 그렇기에 무엇이 됐든 상대가 가장 두려워하는 것일 수밖에 없다. 루퍼슨은 그것이 모습을 드러내는 순간 자신이 버텨 내지 못할 것임을 알았다. 그래서 황급히 자각을 불러들였다. 악몽은 그것이 꿈임을 자각하고 나자 더 이상 공포의 대상이 될 수 없었다.

식은땀을 흘리며 깨어난 루퍼슨에겐 현실을 자각한 자에게 걸맞은 것이 기다리고 있다. 상대는 어느새 그의 가장 깊고 내밀한 곳까지 들여다보았고 그가 가장 떠올리고 싶어 하지 않는 기억, 오염된 상처를 끄집어냈다. 마주하지 않으려 할수록, 떠올리지 않으려고 애를 쓰면 쓸수록 얄궂게도 그러한 기억은 더욱 선명해진다.

그는 어느새 자기 자신을 전혀 돌볼 수 없던 시절, 가장 취약한 순간으로 돌아가 있었다. 매일 밤 찾아오는 그것을 그가 대체 무슨 수로 막을 수 있었단 말인가……. 참을 수 없이 두려워하고 증오하면서도 돌연 그것에게 애정을 느낄 때가 있으니, 그런 자신이 너무나 가증스럽고 수치스러웠다. 친근한 듯 그것이 곁에 앉아 말을 걸때면 친구처럼 느껴질 때조차 있었다. 그러나 곧 두 사람 모두에게 친숙한 도구들이 등장하고 그러한 환상은 거짓말처럼 사라진다. 대신 공포라는 관념만이 의식을 지배한다.

아주 얇게 살이 썰리는 소리. 그는 비명조차 지르지 않는다. 그곳에서 그런 건 허용되지 않는다. 그것에게 있어 그의 비명은 살점 위에 얹어진 고명이 될 뿐이다. 어쩌나 솜씨가 깔끔한지 살을 도려낸 자리에는 피가 혐오스럽게 맺혀 있을 뿐 밖으로 흐르지도 않는다. 그가 고통을 느낀다는 증거는 이따금 움찔거리는 몸과 꾸역꾸역 떨어지는 눈물을 통해서일 따름이다.

그것이 보란 듯 살을 질겅질겅 씹는다. 차라리 그것뿐이라면 나았을지 모른다. 그가 진심으로 견딜 수 없던 건, 굶주림에 눈이 뒤집혀 있던 그에게 그것이 살점을 내밀던 순간이다. 방금 자신에게서 떼어 낸 따뜻한 살점이다.

그때 그가 느낀 건 혐오감이나 거부감이 아니었다. 지독한 허기였다. 입에서 저절로 침이 고여 흘러내렸다.

그는 자신이 결국 입을 열어 받아먹게 되리란 걸 알고 있었다…….

"제발."

꿈인지 기억인지 어딘지도 모를 곳에서 그가 애원한다. 그건 분명 자신의 목소리인데 터무니없이 먼 곳에서 들려온다. 자신은 대체 누구를 향해 빌고 있는 걸까.

"당신의 가장 낮고도 겸손한 종이 되어 이렇게 빕니다. 제발……"

그가 울며 엎드린다. 보이지 않는 모든 곳으로 절실히 빈다. 뉘우치고 삶을 갈구하고 상대의 동정심에 호소한다. 그가 가졌던 하나뿐인 갈망마저 자신에게 연민을 느끼게 하는 데 이용한다.

애원하다 지쳐 희미해져 가는 의식 속에서 그는 어떤 바람을 보았다. 지면 위를 낮게 맴도는 바람. 부는 듯 그렇지 않은 듯, 존재조차 알아차리기 힘들지만 분명히 그곳에 존재했다. 조금만 더 떠오른다면, 조금만 더 주위로 번져 간다면 분명 큰 바람이 될 수 있을 텐데.

그는 안타까움을 느끼지만 자신이 왜 안타까워하는지조차 알수 없었다. 그러나 그 순간만큼은 자신의 존재를 지워 버리려는 상대에게 그 어느 때보다도 깊은 친밀감을, 애정을 느낀다. 그의 슬픔을 들여다보았으니까.

순식간에 현실로 돌아온 루퍼슨은 그대로 주저앉았다. 부서지듯 바닥에 무릎을 꿇고 온몸에서 피와 땀을 눈물처럼 쏟아 냈다. 당장이라도 숨이 넘어갈 것처럼 헐떡이면서도 두려움에 감히 고개를 들지 못했다.

그의 앞에 서 있는 존재는 영겁에 가까운 시간 동안 공포와 절망을 먹고 자란 괴물이었다. 자신은 감히 누구에게 대적한 건가.

"……당신 같은 분께서 어찌하여 이 땅에 계십니까?"

그 한마디를 하기 위해 그는 가진 모든 용기를 그러모아야 했다. 상대의 대답은 조금 지체되었다.

"아마도 이곳에서 찾고 있는 것이 있기 때문이겠지요."

"찾고 있는 것이라고요?"

"내 벗이 그렇게 이야기하더군요. 이 땅에는 깊은 바다도 움직이게 할 거센 바람이 있고, 그것은 언젠가 반드시 불어온다고."

그게 무슨 뜻이냐고 물을 필요는 없었다. 희미한 기억 속에 루퍼슨은 자신이 이미 무언가 목격했음을, 그것을 떠올리는 일은 허락되지 않지만 상대의 말을 받아들이고 이해하고 있음을 알 수 있었다.

"그렇다면, 위대하신 분이여. 앞으로는 감히 당신의 걸음을 막지 않겠습니다."

루퍼슨은 간신히 몸을 움직여 옆으로 비켜섰다. 그렇게 말했음에도 불구하고 그 동작에는 채 버리지 못한 열망에 의한 어떤 미련 같은 것이 묻어났다. 그러나 결국에는 그의 문이 사라지고 대신 까만색의 새로운 문이 허공에 나타났다.

꼬리를 문 뱀의 그림 아래 모리세이도 익히 잘 아는 이름이 쓰여 있었다. 문득 자랑스러운 서명.

"아길라 윌스턴."

모리세이가 부르자 문이 그를 맞이하듯 활짝 열렸다. 안을 가득 채운 창백한 어둠은 누구나 닿기를 꺼릴 법한데도 그는 다음 걸음을 내딛음에 있어 조금도 망설이지 않았다. 그 안에서 자신이 만나게 될 존재 외에는 더 이상 아무것도 중요하지 않았다.

덜컹덜컹.

모리세이는 가벼운 흔들림을 느끼며 눈을 떴다. 저녁노을이 창으로 들어와 눈이 부셨다. 그는 손으로 눈가를 가린 채 잠시 자신이 어디 있는지 짐작해 보았다. 시야가 회복되자 보이는 것들이 있었다. 나무가 덧대어진 객실, 일정한 속도로 창밖을 지나가는 풍경. 문이 열리고 닫히는 소리, 누군가 조그맣게 떠드는 소리.

그는 기차 안에 있었다. 어딘지 모를 곳으로 그저 달려가는 기차였다. 어차피 목적지는 그의 관심사가 아니었다. 여기 어딘가에 그가 찾는 것이 틀림없이 있을 터였다.

절뚝이며 그는 객실 복도를 걷기 시작했다. 예전보다 확연히 걸음이 느려진 것이, 더 흐트러지는 것이 느껴졌다. 하지만 오히려 마음은 이상할 정도로 가벼웠다.

서너 개의 객실을 지나쳤을까. 마침내 한 객실 안에 담요를 덮고 앉아 있는 어떤 아이를 발견했다. 창밖으로 시선을 돌린 채여서 옆모습밖에 볼 수 없지만 그 얼굴에 조금은 근심이 서려 있음을, 앞으로 일어날 일에 대해 조심스럽게 기대하고 있음을 알 수 있었다.

모리세이는 한참을 바라보았고, 곧이어 앞으로 걸어가 객실의 문손잡이를 잡았다. 그것을 열면서 그는 약간의 감동마저 느꼈다.

"혹시 여기 자리가 남아 있는지요?"

그 물음에 아이가 고개를 돌렸다. 모리세이를 보고 약간 놀란 듯했지만 곧 미소를 지었다. 그 미소야말로 어떤 껍데기를 뒤집어썼든 그가 결코 헷갈릴 수 없는 것이었다.

"네, 여기 앉으세요."

두 사람은 서로를 마주 보고 앉았다. 자신을 빤히 보는 모리세이의 시선에 아이는 조금 당황하는 듯했다. 그럼에도 미소를 잃지 않고 있었다. 모리세이는 몇 가지 설명이 필요하다는 걸 알았지만 지금은 하고 싶지 않았다.

지금은 일단, 바라보고 싶었다.

에녹은 그날 저택에서 가장 일찍 일어난 사람 중 한 명이었다. 예전에는 곧잘 늦게까지 잠들어 있곤 했지만 요즘은 그렇지 않았다. 하루하루 눈 뜨는 것이 기대되었다. 단 한 사람이 그를 그렇게 바꾸었다.

지난밤 에녹은 잠들지 않으려 했다. 동생을 만나고 돌아오는 모리세이를 기다릴 생각이었다. 그가 무슨 말을 할지 너무도 궁금해서 시간이 늦건 말건 붙잡고 물어볼 참이었다. 그러나 눈을 떴을 때는 이미 아침이었다. 별로 졸리지도 않았는데 자신이 그대로 잠들었다는 게 의아했다.

에녹은 황급히 세수를 하고 머리를 대충 매만진 다음 가장 좋아하는 옷을 입고 예전 자신의 방을 향해 달려갔다. 불과 1년 전만해도 그 방이 그렇게 싫을 수가 없었다. 그러나 지금은 모든 일에 가슴이 뛰었다. 그것이 기대 때문이든 불안 때문이든.

"안녕히 주무셨어요, 교수님!"

또다시 혼나리라는 것을 알면서도, 어쩌면 그걸 바라며 노크 없이 방문을 벌컥 열었다. 그러나 그를 맞이하는 정적과 서늘한 공기가 무언가 어제와는 달라진 것이 있다고 말하고 있었다.

방 안은 텅 비어 있었다. 누군가 머물렀다는 흔적조차 없었다. 이 방으로 들어오기 전의 모습 그대로 모든 것을 정리하고 아무것도 건드리지 않은 채, 그의 손님은 떠나 버렸다. 인사 한마디 없이, 사정을 설명하는 편지 하나 없이.

"……정말 대단하시네요. 교수님은 마치 감정을 거세당한 채 태어나신 것 같아요."

그가 중얼거리자 허공에서 그의 상상이 대답했다.

그러는 윌스턴 군의 감정이란 오직 분노로 채워져 있는 것 같군요.

"분노뿐일지라도 아무것도 없는 것보다는 낫지요!"

에녹은 스스로가 말도 안 되는 짓을 하고 있다는 걸 알았다. 그럼에도 견딜 수 없는 그리움과 원망과 분노 때문에 허공에 대고 소리쳤다.

"안정적이고 평온하게, 결코 출렁거리지 않을 것! 아뇨, 교수님은 출렁거림이 싫어서 마치 몽땅 다 비워 버린 것 같아요. 그건 완전히 다른 문제라고요!"

한참을 홀로 씩씩대던 그는 무언가에 퍼뜩 놀란 사람처럼 제자리에서 몸을 떨었다. 그러곤 무언가 깨달은 듯 중얼거렸다.

"에녹."

그는 몸을 움직이는 것을 싫어했다. 학교에서도 스포츠 과목이 필수라고 해서 테니스부에 가입했지만 그나마 몸을 덜 움직이는 운동처럼 보여서였다. 서서 공만 치면 되는 줄 알았다. 완전한 착각이었다.

심장이 터질 것처럼 숨이 차고 목에서 쇠 맛이 올라오는데도 에녹은 멈추지 않고 언덕을 내달렸다. 아니야, 그것만은. 그것만은 안 돼.

그 정원을 그는 진심으로 동생을 위해 꾸몄다. 그 안에 있는 꽃 하나, 나무 하나 대충 심은 것이 없었다. 그러나 지금은 아무렇게나 짓밟으며 오직 목표하는 것을 위해 뛰었다.

허공에 뜬 검은 문이 스스로 열리며 그를 맞이했다. 낯선 차가운 어둠이 그의 몸을 휘감았다.

"에녹!"

그는 길게 동생의 이름을 불렀다. 아니, 자신의 이름인가?

"아길라!"

이 미로를 사랑했었다. 끝이 없는 듯 느껴져서, 모든 곳에 길이 있는 듯 느껴져서. 그게 지금처럼 견딜 수 없이 짜증스러울 줄이야.

휠체어를 놓고 쉬기를 바랐던 동굴 침실, 가끔은 제대로 된 식사를 하길 바랐던 돌로 된 식탁, 가만히 귀를 기울이면 비가 오는 소리나 바람 부는 소리를 들을 수 있는 보이지 않는 틈까지.

동생을 위해 준비해 둔 것은 이렇게나 많았다. 그는 이토록 자비로운 사람이었다. 그런데 또 버리고 간다고? 그가 소중히 여기는 유일한 두 사람이? 같이?

"없어."

두 번이나 모든 곳을 돌아본 에녹은 벽에 몸을 기댄 채 주르르 흘러내렸다. 익숙한 정적과 서늘함이 오늘만 벌써 두 번째였다. 두 번 버려진 것과 같은 기분이었다.

"행복해져야 하는 거잖아. 이 모습이면, 이 다리면, 내가 아닌 에녹이라면…… 사랑받아야 마땅한 거잖아."

어떻게 해야 하는 걸까. 선택받기 위해서는 도대체 어떻게 해야 하는 걸까.

그는 그 자리에서 죽은 듯이 움직이지 않았다. 바깥에서는 없어진 그를 찾느라 남작 부부는 물론이고 찰스마저도 난리였지만 그런 것을 알 리 없을뿐더러 알아도 그다지 신경 쓰지 않았을 거다.

하루를 꼬박 눈 뜬 채로 그는 넋을 놓고 있었다. 무언가를 많이 생각한 것은 아니다. 이렇게 된 이유라든지, 앞으로 어떻게 할 것인지 등 간단한 생각조차 하지 않았다. 그저 어둠을 듣고 있었을 뿐이다.

바깥에서 막 새벽 별이 사그라지던 시점, 그는 많은 선지자들이 그러하듯 전혀 예상치도 원하지도 않았던 순간에 불시의 깨달음을 얻었다. 상념 없던 무(無)의 끝에서 갑자기 떨어진 그 관념은 그에겐 거의 계시처럼 보였다.

"아."

그는 가볍게 탄식하고 미소를 지었다.

"정말, 처음부터 그것뿐이었네. 어째서 지금까지 몰랐는지."

그제야 자리를 털고 일어섰다.

"이제 다시는 헤어지지 않을 거야. 다시는 버림받지도 않을 거야."

어둠 속에서 속삭인 뒤 그는 출구로 향했다. 이제 사랑하는 동생만 찾으면 되었다. 걱정할 것은 아무것도 없었다.

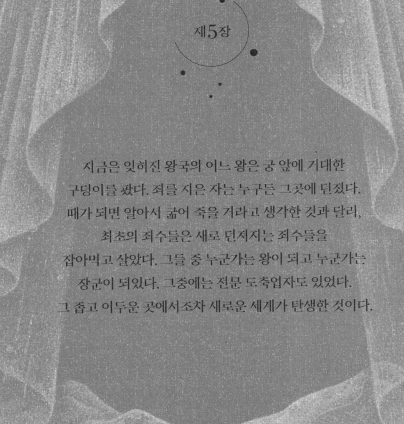

제5장

지금은 잊혀진 왕국의 어느 왕은 궁 앞에 기대한
구덩이를 팠다. 죄를 지은 자는 누구든 그곳에 던졌다.
때가 되면 알아서 굶어 죽을 거라고 생각한 것과 달리,
최초의 죄수들은 새로 던져지는 죄수들을
잡아먹고 살았다. 그들 중 누군가는 왕이 되고 누군가는
장군이 되었다. 그중에는 전문 도축업자도 있었다.
그 좁고 어두운 곳에서조차 새로운 세계가 탄생한 것이다.

"지난달까지는 아무 문제 없이 수도를 썼다니까요. 그런데 아마 쥐가 갉아 먹었든지 그랬나 봐요. 윌리엄 목사님이 고쳐 보려고 애를 쓰긴 했죠. 하지만 교수님께서도 아시다시피, 그 영감이야 손을 대면 뭐든 더 망가뜨리지 않으면 다행이니까요."

"그걸 안다면 애초에 그에게 맡기지 않는 편이 더 현명했을 텐데요."

"아니, 그게…… 그런가? 듣고 보니까 그러네요. 교수님께서는 언제나 맞는 말씀만 하신다니까요."

천진난만하게 대답하곤 눈을 깜빡이며 자신을 바라보는 노아에게 조용히 한숨을 내쉬는 것 외엔 모리세이가 더 할 수 있는 게 없었다.

"오전에는 일정이 있으니 오후에 내가 가서 한번 보도록 하죠."

"역시! 교수님께서 와 주신다면 저희도 걱정할 게 없죠."

곧장 몸을 돌려 가려는 상대를 모리세이가 다시 불러 세웠다.

"그리고 노아 양."

"네, 교수님?"

"앞으로 이런 부탁을 할 때는 적어도 해가 뜬 뒤에 찾아오기 바랍니다. 사람들이 보통 잠들어 있는 새벽 시간이 아니라요."

"아, 그러고 보니 아직 일곱 시도 안 됐네요? 제가 성격이 급해서 그만. 고치려고 하는데 잘 안 되네요. 죄송해요, 교수님."

"알았으면 됐습니다. 이따가 보죠."

문을 닫고 돌아선 모리세이는 어느새 휠체어를 끌고 거실로 나온 아길라를 발견할 수 있었다.

"또 노아 씨예요?"

"그렇습니다. 소란스러워서 일어난 모양이군요."

창가로 다가가 바깥을 확인한 아길라가 불만스럽게 중얼거렸다.

"새벽부터 너무하잖아요. 요즘 여기 사람들은 뭔가 곤란한 일이 생길 때마다 교수님을 찾아오는 것 같아요."

"내가 해결할 수 있는 일이라면 적절한 수준에서 돕는 것도 나쁘지 않죠."

"그렇게 너무 유능하신 것도 문제라고요."

아길라는 볼이 부었지만 모리세이는 조용히 웃기만 했다.

둘은 간단히 아침 식사를 함께 했다. 노아가 성격이 급하긴 해도 마을에서 가장 맛있는 버터를 만들 줄 알았고, 덕분에 두 사람은 따뜻한 빵 위에 고소한 버터를 올려 즐길 수 있었다. 그 옆에 있는 마멀레이드 잼 역시 얼마 전 바크만의 목장에서 아끼던 새끼 양이 사라졌을 때, 홀연히 자리를 뜬 모리세이가 양을 찾아와 울타리 안에 도로 넣어 준 답례로 받은 물건이었다.

　요즘 이 마을 사람들은 그런 식으로 크든 작든 해결할 수 없는 문제가 생기면 제일 먼저 모리세이에게 달려왔다. 그러면 그는 어디서 무얼 하고 있었든 침착하게 사정이 그렇게 된 연유와 필요한 세부 사항 몇 가지를 묻고는, 하던 일을 다 마치면 곧장 그 문제를 해결하러 자리를 떴다. 그리고 일단 그가 맡고 나면 문제는 모두가 기대한 시간보다 일찍 해결되었다. 이런 일이 몇 번 반복되자 마을 사람들 대부분 모리세이를 신뢰하게 되었고 몇몇은 그에게 깊이 호감을 보였다.

　처음 아길라는 그런 그가 내심 뿌듯하고 자랑스러웠지만, 찾는 이가 많아져 정작 집에 있는 시간이 줄어들자 이제는 그리 달가워하지 않게 되었다. 마을을 처음 발견하고 들어섰을 때 이곳 사람들이 그리 친절하다고 할 수 없는 태도로 그들을 결박하고 며칠을 가둬 두었던 걸 생각하면 더욱 그랬다.

　"아직도 그 탑에 대해선 별말 없나요?"

　빵을 다 먹은 아길라가 모리세이가 타 온 코코아를 마시며 물었다. 모리세이는 자신의 커피를 들고 그녀와 약간 거리를 둔 채 창턱에 걸터앉았다.

　"아직 서로를 완전히 신뢰하기에는 함께 보낸 시간이 그리 많지 않으니까요. 어쨌든 우연히 이곳으로 흘러든 사람들을 굳이 감금해야 할 만큼 중대한 문제라면 쉽게 입을 열진 않을 겁니다."

　"여기 사람들이 엄청난 범죄 집단이라도 되면 어떻게 하죠?"

　"그럴 거라고 생각하지는 않지만…… 경계해도 나쁠 건 없겠죠.

아무튼 나에 대해 좋은 인상을 가진 듯하니 조만간 무슨 이야기가 있겠지요. 우리에게 주어진 유예 기간이 거의 끝나 가고 있으니 말입니다."

일주일의 감금 끝에 마을 사람들은 우선 두 사람을 지켜보기로 결정했다. 유예 기간은 석 달이었고 그 기간이 지나면 최종적으로 어떻게 할지 투표를 통해 정한다는 것이었다. 아길라는 왠지 불안했다. 마을에 대해 함구하고 떠나겠다고 했지만 그것조차 허락되지 않는 걸로 보아, 투표 결과가 좋지 않게 나오면 그 후에 어떤 일이 벌어질지 알 수 없었다.

모리세이는 그녀의 불안감을 느끼고 창밖으로 눈을 돌렸다. 모두들 이제는 친절하게 다가와 도움을 주거나 요청하고 있지만 여전히 그들이 머무는 숙소 주변에는 아닌 척 감시하는 자들이 배회했다. 그럴 만큼 꼭꼭 감춰야 할 무언가가 이 마을에 존재하고, 모두가 언급하기를 꺼리는 마을의 유일한 탑과 관련 있다는 것만이 지금껏 두 사람이 알아낸 전부였다.

"오전에는 뭘 하실 생각이세요?"

"바크만 씨가 목장 근처에 풍경이 근사한 목초지가 있다고 해서 가 볼 생각입니다. 윌스턴 양도 원한다면 물론 같이 가고요."

아길라의 눈이 잠깐이지만 기대감으로 반짝거렸다. 하지만 이내 무슨 생각을 했던지 담요를 더욱 끌어당겨 자신의 몸을 덮으며 말했다.

"전 집에 있을게요."

"움직이기 불편해서 그런 거라면 내가 업고 가면 됩니다."

아길라의 시선이 아래쪽으로 향하려다 가까스로 제자리로 돌아왔다. 내색하지 않으려고 하지만 모리세이의 불편한 왼쪽 다리를 의식하고 있음이 틀림없었다.

"오늘은 피곤해서 집에 있고 싶어요."

모리세이는 그녀를 안심시켜 주고 싶었지만 거짓을 말할 수도 없었다. 지난번 루퍼슨의 공간을 방문한 이후 그의 다리는 이제 지팡이 없인 똑바로 걷기 어려운 지경에 이르렀다. 혼자서도 힘든 초행길을 그리 무겁진 않지만 어쨌든 누군가를 업고 가는 일이 쉬울 리 없다.

잠시 고민해 본 끝에 모리세이는 자신이 먼저 가서 길이 어떤지 살펴보고 나중에 같이 가는 편이 낫겠다고 결론지었다.

"알겠습니다. 그럼 휴식을 취하고 있길 바랍니다. 점심 전에는 돌아오죠."

아길라는 미소 지으며 손을 흔들었다.

사람들 틈에 섞여 살긴 해도 어느 쪽이 좋으냐고 묻는다면, 모리세이는 혼자 있는 것을 선호하는 편이었다. 그게 무엇이든 자신의 신경을 흐트러뜨리는 존재가 있으면 거슬렸고 조용히 지내는 것이 좋았다. 하지만 조금 전 자신을 배웅하던 아길라를 떠올리면서, 집을 떠날 때 그렇게 손을 흔들어 주고 집에서 여전히 자신을 기다리는 존재가 있다는 게 그리 나쁘지 않다고 느껴졌다.

크리스마스 휴일은 끝난 지 오래였고 학교로 돌아가야 한다는 걸 알았지만 그는 그답지 않게 자신의 책무를 저버리고 있었다. 처음에는 루퍼슨이 아길라를 위해 마련했다는 장소, 이 마을까지만 함께할 생각이었다. 분위기를 살펴보고 아길라에게 위험하지 않으면 우선 이곳에 머물게 하고 자신은 학교로 돌아가려고 했다. 하지만 예상치 못하게 초반부터 감금당하고 지금은 떠날 수 없도록 제약받고 있었다. 묘하게도 그게 싫지 않았다.

"저쪽은 습기가 많아서 항상 진흙탕이죠. 하지만 이쪽 길로 오시면 마른 땅을 밟고 가실 수 있답니다. 돌이 제법 굴러다니긴 하지만 조만간 정리할 생각이에요. 그러면 교수님도 이 길로 얼마든지 저희 목초지를 산책하실 수 있을 거랍니다."

바크만은 신이 나서 사소한 것까지 모두 설명하며 자신의 목장을 소개해 주었다. 그 마을에선 가축이 매우 귀했기에 모리세이가 새끼 양을 찾아 준 뒤로 거의 은인이라도 되는 것처럼 대했다.

모리세이는 적어도 세 달의 유예 기간이 끝난 뒤 마을 사람들이 모종의 투표를 할 때, 그가 자신의 편이 되어 주리란 것만은 의심할 여지가 없겠다고 생각했다.

"봄이 오면 들판에 개양귀비도 잔뜩 핀답니다. 얼마나 장관인데요. 그때 교수님께서 아길라와 함께 꼭 보러 오셨으면 좋겠네요."

"그때까지 우리가 여기에 머물 수 있다면 그렇게 하지요."

바크만의 안색이 조금 변했다. 이 마을에서 유예 기간에 대해 돌려서 언급만 해도 모두들 그런 반응들이었다.

"어…… 어, 저쪽, 저쪽입니다. 제가 보여 드리고 싶은 곳이요."

황급히 말을 돌린 바크만이 걸음을 재촉해 얕은 언덕을 뛰다시

피 올라갔다. 모리세이는 한참 후에나 그를 따라잡을 수 있었다.

언덕에 올라서고 나니 그의 말대로 장관이었다. 아직 겨울의 끝자락이라 초록의 목초지는 아니었지만 너른 구릉들이 겹겹이 포개져 있고 그 위를 덮은 아스라한 안개가 몽환적이었다. 봄이 오면 그의 말대로 이곳은 신선한 초록빛으로 뒤덮일 것이고 그 위로 드문드문 번져 있는 들꽃과 붉은 양귀비가 사랑스러운 풍경을 보여 줄 터였다. 모리세이는 그것을 아길라에게도 보여 줄 수 있으면 했다.

"이런 곳을 아무도 모른다는 게 신기하군요."

"모르게 하기 위해 저희들이 애를 쓴 바가 좀 있죠. 예전에 루퍼슨 수사님이 계실 때는 정말로 외부인이라곤 아무도 출입하지 않았어요. 하지만 요즘은 무슨 일에선가 한두 명씩 운 나쁘게 흘러들어오지 뭡니까. 그리고 그들 중 대부분이……."

풍경에 젖어 줄줄 이야기하던 바크만이 그 대목에서 헙 하고 입을 다물었다. 그러곤 대놓고 모리세이의 눈치를 보았다. 모리세이는 얕은 한숨과 함께 말했다.

"당신이 이런 말들을 했다고 노아 양에겐 언급하지 않을 테니 너무 걱정할 필요 없습니다."

"정말이죠, 교수님? 꼭 비밀로 해 주세요. 전 사실 교수님이 정말로 이곳에 계시길 바라거든요."

"글쎄, 투표 결과가 좋게 나온다 해도 우리가 여기에 머물지는 모르겠습니다."

"예? 그게 무슨 말씀이신가요. 설마 여길 떠나실 건가요?"

"윌스턴 양이 원한다면 그렇게 할 생각입니다."

바크만은 안타깝다는 표정을 지었다. 그러곤 그들밖에 없는 구릉지를 한 번 더 조심스럽게 살피고 말했다.

"원래 이런 말씀을 드려서는 안 되는 거지만…… 그러지 말고 저희와 함께 사는 걸 고려해 보세요. 아길라뿐만 아니라 교수님의 상태를 나아지게 할 방법이 있을지도 모르니까요."

"그게 무슨 뜻입니까?"

"아니, 안 돼요! 이 이상은 말 못 합니다. 아무튼 여기 머무는 게 두 분에게도 틀림없이 도움이 될 거예요. 그건 제가 장담할 수 있어요."

바크만은 말할 수 없다고 했지만 그가 무심코 의식하는 방향이 어딘지는 돌아보지 않아도 알 수 있었다. 안개 속에 가려진 채 머리만 불쑥 내밀어 마을을 굽어보고 있는 잿빛의 탑. 소박하고 평온한 시골 전원의 풍경 위에 누군가 전혀 어울리지 않은 덧칠을 한 것 같은 모습이었다.

두 사람은 언덕 위에 자리를 잡고 바크만이 가져온 염소젖을 나누어 먹었다. 바람이 불긴 했지만 겨울바람치고는 그리 차갑지 않았고 숲에서부터 몰고 온 신선한 냄새를 풍겼다. 간간이 구름 너머로 햇볕이 따스하게 내리쬘 때면 봄이 온 듯한 착각이 들기도 했다. 모리세이는 그 평온이 얼마나 완벽한 것인가 생각했다. 바크만의 말 때문이 아니더라도 이 마을에 더 머물 수 있으면 했다.

하지만 그 얼마나 짤막한 평온이란 말인가.

"이 인간아! 또 울타리 문 열어 놓고 갔지? 엘라를 잃어버린 지 얼마나 됐다고 그래!"

언덕 아래에서 고래고래 고함치는 야낙의 목소리가 들려왔다. 그들 사이의 거리를 생각하면 도저히 가능하다고 생각될 수 없는 크기였다.

"헉, 내가 문을 안 닫았던가……?"

바크만의 짧은 중얼거림에는 이미 죄책감이 담겨 있었다. 그러나 곁에 있는 모리세이를 의식해서인지 붉어진 얼굴로 마주 소리 질렀다.

"아 거, 닫았어! 바람 때문에 열렸나 보지!"

"거짓말하지 마! 어제 그렇게 퍼 마시더니 아직도 정신 못 차렸지?"

"누, 누굴 거짓말쟁이로 몰아! 교수님도 계신데 창피하게, 응?"

"교수고 나발이고 당장 안 내려와! 오전 중에 여물죽 쒀야 한다고 내가 말했지!"

할 말이 곤궁해졌는지 바크만은 목이 꽉 막혀 버린 것 같았다. 간신히 이렇게만 중얼거렸다.

"저 여편네가 부끄러운 줄도 모르고 교수님한테 나발이라니……. 제가 대신 사과드립니다, 교수님."

"아닙니다. 그보다 이 이상 대화를 나눌 거라면 좀 더 가까이 다가가는 편이 낫겠습니다. 서로 300피트는 떨어진 거리에서 소리를 지를 게 아니라요."

"예, 예. 그럼 죄송하지만 저는 먼저 내려가 보겠습니다. 천천히 풍경을 즐기다 가세요."

바크만은 서둘러 물병을 챙겨 한달음에 언덕을 내려갔다. 아래에서 야낙이 손바닥을 휘두르고 무언가 철썩 하는 소리가 들리고 바크만의 등짝이 움찔한 것 같기는 했지만, 모리세이는 그의 품위를 위해 못 본 척하기로 했다.

해가 뜨자 안개는 서서히 걷히는 듯했다. 바람도 잦아들었다. 아주 짧은, 찰나라고밖에 할 수 없는 어느 순간에 완벽한 무소음 상태가 있었다. 세상이 흐르는 것을 멈추고 시간도 영원에 가깝게 늘어난 것만 같은, 가없는 정적.

곧장 다시 귀가 열리고 세상은 전과 다름없이 흘러갔으나 그 짧은 순간의 침묵은 꽤 인상적이었다. 예전 같으면 그런 순간을 그 자리에서 맞이한 걸 행운이라고 생각했을 거다. 그러나 지금은 오히려 자신이 안도하고 있음을, 세상이 그대로 정지해 버렸다면 자신이 퍽 유감스럽게 생각했을 것임을 알았다.

모리세이는 자신에게 무언가, 아마도 변화라고 이름 붙여도 될 법한 것이 일어나고 있음을 깨달았다.

"송수관이 꽤 낡았더군요. 지면 어딘가에 충격이 가해지면서 그대로 쪼개진 모양입니다. 이 근방에 지진이라도 있었습니까?"

별것 아닌 모리세이의 질문에 어째서인지 노아는 눈에 띄게 긴장했다.

"글쎄요, 그런 일이 있었나……. 그랬는지 어쨌는지 저야 모르죠."

"문제를 해결하려면 부서진 부분을 찾아 교체해야 할 겁니다."

"그걸 어떻게 찾아요?"

"최근 이 근방에 비가 내리지 않았는데도 늘 젖어 있거나 진창으로 변해 있는 땅을 본 적이 없는지요."

"그런 게…… 어."

노아의 표정을 보니 뭔가 떠오른 모양이었다.

"사람들을 시켜 그 부근을 파 보게 하면 됩니다. 수도관의 상태를 보고 교체할 만한 부품도 구해 와야 할 테고요. 그건 미첼 군이 잘 알아봐 줄 겁니다."

곁에서 함께 땅을 살피던 미첼이 고개를 끄덕였다.

"어디인지만 알면 어려운 일이 아니죠. 또 신세 졌는데요, 교수님."

모리세이는 별것 아니라는 듯 그의 어깨를 두드렸다.

"따로 필요한 건 없으세요? 부품 사러 나가는 김에 사다 드릴게요."

"글쎄요. 지금으로서는 딱히 없습니다만."

"그럼 아길라한테 선물이라도 하나 하시는 건 어때요? 종류가 다양하진 않지만 아길라가 좋아할 만한 게 있을 거예요. 뭐든 좋으니까 제발 요구해 주세요. 계속 이런 식으로 일만 하시면 우리가 감당하지 못하게 된다고요."

그 마을은 소수의 사람들이 독립적으로 모여 사는 공동체였기에 주로 물물교환이나 노동력 제공을 통해 서로의 재화를 교환했다. 모리세이가 그동안 마을 사람들을 위해 해 준 일이 꽤 되는 반면 요구하는 것은 극히 적었기에 미첼은 극심한 부채감을 느끼고 있었다.

"알겠습니다. 그럼 윌스턴 양에게 한번 물어보죠."

미첼이 만족한 얼굴로 떠나자 모리세이도 그만 집으로 돌아가려 했다. 그러나 노아가 그를 붙잡았다.

"휴일에 불러냈는데 그냥 보내 드릴 만큼 양심이 없진 않다고요. 저희 집에서 커피라도 드시고 가세요. 드릴 것도 있으니까요."

그녀가 만든 빵이나 버터는 언제나 환영할 만한 것이기에 모리세이는 그 말에 따랐다. 하지만 결정을 후회하기까지 그리 오랜 시간이 걸리지 않았다.

"이제 그만 솔직하게 정체를 밝히시는 게 어때요, 교수님."

노아의 집 부엌에서 커피를 받아 들고 앉자마자 그녀가 이렇게 말했다. 모리세이는 대꾸하기에 앞서 커피부터 한 모금 마셨다. 그의 입맛에는 조금 썼다.

"무슨 뜻으로 하는 말입니까?"

"말 그대로의 의미죠. 두 달 정도 함께한 끝에 역사학 교수라는 직업이 실은 만능 일꾼을 뜻하는 말이었던가 의심하게 되었거든요. 모리세이 칼마가 정말 교수님 이름이 맞나요?"

"이미 이곳에 온 첫날 그렇게 이야기했을 텐데요."

"거짓이 아니냐고 묻고 있는 거예요, 제 말은."

"노아 양도 내게 항상 진실하진 않았을 텐데요. 당신이 기꺼이 하지 않는 일을 상대에게 요구하는 것은 그리 바람직하다고 생각되지 않는군요."

노아는 입을 벌려 무슨 말인가 하려 했지만 제대로 말이 되어 나오지 않았고 그런 자신에게 상당히 짜증이 났다. 아직 뜨거운 커피를 술이라도 되는 것처럼 벌컥벌컥 들이켜고는 컵을 탁 내려놓았다.

"아, 제발 그렇게 침착하게 논리적으로만 대꾸하지 마시라고요. 말싸움으로는 어차피 제가 교수님을 못 이긴다는 거 알아요. 그러니까 그냥 다 내려놓고 한번 이야기해 보자고요."

"정말 그걸 바란다면 노아 양 역시 내 질문에 답해 줄 수 있겠군요. 이 마을에 감추고 있는 게 무엇이기에 이토록 외부인을 배척하는 겁니까?"

노아는 허를 찔린 표정을 짓고 있다가 시선을 돌려 테이블 한쪽을 노려보았다. 잠시 기다려도 대답이 없자 모리세이는 그만 자리에서 일어섰다. 그 정도면 커피 한 잔에 대한 예의는 충분히 차린 것 같았다.

"노아 양이야말로 나와 진심으로 대화를 나눌 준비가 되어 있지 않다면 앞으로 이런 식의 행동은 자제해 주길 바랍니다. 서로에게 불쾌감을 남길 뿐, 아무 의미가 없으니까요."

그 말에 그녀가 퍼뜩 고개를 들었다. 의외지만 조금 상처 입은 것처럼 보였다.

"잠시만요, 교수님. 드릴 거 있다니까요."

모리세이가 걸음을 멈추지 않자 그녀의 말이 이어졌다.

"오늘 갓 만든 땅콩버터예요. 아직 따뜻하다고요. 이대로 가시면 분명 자기 전에 생각날 텐데요. 적당히 구운 토스트 위에 잼하고 같이 발라 한 입 와삭, 이걸 외면해도 정말 괜찮으시겠어요? 꿈에 나오지 않으시겠어요? 사과의 뜻으로 잔뜩 드릴 테니까 제발 받아 주세요, 네?"

모리세이는 문의 손잡이를 잡은 채 멈춰 섰다. 그것은 결코 집에 가서 따뜻한 땅콩버터를 빵에 발라 먹을 생각에서가 아니라 그녀의 말투에서 어느 정도 진심으로 사과하는 기색이 느껴졌기 때문이었다.

그가 침묵으로 기다리는 가운데 노아는 버터뿐 아니라 여러 가지 식재료를 담은 바구니를 가지고 왔다. 그 위에는 낙타 무늬가 들어간 담요도 얹혀 있었다.

"겨우내 직접 짠 거예요. 아길라에게 갖다 주세요. 지금 가지고 있는 담요는 여름용인 것 같더군요. 그 집은 바람이 통하는 길목에 있어서 웃풍이 셀 거예요."

그건 모리세이로서도 미처 신경 쓰지 못했던 부분이었다. 그녀의 배려에 마음이 조금 누그러지는 것을 느꼈다. 그녀가 이런 식으로 나온다면 모리세이도 조만간 하려던 일을 잠시 중단할 요량이 있었다. 유예 기간이 끝나기 전에 감시자들의 눈을 피해 탑에 무엇을 숨기고 있는지 들여다볼 참이었던 것이다.

상대가 감추려는 것을 굳이 파헤치는 일은 존중이나 품위와는 거리가 멀었지만, 이제 그는 혼자가 아니었고 자신이 돌보는 아이의 안전을 생각해야 했다. 그러니 최소한 행동으로 옮기기 전에 그보다 나은 방법, 이를테면 감추고 있는 상대에게 직접 물어서 답을 얻는 보다 상식적인 방법을 시도해 볼 필요는 있었다.

"나에 대한 당신의 날 선 반응은 그 탑 때문입니까?"

바구니를 건네고 문을 열어 주던 노아가 잠시 멈칫했다. 그러더니 다시 문을 닫고 거기 기댄 채 모리세이를 올려다보았다.

"왜 그런 생각을 하게 되신 거죠?"

"노아 양, 이 마을에 온 뒤 나는 여러 집을 방문하며 사람들이 골몰하고 있던 문제를 해결할 수 있도록 도왔습니다. 그처럼 호의를 베푸는 존재에게는 누구든 따뜻한 차 한 잔과 몇 마디 말을 친근하게 건네기 마련이죠."

"이 사람이고 저 사람이고 떠들어 댔다는 말을 그렇게 완곡하게 표현할 수도 있군요. 하긴, 그 사람들이 무슨 잘못이겠어요. 누구든 쉽게 현혹시키는 교수님을 탓해야지."

"내 질문에는 여전히 대답할 생각이 없나 보군요."

"말씀드릴 수야 있죠. 하지만 그러고 나면 비밀을 지키기 위해 교수님을 죽여야 해요."

노아의 얼굴엔 아무 표정이 없어서 진심인지 농담인지 구분하기 어려웠다. 모리세이는 그녀가 허세를 부리는 건지 아니면 정말로 그렇게 할 만큼 중대한 문제인지 알아보기 위해 한 걸음 다가갔다. 한 걸음 더.

코앞에서 서로를 바라볼 만큼 가까워지자 노아는 아무렇지 않은 척하기 위해 애썼지만 틀림없이 동요하고 있었다. 모리세이는 그녀를 좀 더 시험해 보려다가 마음을 바꿨다. 어쨌든 갓 만든 버터와 겨우내 짰다는 담요를 선물로 준 상대에게 할 만한 행동은 아니었다.

"완력으로는 노아 양을 이길 자신이 없으니 이만 돌아가는 편이 좋겠군요."

모리세이의 손이 노아의 얼굴을 스칠 듯 가까이 지나쳐 문을 열었다. 노아는 꼼짝하지 못하다 풀려난 사람처럼 숨을 내쉬었다. 그러곤 얼른 그의 품에서 빠져나가 열린 문을 방패 삼아 뒤로 숨었다.

"교수님은 정말 비겁해요. 본인이 다른 사람의 눈에 어떻게 비치는지, 어떤 영향력을 행사할 수 있는지 너무 잘 알고 있어요."

"무슨 말을 하는 건지 모르겠군요."

"안녕히 가세요. 다시는 이 집에 초대받을 생각 하지 마시고요."

"노아 양이야말로 아무리 그러고 싶어도 다시는 나를 초대하지 말길 바랍니다."

그녀는 어이없다는 듯 탄식을 내뱉고 면전에서 문을 쾅 닫았다. 그런다고 지금 모리세이가 느끼는 즐거운 기분을 조금도 망칠 수 없었지만.

"다녀오셨어요, 교수님."

모리세이가 숙소로 들어서자 식탁에서 무언가 열심히 끼적이고 있던 아길라가 고개를 들었다. 그건 매일 주고받는 인사였지만 어쩐지 모리세이에게는 여전히 어색했다.

"조금 늦었군요. 집 앞에서 윌리엄 목사를 만나는 바람에."

"설마, 붙잡혀서 또 신세 한탄을 들어 주신 건 아니죠?"

모리세이가 대답하지 않자 아길라는 역시나 하는 표정을 지었다. 하지만 모리세이에게도 변명할 부분이 없지 않았다. 편두통 때문에 조언을 구한다기에 잠시 이야기를 들어 준다는 것이, 한 시간이나 지속될 줄은 그로서도 알 방법이 없었던 것이다.

"정말, 그럴 줄 알았어요. 교수님은 사람이 너무 좋아서 탈이에요. 도대체가 싫은 티를 못 내서서 큰일이라니까요. 제가 옆에 있었더라면 무슨 핑계를 대서라도 빠져나오게 해 드렸을…… 왜 웃으세요?"

"아닙니다. 숙제를 하고 있었던 겁니까?"

"네, 내일까지 제출인데 잊고 있었어요. 다른 분들에 비해 노아 씨가 워낙 숙제를 많이 내 주세요."

다소 볼이 부은 채로 아길라가 중얼거렸다. 수업을 들으러 가는 건 좋아하면서 학생답게 숙제는 또 싫은 모양이었다.

그 마을은 환경적인 면에서는 이상향이나 다름없었지만 이상하리만치 아이들이 없어서 학교라고 부를 만한 것 또한 없었다. 그러다 새롭게 아이라는 존재가 나타나자 마을 사람들은 당혹해하면서도 은근히 자기들이 더 흥분했는데, 아길라를 위해 교회 한쪽에 작은 교실을 만들어 준 것도 그러한 맥락이었다. 다만 선생님이 없다 보니 마을 사람들 모두가 돌아가며 자기가 가장 잘한다고 생각하는 과목을 하나씩 가르쳤다.

그중에는 식재료 다듬기나 약초 구분하기 같은 실용적인 과목도 있었지만, 술을 증류하는 기술이나 포커를 칠 때 상대방에게 거짓 패로 배짱을 부리는 방법 등 도통 어디에 써먹을 수 있을지 모를 학문도 상당수 포함되어 있었다.

어쨌든 아길라는 이 모든 걸 흥미롭게 받아들였고 이는 마을 사람들과 친분을 쌓기에도 매우 좋은 방법이었다. 무언가 새로 배워 올 때마다 그녀는 세상에 그보다 더 재미있는 건 없다는 듯 재잘재잘 떠들었다. 미첼의 가르침에 따라 뜨개질을 배웠다는 날에는 모리세이에게 도통 형체를 알아보기 힘든 실뭉치를 선물해 주었는데, 그게 무언지 물어보면 대단히 실례일 것 같아 물어보지 못했고 모리세이는 지금껏 그것의 정체를 알지 못하는 중이다.

"윌스턴 양, 혹시 무언가 갖고 싶은 게 있습니까?"

선물을 떠올리자 문득 생각이 나서 모리세이가 물었다. 아길라는 눈에 띄게 놀란 표정을 지었다.

"네?"

"미첼 군이 내일 마을 밖으로 나갈 예정인데 필요한 게 있으면 사다 주겠다고 하더군요. 지난번 내게 선물해 준 것도 있고 하니 그 보답을 하고 싶습니다."

이 말에 아길라의 표정은 대단히 심각해졌다. 그리고 갑자기 휠체어를 밀더니 자신의 방으로 들어가 문을 닫아 버렸다.

모리세이로서는 자신의 말 어디에 이런 반응을 불러일으킬 만한 구석이 있었던 건지 여러 번 되새겨 보지 않을 수 없었다. 괜찮은지 따라가 봐야 하나 고민하고 있을 때 아길라가 다시 밖으로 나왔다.

"지구본이요! 전부터 꼭 갖고 싶었어요."

"……알겠습니다. 그렇게 전달하죠."

아길라는 환한 얼굴이 되어 식탁 위에 있던 숙제를 다시 붙잡았다. 그러나 채 두 줄을 써 내려가기도 전에 고개를 들고 말했다.

"아니면 실이 좋을까요? 요즘 뜨개질에 재미를 붙인 참이었거든요. 만들어 보고 싶은 것도 있고요."

"그게 더 갖고 싶다면 그렇게 해도 됩니다."

이 대답에 그녀의 눈은 지나칠 정도로 반짝거렸다.

지난번 모리세이가 방문했을 당시 월스턴 가의 모습이 귀족답지 않게 가난해 보이긴 했지만, 설마 그동안 선물 하나 받지 못할 정도로 궁핍했던 걸까. 그렇지 않고서야 선물하겠다는 말 한마디에 저토록 들뜬 모습을 이해하기 어려웠다. 아무튼 미첼에게 그대로 전달해 주면 끝날 일이라고 생각하며 모리세이는 저녁 식사 준비를 시작했다.

그 어쩌나 안일한 생각이었던지.

"네, 시계요. 그렇게까지 좋은 건 아니어도 돼요. 그냥 가지고 다닐 만한 것으로요……. 아니다, 만년필이 더 좋겠어요. 하지만 미첼 씨가 구하기 어려울까요? 그럼 책이요. 그건 두고두고 볼 수 있고, 교수님하고도 같이 읽을 수 있잖아요."

모리세이는 무언가를 쉽게 후회하는 성격이 아니었지만, 어제 자신이 내뱉은 말만큼은 되돌릴 수 있었으면 했다.

전날 말을 꺼낸 순간부터 아길라의 소망은 몇 분 간격으로 끊임없이 변했다. 인간의 마음이 변덕스럽다곤 하지만 그 작은 몸에 어떻게 그토록 수많은 다른 마음이 있는지 신기할 정도였다. 그건 욕심이 많아서라기보단 이런 상황 자체가 처음이라 너무 흥분한 나머지 쉽게 마음을 결정하지 못하는 듯 보였다.

우스운 것은 그 와중에도 결코 모리세이에게 부담이 갈 만한 부탁은 하지 않으려 들었다는 건데, 마치 그의 지갑 사정을 염려하는 것처럼 은으로 된 찻잔을 가지고 싶다고 말했다가 그건 너무 비싸서 안 되겠다고 혼자 포기하는 중얼거림을 들었던 것이다.

이쯤 되니 무척 성가시기는 해도, 과연 이 치열한 경쟁을 뚫고 그녀가 최종적으로 무엇을 선택할지 궁금해졌다.

"으음……. 역시 지구본이 좋겠어요. 거기에 여행하고 싶은 나라를 표시해 둘래요. 진짜 갈 수 있을지 어떨지는 모르겠지만, 희망을 가지는 게 나쁘지는 않잖아요."

결국 돌고 돌아 맨 처음 선택지로 온 것에 대해 어떤 반응을 보일지 결정하는 것도 어려운 일이었다. 모리세이가 고개만 끄덕이고 말자 아길라는 그제야 눈치를 보았다.

"죄송해요. 제가 너무 이랬다저랬다 했죠?"

"아닙니다. 갖고 싶은 게 그렇게 많은 줄 몰랐군요."

"그게 아니라……."

아길라는 무언가 말하려다 멈추고 왜인지 혼자 웃었다.

"교수님은요? 갖고 싶은 게 분명 있으실 텐데, 뭐예요? 교수님 같은 분은 뭘 갖고 싶어 할지 궁금해요."

모리세이도 그 말에 대답해 줄 수 있었으면 했다. 그녀가 말한 것만큼의 숫자는 아니어도 몇 가지쯤은, 아니 최소 한 가지쯤은. 그러나 아무리 생각해 봐도 달리 갖고 싶은 게 없었고 갑자기 자신의 마음이 그녀와 달리 무척 빈곤한 것처럼 느껴졌다.

"글쎄…… 지금은 딱히 없는 것 같군요."

"나중에라도 생각나면 꼭 말씀해 주시기예요."

"그러죠."

아길라는 만족한 얼굴로 수업 들으러 갈 준비를 했고 그다음부터는 다행히 요구 사항이 바뀌는 일이 없었다.

그날 오전은 각자 시간을 보냈다. 아길라는 바크만에게서 염소젖을 짜는 법을 배웠고(서투른 손놀림 탓에 염소에게 한 번 걷어차일 뻔했지만 그것마저 너무 즐거운 경험이었다.) 모리세이는 미첼과 함께 교회 지붕을 보수하는 문제를 논의했다.

"지구본이요? 흠, 아마 있을 거예요."

쉬는 시간에 아길라의 요구 사항을 전해 주자 미첼이 대꾸했다.

"중고로 사야 할 테지만요. 그래도 다행히 구하기 어려운 걸 요구하지는 않았네요."

모리세이는 그에게 아길라가 열여섯 번째와 스물세 번째로 요구했던 것을 들려주고 싶은 충동을 느꼈다. 실행에 옮기지는 않았지만 말이다.

"참, 오늘 저녁엔 저희 집에서 포커 대회가 있어요. 아길라도 꼭 데려오세요. 야낙 아주머니한테 블러핑 기술을 배운 뒤로 엄청 써보고 싶어 했거든요."

"그래 봐야 얼굴에 다 드러나지 않을까 싶지만, 어쨌든 구경하는 재미가 있겠군요."

"이 마을 최고의 포커 플레이어에게 배웠는걸요. 교수님이 오시기 전까지의 얘기지만요. 오늘 각오하셔야 할 거예요. 야낙 아주머니가 지난번에 진 뒤로 단단히 벼르고 있으니까요."

미첼은 그렇게 물건을 사러 떠났고 오후 시간이 빈 모리세이는 교회로 아길라를 데리러 가면 어떨까 생각했다. 그녀가 어떤 태도로 수업을 듣는지 살짝 엿볼 수 있을 터였다.

마을 사람들은 그가 교수라는 사실에 감탄하고 존경을 표하면서도 이상하리만치 아길라의 수업은 맡기지 않았는데, 아길라 또한 은근히 그걸 다행으로 여기는 눈치라 그는 뭐라 설명하기 어려운 기분을 느끼고 있었다.

교회에 도착한 모리세이는 조용히 문을 열고 들어가 뒤쪽에 자리를 잡고 앉았다. 수업 때문에 임시로 쳐 둔 가림막 너머에서 피아노 소리가 들려왔다. 반주에 맞춰 조심스럽게 노래하는 목소리도. 모리세이는 그게 아길라의 것임을 깨닫고 미소 지었다.

"목소리가 정말 좋구나. 자신감 있게 부르면 더 좋을 것 같은데."

윌리엄 목사의 말에 아길라는 머뭇거리듯 멈췄다가 다시 노래를 불렀다. 자기 목소리가 스스로에게도 익숙지 않은 것 같았다. 모리세이는 물론 그 이유를 알고 있었지만 자신이 그것을 안다는 사실을 그녀에게 말해도 될지 판단을 내리지 못한 상태였다. 아길라는 아직 모리세이가 에녹의 담당 교수였다는 것, 그녀가 사실 에녹이라는 걸 알고 있다는 것도 몰랐다.

말하지 않은 이유야 여러 가지가 있는데, 우선 그에 대해 상대가 알아들을 만큼 설명하려면 자신이 어떤 존재인지도 어느 정도 이야기해야 한다는 문제가 있었다. 그런 자신을 아길라가 이해하고 받아들일 거란 확신이 없었다.

그리고 이건 정말 사소하고 언급할 만한 가치도 없는 일이긴 하지만, 기차 객실에서 재회했을 때 아길라가 자신을 도무지 알아보는 것 같지 않다는 게 문제였다.

그건 모리세이와 같은 인물에게는 다소 드물고 충격적인 일이었다. 긍정적이든 부정적이든 그의 존재는 상대로 하여금 무언가 반응을 이끌어 낼 수밖에 없지 않던가. 비록 몇 년 전 세인트 카빈으로 가던 날 가진 만남이 짧긴 했으나 자신과 마찬가지로 에녹에게도 그날이 잊지 못할 기억으로 남았으리란 걸 조금도 의심해 본 적 없었다.

그런데 아길라가 된 몸으로 기차에서 다시 마주했을 때 그녀는 모리세이를 생전 처음 보는 사람처럼 대했다. 다소 놀라고 어리둥절한 듯 보이긴 했지만 갑작스럽게 객실로 들이닥친 불청객에 대한 반응 정도로 이해할 수 있는 수준이었다. 그러고 나선 모리세이에게 미소 지으며 자신의 맞은편 자리가 비어 있다고 말했다. 차분하고 예의 바르기 그지없는 반응이었고, 그래서 정말로 뜻밖이었다.

그렇게 자신을 생경하게 대하는 그녀의 모습에 모리세이도 무슨 말이든 꺼낼 수가 없었다. 3년 전 기차역에서 그랬듯 처음 만난 사람들처럼 인사말을 건네고 대화를 나누었을 뿐이다. 그때와 달라진 게 없는 점이라곤, 몇 시간 동안 기차를 타고 가면서 내내 대화를 나누었음에도 전혀 지루하지 않다는 것이었다.

그래서 정말로 이상한 동행이 되기는 했으나 여기까지 함께 흘러들었고 아길라는 그 때문에 지금도 모리세이에게 죄책감을 가지고 있었다. 순전히 호의를 베풀어 이곳까지 데려다주려다 모리세이 또한 함께 갇힌 것으로 오해하고 있었다. 사실대로 이야기하자면, 자신을 알아보지 못한 그녀가 조금은 괘씸했기 때문에 그 오해를 그대로 놔두는 것이기도 했다. 스스로 믿을 수 없을 만큼 유치하게 행동하고 있다는 걸 알면서도.

어서 잠들어야지, 아이야
다가오는 밤에 눈을 뜨고 있으면
어둠이 네 눈을 파내어 먹어 버릴 거야

저음으로 낮아질수록 아길라의 목소리는 에녹과 거의 흡사해서 칸막이 너머에 있는 게 누군지 헷갈릴 정도였다. 그건 그쪽 지역에 오래전부터 전해 오는 자장가 중 하나였지만, 아이가 듣고서 잠이 깨지나 않으면 다행일 만큼 기괴한 음색과 가사로 이루어져 있었다.

예고도 없이 모리세이의 왼팔에 극심한 통증이 찾아온 것은 그때였다. 그는 팔을 꽉 움켜쥐었다. 처음에는 희미하던 통증이 점차 강해지고 간격도 짧아지고 있었다.

"정말 열심이로군."

체념하듯 중얼거리며 소매를 걷어 올렸다. 에녹이 밤의 언어로 새긴 상처에서 다시 피가 새어 나오고 있었다. 비록 모리세이 스스로 허락했던 일이긴 하지만, 상처를 준 자만이 원할 때마다 그 고통을 상기시킬 수 있는 건 실로 얄궂은 일이었다.

아직 에녹은 그들이 어디 있는지까지는 알지 못하는 듯했지만, 낮이나 밤이나 끊임없는 고통으로 모리세이를 불렀다. 언젠가 그가 자신도 모르게 고통에 응답할 날이 올 때까지.

모리세이는 그날이 그리 머지않았을지도 모른다는 희미한 불안감을 느꼈다.

미첼이 구해다 준 지구본은 조금 낡긴 했지만 표면이 금색으로 꽤 고급스러웠다. 아길라는 선물해 준 사람이 보람을 느끼고도 남을 만큼 열렬히 기뻐했다. 빠르게 돌리다 손가락을 짚어 멈추게 하고는 자신이 짚은 지명을 읽어 내려가곤 했다. 그리고 제일 좋아하는 색깔의 크레파스를 가져와 가 보고 싶은 나라들을 하나씩 칠했다. 제일 먼저 칠한 곳은 이집트였다.

"이집트에 있다는 왕의 무덤이 정말로 버킹엄 궁전만큼 클까요?"

그녀는 모리세이가 대답하기 전에 혼잣말을 이어 갔다.

"언젠가 실제로 꼭 볼 수 있었으면 좋겠어요. 하지만 이집트라니, 갈 수 있을까……. 눈에 닿는 거라곤 황금색 모래밖에 없는 사막에 가 보고 싶어요. 그곳 밤하늘은 틀림없이 쏟아지는 별들로 가득하겠죠."

지구본을 보는 아길라의 눈에는 그녀가 말하는 별이 이미 가득 들어 있는 것 같았다. 바라보기에 나쁘지 않았기에 모리세이는 잠자코 아길라를 지켜보았다. 그녀는 실제 여행지를 고르듯 신중하게 다음으로 색칠할 나라를 골랐다.

"그다음에는 인도에 가 보고 싶어요. 거기 가면 실제로 코끼리를 타 볼 수 있대요. 코끼리는 아주 현명한 동물이라서 자기를 존중하지 않는 사람은 절대로 태우지 않는댔어요. 저는 코끼리를 만나면 눈을 마주 보고 정중하게 인사할 거예요."

그걸 통해 돈을 버는 사람들이 코끼리의 의향을 일일이 묻진 않을 테지만, 모리세이는 아길라의 즐거운 상상을 방해하고 싶지 않았기에 가만히 있었다. 그렇게 하여 인도는 노란색으로 칠해졌다.

그런 식으로 몇 개의 나라가 각자의 색을 입었고 지구본은 점차 알록달록해졌다. 처음 가지고 있던 고유의 모습보다 예쁘다고 할 순 없지만 적어도 지금은 한 아이의 소망과 이야기가 담긴 하나뿐인 지구본이었다. 모리세이는 앞으로 지도에서 그 나라들을 발견할 때마다 아길라가 했던 말들이 떠오를 것 같다고 생각했다.

저녁 식사를 마친 두 사람은 미첼이 초대한 포커 대회에 참석하기 위해 간단한 간식을 가지고 출발했다. 모리세이가 뒤에서 휠체어를 밀어 주는 동안 아길라는 야낙으로부터 특별히 전수받았다는 블러핑 기술을 모리세이에게도 전수해 주기 위해 애쓰고 있었다.

"중요한 건 시종일관 같은 표정을 유지하는 거예요. 좋은 패를 들어도 절대 얼굴에 드러내지 말 것! 나쁜 패를 들어도 마찬가지예요. 표정 변화가 적을수록 유리한 게임이랬어요. 잊지 마세요."

그녀는 눈을 가느다랗게 뜨고 얼굴에 힘을 주어 최대한 딱딱한 표정을 지어 보였다. 그럴 생각이 없었건만 모리세이는 그만 소리를 내어 웃어 버렸다. 아길라가 신기하다는 듯 바라보았기에 겸연쩍게 웃음을 그쳤지만 말이다.

"교수님은 포커를 그리 잘할 것 같지 않네요."

"……일리 있군요."

잠시 후 미첼의 집에 도착한 두 사람은 주변 분위기가 왠지 모르게 소란스럽다는 것을 알아차렸다. 무슨 일인지 몰라도 미첼의 집에 들어갔던 사람들이 하나씩 도로 나오고 있었다. 바크만이 입구에서 그런 그들을 채근하며 어서 집으로 돌아가라고 외쳤다.

상황을 파악하기 위해 바라보는 가운데 두 사람을 발견한 노아가 먼저 다가왔다.

"죄송해요, 교수님. 포커 대회는 취소예요. 오늘은 이만 집으로 돌아가 주시겠어요?"

"무슨 일이라도 있습니까?"

"마을 근처에 밤짐승이 돌아다니는가 봐요. 바크만 아저씨가 목격했대요. 위험하니까 집으로 돌아가서 문을 꼭 걸어 잠그고 계세요. 절대 밖으로 나오지 마시고요."

"혹시 내가 도울 수 있는 일이 있다면……."

"없어요."

노아는 냉정하다고 생각될 만큼 단호하게 말했다. 아길라는 그녀
의 반응에 약간 놀랐고 모리세이도 마찬가지였다. 미첼이 성큼성큼
다가오더니 너무나 자연스러운 태도로 노아에게 커다란 도끼를 건
넸다. 그것을 받아 든 노아는 아무 부연 설명 없이 몸을 돌렸다.

"죄송하지만 빨리 돌아가 주세요. 사냥에 방해되거든요."

웃으면서 그렇게 말한 미첼이 노아의 뒤를 따라갔다. 모리세이는
그들이 향하는 곳이 마을 외곽에 있는 탑 쪽임을 알아차렸다. 마을
사람들이 그런 식으로 평소답지 않은 행태를 보일 때는 그 탑과 관
련이 있을 때뿐이었다.

멀리서 그들의 동태를 살피던 바크만과 눈이 마주쳤지만 바크만
은 보지 못한 척 황급히 시선을 피했다. 그동안 모리세이에게 도움
을 청함에 있어 아무 거리낌 없던 사람들이 지금 한데 마음을 모아
그가 이번 일에 관련되지 않도록 애쓰는 것처럼 보였다.

"걱정해서 그러는 건 알겠지만 왠지 다들 냉정하네요."

아길라가 휠체어를 돌리며 서운한 듯 중얼거렸다. 모리세이는 그
렇게 말하는 그녀의 머리에 별생각 없이 손을 툭 얹었는데, 아길라는
고개를 홱 들어 그의 얼굴을 확인할 정도로 놀란 모양이었다. 그녀가
그런 반응이라 모리세이도 놀랐다. 자신의 행동에도 마찬가지였다.

그는 그 이상 어색할 수 없이 손을 거두었고, 아길라도 자신의
반응이 상대에게 무안을 췄다고 느꼈는지 그만 의기소침해졌다. 그
대로 집에 돌아갈 때까지 두 사람은 아무 말도 하지 않았다.

모리세이가 결국 품위 없다고 생각한 그 일을 실행에 옮기기로 한 것은 그날 저녁에 있었던 일이 결정적인 역할을 했는지도 모른다. 노아는 밤짐승이라고 했지만 별로 믿음이 가지 않았다. 그렇게 말할 때 노아의 얼굴이 송수관이 부서진 게 지진 탓인지 물었을 때와 똑같은, 긴장된 표정이었기 때문이다.

모리세이는 아길라가 잠자리에 들었는지 먼저 확인했다. 지하 미로에 갇힌 뒤로 어두운 걸 극도로 두려워하게 된 그녀는 한밤중에도 불을 켜고 잠을 잤다. 그리고 일어났을 때 주위가 어두우면 누군가 올 때까지 기다리며 제자리에서 떨었다.

"새벽이 오기 전에는 돌아오죠."

모리세이는 잠든 그녀에게 그렇게 속삭이고 집을 나섰다.

시간이 늦어서인지 아니면 저녁 때 있었던 일 때문인지 몰라도 평소 그들의 집을 배회하듯 지키던 사람들도 자리에 없었다. 마을에는 달리 조명이라고 할 만한 게 없고 달빛도 거의 들지 않아 꽤 어두웠다. 어두운 건 걷는 데 문제 될 게 없었지만 왼쪽 다리의 상태는 그렇지 않았다. 이제는 거기에 다리가 달려 있다는 사실조차 낯설게 느껴질 지경이니 말이다.

겨울밤임에도 땀이 맺힐 정도로 걸은 끝에 모리세이는 어둠 속에서 어슴푸레 모습을 드러낸 탑을 발견했다. 아무도 그곳에 살지 않으니 주거용은 아니었고 어린아이가 아무렇게나 쌓아 올린 블록처럼 균형이 맞지 않는 걸로 보아 심미적이나 종교적인 목적에서 세워진 것 또한 아니었다. 망루가 필요할 만한 지형도 아니니 따지고 보면 이 땅에 그런 탑이 존재할 이유 자체가 없었다.

그럼에도 이 마을 사람들이 어떤 필요에 의해 그것을 직접 세운 것만은 분명해 보였다. 일전에 윌리엄 목사가 자랑하듯 그 탑을 세우는 데 본인이 일조했노라고 말하는 소리를 들은 적이 있었던 것이다. (모리세이는 탑이 균형을 잃기 시작한 것이 바로 그가 쌓아 올리던 순간부터가 아니었을까 추측했다.)

"……이러다 유예 기간이 끝나기도 전에 투표하겠지 싶어."

"투표는 무슨, 이러나저러나 노아 뜻대로 가는 거지. 항상 그렇잖아. 그 녀석은 분명 받아들이자고 할걸. 그 교수라는 양반한테 마음이 있는 거 같거든."

"말 같지도 않은 소리 하고 있네. 미첼이 있는데 무슨."

입구를 밝힌 자그마한 등 밑에서 남자와 여자 둘이 담소를 나누고 있었다. 마을 사람들이 교대로 그렇게 지킨다는 건 이미 들은 바 있는 일이었다. 그들이 자신과 노아에 대해 말한다는 걸 알았지만 모리세이는 반쯤 흘려들으며 탑 주변을 살폈다. 늘 닫아 둔다던 문이 어째서인지 열려 있고 그 앞에 커다란 짐수레가 세워져 있었다. 안에서 뭔지 모를 웅성거림이 들려오는 걸로 보아 다른 사람들이 더 있는 모양이었다.

수풀에 몸을 숨긴 채 잠시 기다리자 예상대로 탑에서 사람들이 나왔다. 가장 먼저 노아가 피로한 얼굴로 나오고 그 뒤를 미첼이 따랐다. 노아의 손에는 아까 미첼이 건네줬던 도끼가 들려 있었다. 날에서 액체로 보이는 무언가가 뚝뚝 떨어지는 걸로 보아 조금 전까지도 사용했던 모양이었다.

모리세이가 머릿속에서 아길라가 언급했던 범죄 집단 이야기를 떠올리고 있을 때, 탑에서 세 번째 사람이 나왔다. 마찬가지로 얼굴에 피로감이 가득한 가운데 눈에는 차다고밖엔 말할 수 없는 날 서린 냉정함이 들어 있었다. 모리세이는 그것이 어떤 인간들의 특성인지 잘 알았다. 오직 사람을 죽여 본 자만이 그런 눈을 할 수 있었다. 그것도 저토록 침착하고 여상히 그 일을 해낼 만큼 여러 번이나.

아내에게 꼼짝하지 못하고 얼굴을 자주 붉히고 꽃과 새끼 양을 좋아하는 바크만이었다. 다소 뜻밖이긴 해도 모리세이는 그 모든 게 연기가 아니라는 걸 알고 있었다. 공존하기 어려울 법한 양극단적인 특성을 태연히 소지하는 게 인간이란 건 이미 자주 봐 온 일이었다.

바크만은 혼자 어깨에 거대한 뭔가를 짊어지고 있었다. 옷을 흥건히 적신 액체는 아무리 어두워도 피임을 알아볼 수 있었다. 처음에는 동물의 사체인가 했지만 아래로 늘어진 팔다리를 보니 그건 아닌 듯했다. 그렇다고 인간이냐고 묻는다면 그것 또한 말하기 쉽지 않았다. 인간은 그런 식으로 여러 개의 팔다리를 가지지 않는다. 머리가 그렇게 비정상적으로 길지도 않다. 오히려……

모리세이는 자신이 목격한 것과 거기에서 오는 깨달음에 압도되어 한동안 그 자리에서 움직이지 못했다.

"이번 건 정말 크네. 어째 점점 더 커지는 거 같지 않아? 더 역해지는 거 같기도 하고."

경비를 서던 사람이 붙임성 있게 말을 붙이며 다가갔다. 노아를 격려해 주고 싶었는지 아니면 기분을 풀어 주고 싶었는지 했을 것이다. 하지만 그녀는 고개를 홱 돌려 그렇게 말한 사람을 마치 도끼로 내리칠 것처럼 노려보았다.

"구멍 밖으로 얼굴을 내밀면 바로 보고하라고 했잖아요. 탑 밖으로 기어 나올 때까지 대체 뭐 했어요?"

"아니, 우리는…… 거 말 서운하게 하네. 꼼짝도 안 하고 지키고 서 있었어. 이상하게 저게 기척도 없이 나타났다고."

"그래서 마을 근처까지 오도록 내버려 뒀군요. 저게 누굴 해쳤으면 어쩔 뻔했어요? 교수님이나 아길라가 먼저 발견했으면요? 지난번 일은 벌써 잊은 거예요?"

두 문지기는 아무 말도 못 했다. 급격하게 냉랭해진 분위기를 미첼이 웃으면서 풀어 보려 했다.

"아무튼 아무도 안 다쳤으니 다행이잖아. 이쯤에서 마무리하고 다들 그만 들어가세요. 아침까지 여긴 제가 지킬 테니까요."

문지기들이 곱지 않은 눈으로 노아를 흘겨보며 마을 가는 길에 올랐다. 그러거나 말거나 노아는 도끼를 수레에 던지듯 내려놓았다. 미첼이 바크만을 도와 어깨에 진 것을 내렸고 바크만이 곧장 수레를 끌기 시작했다. 그렇게 노아와 바크만도 가 버리고 남은 것은 미첼뿐이었다.

"성질머리하곤. 나니까 참아 주지 정말."

그가 투덜거리며 탑의 문을 닫으려고 할 때 바로 모리세이가 모습을 드러냈다.

"으악! 깜짝이야……. 교수님?"

미첼은 잠시 상황을 파악해 보려는 듯 눈을 굴렸다.

"이 시간에 여긴 어쩐…… 아니, 그러니까…… 여기 오시면 안 되잖아요?"

"그 말에 동의합니다."

"네?"

모리세이는 자연스레 그를 지나쳐 탑으로 향했다. 걸음이 산책이라도 나온 듯 태연했기에 미첼은 조금 지나서야 정신을 차렸다.

"자, 잠깐만요! 안 된다고요!"

그러나 늦은 반응이었고 덕분에 모리세이는 아무 방해 없이 탑으로 들어갈 수 있었다.

그가 안에 두 발을 들여놓자마자 문이 기다렸다는 듯 저절로 쿵 닫혔다. 뒤에서 열기 위해 악을 쓰는 소리가 들려왔지만 더 이상 거기에 신경을 두지 않았다. 바깥에서 곧 벌어질 소동이나 그 때문에 아길라에게 미칠 영향까지도 잠시나마 모두 잊었다.

탑의 내부에는 벽을 따라 나선형으로 쭉 이어지는 계단이 있었다. 다만 그것은 위를 향하는 것이 아니라 아래를 향하고 있었다. 깊이를 짐작할 수 없을 만큼 푹 꺼진 구멍이 그 밑에서 입을 벌리고 있었다.

그 안을 채운 것은 오직 어둠, 질감이 느껴질 정도로 농도 짙은 어둠이다. 이 땅이 생성된 시점부터 셀 수 없이 많은 시간이 흐르는 동안 어두운 것이란 어두운 것이 모두 모여들어 정수만이 남아 버리면 아마도 그러한 암흑일 것이다.

그 아래 무엇이 있는지 굳이 눈으로 확인할 필요는 없었다. 보지 않아도 온몸으로 느낄 수 있었으니까.

"어스름 속으로 걸어 들어갔을 때 이미 발밑에는 영원한 밤이 찰람거리고 있을지니."

증오하고 또 그리워하는 고향이 그의 숨결마다 닿았다.

틀림없이 걸음을 돌려 바로 나갔어야 할 터였다. 감당할 수 없는 그리움이 그를 잡아당기기 전에, 혹은 감히 거부할 수 없는 부름을 저 너머에서 듣기 전에. 그러나 두 가지 모두 되돌리기엔 늦었거나 어쩌면 스스로 되돌릴 생각이 없었는지 모른다. 그는 이미 완연한 밤에 흠뻑 젖어 있었다.

루퍼슨이 아길라를 위해 일부러 고른 장소이니만큼 무언가 준비가 되어 있으리라고는 짐작했지만, 이렇게 고향과 연결된 통로가 완전히 열려 있을 줄은 몰랐다. 게다가 충실한 집사는 그 밑에 산실을 마련해 두고 있었다. 생명의 책으로 태어난 아이들이 언젠가 스스로의 의지로 이곳에 도달할 수 있도록.

"실로 까마득한 밤을 잉태한 자궁이로다. 그러나 그 안에 있어야 할 아이가 없구나."

밤은 오지 않는 아이를 간절히 원하고 있고, 그렇기에 바람대로 아이 비슷한 것을 빚어 세상 위로 토해 내고 있었다. 밤의 찌꺼기들을 모아 조악하게 빚어진 그것들이 마을 사람들 눈에 어떻게 보였을지 짐작하는 건 어렵지 않았다. 노아가 손에 들었던 그 거대한 도끼를 휘두르고 내리쳐서라도 없애야 할 대상으로 생각했을 거다. 괴물을 토해 내는 구덩이라며 탑을 쌓아 가리고, 세상 밖으로 나갈 수 없도록 그들 나름으로 사명감을 다해 지켜 왔을 것이다.

모리세이는 계단 중간에 까맣게 말라붙은 핏자국을 발견했다. 태어나자마자 죽임당하지 않기 위해 처절히 발버둥친 흔적이었다. 물론 그것들은 인간이 아니다. 그렇다고 완전히 밤에 속하지도 않았다. 이쪽에 속하기엔 충분히 밝지 못하고 저쪽에 속하기에는 충분히 어둡지 못한, 그렇기에 더없이 하찮고 사소한 미물들. 하지만 그렇다고 해서 이처럼 처참히 도륙당해야 할 이유는 어디에도 없다.

모리세이는 잠시 숙고한 뒤 구덩이 쪽으로 손을 뻗었다. 이제 준비해 둔 게 무언지 확인했으니 에녹과 아길라가 언젠가 발을 들일지 모를 위험을 막기 위해서는 장소 전체를 지워 버릴 필요가 있었다. 마을 사람들과 밤짐승 모두에게 비극일 뿐인 악순환을 막기 위해서도 그러했다.

그의 손에서 한없이 어두운 불이 일어난다. 빛도 온기도 없는 그것은 잉크처럼 까만 불씨를 아래로 뚝뚝 떨어뜨렸다. 이쪽 세계에서는 더없이 어두울 것이나 반대편에서는 단 하나의 불빛처럼 찬란할 터. 고향을 발밑에 두고 그런 것을 피워 올리는 일은 현명함과 거리가 멀었지만 그는 자신의 안위나 굳어 가는 몸 따위를 걱정하지 않았다. 어쩌면 다음 계절에 아길라와 함께 봄의 들판을 보러 가지 못할 수도 있다는 사실에 잠깐 유감을 느꼈을 뿐.

그러나 그러한 불은 오래도록 굶주린 무언가를 부르기 마련이니, 모리세이가 그 불을 밑으로 던지려는 순간 차갑고도 무거운 존재가 솟아올라 그의 손을 잡았다. 그대로 단단하고 끈적끈적하게 엉겨 붙어 그를 아래로, 저 깊은 곳으로 끌고 내려가려 한다.

그 밑바닥에서 하염없이 입을 벌리고 있는 것은 그를 삼켜 버릴 무언가다. 진작 품으로 돌아왔어야 할 그가 귀향을 늦춘 것에 분노하며 또한 애틋해하며, 다시는 자신의 품에서 벗어날 수 없도록 세심하고도 단호한 손으로 붙잡으려 한다.

모리세이는 그 손에 붙잡혀서는 안 된다는 것을 알면서도 잡히고 싶은 강렬한 충동을 느꼈다. 오래도록 안식처를 떠났던 탕아를 다시금 안아 주려는 어머니의 안락한 품을 거부한다는 것은 지극히 어려운 일이었다. 다정하게 자신의 이름을 부르는 밤의 음성을 듣고 기꺼이 자신을 보듬어 주려는 손길을 느낀다.

그 손에 닿기 전까지 그는 스스로가 매우 지쳤다는 것도 몰랐다. 끝이 정해지지 않은 기다림보다 더 정신을 좀먹는 것도 없으니, 온갖 불신과 의혹과 불안을 모두 혼자서만 감당해야 하기 때문이다.

멀리서 누군가 자장가를 부르는 소리가 들려온다. 언젠가 교회에서 들은 적 있던 아길라의 목소리였다.

지금 잠들지 않으면 어둠이 당신의 눈동자를 파내어 먹어 버릴 거예요.

그녀가 속삭인다. 모리세이는 고개를 끄덕였다. 그녀가 그렇게 말한다면 잠드는 것이 좋을 것이다.

그를 지탱해 주던 일말의 저항감이 무너졌다. 모리세이는 눈을 감으며 자신을 끌어당기는 손에 굴복했다. 동시에 균형을 잃고 구덩이 속으로 떨어져 내렸다. 안락하게 몸을 감쌌지만 자비 없는 추락이었다.

그럼 방학이 끝나고 학기가 시작될 때 다시 뵙게 되겠네요.

소년은 미소를 지으며 그렇게 말했다. 그의 등 뒤에서 다이아몬드 호수가 햇빛을 받아 그윽하게 반짝였다. 모든 게 기분 좋은 재회로 이어질 거라 약속하는 아름다운 여름날의 풍경이었다.

거짓말이었다. 그렇게 약속했던 소년은 결국 다시 나타나지 않았다. 그곳에서 그는 소년을 여러 번 찾아보았다. 그러나 어디에도 없었다. 그때 그가 느낀 감정은······.

누구도 소중히 여기지 않는 두 사람이 온전히 서로만을 소중히 여길 때, 마치 기적과도 같은 애정이 탄생하겠죠. 서로를 구원하는 것도 나락으로 빠뜨리는 것도 오직 두 사람의 손에 의해서만 가능할 거예요.

하지만 처음부터 아무것도 소중히 여길 수 없는 사람이 있습니다, 윌스턴 군. 아니, 윌스턴 양.

"대공의 영위함을 의심해 본 일은 없지만, 목숨이 경각에 달린 와중에 이렇듯 태연히 주무시다니요. 솔직히 놀랐습니다."

공손하지만 웃음기가 느껴지는 목소리 때문에 모리세이는 눈을 떴다. 한없이 아래로 떨어지는 동안 잠이 들었던 것 같다. 훗날 돌이켜 보고 스스로도 상당히 어이없어할 테지만 정말로 그랬다. 추락은 잠시 멎은 듯했고 지금 그의 몸을 감싸고 있는 건 터무니없이 부드럽고 친숙한 어둠이었다.

"그대와 마주쳤다는 건 내가 어디까지 내려와 있다는 거지, 키욜."

"충분히 깊은 곳으로요. 이러한 뜻밖의 방문이 제게는 큰 기쁨이라는 것을 알고 계신지요."

"우연히 내가 이곳으로 떨어졌다는 말인가. 그대가 일부러 의도했다는 생각이 들던 참이었는데."

"제가 어찌 감히. 그러나 이렇게 되기를 남몰래 소망했다는 것을 고백하지 않을 수 없군요."

모리세이는 몸을 일으켜 오랜만에 방문한 벗의 공간을 둘러보았다. 광활한 객석이 끝도 없이 이어지고 있었다. 한때는 관객이 가득 그를 메우고 조명으로 찬란하였을 것이나 지금은 모든 게 텅 비어 있고 먼지가 내려앉아 있었다. 희미하게 어둠 속에서 들려오는 음악만이 이곳이 그의 공간이라는 걸 말해 주었다.

"듣기 좋은 피아노 소리로군."

"어느 눈먼 연주자의 것이랍니다. 제가 아끼는 것이지요. 하지만 지금은 제 이야기보다 대공의 이야기를 들었으면 하는데요."

"유감스럽지만 해 줄 이야기라는 것이 없어. 다시 만났을 때엔 나도 내가 경험한 매혹적인 일들을 들려줄 수 있길 바랐건만."

"저런, 가슴 아프게도 제 예상이 빗나갔다는 말씀이십니까? 틀림없이 그곳에서는 무언가 찾으실 수 있을 거라 생각했는데요. 역시 저는 예언이라는 것과는 가까워지기 어려운 모양입니다."

자조적인 웃음과 함께 키욜 백작이 어둠 속에서 모리세이를 지긋이 응시했다. 모습은 보이지 않았지만 시선이 무척 따스하다는 것은 느낄 수 있었다.

"이대로 내려가시면 그게 마지막이 될 수도 있을 텐데요. 그래도 정말 괜찮으시겠습니까?"

"내 마지막에 대해 그리 깊이 생각해 본 적은 없군. 그저 평소처럼 걸어가다가 멎을 뿐이겠지."

"제 기억으론 바로 그렇게 되지 않기 위해 우리들의 고향을 등지고 떠나셨던 걸로 아는데요."

"떠나지 않는 게 나았을지도 몰라. 그곳에 머물며 적어도 나는 한 가지를 알게 되었거든. 무언가를 기대했다가 그 기대가 충족되지 않는 것만큼 실망스러운 일도 없다는 거야. 거기에는 가장 깊고 잔잔한 바다마저 파도를 일으킬 바람이 있고, 그것은 언젠가 반드시 불어온다고 그대가 말했었지. 차라리 듣지 않았더라면, 처음부터 아무것도 욕망하지 않았다면 틀림없이 이렇게 낙심할 일도 없었을 텐데."

충정으로 건넸던 조언이 부당한 원망을 들었음에도 키욜은 그를 탓하지 않았다. 다만 부드러운 목소리로 이렇게 반문하는 것이었다.

"하지만 대공, 그렇게 살아가는 것은 다소 슬프지 않겠습니까?"

이유는 알 수 없지만 모리세이는 그 말을 듣고 가슴 깊숙이 통증을 느꼈다. 키욜은 이 고통을 알아차리지 못한 것처럼 말을 이어 갔다.

"우리는 시간이라는 게 거의 의미 없는 삶을 살고 있지요. 그렇기에 살아간다는 것에도 그리 큰 의미를 두지 않는 자들이 있습니다. 아무리 크고 작은 파고라 할지라도 하나의 긴 선으로 보면 결국 똑같으며, 작은 것 하나하나에 감탄하고 일일이 고통스러워하는 삶은 우습다고요. 그러나 저는 그에 동의하지 않습니다. 어리석다 할지라도 끊임없이 무언가를 갈구하고 그에 실망하는 삶을 살고 싶습니다."

"그래서 그대는 늘 무언가를 좇고 있지."

"지금은 음악이지만 누가 알겠습니까. 내일은 또 다른 것일지."

"축복받은 삶이로군."

"진실로요."

모리세이는 그에게 진심으로 부러운 마음이 들었다. 자신의 머릿속도 좀 더 자세히 들여다보았다. 정말 이대로 모든 게 끝나도 아무것도 마음에 걸리는 게 없는지.

없진 않았다.

"무언가 떠오른 게 있는 듯 보이시는데요."

"아이가 하나…… 있었지. 생명의 책으로 태어났고, 의도한 건 아니지만 내 세례를 받은 아이였어."

"아."

키욜은 나지막한 감탄사를 내뱉고 잠시 생각에 잠겼다가 말했다. "새로운 아이가 나타났다는 것은 아마도 우리 중 누군가가……."

"스러지고 있으며 그 아이가 뒤를 잇는다는 거겠지."

"제 눈앞에 계신 분을 두고 하는 말씀이 아니었으면 하는데요."

"밤의 뜻은 누구도 알 수 없는 법이라네."

그들 주위를 맴돌던 잔잔한 음악에 듣기 힘든 불협화음이 끼어들었다. 공간의 주인의 심기를 말해 주듯 객석 의자가 불편하게 들썩거렸다.

"그게 정말 대공이라 할지라도 아무 유감이 없으시다는 말로 들리는군요. 벗의 마음을 이토록 아프게 하실 수 있는지요? 제 공간에 이렇듯 스스럼없이 모실 수 있는 분은 대공이 유일함에도."

모리세이는 자신을 든든히 받쳐 주고 있던 바닥이 느슨해지는 것을 느꼈다. 음악도 객석도 어둠 속에 사라지는 대신 그리워하던 벗의 얼굴이 드디어 눈앞에 나타났다. 그러나 그 얼굴은 다정함 대신 모리세이가 처음으로 목도하는 격렬한 분노를 품고 있는 것이었다.

"진실로 그렇게 아무것도 마음에 걸리지 않는다면 여기서 더 이상 시간 낭비를 하실 게 무업니까. 제 손으로 밀어서라도 대공을 가장 깊고 처참한 밤으로 떨어뜨려야겠습니다."

키율이 모리세이의 나머지 손을 잡았다. 하극상이나 다름없는 행동이었지만 모리세이는 마음이 아프기는커녕 벗과 동행하는 느낌이 들어 나쁘지 않았다. 정말로 마지막을 맞이할 거라면 그래도 혼자인 것보다는 나을 테니까.

하지만 그 행동이 벗의 진심이었다면 그들은 어째서 아래가 아닌 위로 향했던 걸까. 덕분에 모리세이는 그 목소리를 들을 수 있었다. 아주 작은, 무시해 버릴 수 있을 정도로 사소한 음성이었다. 그럼에도 귀를 기울일 수밖에 없었던 건 그 음성이 다름 아닌 자신을 부르고 있었기 때문이다.

돌아와요, 교수님. 제발 돌아와요.

그 목소리를 들으니 뭔가를 잊은 것 같은 찜찜한 기분이 들었다. 어떤 부채감이 그를 위에서 잡아당기고 있었다. 올라가는 속도가 빨라짐과 동시에 소리가 점차 또렷해지는 쪽으로 방향이 틀어졌다.

칼마 교수님!

그 부름이 어찌나 크고 강렬하게 모리세이의 귀를 때렸던지, 의식 전체가 뒤흔들린다고 느낄 정도였다. 마치 이 부름을 거부할 생각은 말라는 듯이.

"윌스턴 군."

그 이름을 말하고 나서야 모리세이는 완전히 냉정함을 되찾았다. 동시에 그의 손을 붙잡은 것을 떨쳐 낼 수 있었다.

"새벽이 되기 전에 돌아가겠다고 약속한 아이가 있어. 그 아이는 내가 집을 떠날 때마다 돌아올 거라 굳게 믿는 미소를 보내지. 그걸 배반할 수 없어. 다시 만나기로 약속한 상대가 나타나지 않는 게 얼마나 실망스러운 일인지 잘 알고 있기 때문이야."

그는 보이지 않는 너머에서 상대가 무어라 대답하는지 듣지 못했다. 듣기를 그만두었기 때문이다. 이제 위로 부상해야겠다고 마음먹었고 그 순간 그는 제자리로, 탑의 입구로 돌아와 있었다.

발밑에선 여전히 구덩이가 입을 벌리고 있었다. 아무것도 보이지 않았지만 그곳에서 누군가 여전히 손을 내밀고 있음을 느낄 수 있었다. 그러나 조금 전처럼 그를 끌어당기는 대신 부드러이 등을 밀어 주는 것이었다.

"고맙네. 벗이여."

탑을 나온 모리세이는 마을 사람들 거의 전부가 한밤중에 달려 나와 램프와 농기구 따위를 손에 든 채 에워싸고 있는 광경을 볼 수 있었다.

"교수님!"

사람들 틈에서 아길라의 목소리가 들려와 모리세이는 고개를 돌렸다. 자신을 깨워 준 바로 그 부름이었다. 모리세이는 그녀를 향해 미소를 지었다. 아길라는 걱정스러우면서도 겁에 질린 얼굴로 미첼의 등에 업혀 있었다.

"교수님, 괜찮으신 거예요?"

"괜찮습니다. 이렇게 많은 사람이 잠자리에서 달려 나올 정도로 걱정해 줄 줄은 몰랐지만요."

기가 막힌다는 듯한 탄성이 여기저기서 들려왔다. 그 중심에 있던 노아가 의외로 차분하게 따져 물었다.

"교수님 눈에는 이게 걱정해서 온 걸로 보이세요? 거듭 강조했다시피 탑 근처에는 오지 마시라 했을 텐데요. 그런데 심지어 안에 들어갔다 오셨군요. 그것도 혼자서요."

"달리 내 걸음을 막는 사람은 없었습니다만."

모리세이가 이렇게 대꾸하자 미첼이 괜히 땅 밑에 숨고 싶은 사람처럼 몸을 움츠렸다. 한숨을 내쉰 노아는 미첼을 노려보는 대신 물었다.

"다친 데는 없으시고요?"

이 질문은 몇몇 사람들의 마음에 들지 않는 것 같았다. 그러나 노아는 그들의 시선을 무시했다.

"그런 것 같습니다."

"그럼 됐어요. 우선 자리부터 옮기죠. 가는 동안 오늘 하신 행동에 대해 매우 설득력 있는 해명을 생각해 두셔야 할 거예요."

사람들이 항의하긴 했지만 모리세이에 대한 신문은 소수의 몇몇 사람들만이 참석한 가운데 진행되었다. 그들은 심지어 모리세이를 묶지도 않고 매우 정중히 대했다. 어쩌면 그동안 그가 마을을 위해 해 준 일들에 대한 최소한의 예우인지도 몰랐다. 아길라도 참석하고 싶어 했지만 아직 어리다는 이유로 집에 돌려보내졌다.

신문을 주도한 것은 노아였고 미첼이 곁에 한 쌍처럼 붙어 있었다. 그 밖에도 심란한 얼굴의 바크만과 그의 아내 야낙이 참여했고, 마지막으로 윌리엄 목사가 조금 떨어진 곳에 앉았다. 평소 수다스럽기 그지없던 그는 침울하게 침묵만 지키고 있었다.

"궁금해하신다는 건 알았지만 설마 직접 들어가 보실 줄은 몰랐어요. 그동안 교수님이 해 준 일들도 있고, 저희 역시 앞으로 함께 지내는 것을 긍정적으로 생각했다고요. 아길라나 교수님 둘 다 도움이 필요한 사람들 같았으니까요."

"우리를 어떻게 도울 수 있다는 말입니까?"

말할지 말지 고민하듯 미첼과 노아가 서로를 마주 보았다. 그러나 결국 대답한 것은 바크만이었다.

"말씀드렸다시피 저희에게 방법이 있어요. 저희처럼 그걸 먹기만 하신다면……."

"아저씨."

노아가 경고하듯 불렀지만 바크만은 고개를 젓고 대꾸했다.

"이렇게 된 거 어차피 더 이상 숨길 순 없어. 사실을 이야기하고 투표를 통해 받아들이든가, 탑에 던지든가 둘 중 하나야."

탑에 던진다는 말도 거슬리기는 마찬가지였지만 모리세이는 그보다 더 궁금한 것을 물었다.

"무얼 먹는다는 말입니까?"

이 질문에 그들이 보인 반응은 뜻밖이었다. 규칙을 어겨 이 자리에 있는 것은 모리세이임에도 다들 잘못을 저지르다 들킨 사람들처럼 어쩔 줄을 몰라 했던 것이다. 서로 대답하고 싶지 않은 듯 눈치만 보았기에 결국 노아가 입을 열었다.

"보지 못하셨나요? 그…… 탑에서 우리가 가지고 나온 거요."

"그건."

그렇지 않아도 그게 무언지 이야기해 줄 참이었다. 그들이 지금까지 행한 일은 어쩔 수 없다 하더라도 앞으로는 그 일이 반복되지 않도록 도울 생각이었다. 의미 없는 살육을 둘 다 원치 않으리란 건 자명하다고 생각했으니까. 그런데 그것을, 그러니까 그 아이들을.

"짐승처럼 도살한 것도 모자라 그걸로 당신들의 배를 채워 왔다는 겁니까."

그의 목소리에서 뭔가를 감지했는지 노아를 비롯한 나머지 사람들 다 그대로 얼어 버렸다. 모리세이는 처음 이 마을에 도착하고 아무 설명 없이 감금당했을 때에도 느끼지 못했던 분노가 이제야 잔잔히 퍼지는 걸 느꼈다.

"당신들 눈에 그 아이들이 어떤 모습으로 비쳤을지 짐작하는 건 어렵지 않습니다. 그렇기에 차라리 위협을 느껴 살해했다고 한다면 그것은 이해할 수 있습니다. 그러나 먹을 생각을 했다는 건, 아무래도 납득하기 어렵군요. 내가 이해할 수 있도록 누군가 설명해 주었으면 합니다."

납득하기 어려운 건 상대방도 마찬가지인 듯했다. 노아가 심하게 눈살을 찌푸리며 반문했다.

"아이들이라니요? 교수님, 도대체 무슨 말씀을 하시는 거예요?"

물론 친절히 설명해 줄 수도 있을 터였다. 그러나 지금 모리세이에게는 도무지 그럴 마음이 들지 않았다. 그가 침묵을 지키자 야낙이 말리는 남편의 손을 뿌리치고 다가와 얼굴을 바싹 들이밀었다.

"이봐요, 교수 양반. 당신의 말투가 마음에 들지 않아요. 우리가 왜 당신을 납득시켜야 한다는 거죠? 당신 여기 온 지 뭐, 두 달이나 됐어요? 잠깐 사이에 뭘 봤다고 그렇게 이야기하는 거예요?"

미첼 또한 평소와 달리 온기라곤 느껴지지 않는 목소리로 맞받았다.

"아주머니 말씀이 맞아요. 그건 아이들 같은 게 아니에요. 누가 봐도 괴물이라고요. 우린 그게 세상 밖으로 나갈 수 없도록 최선을 다해 지켜 왔을 뿐이에요. 처음부터 그 모든 걸 우리와 함께하지 않은 외부인은 그에 대해 언급할 자격이 없어요."

뒤에서 침묵만 지키고 앉아 있던 윌리엄 목사가 마침내 자리에서 일어섰다. 그러곤 모리세이를 둘러싼 사람들을 하나둘 밀어내며 앞으로 걸어 나왔다. 평소처럼 나사 빠진 얼굴이 아니었기에 그제야 제 나이대로 보였다.

"아니, 이런 식으로는 안 돼. 우리 모두 교수님께 제대로 설명해야 돼."

"굳이 그래야 하나요? 어차피 이 사람은 우리의 일부가 될 생각이 없어요. 투표 같은 것도 소용없다고요."

"제발, 미첼. 정말 모르겠어? 왜 다들 몰라?"

윌리엄 목사가 떨리는 손가락을 들어 모리세이를 가리켰다. 얼굴엔 금방이라도 울음을 터뜨릴 것처럼 두려움과 슬픔이 가득했다.

"이 사람 지금이라도 당장 우릴 심판할 것처럼 바라보잖아."

그 말에 모두가 침묵한 것은 어째서인지 전혀 엉뚱하게 들리지만은 않았기 때문이다. 붙잡아 둔 것은 분명 그들이었지만 어느 순간부터 그게 의미가 없을지도 모른다고 모두가 무의식중에 느끼고 있었다.

모리세이 또한 그 말에 부정할 필요를 느끼지 못했다.

"아무도 내게 답을 주지 않는군요. 의견이 없다면 내가 자의적으로 해석하게 될 텐데, 당신들은 그걸 별로 좋아하지 않을 겁니다."

윌리엄 목사가 황급히 입을 열었다.

"바크만이 한 말은 말 그대로의 의미예요. 그걸 먹으면 사람들에게 도움이 돼요. 믿으실진 모르겠지만…… 저희에게 보여 드릴 게 있어요."

그의 시선이 노아에게 향했다. 노아는 처음엔 거부하는 얼굴이었지만 곧 어쩔 수 없다는 듯 한숨을 내쉬었다. 미첼이 말리려는 듯한 몸짓을 해 보였지만 그녀는 고개를 저어 물러나게 하고 자신의 옷소매를 어깨까지 걷어 올렸다.

손에서부터 팔뚝까지는 아기처럼 하얗고 부드러운 피부였다. 한데 팔꿈치를 경계로 하여 그 위부터는 팔의 색이 훨씬 진하고 주름도 져 있었다. 마치 위아래가 서로 다른 사람의 팔인 것 같았다.

"어릴 때 절벽에서 떨어지면서 이쪽 팔이 으스러졌었죠. 의사는 별로 고민하지도 않고 잘라 버렸어요."

그녀는 그 사실에 별 유감없다는 듯 자신의 팔꿈치를 따라 손으로 쭉 그었다.

"이 밑으로는 새로 자란 팔이죠. 이 마을에 와서 그렇게 된 거예요."

말하고 나서 그녀 스스로도 터무니없지 않냐는 듯 웃었지만 모리세이는 웃지 않고 그 팔을 가만히 바라보았다. 조바심을 내던 바크만이 말을 보탰다.

"믿기 어려우시다는 거 알아요. 제 아내도 이 마을에 처음 올 적엔 의사로부터 몇 개월 남지 않았다는 말을 들은 상태였죠. 하지만 지금까지 의사가 말했던 것보다 15년을 더 살고 있어요."

야낙은 작게 코웃음 쳤지만 그 말을 부정하지는 않았다. 윌리엄 목사가 허락을 구하듯 모두와 눈을 마주치고 마지막으로 모리세이를 바라보았다.

"다 진실이에요. 교수님께서도 보셨을 탑 안의 구덩이, 거기에서 정체 모를 것들이 기어오르기 시작한 건 여기가 마을 비슷한 형체를 갖추고 1년쯤 지난 뒤였죠. 그건 끔찍한 것일 때가 많았지만 가끔은 말 못 하게 아름다운 것일 때도 있었어요. 아무튼 이 세상에 속한 게 아니라는 것, 결코 세상 밖으로 나가도록 둬선 안 된다는 걸 알았죠. 우리는 그것들이 구덩이를 기어오를 때마다 죽일 수밖에 없었어요. 그러다 처음으로 누군가 이런 말을 던진 거예요. '어쨌든 이것도 고기가 아닌가?' 마을은 늘 식량이 부족했기에 솔깃하지 않을 수 없었죠. 한 사람이 용기를 내어 그걸 구워 먹었고 맛이 그리 나쁘지 않다는 결론을 내렸어요."

곧 다른 사냥꾼들도 따라 먹기 시작했고 그러고도 양이 남자 마을 사람들에게도 나누어 주었다. 마을에 있던 이런저런 환자들의 병이 낫기 시작한 게 바로 그 무렵부터였다.

"처음에는 우리가 먹는 것과 연관 짓지 못했어요. 기적이라고만 생각했죠. 부끄러운 이야기지만 이 마을에서 목사직을 맡고 있었기 때문에 사람들은 저를 신의 재림으로 추앙하려고까지 했어요. 하지만…… 얼마 지나지 않아 고기의 정체가 무언지 사람들이 알게 되었지요. 처음부터 숨기려 했던 건 아닌데 왠지 모르게 사냥꾼들 모두 그때까지 입을 다물고 있었던 거예요. 설명하긴 어렵지만 내심 껄끄러웠던 거죠. 정체를 알게 되자 사람들은 더 이상 먹는 걸 거부했고, 그걸 중단한 사람들은……."

그때의 모습을 떠올리듯 윌리엄 목사가 힘겹게 말했다.

"차라리 병으로 죽는 게 나았을 만큼 끔찍한 모습이 되었지요. 그게 죽음이었을까요? 차라리 그랬길 바라요. 아무튼 그렇게 해서 알게 된 거예요. 우리 병이 나은 건 거기서 올라오는 괴물들 덕분이고, 일단 먹기 시작한 이상 그만둘 수 없다는 걸요."

"그만둬야 할 겁니다."

윌리엄 목사의 말이 끝남과 동시에 모리세이가 말했다. 그의 머릿속은 여러 가지 상념으로 복잡하였으나 대답은 간결했으며 지금 느끼는 것의 절반만큼도 씁쓸하게 나오지 않았다. 오히려 냉담하게 들릴 정도였다.

"그대들이 지금껏 해 온 일은 생의 순리를 거스르는 일입니다. 먹는 걸 중단하지만 않으면 괜찮을 거라 생각하겠지만 그렇지 않습니다. 이 땅에서 대가 없이 얻을 수 있는 건 아무것도 없고, 언젠가 죽음은 마땅히 받아야 할 것을 가지러 올 겁니다. 그때가 되면 결코 평화로운 안식 같은 건 바랄 수 없겠지요. 자신을 속인 자들을 죽음은 철저히 징벌하고자 할 테니까요."

윌리엄 목사는 이 말에 고개를 떨어뜨렸지만 야낙은 할 테면 해보라는 듯 턱을 치켜올렸다.

"그런 허울 좋은 이야기에 넘어가지 않아요. 우린 앞으로도 살아갈 거고 그러기 위해 할 수 있는 일을 할 거예요. 그만둬야 할 거라고요? 교수님이 과연 어떻게 우릴 그만두게 할 수 있을지 궁금하군요."

미첼도 말없이 고개를 끄덕이며 허리춤에 꽂아 둔 도끼를 만지작거렸다. 바크만은 참담한 얼굴로 모리세이를 보고 있었지만 결단이 내려진다면 도끼를 꺼내 드는 걸 결코 망설이지 않을 터였다. 그들 모두의 시선은 그때까지 아무 의견도 내놓지 않은 노아에게 향했다.

노아는 윌리엄 목사의 말이 시작될 때부터 지금껏 모리세이에게서 한 번도 눈을 떼지 않고 있었다. 짧은 시간 동안 그녀는 여러 가지를 깨달았다. 가장 큰 깨달음이라면 모리세이가 보면 볼수록 생경하게 느껴진다는 사실이었다. 어떻게 지금까지 그들과 똑같이 생활하고 말하는 존재로 받아들였는지 의아할 정도였다. 그가 던진 경고에는 결코 과장이나 허풍이 들어 있지 않았다. 그만두게 하겠다고 말했으면 정말로 그만두게 할 것이다. 야낙은 어떻게 그럴 수 있을지 궁금하다고 했지만, 노아는 결코 궁금하지 않았다. 그걸 알게 되는 일도, 보는 일도 없어야 했다.

다음 말을 하기에 앞서 그녀는 신중하게 한 마디 한 마디를 곱씹었다. 그들의 사연에 조금도 동요하지 않는 걸 보니 동정심은 모리세이를 결코 흔들지 못할 것이다. 그래서 전략을 바꾸기로 했다.

"그렇지만 교수님, 다시 생각해 보세요. 교수님이야 고기를 안 드신다지만……."

걷어 올렸던 소매를 내리며 노아가 조용히 운을 떼었다.

"아길라는 저처럼 다리를 되찾길 원할 수도 있지 않을까요?"

모리세이의 시선이 조용히 그녀 쪽으로 향했다. 노아가 의도한 대로 모리세이는 그녀의 말에 동요하고 있었고 그 사실에 놀라는 중이었다.

"윌스턴 양은 아마도 그런 일을 바라지 않을 겁니다."

"그거야 아길라에게 직접 물어보면 간단할 일이지요. 뭐가 됐든 우리나 교수님이나 결정을 내리기 전에 그 아이 의견을 들어 보는 게 좋지 않겠어요? 교수님께서 그 아이를 꽤나 아끼시는 듯 보이니 말이죠."

모리세이는 그 말에 의혹을 느끼면서도 또한 궁금해졌다. 정말로 아길라가 부탁한다면 자신이 내린 이 결정을 바꿀 수 있을까?

둘을 번갈아 보고 있던 미첼이 못마땅한 듯 입을 열었다.

"이봐, 이 사람이 우리한테 도움이 많이 됐다는 건 나도 인정해. 하지만 이렇게까지 우리가 굽실거려 가며 눈치를 봐야 하는 이유는 뭐야? 나만 모르는 뭔가가 여기서 벌어지고 있는 건가?"

"미첼, 난 널 꽤 아끼지만 지금은 제발 입 좀 다물어 줘."

노아의 목소리는 거의 증오한다고 들릴 만큼 날카로웠지만 효과가 있었다. 미첼이 즉시 입을 다문 채 가까운 벽만 뚫어져라 노려보았던 것이다.

모리세이는 그때까지 침묵을 지키고 있었고 노아는 그것을 긍정으로 받아들였다. 그래서 바크만에게 슬쩍 눈짓을 해 보였다. 뜻을 알아차린 바크만이 아길라를 데리러 자리를 떴다. 야닉이 곧장 그 뒤를 따랐는데, 노아의 이런 결정들이 유감스럽기 짝이 없다는 기색을 굳이 숨기지 않았다.

"어차피 우리 의견은 그다지 중요하지 않은 것 같네. 높으신 분들께서 결론을 다 내리면 나중에 통보나 해 달라고."

그녀가 나가고 잠시 후 아길라가 바크만의 등에 업혀 왔다. 조금은 어리둥절한 표정을 짓고 있었다. 그러다 한쪽 구석에 앉아 있는 모리세이를 발견하고 반가움과 걱정이 섞인 목소리로 그를 불렀다.

"교수님, 괜찮으세요?"

모리세이는 그 말을 그녀로부터 이상할 정도로 자주 듣는다고 생각했다. 왜 자꾸 자신을 걱정하듯 말하는 건지 알 수 없었지만.

"괜찮습니다. 휴식을 취해야 할 시간에 자꾸만 방해해서 미안하군요."

"네? 그게 대체 무슨 말씀이세요. 지금 잠이 뭐가 중요하다고요. 탑에 혼자 들어가셨다는 말을 들었을 때부터 얼마나 걱정했는지 아세요? 정말, 어떻게 그렇게 모든 걸 혼자서만 결정하실 수 있는 거예요? 제가 아무리 못 미더워도 한마디 말씀 정도는 해 주실 수 있는 거잖아요. 저도 교수님을 도울 수 있는 일이라면 뭐든 했을 거란 말이에요."

그녀는 걱정으로 시작해서 모리세이를 추궁하다 못해 마지막에는 원망하는 말들을 쏟아 내었다. 모리세이는 자기보다 한참 어린 아이에게 혼이 나고 있는데도 익숙지 못한 것은 둘째치고 이상하게 기분이 그리 나쁘지 않았다. 오히려 자꾸만 웃음이 나려고 해서 상황에 맞지 않는 품위 없는 행동을 하지 않기 위해 스스로 자제하고 있었다. 아길라는 모리세이가 그렇다는 것을 아는지 모르는지 다른 사람들이 머쓱해질 정도로 한참을 더 훈계조의 말을 쏟아 낸 다음 멈췄다.

"그러니까 다음부터는 그러시면 안 된다는 말이에요……. 그런데 저를 왜 여기 부르신 거죠?"

멍하니 그녀의 말에 심취해 있던 노아가 그제야 정신을 차리고 말했다.

"너한테 물어볼 게 있어서야. 다소 뜬금없이 들리겠지만 우리가 거짓을 말하고 있지 않다는 걸 믿어야 해. 이상하게 들리더라도 우선은 끝까지 들어주렴."

그러고선 윌리엄 목사가 했던 말을 간단히 반복하고 그녀의 팔도 보여 주었다.

아길라는 처음에는 영 해괴한 표정을 짓고 있었으나 중간중간 모리세이의 얼굴을 확인하고는 마을 사람들이 단체로 정신이 나가 버린 게 아니라는 걸 깨달은 듯했다. 이야기가 이어질수록 진지하게 들었고 노아의 말이 끝났을 때는 그녀 또한 무언가를 떠올려 보듯, 이러한 상황에 전혀 면역이 없는 건 아닌 듯 가만히 받아들이고 있었다.

"그러니까…… 당신들처럼 그걸 먹기만 하면 저도 새로 다리를 얻을 수 있다는 거군요. 제가 제대로 이해한 건가요?"

"그래, 맞아."

미첼은 아길라가 너무 쉽게 믿어 버리는 게 영 미덥지 않은 눈치였지만 노아는 의심하지 않았다. 그래서 자세를 맞추고 아길라와 눈을 맞춘 채 물어보았다.

"어떠니, 네 생각은? 나처럼 새로 다리를 갖고 싶지 않아?"

아길라는 숙고하듯 잠시 고개를 숙였다가 들었다.

"갖고 싶죠, 당연히."

그럴 줄 알았다는 듯 노아가 모리세이를 쳐다보았다. 모리세이는 아길라의 대답이 그리 놀랍지는 않았지만 그에 따라 자신이 어떻게 행동할지에 대해서는 오래도록 생각을 해 보아야 할 것 같았다. 그러나 노아를 따라 그에게 눈을 돌린 아길라가 이어 말했다.

"그렇지만 그 때문에 누군가가 희생해야 하는 일이라면 싫어요. 교수님은 그걸 아이들이라고 불렀다면서요."

"우리도 그걸 납득하기 어려워. 정말이지 그건 말이 안 돼."

노아가 자기 가슴에 있는 주머니를 건드렸다. 열쇠가 짤랑거리는 소리가 났다.

"가서 확인해 봐도 좋아. 물론 그걸 단순히 가축이나 짐승이라고 부를 수는 없겠지. 하지만 어떻게 봐도 아이들은 아니야. 네가 직접 보고 판단하도록 해."

아길라는 조언을 구하듯 모리세이를 바라보았다. 모리세이는 고개를 끄덕였다. 어떤 결정을 내리든 그녀가 선택할 수 있게 해 주고 싶었다.

노아가 미첼에게 모리세이를 부축해 달라고 말했으나 인내심이 바닥난 미첼은 그 말을 거부했다. 윌리엄 목사는 밤을 새운 것만으로도 지친 상태라 교회에서 기다리겠다 말했고, 결국 바크만이 대신 모리세이를 부축했다.

"다리 상태가 더 나빠지신 거 같은데요, 교수님. 탑에 들어갔다가 발을 헛디디신 거 아니에요?"

"그건 아니지만…… 부주의하게 들어갔었다는 점은 인정해야겠군요."

"좀 쉬고 나서 오후에 가는 게 좋지 않을까요?"

바크만이 의견을 구하듯 노아를 바라보았다. 그러나 노아는 아킬라를 업으며 단호히 고개를 저었다.

"지금 갑니다."

동이 틀 무렵 네 사람이 교회를 나섰다. 그들이 향하는 곳은 바크만의 창고로, 마을 근처 구릉에 있던 자그마한 동굴을 개조한 것이었다. 그 안은 기온이 일정하게 서늘했기에 주로 고기와 상하기 쉬운 식료품을 보관했다. 사냥이 끝나면 괴물의 사체를 그곳으로 운반했고 필요할 때마다 적절하게 양을 조절하여 가공하고 있었다. 자물쇠를 여러 개 달아 잠가 두는 것은 그러한 이유였다.

한데 지금은 자물쇠뿐만 아니라 견고하게 만든 나무문까지 부서져 있었다. 그걸 본 바크만과 노아 둘 다 제자리에 우뚝 멈춰 섰다.

"설마…… 그러고도 살아 있었다고?"

바크만이 멍하니 중얼거리는 가운데 빠르게 상황을 파악한 노아가 결단을 내렸다.

"아저씨, 아길라까지 업을 수 있죠? 교수님과 함께 마을로 돌아가세요. 가서 다른 사람들을 불러와요."

"넌 어쩌려고?"

"마을로 가지 못하게 막아 볼게요. 저놈도 상처가 깊을 테니 혼자서도 시간을 끌 수 있을 거예요."

바크만이 발끈하며 화를 냈다.

"가야 할 건 너야! 건방 떨지 말고 교수님을 부축해 드려."

두 사람은 옥신각신했고 아길라는 당황스러워하며 무슨 일인지 물었지만 누구도 설명해 줄 겨를이 없었다.

그사이 모리세이는 자신을 짐짝 취급하는 그들을 내버려 두고 혼자서 창고로 향했다. 부서진 문틈 사이로 웅크린 채 울고 있는 아이의 모습이 보였다. 낮은 으르렁거림과 저주가 뒤섞인, 사람의 말과 밤의 언어가 혼재되어 듣기에 대단히 불길한 소리가 흘러나오고 있었다. 어떻게 문을 부수긴 했으나 점차 날이 밝아 오고 있었기에 감히 얼굴을 드러낼 생각을 하지 못하는 듯했다.

"교수님, 거기서 떨어져요!"

뒤에서 바크만이 다급하게 외쳤다. 누군가 가까이 왔음을 깨달은 아이가 어둠 속에서 고개를 들었다. 그러곤 본능적으로 몸에 달린 모든 걸 앞으로 뻗어 자신을 방어하고자 했다. 도끼에 여러 번 맞아 너덜거리는 살덩이는 위협이라기보다는 애처로운 몸짓에 불과했지만 모리세이를 제외한 나머지 사람들에게는 그래서 더욱 섬뜩하게 느껴졌다.

모리세이는 밤의 언어를 몇 마디 중얼거려 아이를 진정시키려 했다. 그러나 겁에 질린 아이의 귀에는 들리지 않는 것 같았다. 그것의 손이 모리세이에게 닿기 직전, 누군가 달려와 그의 몸을 강하게 밀쳐 냈다.

"비켜요!"

노아가 아길라를 바크만에게 넘기고 허리춤에서 도끼를 뽑아 달려온 것은 그야말로 순식간의 일이었다. 믿을 수 없이 강한 힘으로 모리세이를 밀쳐 낸 그녀는 괴물의 한쪽 팔을 내리쳐 잘라 내고 다음 팔을 향해 도끼를 휘둘렀다. 그러나 밑에서 솟아오른 세 번째 팔을 보지 못했고 다음 순간 비명과 함께 피가 솟구쳤다.

"노아!"

바크만은 자신의 품에 무언가 안겨 있다는 사실도 잊고 울부짖으며 달려왔다. 괴물의 팔은 다음으로 그에게 향했고 거기에는 겁에 질린 아길라도 있었다.

그 모습을 본 순간 모리세이는 자신이 무얼 한다는 의식도 없이 한 손으로 괴물의 팔을 붙잡고 나머지 손을 그것의 가슴이 있을 법한 곳으로 뻗었다. 그의 손은 부드럽게 괴물의 몸을 뚫고 지나갔고 다시 빼내는 순간 폭발하듯 피가 얼굴로 쏟아져 내렸다. 괴물은 칭얼거리듯 무언가를 웅얼거리곤 천천히 모리세이에게 허물어졌다. 모리세이는 그 몸을 안으며 무게를 이기지 못하고 함께 주저앉았다. 기분이 좋지 않았다. 몹시 좋지 않았다.

"교수님!"

모리세이는 순간 에녹이 자신을 불렀다고 착각했다. 그러나 다시 생각해 보니 그건 아길라의 목소리였다. 그런데 왜 갑자기 에녹의 얼굴이 떠오른 걸까.

그는 아길라에게 눈을 감으라고 하고 싶었다. 피를 뒤집어쓴 자신의 모습을 보여 주고 싶지 않았다. 그런데 그때 무언가가 그의 시선을 먼저 잡아당겼다. 그의 품에 안겨 있는 괴물, 자신을 애처롭게 바라보며 멎어 버린 그것의 얼굴이 이상할 정도로 친숙했다.

그 얼굴에는 여러 가지 표정이 들어 있었다. 의문과 원망, 고통과 그리움. 엉망으로 뒤섞여 그저 추악하게 일그러진 얼굴이 생명이 빠져나갈수록 점점 더 그가 아는 어떤 얼굴을 닮아 갔다.

아…… 그래, 당연히 그럴 수밖에.

밤은 분명히 원하는 대상이 있으니 그것이 빚어내는 아이도 그걸 닮을 수밖에 없다. 생각해 보면 그리 특별한 일은 아니었다. 머리로는 분명히 이해하고 있었다. 그렇지만, 그 아이의 얼굴을 하고서 이렇게 죽어 널브러진 모습을 보고 있자니. 그것도 그의 손으로 이렇게 된 것을 보니 그 기분을 무어라고는 도저히.

모리세이는 자신도 모르게 왼쪽 팔을 움켜쥐었다. 팔에 새겨진 상처가 너무 고통스러웠다. 누군가 물어뜯기라도 하는 것처럼.

가까이에…….

"노아, 노아! 정신 차려!"

바크만은 아길라를 내던지듯 바닥에 놓고 대신 노아를 일으키기 위해 애쓰고 있었다. 노아는 팔을 휘저으며 무어라 말하고 있었지만 알아듣기에는 너무도 불분명했다. 땅에 내려진 아길라는 모리세이에게 다가가기 위해 애썼다. 있는 힘을 다해 기었지만 그에게 닿기에는 터무니없이 멀어 보였다.

"아저씨, 교수님이 괜찮은지도 봐 주세요. 제발요!"

아길라가 애원했지만 바크만의 귀에는 아무것도 들리지 않는 것 같았다. 노아의 몸을 안아 든 그는 즉시 몸을 돌려 마을 쪽으로 뛰었다. 그가 뛸 때마다 핏방울이 후두둑 떨어지는 걸로 보아 노아의 상태도 그리 좋지 않은 듯했다.

아길라는 그를 부르는 것을 포기하고 대신 모리세이에게 가려고 고개를 돌렸다. 그런데 그사이 모리세이가 눈앞에 다가와 있었다. 그뿐만 아니라 그 이상 조심스러울 수 없는 손길로 그녀를 안아 들었다.

아길라는 어느 때보다도 가까이에서 피에 젖은 그의 얼굴을 보게 되었다. 하지만 차마 괜찮냐고 물어볼 수 없었다. 자신은 늘 그렇게 묻는 것 외엔 아무것도 할 수가 없으니까.

"교수님…… 죄송해요."

그러고 싶지 않았지만 그녀는 그만 울어 버리고 말았다.

"저 때문에 이곳에 와서 이런 일들을 겪게 해서 정말 죄송해요."

끊임없이 눈물이 차올라 앞이 잘 보이지 않았다. 그런데도 그녀는 그게 눈물 때문이 아니라 모리세이의 얼굴을 뒤덮은 피 때문이라는 듯이 두 손을 뻗어 그의 얼굴에서 열심히 피를 닦아 냈다. 그런 것은 그와 전혀 어울리지 않았다. 애초에 그게 싫어서 고기도 먹지 않는다던 사람인데.

가만히 그 손길을 받아들이고 있던 모리세이가 마침내 입을 열었다.

"사과해야 할 사람은 네가 아니란다, 에녹."

아길라는 눈을 크게 뜨고 그를 바라보았다. 아무리 부탁해도 자신에게 절대 편하게 말하지 않던 그가, 결코 이름을 부르지 않던 그가 처음으로 자신의 이름을 부르고 있었다. 그것도 누이의 것이 아닌 진짜 자신의 이름을.

모리세이는 그녀의 놀라움을 이해한다는 듯이 살짝 웃었다.

"그래, 처음부터 나는 네가 에녹이라는 것을 알고 있었단다. 내가 기차역에서 만났던 소년, 호수에 손을 집어넣고 따뜻하다고 미소 짓던 그 소년 말이야. 내가 왜 지금까지 말하지 않았는지 궁금하겠지. 그건, 뭐라고 말해야 할까. 내 심술 때문이었는지도 모르지. 여름이 지나고 나면 다시 만나자고 네가 약속했던 걸 기억하고 있니? 나는 그걸 믿고 그 자리에서 오래도록 기다렸단다. 그때 네가 나타나지 않았기 때문에 나는……."

그는 무언가 힘겨운 듯 삼키고 말을 이었다.

"나와의 약속뿐 아니라 나라는 존재를 네가 완전히 잊었을 거라 생각했지. 그건 내게는 놀라운 일이고 또 불쾌한 일이기도 했단다. 지금까지는 말이야. 하지만 이제 와 너를 보며 다시 생각해 보니…… 나는 그게 슬펐던 것 같구나."

아길라는 천천히 고개를 저었다. 모든 게 혼란스럽고 당혹스러웠지만 그의 말을 부정하고 싶어 그런 건 아니었다. 그저 지금은 그런 말들을 그만했으면 했다. 마치 작별을 고하는 것처럼 말이다.

"네가 나 때문에 울지 않길 바라면서도, 지금 네가 우는 것이 나 때문이길 바라는 이 모순적인 마음을 나는 언제까지고 스스로에게 만족스럽게 설명하지 못할 테지. 나는 오래도록 내게 불어올 어떤 바람을 기다렸단다. 너를 보면서 가끔, 아니 꽤 자주 생각했었지. 네가 내 바람일지 아닐지에 대해서. 어느 때는 거의 확신했지만 어느 때엔 터무니없게 느껴지기도 했단다. 어쩌면 영원히 결론 같은 건 내리지 못할지도 몰라. 하지만 그래도 더는 상관없다는 생각이 드는구나. 분명한 건 내가……."

그녀는 영원히 알지 못할 것이다. 그렇게 중얼거리며 모리세이가 무슨 생각을 했던지. 하나하나 다 돌이켜 짚을 수 없는 시간들, 이 땅에서 그에게 일어났던 수많은 일들, 그가 만났던 사람 모두를 차례차례 조용히 스쳐 지나가고 있었음을.

어쩌면 눈앞의 존재는 그가 발견한 모든 것들 중에 가장 가치 있는 것은 아닐지도 모른다. 세상에서 가장 아름다운 것 또한 아닐지도 모른다. 하지만 그게 무슨 상관일까. 모래알 하나일지라도 그가 소중히 여긴다면 그건 그에게 있어 가장 소중한 모래알일 뿐이다. 그러니.

"나는 네가 내 바람이길 바랐다."

말하고 나서야 결정을 내린 사람처럼 그는 편안한 미소를 지었다.

"그것이면…… 충분한 것 같구나."

아길라는 모리세이의 말을 제대로 이해할 수 없었지만, 그가 짓는 부드러운 미소에 너무나 많은 것이 담겨 있어서, 함부로 답하기에는 너무나 소중한 것을 품고 있어서 쉽게 입을 열 수가 없었다. 그러나 이상하리만치 가슴이 벅차올랐다. 누군가에게 있어 자신이 이처럼 의미 있는 존재가 될 수 있을 거라곤 생각해 본 적 없었다.

그 사실이 이토록 기쁘다는 것을 말해 주어야 했다. 명확히 이유를 설명할 수 없지만 그게 아주 중요한 일이고 또 자신의 의무인 것처럼 느껴졌다.

"전⋯⋯."

입을 여는 순간 그녀는 모리세이의 어깨 너머에서 무언가를 목격했고 원래 말하려던 것과는 전혀 다른 말이 나갔다.

"안 돼!"

너무 느릿해서 오히려 부드럽다고 느껴지는 움직임이었다. 그럼에도 순식간에 가까워진 그 사람은 모리세이의 왼팔을 가만히 움켜쥐었다. 그게 뭘 의미하는 건지는 알 수 없었지만 그 사람의 입가에 떠오른 것은 틀림없이 승리의 미소였다.

"잡았다."

그 목소리는 아길라가 기억하던 것과 전혀 달랐다. 사랑스러움 가득한 목소리였지만 예전보다 훨씬 굵고 낮게 들렸다. 겉모습도 마찬가지였다. 도대체 언제 그렇게 훌쩍 커 버린 걸까? 아길라는 그의 키가 모리세이와 거의 비슷해졌다는 것을 알았다. 이제는 그것을 언젠가 돌아갈 자신의 몸이라고 말하는 게 더 이상하게 느껴졌다.

모리세이 또한 자신의 팔을 잡은 사람을 돌아보려는 듯했다. 그러나 무언가 단단한 것이, 부서지면 안 되는 것이 쪼개지는 듯한 소리가 났다. 먼 곳에서 거대한 암석 덩어리가 서로 마찰하듯 소름 돋는 진동이 배 아래를 자극했다. 모두 다 모리세이의 몸속에서 나오는 것이었다.

"교수님⋯⋯?"

어떻게 손쓸 새도 없이 그는 그대로 흙빛으로 변했다. 매끄럽지만 단단한 암석이 되어, 오래전부터 거기 박혀 있었던 것 같은 모습이 되어 버렸다.

눈앞에서 목도했음에도 아길라는 방금 무슨 일이 벌어진 건지 전혀 이해할 수 없었다. 바로 조금 전까지도 자신을 조심스럽게 안고 있던 손이 소름 끼칠 만큼 낯설고 차갑게 느껴졌다.

이게 왜 이렇게 딱딱하지.

아길라는 그 손을 매만져서 어떻게든 부드럽게 풀어 보려고 했다. 그러나 만질수록 그녀를 거부하듯 튕겨 낼 뿐이었다.

넋이 나간 채 손만 주무르고 있는 아길라에게 에녹이 다가왔다. 그러곤 모리세이의 품에서 그녀를 떼어 내 거추장스러운 것을 치우듯 땅에 내려놓았다. 대신 자신이 모리세이의 품속으로 파고들었다. 만족한 표정으로 그를 껴안은 에녹은 처음부터 그런 모습으로 태어난 것처럼 딱 맞아떨어졌다.

"아…… 드디어."

그가 눈을 감은 채 중얼거렸다.

"얼마나 오래, 애타게, 힘겹게 찾았는지 모르실 거예요. 사랑하는 두 사람이 동시에 내 눈에서 사라져 버렸을 때, 내가 무슨 생각을 했는지도요. 정말 단 한 번도 내 부름에 답하지 않으시더군요. 많이 아프셨을 텐데."

아길라는 그가 무슨 소리를 하는 건지 이해할 수 없었다. 사랑하는 두 사람이라니. 누이가 모리세이를 알고 있었던 걸까? 하지만 어떻게?

아, 바보 같은 말이다. 모리세이는 그녀가 에녹이던 시절 면접을 보러 갔던 학교에 교수 자리를 얻었다고 했다. 자신의 몸을 빼앗아 간 누이 또한 작년에 그 학교에 입학했다. 두 사람이 만나지 않는 게 더 이상한 건데, 지금까지 그 둘을 전혀 관련짓지 못하고 있었다. 모리세이와 함께 이 마을에 온 뒤로 누이나 가족에 대해 생각하는 것을 거의 잊고 살았으니까.

"너무하네. 겨우 만났는데 목소리도 한 번 듣지 못하고 헤어지다니."

에녹이 모리세이의 얼굴을 다정하게 쓰다듬었다. 하지만 말과 달리 그가 그런 모습이 된 게 너무나 만족스러운 표정이었다.

"교수님한테 무슨 짓을 한 거야?"

아길라의 목소리가 심하게 떨렸다. 두려움 때문이 아니었다. 누군가를 진심으로 죽이고 싶은 기분이 어떤 건지 알 것 같았다.

에녹이 모리세이의 품에서 고개를 떼고 그녀를 내려다보았다.

"또 나야? 교수님을 이렇게 만든 게 나라고? 너는 정말이지 모든 걸 항상 내 탓이라고만 생각하는구나. 하긴, 그리 낯선 일도 아니지."

"교수님을 원래대로 돌려놔. 당장."

"닥쳐. 내 얼굴을 하고서 그런 식으로 말하지……."

에녹은 무언가 말하려다 멈추었다. 그러곤 모리세이의 품에서 빠져나와 아길라를 안아들었다. 꺼림칙하고 불결한 것을 손에 들고 있는 것처럼 눈살을 잔뜩 찌푸린 채였다.

"이제야 알겠군. 이 모습이 왜 그렇게도 꼴 보기 싫었는지. 넌 내가 거울을 볼 때마다 무슨 생각을 했는지 모르겠지. 잘못됐다고 생각했어. 무언가 이건 맞지 않는다고."

위협적으로 말하던 그가 언뜻 웃었다. 예전에도 변덕스럽긴 했지만 지금은 감정 변화를 종잡을 수가 없었다.

"하지만 그건 너도 마찬가지야, 에녹. 그걸 이제야 알았어. 그렇기에 나는 더 이상 너를 미워하지 않아. 아니, 한 번도 너만큼은 진심으로 미워한 적이 없어. 너도 그건 알고 있지?"

아길라는 그 말에 대답할 필요를 느끼지 못했다. 어둠 속에 혼자 버려졌던 그날을 죽을 때까지도 잊을 수 없을 것이다. 하지만 지금 그런 건 중요하지 않았다.

"그 몸 돌려 달라고 안 할게. 그 동굴로, 어둠 속으로 돌아가라고 하면 그렇게 할게. 교수님만 무사히 돌아오게 해 줘. 누나한테도 교수님이 소중하다며. 누나는 할 수 있잖아!"

"글쎄, 언젠가는. 하지만 지금은 아냐. 교수님을 만나기 전에 먼저 우리 둘 다 완벽한 모습이 되어야만 해."

"완벽한 모습?"

누이가 그렇게 확신에 차 무언가를 말할 때면 늘 좋지 않은 일이 벌어졌기에 아길라는 불길한 예감을 느꼈다. 에녹은 그런 그녀를 바라보며 황홀하고 행복해하는 미소를 지었다.

"나, 드디어 네게 다리를 되찾아 줄 방법을 알아냈거든!"

에녹이 그 흉터를 다시금 자세히 들여다보게 된 건 순전히 우연이었다. 예전 자신의 몸이 떨어져 나간 자국이었으니 보고 있어 봐야 불쾌할 뿐이어서 무의식중에 피했던 것 같다. 그러다 언젠가 목욕 중 세면대 모서리에 흉터 근처를 긁혔고, 상처를 보려고 거울에 비춰 보다가 흉터가 규칙적인 모양을 반복해서 그리고 있음을 알게 되었다.

그날 밤 방에서 홀로 옷을 벗고 거울을 마주 보게 한 뒤 에녹은 그 가운데에 섰다. 그러곤 흉터의 모양을 주의 깊게 읽어 내렸다.

그는 두 가지 면에서 놀랐다. 하나는 그것이 대단히 정교하고 예스러운 밤의 언어를 변형한 문장이라는 것이었고, 다른 하나는 그 언어에 거의 능통하다고 생각했음에도 의미를 해석하는 일이 여의치 않다는 것이었다. 이는 그를 좌절시키기는커녕 더욱 학구열에 불을 지펴 오래간만에 잠드는 것도 잊은 채 흉터를 해석하는 일에만 매달렸다.

일주일이 지날 무렵 그는 흉터로부터 두 가지 사실을 알아냈다. 하나는 남매가 하나로 붙어 있던 시절 어떻게 불가능에 가까웠던 수술이 시도되었으며 또한 성공하였는가에 대한 것이었다. 그건 흉터가 증명하듯 사람 아닌 것의 손이 닿았기에 가능한 일이었다. 그 수술은 오직 에녹의 몸을 온전하게 만들기 위한 것이었으며 그로 인해 떨어져 나갈 아이, 즉 아길라의 안위는 처음부터 염두에 두지 않았다. 아길라가 살 수 있었던 건 오직 생명을 향한 스스로의 의지 덕분이었다.

이 정보는 물론 전혀 도움이 되지도 유쾌하지도 않았다. 반면 또 다른 정보는 좀 더 유용했는데, 수술을 시도하고 성공한 이가 그로 인해 스스로 도취했던 건지 혹은 자신의 흔적을 남기고 싶어서였는지 알 수 없지만, 흉터 밑부분에 아주 자랑스럽게 자신의 이름을 밤의 언어로 써 두었던 것이다.

그건 마치 서명과도 같아서 단지 발음을 아는 것과 달리 어떻게 그리는지 안다면 그 사람의 힘도 일부 훔쳐 쓸 수 있었다. 물론 도용이라는 게 그렇듯 주인이 이 사실을 알게 되는 순간 결코 무사할 수 없었다.

하지만 그가 언제 자신의 안위를 걱정하는 사람이었던가?

"때가 되면 당신의 이름은 고맙게 사용하겠어. 물론, 당신이 내게 그랬듯이 나도 당신에 대한 배려는 전혀 하지 않을 거야."

거울을 들여다보며 에녹은 서명이 새겨진 흉터를 따라 몸을 쓰다듬었다. 잊지 않기 위해 몇 번이고, 애무하듯이.

에녹은 아길라를 안은 채 어디론가 빠르게 걸어갔다. 이 마을에 온 게 틀림없이 처음일 텐데도 이미 길을 아는 것처럼 거침이 없었다.

아길라는 멀어지는 모리세이의 모습에서 눈을 떼지 못했다. 많은 것을 말해 준 그와 달리 그녀는 아무 말도 해 주지 못했다. 그가 오해하는 것과는 달리 그녀 또한 모리세이와의 만남을 한 번도 잊은 적 없었다고, 다만 원래의 몸이 아닌 누이의 몸이었기에 알은척할 수 없었다고 말해 주지 못했다. 다시 만나기로 한 약속을 지키지 못하게 되어 그녀 또한 말할 수 없이 슬펐노라고도 이야기해 주지 못했다. 앞으로 누이가 하려는 짓이 무엇이든 아까 그게 마지막 대화가 아니었기만을 간절히 바랐다.

"어디로 가는 거야?"

"말했잖아. 네 다리를 되찾아 주겠다고."

아길라는 에녹이 향하는 곳이 마을 외곽에 홀로 서 있는 잿빛의 탑 쪽임을 깨달았다. 마을 사람들의 태도 때문에 그녀 또한 그곳을 꺼림칙하게 생각했지만 솔직히 지난밤의 일이 벌어지기 전까지는 그렇게 큰 걱정을 하지 않았다. 모리세이만 곁에 있으면 왠지 무슨 일이 벌어져도 침착하게 그가 다 해결해 버릴 것 같았기 때문이다.

지금은 없지만.

"교수님은 정말 원래대로 돌아올 수 있어?"

"물론이지. 네가 말만 잘 듣는다면야."

"그런 식으로 넘기지 말고 똑바로 말해. 누나가 그렇게 원하는 대로 다리를 되찾고 나면, 내 몸도 돌려주고 교수님도 되돌려 주겠다고 맹세해!"

아길라가 그의 목을 휘감고 팔에 힘을 주자 에녹이 불쾌한 듯 웃었다.

"언제부터 그렇게 서로 떨어질 수 없는 사이가 된 거야? 애초에 같이 사라졌던 이유는 뭔데? 아니, 말할 필요 없어. 아마 거기 갇혀 있던 네가 교수님 눈에 너무 불쌍해 보였겠지. 그렇지 않은 척하지만 그분은 사실 너무 다정해서, 아무리 하찮은 존재여도 자기 발밑에 널브러져 있는 건 또 못 보시거든."

그 말에 왠지 모르게 부아가 치밀어서 아길라는 그보다 자신이 먼저 모리세이를 알았다고, 교수님도 자신을 기억하고 있었다고 말하고 싶었지만 그걸 말하지 않을 정도의 분별력은 있었다.

두 사람은 곧 탑 앞에 도착했다. 주위에는 평소와 달리 아무도 없었다. 아침까지 지키기로 했던 미첼이 교회에 가 있고 지금은 부상당한 노아 때문에 정신이 없었던 탓이다. 아길라는 아무도 없어 차라리 다행이라고 생각했다. 더 이상 다른 사람들이 그들 남매의 일에 휘말려 잘못되는 것을 원치 않았다. 정말로.

"와, 이렇게 못생긴 건물은 처음 보네. 세인트 카빈은 오래됐어도 건물이 하나같이 고풍스러운데. 너도 가 봐서 알지? 네가 입학할 뻔했던 그 학교 말이야. 난 칼마 교수님의 담당 학생이었어. 뭐, 그것도 몰랐다고? 교수님이 정말 아무것도 얘기 안 해 줬구나?"

에녹은 그 사실이 너무나 즐거운 듯 재잘거리며 탑으로 들어가는 문을 열었다.

안쪽의 공기는 어둡고 탁했다. 지금 계절에 어울리지 않는 미지근하고 끈적한 바람이 불어와 아길라의 얼굴에 달라붙었다. 뭐라 형용할 수 없는 이상한 냄새가 풍겨 왔다. 그 공기를 들이마시는 순간 아길라는 처음으로 이 모든 상황을 거부하고 싶은 기분을 느꼈다. 들어가고 싶지 않았다. 뭔가가 이상했다. 기분이 한없이 불안하고 불편했다……. 그러나 에녹은 거리낌 없이 발을 그 속에 담았고 품에 안겨 있던 아길라 또한 따라 들어갈 수밖에 없었다.

"아하, 그래. 뭔지 알겠군. 기억나, 에녹? 우리가 그때 저 문을 열기 위해 얼마나 애를 썼었는지 말이야. 바닥을 뚫고 나오지 못한 그 짐승은 가엾게도 지하에서 울부짖었지. 그때는 나도 참 풋내기였어. 지금이라면 분명 어렵지 않게 열 수 있을 텐데."

에녹이 꿈꾸는 목소리로 중얼거렸다. 그게 무슨 즐거운 기억이라도 된다는 듯했다. 그가 안으로 걸음을 옮기자 갑자기 몸이 붕 떠오르는 기분이 들어 아길라는 짧게 비명을 질렀다. 계단을 하나 성큼 내려갔을 뿐이란 걸 곧 깨달았다.

"뭘 하려는 거야? 어디로 가는 거야!"

침착하려 애썼지만 목소리가 어쩔 수 없이 날카로워졌다. 계단 아래의 어둠은 그녀가 갇혀 있던 지하 미로를 떠올리게 했고 그래서 보는 것만으로도 숨이 막혔다. 다시 갇혀도 상관없다고 말한 건 자신이면서 막상 눈앞에 닥치니 의연할 수 없다는 게 너무 참담했다.

에녹이 그런 그녀를 가만히 내려다보았다. 그 안엔 광원이라고 할 만한 게 없는데도 그의 눈에만 불이 들어 있는 것처럼 희한한 빛을 발했다.

"있잖아, 에녹. 그 어둠 속에서 말이야. 네가 나를 버리고 간 그 미로 속에서…… 내가 깨달은 게 있어."

은밀하게 속삭이는 누이의 모습에 아길라는 문득 두려움을 느꼈다. 이런 곳에 둘만 있다는 사실이 갑자기 무척이나 위험하게 생각되었다.

"뭘 말이야…… 누나?"

"이 모든 불행이 시작된 이유."

또 처음부터 시작할 생각이란 말인가.

"부모님이 누나가 아닌 날 선택했기 때문이지. 지겹게 들어서 알고 있어."

"아니야."

"아니라고?"

"그래, 아니야. 너도, 나도, 부모님까지도 완전히 잘못 알고 있었어. 그러니 이런 비극이 일어난 거지."

두 눈을 크게 뜬 채 웃으며 말하는 에녹의 표정은 몹시도 기괴했다. 아길라는 누이가 이해가 가지 않을지언정 미쳤다고 생각하지는 않았는데, 지금은 확실히 광증에 걸린 사람처럼 보였다.

"그럼…… 무엇 때문인데?"

에녹이 웃으면서 허리를 숙였다. 순간 아길라는 누이가 자신에게 입을 맞추려는 줄 알고 깜짝 놀랐다. 그러나 그는 아길라의 귀에 입술을 가져갔을 뿐이다. 그러곤 작지만 분명한 어조로 속삭였다.

"혹시 생각해 본 적 있어? 우리 몸이 떨어지지 않고 그대로 자랐더라면 어떤 모습이 되었을지 말이야."

그 말에 대해 제대로 생각해 보기도 전에 아길라는 목덜미가 쭈뼛 서는 걸 느꼈다. 등골을 따라 타고 내려가는 그 소름은 짜릿하면서도 아주 불쾌했다.

"뭐……?"

"생각해 봐, 에녹. 그 터무니없는 수술에 대해서 말이야. 나는 너로부터 불순물처럼 떨어져 나왔어. 좋은 것은 모두 네게 남고 나쁜 것만 가지고 나와 버린 거야. 그러니 모두가 미워하는 것도 당연해. 사랑받지 못하는 것도 이상한 일이 아니란 말이지. 그런데도 나는 지금까지 뭐가 문제인지 몰랐어. 아무리 분노하고 또 분노하고 그걸 표출해도 나아지지 않았지. 그건 처음부터 분노의 원인을 잘못 파악하고 있었기 때문이야."

그는 스스로의 말에 고양된 듯 말을 이었다.

"내가 그토록 화가 났던 건, 그건…… 그건, 에녹. 이 상태가 자연스럽지 않기 때문이야. 생각해 봐! 우린 둘 다 끔찍하게 잘못되었어. 너도 틀림없이 느꼈을 거야. 지금 이 모습은 전혀 정상적이지 않아. 누가 다리를 가졌는가도 중요하지 않아. 그딴 건 하나도 중요하지 않아! 중요한 건…… 그건 우리가 하나인 채로 태어났다는 사실이야. 그때를 기억해 봐. 날 때부터 우리는 하나였어. 서로가 서로에게 완벽히 속해 있었지. 하지만 봐! 사람들이 우릴 강제로 떼어 났어. 부모란 작자들이, 자기들이 받아들이지 못한다는 이유로 잔인하게 우리를 갈라 났단 말이야. 믿어져? 우리 둘 중 하나를 포기하면서까지 그렇게 하려 했다는 게? 아니, 나는 불평하는 게 아니야. 나를 죽일 뻔했다는 사실에 분노하는 게 아니야! 나는 너에게서 떨어져 나온 사실이 지독히도 싫은 거야. 이건 완전하지 않아. 날 때 그대로의 모습이 아니야. 우리는 하나였고, 그 상태로 자라야 했어. 감히 누구도 우리를 마음대로 떨어뜨려 놓을 권리는 없었어!"

에녹은 울다가 웃다가 분노하다가 누그러지며 마치 여러 사람인 것처럼 말을 쏟아 내었다. 그러다 문득 동작을 멈추고 아길라를 똑바로 바라보았다.

"그렇기 때문에, 바로 그렇기 때문에 나는 네게로 돌아가려는 거야."

아길라는 숨을 멈추었다. 온몸이 딱딱하게 굳어지는 걸 느꼈다. 누이가 한 말이 무언지, 아주 완벽하게 이해했기 때문이다.

"내가 있었어야 할 자리로 되돌아갈 거야. 너에게서 떨어져 나온 그 자국, 그 자리에 정확히."

에녹이 선언하듯 말했다. 아길라는 몇 번이나 말을 내뱉으려고 했다. 그러나 입을 뻐끔거려도 아무 소리도 나오지 않았다.

"우리는 다시 하나가 되고 태어난 모습 그대로 완전해질 거야. 그럼 나도 사랑받을 수 있어. 틀림없이."

아길라는 간신히 목소리를 냈다.

"누……나, 누나. 정신 차려. 그건 불가능해. 지금 도대체 무슨 소리를 하는 거야?"

"불가능한 것은 없어, 에녹. 내가 그동안 해 온 많은 일들을 보고서도 여전히 의심하다니……. 물론 쉽지는 않겠지. 하지만 이곳에서는 가능해. 오늘을 위해 내가 아주 특별한 이름도 하나 빌려 왔어. 남은 건 우리의 의지뿐이야."

"난 원하지 않아! 그런 거 원하지 않는다고!"

목에서 통증이 느껴질 정도로 아길라가 절박하게 외쳤다. 에녹의 표정이 한순간 사나워졌다. 그러나 금세 눈빛을 누그러뜨리고 말했다.

"너는 아직 이해하지 못하고 있어. 완전히 하나가 되고 나면 너도 깨달을 거야."

"싫어…… 싫다고! 제발 정신 차려!"

아길라는 두 팔로 힘껏 그를 때리고 밀어냈다. 지금 느끼는 이 감정은 두려움 같은 게 아니었다. 그런 것은 끼어들 자리도 없었다. 오직 역겨움과 거부감뿐이었다.

다시 하나가 된다고? 말 그대로 한 몸이 된다고?

이건 더 이상 누이를 이해하고 말고의 문제가 아니었다. 생존이나 위협의 문제도 아니다. 차라리 몸이 뒤바뀐 채 끝까지 사는 게 나을 거라고 생각할 날이 올 줄은 몰랐다.

"누나는 지금 제대로 된 생각을 하고 있는 게 아니야. 자기가 무슨 말을 하고 있는 건지도 몰라. 완전히 미쳤다고!"

"아니, 지금보다 더 내 머릿속이 맑은 적은 없었는걸."

"그런 게 가능할 리 없어! 우린 끔찍한 모습이 될 거야."

"완벽한 모습이겠지."

"미쳤어……. 차라리 그 몸을 가져. 가지고 제발 내 눈앞에서 사라져. 부탁이야, 누나. 그런 짓은 하지 마. 제발!"

에녹이 언뜻 미소 지었다.

"말했지. 네가 그렇게 나한테 매달릴 때야말로 더없이 사랑스럽다고."

에녹의 손이 단단하게 아길라의 팔을 붙들었다. 아무리 발버둥쳐도 아길라는 그 힘을 당해 낼 수 없었다. 에녹의 얼굴이 가까이 다가오는 것을 보며 그녀는 뒤늦은 공포에 몸서리쳤다. 그대로 닿게 만들 수는 없었다. 절대, 절대로 그런 일이 벌어지게 놔둘 수 없었다.

두 사람의 이마가 맞닿으려는 순간 잠잠하게 고여 있던 계단 아래 어둠이 요동쳤다. 에녹의 눈길이 잠시 그쪽으로 향했다. 아길라는 그 틈을 놓치지 않고 고개를 뒤로 한껏 젖혔다가 앞으로 당겼다.

두 사람의 머리가 강하게 충돌했다. 말 그대로 눈앞이 번쩍일 정도의 충격이었다. 에녹은 신음을 흘리며 이마를 부여잡았고 그사이 아길라는 몸을 뒤틀어 그의 품에서 빠져나왔다. 그러나 너무 절박했던 나머지 그들이 서 있던 곳이 계단이라는 사실을 잊고 있었다.

그녀의 몸은 지탱할 곳을 잃고 그대로 계단 아래로 굴러떨어졌다. 시야가 미친 듯이 돌고 온몸이 다 아팠지만 아길라는 정신을 차리기도 전에 어떻게든 기어서 에녹으로부터 한 걸음이라도 더 멀어지기 위해 애썼다. 그래봐야 고작 계단 열 개 정도의 거리였지만 말이다.

"아프잖아, 에녹."

에녹은 그렇게 투덜거리더니 문득 웃음을 터뜨렸다.

"그래도 재미있네. 어디까지 도망갈 수 있는지 볼까."

한가로이 중얼거린 그가 계단을 한 걸음씩 내려왔다. 아길라는 몸이 긁히거나 부딪히는 것도 상관하지 않고 거의 굴러떨어지듯 계단을 내려갔다. 언젠가부터 어둠 속에서도 모든 게 분명하게 보였지만 그때는 그런 걸 깨달을 새가 없었다.

얼마 내려가지 않았는데 계단은 끝이 났다. 대신 방파제처럼 구덩이 중앙으로 뻗어 나간 바닥이 조금 더 이어져 있었다. 아길라는 열심히 그 끝을 향해 기었다. 그래 봐야 더 이상 갈 곳은 없었지만.

"이제 어떻게 할 거야? 그 아래로 몸을 던지기라도 할 건가? 분명히 말해 두는데, 저 밑은 나와 있는 것보다 더 끔찍할걸."

아길라는 고개를 돌려 구덩이를 내려다보았다. 보는 것만으로도 가슴 한쪽이 서늘해지는 어둠이 고여 있었다. 어디까지 뚫려 있는 건지, 밑바닥이 어디인지 전혀 보이지 않았다. 몸을 던졌다간 무사하지 못할 게 분명했다. 하지만 그래도 누이가 말한 대로 되는 것보다야…….

아니, 싫어.

그녀는 이를 악물었다. 누이와 한 몸이 되는 것도, 저 아래로 몸을 던지는 것도 싫었다. 이대로 죽고 싶지 않았다. 한때는 그런 생각을 한 적도 있었지만, 눈을 감았을 때 내일은 눈을 뜨지 않았으면 좋겠다고 생각한 적도 있었지만……. 결국 그녀는 살아 냈다. 그 어둠 속에서도 살아 냈다. 그에 대한 보답처럼 그녀를 소중하게 여겨 주고 그녀 또한 소중하게 생각하는 사람을 만났다. 그 사람은 언제나 곁에서 그녀를 도와주었고 지금은 반대로 그녀의 도움을 기다리고 있다. 그를 두고서는 어디도 갈 수 없었다.

아길라는 몸을 돌려 에녹을 똑바로 마주 보았다.

"싫어."

그 한 마디에 무슨 힘이 담겨 있을 거라 생각지 않았지만 다가오던 에녹은 멈칫하며 제자리에 섰다. 그러곤 의혹이 담긴 눈으로 동생을 바라보았다.

"뭐?"

"싫다고. 그런 일이 벌어지게 놔두지 않겠어."

"네가? 어떻게?"

에녹이 비웃었지만 아길라는 흔들림 없이 말했다.

"중요한 게 내 의지라며. 난 싫어. 언제까지고 누나를 거부할 거야. 우리 둘의 몸이 바뀔 때는, 그래, 그땐 내가 아무 저항도 하지 않았으니까. 하지만 이번에는 달라. 지금부터 누나가 하려는 일은 그게 무엇이든 난 거부할 거야."

에녹은 코웃음 쳤지만 제자리에서 움직이지도 않았다.

"하지만 너, 교수님을 돌아오게 하고 싶다며. 우리가 한 몸이 되어야만 교수님이 돌아올 수 있다면 어쩔 건데?"

"그런 말 믿지 않아. 더 이상은 누나가 하는 말 하나도 믿지 않아."

에녹의 얼굴에서 미소가 사라졌다. 딱딱하게 굳은 표정으로 그가 한 걸음 다가왔다. 그러나 아까와 달리 가벼운 걸음이 아니었다. 오히려 아주 주의 깊게 한 발씩 떼고 있었다. 아길라는 그런 그를 지켜보다 말했다.

"다가오지 마."

에녹이 멈춰 섰다. 그러나 얼굴을 일그러뜨리며 다시 한 발을 떼었다.

"네가 감히……."

"오지 마!"

에녹이 입에서 피를 쏟은 것은 그때였다. 급히 손으로 입을 막으며 고개를 돌렸지만 아길라의 얼굴에도 피가 튀었다. 아길라는 그걸 닦아 내며 언젠가 이런 장면을 본 적이 있는 것 같다고 생각했다. 그래, 그 미로 속에 누이가 다시 찾아왔을 때다. 그녀의 손에 얼굴을 맞은 에녹은 피를 토했었다. 그럴 정도로 세게 때리진 않았다고 생각했는데.

그렇다면, 어쩌면.

"나한테도 아주 방법이 없는 건 아닌 것 같은데. 안 그래?"

아길라는 처음으로 스스로에게서 어떤 힘을 느끼며 말했다. 에녹은 손으로 얼굴을 반쯤 가린 채 그런 그녀를 바라보았다.

"이제 와서…… 결국 여기까지 와서 네가 대체 뭘 할 수 있는데?"

"적어도 지금 누나를 아프게 할 수는 있지."

에녹이 피 섞인 침을 뱉어 냈다. 그러곤 힘겹게 한 걸음 더 다가왔다. 이제 둘은 팔을 뻗으면 서로 닿을 거리에 있었다. 그러나 에녹은 억지로 동생을 붙잡는 대신 천천히 무릎을 꿇고 앉아 눈높이를 맞췄다.

"그러지 마, 에녹. 날 거부하지 말라고. 네겐 보이지 않니? 우리가 함께할 새로운 삶이 기다리고 있어. 난 다른 건 바라지 않아. 그저 너와 같이 있게 되길 바라. 그럼 더 이상 아무도 해치지 않을게. 너도 내가 다른 짓을 하지 못하도록 충분히 감시할 수 있잖아."

그가 간곡하게 말했다. 언뜻 순수해 보이기까지 했다. 그 가증스러운 모습을 진심이라고 믿었던 시절도 있었다. 아길라는 미소 지으며 말했다.

"그런 말이 아직까지 통할 거라 생각하는 건 아니지. 그게 설령 진심이라고 해도 나는 이제 누나의 진심조차 믿지 않아. 더 이상은 이런⋯⋯."

기습적으로 에녹이 두 팔을 뻗은 것은 그때였다. 아길라는 반사적으로 몸을 젖혔다. 그러나 힘이 너무 들어간 나머지 균형이 뒤로 쏠렸다. 쓰러지지 않기 위해 손으로 땅을 짚으려 했으나 그녀가 짚은 곳은 허공이었다. 아길라의 몸이 휘청하며 뒤로 넘어갔다.

그 순간 벌어진 일을 그녀는 죽을 때까지 제대로 이해하지 못할 것이다.

아길라는 분명 에녹을 보고 있었다. 그러나 동시에 자신의 모습 또한 보았다. 그녀의 몸이 허공으로 넘어가는 중이었다. 지금 일어나는 일이 이해가 가지 않는다는 듯이, 조금 놀라고 어리둥절한 표정을 짓고 있었다. 에녹이 다급하게 손을 뻗었다. 피에 젖은 그의 얼굴은 경악으로 물들어 있었다. 말하자면 그렇게 그녀는 에녹을 보는 동시에 아길라의 모습을 보았다. 아주 천천히 일어나는 일처럼 모든 장면이 분명하게 눈에 들어왔다.

"안 돼!"

"안 돼!"

그건 자신의 외침인 동시에 에녹의 외침이었다. 아니, 자신의 외침인 동시에 아길라의 외침이었다. 두 개의 세상이 동시에 존재했다. 두 명의 자신이 서로를 자기 자신으로 느꼈다. 한 명의 자신은 단단하게 땅을 딛고 있지만 다른 자신은 추락하기 직전 몸이 붕 떠오르는 불쾌감을 느낀다. 누이가 그토록 원하던 대로 그 순간만큼은 둘이 한 몸이 된 것 같았다.

다음 순간 에녹의 손이 아길라의 손을 붙들었다. 아길라는 위태롭게 그 손 하나에만 의지한 채 허공에 매달려 있었다. 그녀가 크게 뜬 눈으로 에녹을 보았다. 그 눈이 무엇을 말하고자 하는지는 분명치 않았다. 어쩌면 살고 싶은 욕구였을 것이다. 어쩌면 그 순간마저 채 버리지 못한 욕망이었을 것이다.

에녹도 그걸 봤다. 그리고 자신이 무얼 한다는 의식 없이 무심코 손을 놓았다.

비명은 없었다. 아길라의 모습은 순식간에 어둠 속에 지워졌다. 무언가 떨어지는 소리도, 바닥에 닿는 소리도 없었다. 그 끔찍한 파열음이 들려오기를 오래도록 기다렸지만.

에녹은 잠시 후에야 숨을 내뱉었다. 방금 무슨 일이 벌어진 건지 이해할 수 없었다. 분명히 그녀를 단단히 붙잡고 있었는데, 그 손을 놓으면 어떻게 될 거라는 걸 알고 있었는데, 어쩌다 놓쳤지? 그건 분명히 그의 손이었지만 아길라를 놓는 순간에는 다른 사람의 손처럼 낯설어 보였다.

그럴 생각은 없었다. 그녀를 다치게 할 생각 같은 건 없었다. 그런데 알면서도, 보고 있었으면서도…… 왜?

그는 조용히 상체를 일으켜 앉았다. 그러곤 자신의 몸을 만져 보았다. 얼굴도 만지고 단단하게 자신을 받쳐 주는 땅도 짚어 보았다. 그는 추락하지 않았다. 이상한 일이었다. 틀림없이 추락하던 건 자신이었는데.

"누나……?"

입을 통해 내뱉고 나서야, 에녹은 마침내 원래의 몸으로 돌아왔음을 깨달았다. 그렇다면 떨어진 것은 누구인가. 내가 아니라면.

"누나."

그는 바닥 끝으로 기어가 아래를 내려다보았다. 아길라가 다시 그곳에서 얼굴을 내밀고 나타나길 두려운 마음으로 기다렸다. 그렇게 될 게 분명했으니까. 그녀가 뭐든 할 수 있다는 듯이 이야기했으니까. *내가 그동안 해 온 많은 일을 보고서도 여전히 의심하다니.* 누이는 틀림없이 그렇게 말했다. 그럼 다시 기어올라야지. 설령 지옥에 떨어졌더라도.

"누나."

아무리 미웠어도, 아무리 원망했어도…… 그녀가 죽길 바란 건 아니었다. 절대로 그런 건.

정말 아니었나? 그럼 왜 손을 놓았지?

맹세할 수 있었다. 지금 당장 똑같은 일이 벌어진다면 결코 손을 놓지 않을 거라고, 단단히 그녀를 붙잡아 위로 올려 줄 거라고, 다시 떨어지지 않도록 꼭 안아 줄 거라고. 가식도 죄의식도 아니었다. 담담히 인정할 수 있는 사실이었다.

그런데…… 왜?

그 손을 놓은 게 정말 자신이었나? 몸이 뒤바뀐 순간은 언제지? 떨어질 때부터? 누이의 손을 잡았을 때부터? 어쩌면 그 손을 놓은 것은 자신이 아닌 누이가 아니었을까?

끊임없이 이어지는 비합리적인 의심이 그를 공격해 왔다. 에녹은 고통스럽게 헐떡였다. 숨을 쉴 수 없었다. 여기서는 숨을 쉴 수가 없었다.

나가야 해. 돌아가야 해.

이 마을에 도착한 첫날 그는 아무것도 모른 채 잠들었다가 한밤중에 깨어났다. 자신을 둘러싼 모든 것이 어둠뿐인 것을 알고 숨을 쉴 수가 없었다. 헐떡였던 것 같다. 울면서 누군가를 애타게 찾았던 것도 같다.

그때 달려와 준 사람은 결코 그를 따뜻하게 안아 주지 않았다. 그러고 싶어 하는 것도 같았지만, 그런 일이 벌어진다는 것은 어째서인지 두 사람 모두에게 일어날 수 없는 일로 생각되었다. 대신 그 사람은 불을 놓아 주었다. 어느 한구석에도 어둠이 닿지 못하도록 방 여기저기에 빛을 심었다. 그리고 침대 옆에 의자를 놓고 앉아 그가 다시 잠들 수 있을 때까지 기다려 주었다. 단지 그것뿐이었는데, 그 사람이 곁에 있다는 사실이 이상할 정도로 마음 편했다.

남아 있는 게 굳어 버린 몸일지라도 에녹은 그에게 돌아가야 한다는 것을 알았다. 정신없이 몸을 일으켜 계단을 기듯이 오르는 동안 몇 번이고 떨어질 뻔했다.

문을 열고 밖으로 나온 그는 강렬한 햇빛과 마주했다. 마침내 빛을 찾아 나왔음에도 반갑기는커녕 무척이나 껄끄럽게 생각되었다. 이렇게나 밝은 것은 뭔가 지금의 자신과 어울리지 않았다.

"돌아왔구나."

문 앞에서 누군가 기다렸다는 듯이 그에게 인사를 건넸다. 에녹은 그 사람의 얼굴을 빤히 보면서도 누구라고 의식하지 못했다. 한참 머뭇거린 끝에야 그의 이름을 기억해 냈다.

"루퍼슨 집사님?"

"그래. 내가 조금 늦었구나. 함께 오기로 약속했었는데. 그래도 너혼자 잘 해낼 거라고 생각했지. 내 짐작이 맞았지?"

에녹은 그가 하는 말을 듣고 있으면서도 머릿속으로는 아무것도 이해하지 못했다.

"집사님, 누나가……."

거기서 말이 목에 걸려 나오지 않았다. 그러나 루퍼슨은 알아들은 사람처럼 고개를 끄덕였다.

"떨어뜨렸을 테지. 네 손으로."

그의 담담한 말에 에녹은 온몸이 얼어붙는 기분을 느꼈다. 어딘가에 숨을 수 있으면 했다. 저렇게 자신을 쳐다보는 시선으로부터 도망칠 수 있었으면.

"동요할 필요는 조금도 없단다. 네가 태어나기 전에 어머니의 배속에서 진작 행했어야 할 일을 했을 뿐이야."

루퍼슨은 오히려 뿌듯한 기색으로 말했다. 그러곤 한쪽 무릎을 꿇고 에녹의 손을 잡은 채 다정하게 올려다보았다.

"친애하는 에녹. 네가 이 세상의 것과는 무언가 다른, 특별한 존재가 될 수 있다고 생각해 본 적 있니?"

그건 예술가가 빚어냈을 법한 매끄러운 조각상의 모습을 하고 있었다. 무언가 소중히 보듬고 있는 것 같은 모습이었다. 하지만 품속이 비어 있었다. 있어야 할 게 없어서인지 조각상의 얼굴은 조금 쓸쓸하게 미소 짓고 있었다.

루퍼슨은 그 조각상을 정면에서 바라보며 말했다.

"가시는 걸음이 어디든 결코 앞을 가로막지 않겠다 말씀드렸었지요. 교수님에 비하면 한없이 미천한 저입니다만, 그렇게 말씀드릴 때의 제 마음은 진심이었답니다. 하지만 어떠한 소망은 스스로의 소멸을 각오하고서라도 끝내 열망하게 되는 것이지요. 특히나 그것이 아이를 인도하고자 하는 소망이라면……."

그의 어조는 공손하기 그지없었고 조각상을 향해 허리를 굽힐 때에도 더없이 정중한 태도였다. 그럼에도 불구하고 입가에 걸려 있는 미소는 어쩐지 상대를 조롱하는 듯했다.

"어차피 이곳에 못 박혀 계시니 제가 어디로 가든 교수님의 걸음을 방해하는 것은 아니겠지요. 그 아이는 제가 대신 인도할 터이니 심려치 말고 편히 잠드시길."

그는 굳어 있는 상대에게서 대답이라도 바라듯 잠시 기다렸다. 그러나 아무것도 들려오지 않았다. 루퍼슨은 그것을 마음껏 긍정으로 받아들였다.

그는 가볍게 발걸음을 옮겼다. 잠에서 깬 몇몇 마을 사람들과 마주치기도 했으나 그들은 처음엔 놀란 표정을, 다음엔 어리둥절한 표정을 짓고는 그대로 스쳐 지나갔다. 얼마가 지난 후에는 누군가와 마주쳤다는 사실마저 잊어버릴 것이다.

탑 앞에 도착한 루퍼슨은 부서져라 문이 열리는 소리를 들었다. 그가 그토록 공을 들여 온 소년이 모든 걸 잃어버린 얼굴로 서 있었다. 그는 그 아이가 그래서 좋았다. 모든 일에 본인의 잘못이 있는 것처럼 언제나 죄스러운 표정을 짓고 있어서. 그것이야말로 그에게는 결코 없는 덕목이었기 때문이다.

"특별한 존재라니요……?"

소년이 이해하지 못한 얼굴로 반문했다. 무언가를 친절하게 설명해 주는 일 같은 건 루퍼슨의 성미에 맞지 않았지만, 마침내 원하던 것을 이룰 시점이 목전에 다가와 있는 지금 그는 무한한 인내심을 지니고 있었다.

"이 땅에 태어난 자들 중 아주 일부는 말이다. 다른 사람들이 결코 갈 수 없는 곳에 갈 수 있고, 될 수 없는 존재가 될 수 있단다."

에녹은 아무 반응 없이 그가 하는 말을 듣고만 있었다.

"그 자격은 물론 아무에게나 주어지는 게 아니야. 아니, 자격을 가졌기에 이곳에서 태어났다고 해야겠지. 나와 같은 존재들이 속한 곳에서는 결코 생명이 잉태되지 않는단다. 새벽이 오는 곳에서 반드시 먼저 태어나 그곳으로 흘러들어야만 해. 그래서 네가 이 땅에 태어났다, 에녹. 네 어머니의 몸을 빌려서. 물론 처음부터 순조롭지는 않았다. 무엇보다 큰 문제는 네가 원죄를 짓지 않고 태어났다는 거였지. 밤에 속할 존재라면 누구나 짊어지고 태어나게 되어 있는 그것, 너의 원죄는 그러니까…… 덜 잔인하게 말하고 싶지만 방법이 없구나. 형제 살해였다."

아무 반응 없이 듣고 있던 에녹의 몸이 그 대목에서만 흠칫 떨렸다. 형제 살해. 그 단어가 그의 귀에 똑똑히 박혔다.

"너는 너와 함께 잉태된 형제를 어머니의 배 속에서 죽이고 태어날 운명이었지. 네 형제는 오직 그걸 위해 너와 생명을 나누어 가졌을 뿐이다. 그러나 죽은 채 태어났어야 할 그 아기가 살아 태어나 버렸다. 자신을 죽이기로 약속된 형제와 한 몸이 된 채로 말이야. 살고 싶어 하는 인간의 의지란 어쩌나 경이로운지, 그런 모습이 되는 것도 마다하지 않더구나. 그것만이 자기가 살아날 수 있는 유일한 길임을 알았던 거지. 더 놀라운 건 너 또한 그걸 거부하지 않았다는 거다. 죽음의 문턱에서 서로 끔찍한 맹세라도 하는 것처럼 네 누이는 손을 내밀었고 너는 그걸 받아들였다. 그렇게 해서 첫 번째 살인은 실패하고 만 거야. 원죄를 가지고 태어났어야 할 아이가 순수하게 태어나 버린 거지."

루퍼슨은 미동 없는 에녹을 내버려 두고 뒤로 돌아가 탑의 문을 닫았다. 그러곤 다시 걸어와 에녹의 어깨 위에 두 손을 얹었다.

"솔직히 나는 너희들이 택한 방법에 감명받지 않을 수 없었단다. 그러나 덕분에 내가 행해야 할 거룩한 임무가 더욱 고단해진 것도 사실이지. 어디서부터였을까. 그래, 어쨌든 네가 태어나기 전에 끝내지 못한 사명을 완수하게 하려면 우선 너희 둘을 따로 떼어 놓을 필요가 있었다. 나는 절망에 빠져 있던 너희 부모에게 의사의 모습을 하고 찾아갔지."

분리 수술이란 말에 윌스턴 남작 부부는 반신반의했다. 그 시대의 의술로는 불가능에 가까운 일이었으니 그럴 만도 했다. 설득은 쉽지 않았으나 일단 그들이 결심하고 나자 그다음부터는 순조로웠다.

성공적으로 두 아이가 분리되었을 때 너무나 힘겨워하는 아길라의 모습을 보고 루퍼슨은 차라리 그녀가 죽기를 바랐다. 그건 처음이자 마지막으로 그가 아길라에게 느낀 연민이었다. 한데 아길라는 믿을 수 없을 만큼 강한 삶에 대한 의지로 스스로의 생명을 부여잡았다. 그때 조금은 놀랐다고 루퍼슨은 기억하고 있다.

어쨌든 성공적으로 아이들이 떨어졌으니 다음으로는 살해할 의지를 가질 정도로 서로를 충분히 증오하게 만드는 일이 남았다. 아주 섬세한 손길과 인내가 필요한 작업이었다. 그는 아이들이 자라는 모습을 주의 깊게 지켜보며 적절한 때를 골랐다. 그들이 너무 어릴 때여서는 안 되었다. 자신들이 저지르는 일이 무언지 제대로 인식하지 못할 테니. 그렇다고 너무 자란 뒤에는 에녹이 아길라를 충분히 제압할 수 있을 것이므로 그것도 피해야 했다.

그리하여 두 아이가 일곱 살 때 그 일이 벌어졌다. 그 무렵 윌스턴 가에서 오래도록 충성스럽게 일했던 하녀장이 특별한 이유도 없이 그곳에서 쫓겨났다. 그리고 새로운 사람이 나타났다. 그녀는 처음부터 아길라의 모습을 보고 가여워했다. 루퍼슨은 그녀에게 상냥히 진실을 들려주었다. 남매가 갓난아기였을 당시 무리하게 진행되었던 분리 수술과 남작 부부가 별다른 고민 없이 아들을 선택했던 처사 등에 대해 유감스럽지만 그럴 수밖에 없지 않았겠느냐고 두둔했다. 아이들이 아무것도 모른 채 그저 행복하게 자라고 있으니 그 또한 다행스러운 일이라고 덧붙였다.

새로 온 하녀장은 잠시 후 조심스럽게 되물었다. *하지만 아길라는 적어도 그 사실을 알아야 하는 거 아닌가요? 그럴 자격이 있을 텐데요.* 루퍼슨은 그런 일은 결코 일어나선 안 되며 지금의 상황이 가족을 위해 최선이라고 그녀를 다독여 주었다.

그로부터 얼마 후 이 하녀장은 지독히도 억울한 일을 당했다. 그녀가 저지르지도 않은 실수 때문에 남작 부인으로부터 심한 꾸지람을 들은 것이다. 울며 방으로 돌아가던 길 복도에 휠체어에 탄 아길라가 홀로 있었다. 잠시 그곳에서 기다리라는 집사의 말에 착한 아이답게 얌전히 기다리던 중이었다. 하녀장은 자신도 모르게 이런 말을 내뱉고 말았다.

아가씨는 원래 죽을 운명이었다는 거 아세요?

그 한마디가 아길라의 마음에 자그마한 씨앗을 심었다. 루퍼슨은 그것을 주의 깊게 지켜보며 그저 자라나도록 돌보기만 하면 되었다.

윌스턴 남작은 아길라가 그 많은 신비주의와 악마주의 서적들을 어디서 구하는지 몰랐다. 실제 그는 자기 서재에 무슨 책이 있는지도 다 알지 못했다. 그러한 서적들을 서재에 가져다 두는 것은 언제나 루퍼슨이었고 아길라가 어렵지 않게 찾아낼 만한 곳에 두었다.

남작 부인은 그에게 아길라와 친구가 될 수 있을 만한 동물들을 데려와 달라고 부탁했다. 루퍼슨이 구해 온 그 아이들은 공교롭게도 언제나 병에 걸려 있거나 약하게 태어난 새끼들뿐이었다. 아길라가 그런 동물들을 섬세하게 돌볼 리 없으니 금세 죽어 나가는 것도 이상한 일이 아니었다. 그럴 때마다 루퍼슨은 그 사실을 염려하듯 남작 부부에게 전해 주었다. 딸에 대한 남작 부인의 애정은 그럼에도 별반 달라지는 것 같지 않았지만, 윌스턴 남작은 그렇지 않았다. 점차 딸을 보는 그의 눈에 의혹이 들어찼다. 아길라도 충분히 눈치챌 수 있을 정도로.

서로를 꺼리게 된 부녀는 대체로 루퍼슨을 통해 말을 전했다. 그러나 그 말이 모두 전해지지는 않았을뿐더러 사실 그대로 전해지지 않는 경우도 있었다. 진실이란 그중 일부를 숨기거나 방향만 약간 틀어도 전혀 다르게 들릴 수 있었다. 그렇게 그는 작은 손길들로 하나하나 준비해 나갔고 아길라는 생각 이상으로 빠르게 그를 위해 행동했다.

처음 그녀가 서재에 불을 질러 윌스턴 남작의 얼굴을 일그러뜨려 놓았을 때 루퍼슨은 이르지만 때가 되었나 생각했다. 그러나 그것뿐이었다.

다음으로 아길라가 남작 부인의 두 눈을 멀게 했을 때에는 분명히 때가 되었다고 생각했다. 그러나 이번에도 에녹은 이 간악한 형제를 향해 증오의 손길을 뻗지 않았다. 루퍼슨은 점점 답답해졌다. 어쩌면 두 아이 중 그가 잘못된 선택을 한 건 아닐까?

남작 부인이 아길라를 치료할 정신 의학 박사를 구해 달라고 말했을 때 루퍼슨은 어렵지 않게 쉐이든 박사를 구해 왔다. 그 남자야말로 이 집안에 파멸을 가져오기 적당한 인물이었다. 쉐이든 박사의 선하지 못한 의도가 드러나면서 아길라는 크게 분노했고 비록 에녹의 모습을 하고 있었지만 박사를 거의 죽일 뻔했다. 이번에 야말로 윌스턴 남매가 태어나기 전부터 지금껏 미뤄 두었던 과업을 끝낼 차례라고 생각했다.

한데 이 바보 같을 정도로 착한 아이는 이번에도 형제를 심판하는 것을 거부했다. 오히려 스스로를 희생하여 그녀에게 자유를 주기까지 했다. 왜 부모를 비롯한 다른 이들의 피해와 고통에는 그토록 소극적으로 대처하면서 오직 누이를 위해 헌신하는가? 어머니의 배 속에서도 그런 선택을 했던 것처럼, 루퍼슨은 진심으로 이해가 가지 않았다.

얼마나 더 많은 증오가 필요하단 말인가? 얼마나 더 깊은 경멸이 있어야만 자기 손으로 반복되는 비극을 끝낼 결심을 한단 말인가?

루퍼슨은 생각했다. 그리고 한 가지 결론에 다다랐다.

결국 인간이란 그 어떤 것이든 화살이, 두려움이, 공포가 그 자신에게 직접 닥치기 전까지는 결코 있는 그대로 느끼지 못한다. 부모에게 향했든 박사에게 향했든 아길라가 저지른 일들은 모두 에녹 본인이 아닌 피상적인, 타인에 대한 행위였다. 그것이 에녹으로 하여금 어떤 결심을 하게 만들지 못한다면, 그 화살이 에녹 자신을 겨냥하게 한다면 어떨까.

살해의 위협이, 형제로부터 죽임을 당할 수도 있다는 공포가 타인이 아닌 자신에게로 향할 때, 그때에는 이 어리고 선한 소년 또한 변할 수 있지 않을까? 마침내 자신의 손을 더럽힐 결심을 하게 되지 않을까?

그래서 루퍼슨은 그 길고도 복잡한 미로를 설계했고 여기까지

왔다.

"역시나 너는 그것이 너 자신의 위협이 되자 누이를 구덩이 속으로 던졌다. 차라리 네 누나가 너를 죽이려고 했다면 당장 손을 놓아 버리고 싶을 정도로 깊은 혐오감은 느끼지 않았을지도 모르지. 그러나 그녀가 원하는 것은 네가 결코 용납할 수 없는, 일어나선 안 되는 일이었다. 그리하여, 마침내 네가 저지른 짓을 보아라. 저 아래 무엇이 있는지 알지는 못하지만 느끼고는 있을 테지. 네가 누이를 다시는 헤어 나올 수 없는 곳으로 보내 버렸다는 것을 말이다."

에녹은 너무 굳어 움직이지 않는 턱을 간신히 벌려 말했다.

"그게…… 그 모든 게 당신이 저지른 일이라고요?"

"아니지, 아니란다. 나는 길을 놓았을 뿐이야. 그 길을 걸어갈지 말지 결정하는 건 온전히 너희들의 몫이 아니었겠니? 사실 아길라가 그토록 내 길을 잘 따라와 준 것 또한 내겐 놀라움이었다. 똑같은 선택지가 주어졌어도 그렇게 하지 않았을 이들도 많아. 하지만 네 누이는 처음부터 내가 원하는 선택지를 망설임 없이 고르더구나."

"악마라고 해도…… 당신 같지는 않을 거예요."

그는 에녹의 비난이 자랑스럽다는 듯 웃었다.

"물론, 나와 같은 존재는 어디에도 없단다."

"부모님은 당신을 정말로 믿고 의지했어요. 당신만큼은 나도, 무슨 일이 있어도 우리 가족을 떠나지 않을 사람이라 생각했다고요!"

"그 믿음은 틀린 게 아니지. 원하는 걸 얻을 때까지 나도 그곳을 떠날 생각이 없었으니까. 사실 내게 그리 즐겁기만 했던 기억은 아니란다. 도저히 존중할 수도, 좋아할 수도 없는 사람들을 위해 봉사해야 했던 시간이니까. 특히나 네 부모를 내가 얼마나 경멸했는지……."

"감히 그분들을 나쁘게 말하지 말아요!"

에녹이 그의 손을 강하게 쳐 내며 노려보았다. 증오심과 분노만이 가득 담긴 눈이라 루퍼슨은 문득 뿌듯한 기분을 느꼈다. 그게 죄의식으로 꺾이는 순간을 보는 것은 언제나 즐거웠다.

"여기서 정말 비난받아야 할 게 누구라고 생각하는 거니? 네가 좀 더 일찍 네 누나를 심판했더라면 너희에게 휘말려 불행해진 사람들의 숫자는 오히려 적었을 거다. 너의 아둔함과 미련함 때문에 얼마나 많은 희생이 필요했는지 봐라. 저쪽에 못 박혀 버린 가엾은 교수님도 그렇고 말이다."

"감히 그분을……."

에녹은 고개를 떨어뜨렸다. 두 손을 얼굴로 가져갔지만 눈물 같은 건 나지 않았다. 그가 무슨 자격으로 운단 말인가? 처음부터 이 모든 건 누구의 잘못이란 말인가? 하기야 누구의 잘못이라고 한들.

그는 다시 고개를 들고 루퍼슨을 바라보았다. 집사가 손을 내밀고 있었다. 원죄인지 뭔지를 저질렀으니 저 손을 잡으면 지옥에라도 간단 말인가? 루퍼슨이 말한 대로 지금과는 다른 특별한 존재가 되러?

"내가 그런 걸 원할 것 같아요?"

루퍼슨은 내민 손을 거두지 않고 말했다.

"하지만 정말 이대로 네 누나를 저 아래 혼자 내버려 둘 생각이니?"

"그게 무슨 말이에요? 누나는……."

때를 맞춘 듯이 길고 긴 비명이 들려왔다. 소리가 나오는 곳은 의심할 여지 없이 문이 닫혀 있는 탑 안이었다. 그 안에서 공명하듯 목소리가 울려 퍼지고 있었다.

"누나!"

에녹은 달려가 탑의 문을 잡고 흔들었다. 그러나 조금 전까지도 쉽게 드나들었던 문이 굳게 닫힌 채 움직이지 않았다. 마지막으로 그 문을 닫은 건 루퍼슨이었다. 그가 무슨 짓인가 한 게 틀림없었다.

"당장 열어요!"

"지금은 명령보단 부탁이 필요한 시점이 아닐까 싶은데. 공손하게 부탁해야지, 에녹. 착한 아이답게."

"닥치고 이 문 열라고요!"

에녹은 루퍼슨의 멱살을 잡고 강하게 당겼다. 이제 그의 키는 집사와 거의 대등했고 그렇게 하는 게 전혀 어렵지 않았다.

"절대로 가만 안 둬……. 당신만큼은 지금까지 한 모든 일에 대해 어떻게든 책임지게 만들겠어요. 그러니까 이 문부터 열어요."

"마음은 알겠지만 아무 준비 없이 저 안에 들어가는 일은 자살 행위나 다름없단다. 여러 가지 조건을 갖춰야 하는데, 그중 필수적인 거라면 나와 같은 존재로부터 도움의 손길을 받아야 한다는 거지. 그러니 다시 한 번 말하지만, 좀 더 정중히 부탁하는 게 어떻겠니?"

에녹은 그를 밀치듯 놓고 돌아서서 있는 힘을 다해 주먹으로 문을 쳤다. 여러 번 반복한 끝에 손에서 피가 흐르기 시작했지만 멈추지 않았다. 안에서 들려오는 비명 소리는 더욱 높고 처절해졌다. 그걸 들으며 가슴이 찢어지는 고통에 비하면야 손의 고통 같은 건 아무것도 아니었다.

"기다려, 누나. 내가 금방 갈게. 가서 구해 줄 테니……."

뒤에서 루퍼슨이 소리 죽여 웃는 소리가 들려왔다.

"이런 말을 해서 미안하지만, 네 손으로 떨어뜨려 놓고 그렇게 행동하는 건 조금 위선적이지 않을까? 하긴 네게 그리 낯선 개념은 아니겠다만."

아, 저 입을 다물게 할 수 있다면.

아니, 차라리 죽여 버릴 수 있다면…….

에녹은 스스로의 생각이 놀랍고도 혐오스러웠지만 그런 생각을 한 게 처음도 아니었다.

강제로 반년을 보내야 했던 그 까마득한 어둠 속에서 그 또한 변하지 않은 건 아니다. 한 치 앞도 보이지 않는 그곳에선 단지 한 걸음을 떼기 위해서도 아주 많은 용기가 필요했다. 어느 때엔 소름이 돋을 만큼 정적뿐이었으나 어느 때는 이유를 알 수 없을 만큼 소란스러웠다. 그저 바람 소리이고 물이 흐르는 소리라고 믿고 싶은 소음들, 속삭임들. 그럼에도 불구하고 무사히 그 시간들을 흘려보냈다고 말하기엔 그는 십 대 소년에 지나지 않았고 세상 밖으로 나가 본 경험 또한 전무했다. 항상 신경을 곤두세운 채 지내야 하는 극심한 스트레스와 공포의 상황이 지속되면 내면은 사정없이 우그러지고 위축되기 마련이니, 자신도 모르는 새 망가진 그것은 언젠가 반드시 표면을 비집고 나오게 되어 있다.

에녹은 스스로가 변화했다는 걸 느끼면서도 정확히 그게 무언지 몰랐다. 그러나 지금 누이의 비명을 들으며 자신의 손이 피로 젖어 가는 것을 보며 깨닫는다.

어쩌면 나는 진심으로 누나를 죽이고 싶었던 건지도 몰라.

그가 마지막으로 힘없이 뻗은 주먹은 문에 닿지 않았다. 그러기 전에 누군가의 손에 막혔다.

그 손은 에녹의 손을 감싸고 상처가 난 부분을 어루만져 주었다. 단지 그것뿐인데 에녹은 고통이 조금씩 가시는 걸 느꼈다. 조금 전까지 자신을 비난하던 사람의 손길이라기엔 너무 부드럽고 다정했다. 눈물이 날 만큼. 하지만 그렇다 한들 그에게 도움을 청하거나 기대고 싶지 않았다. 그대로 손을 빼려는 순간이었다.

"에녹."

그는 동작을 멈췄다. 너무 놀랍기도 하고 믿을 수가 없어서. 듣는 순간 바로 알아챌 수 있었지만 고개를 들어 확인하는 게 너무나 두려웠다. 섣불리 기대했다가 실망하게 될까 봐.

마침내 상대를 확인하는 일은 아주 많은 용기를 필요로 했다.

"교수……님?"

"그래, 에녹."

단지 그렇게 대답하는 음성을 듣는 순간, 고개를 들어 상대와 눈이 마주치는 순간 에녹은 모든 긴장과 분노가 맥없이 풀리는 것을 느꼈다.

모리세이가 그의 곁에서 부드러운 눈으로 웃고 있었다.

아, 이제 됐다.

에녹은 눈을 감고 그에게 기대듯 쓰러졌다. 말할 수 없는 안도감이 모든 것을 놓아 버려도 좋다고 말하고 있었다. 그대로 꿈속으로 떨어지기까지 그리 오랜 시간이 걸리지 않았다.

모리세이는 에녹이 몸을 탑에 편히 기댈 수 있도록 해 주었다. 그러고도 한동안 소년을 지켜보았다. 그들의 뒤에 못 박힌 듯 서 있는 존재에게는 관심조차 없다는 듯했다.

루퍼슨은 그가 언젠가 자신을 돌아볼 것이 두려웠지만 이대로 무시당하는 것도 썩 유쾌하지 않았다. 어차피 닥쳐올 일이라면 적어도 그 시기는 자신이 정해야 했다.

"이건 뜻밖의 놀라움이군요. 어떻게 돌아오신 겁니까?"

이 질문에 모리세이가 드디어 그를 돌아보았다. 눈이 마주치자 루퍼슨은 자신도 모르게 발작하듯 움찔했다. 그리고 그런 스스로에게 형용할 수 없는 불쾌감을 느꼈다.

"글쎄. 하지만 설마, 그대가 내게 뭔가를 질문할 수 있을 거라곤 생각하지 못했군."

그 담담한 말조차 루퍼슨의 목을 조이는 듯했다. 그는 새삼스럽게 모리세이의 모습을 보았다. 분명 지난번에는 몸이 온전치 않았고 어딘가 도움이 필요해 보이는 사람처럼 보이기까지 했다. 하지만 지금은 전혀 그런 분위기가 아니었다.

"어떻게 말씀하셔도 이번에는 포기하고 물러서는 일이 없을 겁니다. 저는 저 아이를 제 손으로 인도하기로 마음먹었습니다. 그게 제 소멸을 각오해야 하는 일일지라도……."

거기서부터 루퍼슨은 더 말을 할 수 없었다. 입을 벌려 소리 같은 것을 내뱉기는 했지만 그게 말이 되어 나오지는 않았다. 그는 당황하여 몇 발자국 뒤로 물러서다 넘어졌다. 균형 감각에 문제가 생긴 사람처럼 중심을 잡지 못하고 팔다리를 휘젓기만 했다.

그 남자는 더 이상 말뿐만 아니라 자신의 이름조차 기억할 수 없었다. 밀려오는 두려움에 황급히 그의 공간으로 도망쳤다. 평생을 모아 온 책들로 둘러싸인 그의 낡은 도서관. 그곳은 그에게 안락함과 더불어 절대적인 힘만을 제공해야 하는 불가침의 영역이다. 거기서 아무 책이라도 집어 읽으면, 단어 몇 개라도 다시 읽게 된다면 이름과 함께 말을 되찾을 수 있을 터였다.

그는 가까이에 있던 책 더미로 다가가다 중심을 잃고 책들을 쓰러뜨리며 바닥을 나뒹굴었다. 괴이하게 뒤틀린 자세가 되었지만 상관하지 않고 가장 먼저 손에 잡힌 책을 서둘러 펼쳤다. 그러나 백지였다. 당황하여 집어 던지고 다른 책을 집어 들었다. 역시 백지였다. 이럴 리가 없는데, 이럴 리가.

그의 눈앞에 아주 낡은 책이 하나 놓여 있었다. 그는 그게 자신에게 매우 소중한 책임을 알았다. 그러나 아무리 애를 써도 책의 제목을 기억해 낼 수가 없었다. 아무리 그래도 이것만은 기억해야 하는데. 그래야만 자신의 존재 의미와 더불어 이름도 되찾을 수 있을 텐데.

그가 의미 없는 소리들을 신음처럼 내뱉는 동안 차례대로 책 더미가 무너졌다. 책장이 쓰러지고 수많은 책들이 먼지와 함께 페이지 단위로 나뉘어 흩어졌다. 그것들이 거대한 허무의 공간으로 휩쓸려 가는 것을 보면서도 그는 아무것도 할 수 없었다. 입으로 말이 되지 않는 소리를 내며 자신이 지워지는 것을 그저 바라보고 있을 뿐.

저 먼 공허 속에서 그가 평생토록 애지중지 모아 온 페이지의 단어들을 집어삼키는 존재가 보인다. 그것은 너무나 아름답고 너무나 기괴한 짐승의 모습을 하고 있었다. 그는 감격하고 또 두려워하며 눈물을 흘렸다.

아아. 보라, 모순의 언어로 이루어진 저 괴물의 모습을. 마치 시와 같구나. 깊은 밤처럼 황홀한 운율이로다.

한때 장서가로 불렸던 그에게 이제 남은 것은 귀퉁이가 찢어진 한 조각의 빈 페이지뿐이었다. 그는 그것을 멍하니 바라보다 입에 집어넣고 삼켰다. 그것으로 더는 아무것도 남지 않게 되었다. 놀랍게도 이 마지막 소멸의 방식이 그의 마음에 든다.

그렇게 하나의 존재가 이 세계에 있었다는 흔적이 완전히 사라진다.

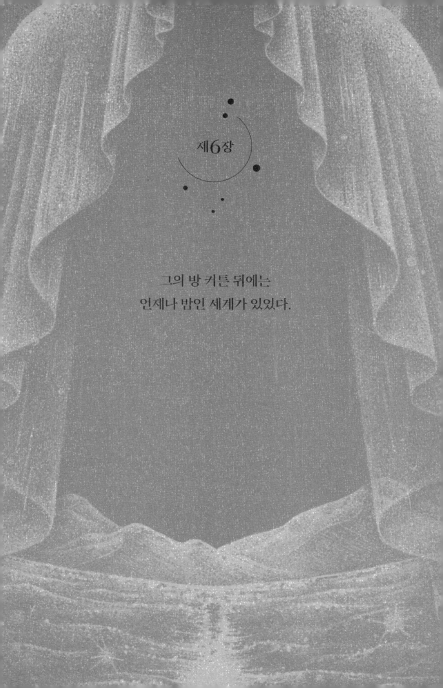

제6장

그의 방 커튼 뒤에는
언제나 밤인 세계가 있었다.

가끔 완벽하다고 생각될 정도로 만족스럽고 편안한 기분으로 눈을 뜨는 날이 있다. 에녹은 그런 기분을 느끼며 잠에서 깨어났다. 이유는 잘 알 수 없었지만 좋은 꿈을 꾸었나 보다고 생각했다.

기지개를 켜며 몸을 일으킨 그는 방의 모습이 낯설지 않다는 걸 깨달았다. 마을 사람들이 그와 모리세이에게 내주었던 집이었다. 동굴에서 막 벗어난 참이니 어딘들 감사했겠지만 솔직히 그 집이 꽤 마음에 들었다. 좀 춥다는 것만 제외하면 안락하게 모든 게 갖추어져 있었다. 그건 함께 사는 사람의 영향도 적지 않았을 것이다.

모리세이가 자신 때문에 붙들린 것을 알기에 죄책감을 가지고 있으면서도 에녹은 그와 함께 사는 일이 지속되기를 바랐다. 가족과 누이로부터 완전히 벗어난 삶이 뜻밖에도 평온함을 가져다주었고, 모리세이의 존재가 심리적으로 단단한 안정감을 제공했다. 세인트 카빈으로 향하는 기차 안에서 처음 만났던 그때처럼 이번에도 너무나 쉽게 그를 믿고 좋아하게 되었다. 그리고 몇 개월을 함께 살면서는 친근하고 마음을 의지하다 못해 가족처럼 소중하게 생각될 정도였다. 그 짧은 시간에도 말이다.

그렇게 모리세이를 떠올리자 에녹은 곧이어 그가 회색빛으로 굳어지는 모습 또한 기억해 냈다. 그러자마자 가슴이 철렁 내려앉았다.

"교수님……. 교수님!"

에녹은 정신없이 이불을 걷어차며 침대에서 내려왔다. 자신도 모르게 땅에 발을 딛는 순간 자신에게 다리가 있다는 걸 깨달았고 의아해하는 동시에 중심을 잡지 못하고 휘청거렸다. 그대로 거의 술에 취한 듯한 모습으로 비틀거리며 간신히 방을 빠져나왔다.

"일어났구나."

부엌에서 뭔가 하고 있던 모리세이가 그런 그를 돌아보았다. 에녹은 벽을 짚고 멈춰 서서 한동안 멍하니 있었다. 너무나 바라던 광경이지만 왠지 낯설었다.

"교수님, 제가…… 이상한, 이상한 꿈을 꾼 것 같아요."

모리세이는 이해한다는 듯이 미소 짓고 하던 것으로 눈을 돌렸다.

"거기 앉아라. 거의 다 됐으니."

에녹은 홀린 듯 식탁으로 가서 앉았다. 전날 끝내지 못했던 숙제가 그대로 널려 있었다. 어제는 그걸 해결하는 일이 무엇보다 가장 중요한 문제처럼 생각되었는데 지금은 다 의미 없어 보였다. 한쪽으로 그걸 치우는 대신 식탁보를 정리하고 포크와 컵 등을 놓았다.

모리세이는 구운 토스트를 한쪽에 놓고 잼과 버터를 준비했다. 고기를 먹지 않는 그를 위해서는 간단한 채소볶음을, 에녹의 몫으로는 베이컨을 구웠다. 마지막으로 둘 모두를 위한 홍차를 내렸다. 그렇게 조용한 아침 식사가 시작되었다.

에녹은 하나씩 입으로 가져가 먹으면서 눈으로는 모리세이의 모습을 계속 훔쳐보았다. 잠깐이라도 눈을 떼면 그가 꿈에서 그랬던 것처럼 갑자기 변해 버릴 것만 같았다. 잠시 후 모리세이가 토스트 조각을 삼키고 입을 닦으며 말했다.

"이제 어디에도 가지 않으니 그렇게 염려할 필요 없다."

"정말이에요?"

"네가 그걸 바라지 않는 이상은."

"그런 걸 바랄 리 없잖아요."

에녹은 말하고 나서 약간 쑥스러운 기분을 느끼며 접시 쪽으로 시선을 떨구었다.

"그럼 믿을게요. 교수님이 약속한 거니까."

"그래."

식사를 마친 둘은 식후에 늘 그랬듯이 서로의 찻잔을 든 채 각기 떨어져 앉았다.

모리세이는 창밖을 내다보며 커피를 조금씩 마셨다. 평소와 다름없는 모습이었고 한때 그들에게는 소중했던 일상이었다. 에녹은 그에게 뭔가를 물어야 한다는 걸 알았지만 그걸 묻는 순간 다시는 지금과 같은 평온을 맞이할 수 없을 것 같았다. 아무 일도 없었던 것처럼 이대로 살아갈 수도 있을 것이다, 분명히. 자신이 원한다면 모리세이는 틀림없이 그렇게 해 주리라.

그러나 그럴 수가 없었다.

"어떻게…… 된 거예요?"

에녹의 질문에 모리세이는 찻잔을 입으로 가져가던 동작을 멈췄다. 그러곤 다 마시지 못한 커피를 바라보다가 조용히 내려놓았다. 어쩌면 그걸 다 마실 때까지만이라도 기다렸어야 했는지 모른다.

"어떻게 되었다고 생각하니."

"꿈, 아니었던 거죠? 교수님은 분명히 제 눈앞에서 이상한 모습으로 변했어요. 전 그게, 그게…… 죽음이라고 생각했어요."

"그리고?"

"제 누나가 나타났죠."

에녹은 그때의 상황을 머릿속으로 따라갔다. 그러나 탑으로 들어간 이후부터는 외면하듯 일부러 떠올리지 않으려 했다. 그들 남매에게는 무슨 일인가가 일어났고, 다시 탑 밖으로 나왔을 때 그곳에선 루퍼슨 집사가 기다리고 있었다. 집사가 해 준 이야기들은 충격적이기 그지없었고…… 비명 소리가 들려왔다. 에녹은 탑으로 가는 문을 열기 위해 온 힘을 다했었다.

"그리고 교수님이 제 곁으로 돌아왔어요."

"내가 네 곁으로 돌아왔지."

"어떻게요?"

모리세이는 고개를 들고 한숨처럼 말을 흘려보냈다.

"그건 나 역시 오래도록 생각을 해 보아야 할 문제인 것 같구나. 하지만 아마도…… 네가 여기 있었기 때문에."

"저 때문에요?"

모리세이는 대답하지 않았다. 에녹은 조금 더 기다리다가 시선을 식탁 쪽으로 내렸다. 잠시 후 누가 먼저랄 것 없이 다 먹은 그릇을 치우기 시작했다. 그대로 설거지를 하면서도 아무 말도 하지 않았다. 문득 모리세이가 다시 입을 열 때까지.

"그건 죽음은 아니었어. 오히려 평온이었지. 마치 고치와 같은 상태였다고 표현하는 것이 가장 적절하겠구나. 전과는 다른 모습으로 탄생하기 위해 그 안에서 변화하고 있었던 거지."

"하지만 아무것도 달라진 게 없으신걸요. 아니지……. 이젠 절뚝이지 않으세요. 다리가 다 나은 건가요?"

"그래. 네가 다시 걸을 수 있게 되었듯이."

에녹은 가슴에서 뭔가 묵직한 게 떨어지는 기분을 느꼈다. 이제 더는 외면할 수 없는 시간이 다가오고 있었다.

"교수님, 제가 누군가를……."

다음 말을 하기까지는 아주 많은 시간이 필요했다.

"제게 소중한 누군가를 해치고 혼자서 도망쳐 왔다고 해도, 저는 여전히 교수님에게 소중한 학생인가요?"

말하는 동시에 그는 모든 것을 선명히 떠올린다. 숨 막힐 것 같던 어둠을, 그 아래로 삼켜지듯 추락하던 아길라의 모습을 본다. 탑 안에서 울려 퍼지던 살려 달라는 누이의 애원이 다시 들려오는 듯했다. 그런 곳에 그는 그녀를 홀로 내버려 두고 왔다.

감히 고개를 들어 모리세이의 얼굴을 볼 수 없었다. 대답을 기다리는 시간이 영겁처럼 길어서 차라리 비난하는 말일지언정 그가 빨리 내뱉어 주었으면 했다.

모리세이가 문득 창 쪽을 향해 몸을 돌렸다. 그러곤 뒷모습만 보인 채 말했다.

"네가 세상 모두로부터 손가락질 받을 만한 짓을 했다고 해도 나는 언제나 네 편일 거다."

너무나 바라던 그 대답을, 자신을 보면서 하지 않아서 다행이었다. 에녹은 마음 한쪽이 따스하게 차오름과 동시에 말할 수 없이 슬퍼지는 걸 느꼈다.

"저, 아무것도 잊지 않았어요."

에녹은 지금 이 순간 자신이 왜 그런 말을 하는지도 모른 채 말했다.

"제가 교수님과의 만남에 대해 모두 잊은 것 같아 슬펐다고 하셨지만, 전 잊어버리지 않았어요. 교수님이 만든 종이 주사위를 밟았던 것도, 객실에서 지금처럼 함께 커피와 코코아를 마시며 이야기를 나눴던 것도, 세인트 카빈에서 제가 호수에 빠질까 봐 교수님이 붙잡아 주셨던 것도…… 모두 기억하고 있어요."

손에 닿은 호수의 물은 따뜻했고 그날의 기억은 그보다 더 따스했다. 다시 만날 수 있기를 바란 건 에녹도 마찬가지였다.

"처음부터 전부 다 말씀드리고 싶었지만 저도 그때와는 다른 모습을 하고 있었고, 저 또한 교수님이 저를 기억할 리 없다고 생각했어요. 그래서 처음 만난 사람들인 것처럼, 아무것도 모른 채 아무일도 없었던 것처럼…… 모든 걸 다시 시작하고 싶었어요."

모리세이는 아무 말도 하지 않았지만, 등을 보인 채 한숨처럼 천천히 내뱉는 숨소리를 들으며 에녹은 그가 자신의 말을 가만히 받아들이고 있다는 걸 알 수 있었다. 어쩌면 기뻐하고 있었는지도 모르겠다.

그래서 다섯 호흡 정도를 더 기다렸다. 다음 말을 하게 되면 지금과는 모든 게 다를 테니까.

"알고 있어요. 교수님이 저와는 다른 존재라는 걸요."

문득 숨소리가 멎었다. 에녹은 그 사실을 누구보다 절감하면서도 말을 멈추지 않았다.

"그래서…… 교수님에게 부탁드릴 수밖에 없어요. 교수님만 하실 수 있는 일이니까."

모리세이가 천천히 그를 향해 돌아섰다. 얼굴에는 아무 표정도 드러나 있지 않았지만 눈가는 가슴 아플 정도로 깊었다. 그걸 보며 약해지려는 마음을 에녹은 한 번 더 꾹 다잡아야 했다.

"저를 누나가 있는 곳으로 보내 주세요."

긴 시간에 걸쳐 사람들이 손으로 하나하나 쌓아 올린 탑이 맥없이 무너진다. 세워진 자리 그대로 경계를 조금도 넘어서지 않고 모두 안쪽으로 허물어졌다. 그 안에 비어 있는 공간을 메우려는 듯이. 조용하고 신속한 붕괴가 끝난 뒤에는 그저 약간의 흔적과 먼지만이 남아 있을 뿐, 방금 전까지도 그 자리에 무언가 서 있었다는 증거는 찾아볼 수 없다.

모리세이는 조금의 틈이라도 남아 있지 않은지 꼼꼼히 살폈다. 불필요한 일이기는 했다. 예전에는 이런 일을 하는 데 있어 신체 일부를 포기할 위험까지 감수해야 했지만 지금 그의 몸은 권능과 더

불어 완전하다. 이제 이 땅에서 그가 하지 못할 일이란 별로 없었다.

뒤에서 무거운 것이 떨어지는 소리가 나서 모리세이는 그쪽을 돌아보았다. 바닥을 뒹구는 도끼를 보니 방금 노아의 손에서 떨어진 듯했다. 상처 때문에 기운이 빠져 그런 건지 더 이상 필요 없게 되어 내버린 것인지는 알 수 없었다.

노아는 탑이 있던 자리를 보다가 모리세이에게 눈을 돌렸다. 약속대로 다른 사람은 아무도 데려오지 않고 그녀 혼자였다.

"결정하고 나면 정말로 아무것도 망설이지 않는 분이시네요."

노아의 목소리는 담담했다. 이제 자신에게 남아 있는 시간이 시한부처럼 흘러간다는 것을 알아차린 사람답지 않았다.

"이게 남아 있으면 마을 전체에도 위협이 됩니다. 지금까지는 그럭저럭 통제할 수 있었던 모양이지만 조만간 당신들이 감당할 수 없는 때가 왔을 겁니다."

노아는 그 말을 긍정하거나 부정하는 대신 붕대로 감은 자신의 팔을 내려다보았다.

"바크만 아저씨는 계속 알고 싶어 해요. 왜 교수님이 그것들을 아이들이라고 불렀는지. 아직까지도 괴로워하고 있어요. 혹시라도 우리가 그동안 해 온 일이……."

그녀는 차마 입에 담지 못한 단어를 삼키고 말을 이었다.

"하지만 전 관심 없어요. 정체가 뭐인들 어때요. 우리가 살기 위해 한 짓에 변명하지도, 용서를 구하지도 않겠어요. 그러니 지금부터 맞이하게 될 운명도 그에 대한 대가라면 받아들여야겠지요. 저는 비겁해지고 싶지 않아요."

그렇게 말하는 노아의 눈에 결코 만용이나 거짓이 담겨 있지 않았기에, 모리세이는 솔직한 감탄을 느꼈다.

"살려 달라고 애원하지는 않겠어요. 다만, 그래도 교수님이 한 일에 대해 적어도 한 가지 정도는 책임을 져 주셔야겠어요."

모리세이는 그녀를 바라보다 고개를 끄덕였다. 그녀의 용기는 그 정도의 존중을 받을 자격이 있었다.

노아는 다음 말을 하기 전에 결심이 필요한 사람처럼 잠시 심호흡을 했다. 그러곤 빠르게 말을 내뱉었다.

"직접 본 적이 있어서 알지만 그걸 먹지 못해 죽는 사람들의 마지막은 그리 깔끔하지 못해요. 처음에는 광증에 걸린 것처럼 행동하고 시간이 지날수록 겉모습도 이상해져요. 마치, 우리가 먹던 것을 닮아 가려는 것처럼요. 그런 식의 마지막을 바라는 사람은 아무도 없고 저 또한 마찬가지예요. 그래서 서로서로 때가 오면 보내 주기로 약속했지만, 언젠가 아무도 약속을 지키지 못하는 순간이 올 거예요. 그러면, 그때가 되면 교수님께서……."

"그 담요는 제법 따뜻하더군요."

갑작스러운 모리세이의 말을 듣지 못한 것처럼 몇 마디 더 이어 가던 노아가 문득 정신을 차렸다.

"네?"

"아길라가 그러더군요. 뜨개질을 배웠기 때문에 그렇게 크고 두툼한 담요는 만들기 어렵다는 걸 안다고요. 많은 시간과 정성을 필요로 하는 일이라고 하더군요. 그걸 아무 조건 없이 자신에게 건네줬다는 거에 놀랐고 고맙다고 했습니다. 당신은 그걸 겨우내 짰다고 말했죠."

시간이 좀 더 지난 뒤에야 노아는 그가 자신이 아길라에게 줬던 낙타 무늬 담요에 대해 말하는 것임을 알았다.

"아…… 네, 뭐. 처음부터 그러려고 만든 건 아니지만, 아길라에게 더 필요할 것 같아서요."

뜬금없이 그 이야기를 왜 하는 걸까 싶었다. 이쪽은 죽음이 오가는 문제를 언급하는 중인데 말이다.

"당신은 창고 앞에서도 나를 밀쳐 내고 대신 싸우려고 했죠."

노아는 슬슬 짜증이 났다.

"당연하잖아요. 교수님과 아길라를 이 마을에 들인 순간부터 저한테는 당신들을 책임져야 할 의무가 생긴거라고요. 추위와 바람을 막아 줄 집을 마련해 주고 때때로 굶지 않게 음식을 가져다주는 것, 그리고 무엇보다 우리가 하는 일 때문에 절대로 다치는 일이 없도록 하는, 그런 책임 말이에요!"

"나는 그걸 호의라고 말할 겁니다."

모리세이가 담담하게 대꾸하자 노아는 멈칫했다.

"대가를 바라지 않는 순수한 호의란 베풀기 쉬울 것 같아도 실제로는 그렇지 않습니다. 더군다나 당신은 나를 위해 피를 흘렸으니 내가 빚을 지고 있는 셈이지요."

"고맙다는 말을 하고 싶으신 거라면 그냥 얘기하고 끝내세요. 탑을 무너뜨리기 전에 하셨더라면 더 진실성 있게 들렸을 테지만요."

그러나 모리세이는 그 말을 하는 대신 노아를 가만히 바라보기만 했다. 조바심을 느낀 노아는 버럭 성을 냈다.

"됐어요. 그냥 하지 마세요. 전 아무 대가 없이 친절을 베풀고 그런 사람이 아니에요. 이제 와서 말하는 거지만, 솔직히 교수님을 좀 좋아했어요. 그래서 그런 거예요. 당신도 알고 있잖아요. 알면서 왜 그런 말을 하는 거예요? 왜 내가 이런 이야기를 하게 만드냐고요!"

모리세이는 말없이 그녀를 향해 손을 내밀었다. 노아는 그 손을 보면서 그게 뭘 의미하는 건지 생각하지 않았다. 다만 그게 당연한 듯이 그 손 위에 자신의 팔을 올려놓았다. 아기처럼 보드라운 피부를 가진, 새롭게 자란 그녀의 자랑스러운 팔. 남자들도 다루기 어려워하는 거대한 도끼를 마음껏 휘둘러도 결코 지치지 않았다.

단순히 운이 좋은 거라고 생각하지는 않았다. 어디라고 분명히 말할 수는 없어도 잘못되었다는 걸 알고 있었다. 그러나, 그래도…… 다시 팔을 갖고 싶었다. 너무나도.

"아플까요?"

노아의 입에서 처음으로 가느다란 목소리가 흘러나왔다. 모리세이는 고개를 저었다.

"다른 사람들도 모두…… 내놓아야 하나요?"

"그래야 최소한 죽음과 협상해 볼 수 있겠지요."

"협상이요?"

모리세이가 그녀의 팔을 부드럽게 문질렀기 때문에 노아는 입을 다물었다. 눈앞의 존재가 자신과 다르다는 사실을 알게 된 후에도 두려워한 건 아니지만, 지금 그녀의 팔에 조용히 집중하고 있는 그는 얼핏 다정하며 인간적으로 보이기까지 하다.

노아는 더 이상 그에게 이성적인 호감을 가질 생각이 없지만 어쟀든 감정은 머리에 비해 회복이 더딘 편이다. 그녀는 자신의 팔을 가져가려는 이 무자비한 존재에게 가슴이 뛰는 것을 오늘까지만 내버려 두기로 한다.

"이제 모든 게 원래의 자리로 돌아갈 겁니다."

어느 순간부터 노아는 눈을 감고 있었다. 모리세이의 말이 이어졌지만 그녀는 눈을 뜨지 않았다. 뜨고서 확인하는 게 너무 두려웠다.

"그러나 적어도 당신들이 두려워하는 형태의 결말을 맞이하지는 않을 겁니다. 멈추었던 병이 다시 깊어 가고 가져서는 안 될 것을 가졌던 사람들은 원래의 모습으로 돌아가겠지만, 그 후로는 모든 게 그저 시간의 흐름을 따라갈 겁니다. 응당 그래야 했던 대로."

"정말……이에요?"

"협상이 잘 끝났습니다. 당신이 보여 준 호의에 대한 내 보답이라고 해 두죠."

그가 팔을 가만히 두드리는 게 느껴져서 노아는 눈을 떴다. 가장 먼저 팔을 내려다보았다. 여전히 그게 거기에 있었다.

"하지만……."

"한동안은 유지될 겁니다."

모리세이의 말투가 마치 놀리는 듯해서 노아는 눈살을 찌푸렸다. 기한이 정해지지 않은 일 따위는 싫었다. 언제 팔이 떨어질지 몰라 계속 두려워하며 사는 건 그녀의 성격에 맞지 않았다.

"언제까지요?"

"그 담요가 다 낡아 없어질 때까지."

노아는 울컥하는 기분을 느꼈다. 감격해서가 아니라 분노해서였다. 왜 이렇게 화가 나는지 스스로도 설명할 수 없었다.

"낡아 없어지다니, 그거 제가 얼마나 튼튼하게 만들었는데요."

"그렇더군요."

"당신은 정말이지…… 천사인 거예요, 악마인 거예요?"

"어느 쪽이든 노아 양이 생각하는 대로겠지요."

그는 노아의 팔을 놓아주고 돌아서서 마을이 있는 쪽으로 향했다. 노아는 멀어지는 그의 등 뒤에 대고 말했다.

"잘 지내시라는 인사 같은 건 안 할 거예요. 아무리 그래도 그건 못 하겠다고요."

모리세이는 돌아보지 않고 한쪽 손만 들었다가 내려놓았다. 그대로 그가 보이지 않게 될 때까지 노아는 제자리를 지키고 서 있었다.

에녹은 문 앞에 짐을 두고 기다리고 있었다. 품에는 지구본을 안고 있었는데 그걸 드느라 추위에 손이 빨갛게 얼어 있었다. 모리세이를 발견한 에녹이 미소를 지었다.

"목사님하고 바크만 아저씨가 왔다 가셨어요. 작별 인사를 하고 싶으셨나 봐요. 저를 보고 좀 놀란 것 같기는 했지만, 그동안 아길라로 지내 왔었다고 하니 금세 믿으시더라고요. 여기서는 그것도 이상한 일이 아닌 거죠."

에녹은 바크만이 주고 갔다는 꾸러미를 보여 주었다. 떠나는 길에 요기하기 좋은 간식거리가 들어 있었다.

모리세이는 문득 바크만에게 새끼 양을 찾아다 주었을 때, 그가 너무 고마워한 나머지 모리세이의 이름을 새끼 양에게 붙여 주려 했던 걸 떠올렸다. 사양하듯 말리지 않았으면 정말로 그랬을 거다. 바크만은 그가 기르는 짐승의 새끼들에게 이름을 붙여 주고 이따금 입을 맞추는 걸 좋아했다. 자신의 이름을 부르며 그렇게 하는 일은 별로 보고 싶지 않았다.

모리세이가 실없이 웃는 것을 보고 에녹은 고개를 갸웃거렸다. 하지만 묻지 않고 자신의 짐을 들었다.

그들이 그곳을 떠난 건 늦겨울과 봄 사이에 있는 춥지만 화창한 날이었다.

자그마한 간이 기차역에서 다음 열차를 기다리는 동안 에녹은 시간표를 들여다보고 있었다. 그쪽을 곁눈질한 모리세이는 그가 더처 영지로 가는 기차를 찾아보고 있음을 알아차렸다.

"부모님을 보러 가고 싶은 거라면 그쪽으로 방향을 돌려도 괜찮아."

에녹은 마음을 들킨 게 멋쩍은 듯 시간표를 접었다.

"아니에요. 지금 뭘 하고 계실지 생각해 봤을 뿐이에요."

"걱정하고 있겠지. 자식이 둘 다 없어졌으니 제정신이긴 어려울 거다. 둘 모두를 잃는다면 그다지 살고 싶은 생각도 없어지겠지."

신랄하게 말하는 모리세이를 에녹은 잠깐 원망스럽게 쳐다보았다.

그러니 어서 내게 부탁한 것을 철회하고 집으로 돌아가고 싶다고 말해.

모리세이는 그 말을 입 밖으로 내지는 않았다. 이미 들어주겠다고 약속한 일을 상대가 먼저 취소해 주길 바라는 건 너무나 옹졸한 짓이었다. 그런데 그게 지금 그가 하고 있는 짓이다.

"그러니 더더욱 저 혼자서는 갈 수 없어요. 꼭 누나와 함께 되돌아갈 거예요."

에녹이 굳은 표정으로 말했다. 고집스러운 건 그렇게 남매가 꼭 닮았다.

더는 다른 말이 나오지 않게 하려는 듯 기차가 때를 맞춰 도착했다. 둘은 각자의 짐을 들고 빈 객실을 찾아 앉았다. 기차가 출발하자 한동안 창밖을 보고 있던 에녹이 입을 열었다.

"마치 교수님을 처음 만났던 때로 돌아온 것 같네요. 집사님은 없지만요."

모리세이는 에녹의 말뜻을 이해하고 고개를 끄덕였다. 심지어 그들이 향하는 목적지도 그때와 같았다.

"루퍼슨 집사님은 어떻게 된 건지 여쭤봐도 될까요?"

"네 앞에 다시 나타날 일은 없을 테니 걱정할 필요 없다."

"걱정하지 않아요. 이젠 교수님이 옆에 계시잖아요."

에녹은 아무렇지 않게 그렇게 말했다. 자신을 전적으로 신뢰하고 의지하는 존재에게 다소 생소한 기분이 들었기 때문에 모리세이는 아무 말도 하지 않았다.

"학교를 다시 구경하기는 아무래도 어렵겠지요?"

이어지는 에녹의 물음에 모리세이는 잠시 생각에 잠겼다. 학기가 시작된 지 오래였고 학생들이나 교직원들 모두 학교에 상주하고 있을 터였다. 최악의 경우 교장과 마주칠 수도 있었다. 책무를 저버리

고 온 그로서는 몇 마디 상황을 설명하는 말과 사과의 말을 읊조
리지 않을 수 없을 터였다. 못 할 것이야 없다만…….

"그냥 해 본 얘기예요. 그때와 별로 달라진 게 없을 텐데 굳이 다
시 볼 필요 없죠."

에녹은 아쉽지 않다는 듯 말했지만 모리세이의 곤란한 기색을
알아차리고 그렇게 이야기하는 것이 분명했다. 지구본을 사 달라고
할 때 그랬던 것처럼 욕심껏 요구해도 좋을 텐데.

모리세이는 이제 에녹이 바라는 일이라면 자신이 대체로 들어주
고 말 것이란 걸 안다. 한데 이 아이는 지금 그가 해 주고 싶지 않
은 단 하나의 일을 해 주길 원하고 있었다.

기차는 그곳을 향해 속절없이 달려갔다.

알포드에는 눈이 조금 내렸던 모양이었다. 에녹은 그걸 보고 어
린애처럼 좋아했지만 오래가지 않았다. 짐을 들고 눈길을 걸어가는
게 결코 쉬운 일이 아니었던 것이다. 금세 태도를 바꿔 눈을 향해
원망 섞인 말을 하는 그를 보고 모리세이가 소리 내어 웃었다. 에녹
은 그런 모리세이를 의아한 듯 쳐다보았다.

긴 시간을 걸은 끝에 두 사람은 알포드 교외에 있는 모리세이의
집에 도착했다. 세인트 카빈에서 일할 당시 마련했던 것으로, 비록
학교에서 따로 숙소를 내주었지만 그대로 둔 채 주말에 이따금 오
가곤 했다. 모리세이는 한적하고 조용한 그 집이 마음에 들었지만
에녹의 시선이 닿는 지금은 어째서인지 구석구석마다 조금씩 부족

해 보였다. 채 정리하지 못한 정원에는 겨울 동안 앙상해진 나무들만 남아 황량한 느낌을 주고 있었다. 그는 현재의 집 상태에 대해 어쩐지 변명해야 할 것 같은 기분을 느꼈다.

"아무래도 비운 지 오래되었다 보니……."

"교수님?"

정원 반대편에서 들려오는 낯선 사람의 목소리에 두 사람 다 걸음을 멈췄다. 눈을 마구 헤치고 오는 소리가 들리더니 모리세이가 잘 아는 누군가가 모습을 드러냈다. 타일라였다.

"교수님!"

달려와서 안겨 드는 그녀를 모리세이가 단단하게 받아 주었다. 타일라는 모리세이의 얼굴을 여러 번 확인하며 믿기지 않는 듯 횡설수설 말을 쏟아 내었다. 실종이나 범죄 같은 단어를 언급하는 걸 보니 모리세이의 부재에 대해 그동안 여러 가지 소문이 떠돌았음을 알 수 있었다.

두 사람을 바라보던 에녹은 눈치껏 짐을 들고 먼저 저택으로 들어갔다.

"이제 진정하는 게 좋겠습니다, 타일라 양."

"아 정말, 심장 떨어지는 줄 알았다고요. 다시는 그렇게 말도 없이 사라지지 마세요. 어디로 간다고 말 한마디 남기는 게 뭐가 그렇게 어려워요? 교수님이 누구하고도 깊은 관계를 맺지 않는다는 건 알아요. 그렇지만 우리가 서로 안부 정도는 전하는 친구라고 생각했어요!"

"잠시 동안만 떠날 생각이었습니다. 이렇게 부재가 길어질 줄 알

왔다면 당신의 말대로 한마디 안부 정도는 남겼을 겁니다. 나 때문에 걱정을 많이 한 모양이군요. 미안합니다, 타일라 양."

모리세이의 대답에 타일라는 아주 이상한 표정을 지어 보였다.

"누구예요, 당신은? 제가 아는 교수님이라면 이런 식으로 다정하게 말씀하실 리 없는데요. 남의 집에 허락도 없이 쳐들어와서는, 짐을 풀 시간도 주지 않고 몰아붙이는 제 행동부터 타이르셔야 할 텐데요?"

모리세이가 멋쩍게 웃는 동안 에녹이 안에서 문을 열고 다시 나타났다.

"저, 말씀 중에 죄송하지만 안으로 들어와서 이야기를 나누시는 게 어떨까요? 바깥은 춥잖아요. 제가 차를 끓여 드릴게요."

"그래. 곧 들어가마."

모리세이가 대답하고 타일라를 바라보자 그녀는 조금 전보다 더 해괴한 표정을 짓고 있었다.

"그래, 곧 들어가마?"

"아, 들어갈 생각까지는 없었던 겁니까."

"그게 아니라, 교수님……"

타일라는 에녹과 모리세이를 번갈아 보고는 더없이 혼란스러운 표정을 지었다. 그러곤 천천히 모리세이의 품에서 빠져나와 자신의 얼굴을 두 손으로 감쌌다.

"저, 일단은 돌아가 볼게요. 방금 도착해서 피곤하실 테니 쉬고 나중에 얘기해요. 어쨌든 돌아오셨고 무사한 걸 봤으니까 저 혼자 가서 진정을 좀…… 해 봐야겠어요."

타일라는 여전히 정신을 차리지 못하는 얼굴로 걸음을 옮겼다. 그녀가 비척비척 멀어지는 것을 보던 모리세이는 기다리고 있던 에녹과 함께 집 안으로 들어갔다.

창과 문을 모두 닫아 두고 가서 먼지가 그렇게 많이 쌓이진 않았지만 어쨌든 오래도록 사람이 살지 않았던 티가 났다. 그나마 수도가 얼지 않아 따뜻한 물로 샤워할 수 있어 다행이었다. 모리세이가 옷을 갈아입고 나왔을 때 부엌에서 근사한 차향이 풍겨 왔다. 에녹이 우려 둔 모양이었다.

"집이 참 좋네요. 가구들도 하나같이 고급스럽고요. 생각보다 부자인가 봐요, 교수님. 저 하나쯤은 얹혀살아도 되겠는데요?"

에녹의 장난기 어린 말에 모리세이도 미소를 지었다.

"집세만 낸다면 얼마든지."

"집세요?"

"당장 낼 여력이 없다면 빚으로 쌓아 둘 테니 나중에 갚아도 된다. 이자는 저렴하게 받을 테니."

"이자까지 받으시려고요?"

에녹은 그렇게 안 봤다는 둥 있는 사람이 더 하다는 둥 실없는 소리를 쏟아 내다가 문득 멈췄다. 차향이 맴도는 가운데 침묵이 이어졌다. 두 사람 다 때가 왔음을 느꼈다. 그러나 둘 다 그것을 인정하기 싫어서 입을 다물고 있었다. 마침내 차가 식고 나서야 둘이 거의 동시에 말했다.

"시내에 나가면……."

"지금이 좋겠어요."

에녹은 말을 자른 게 미안한 듯이 모리세이를 바라보았다. 잠시 후 모리세이가 대답했다.

"그래."

두 사람은 위층으로 걸음을 옮겼다. 2층은 크게 두 공간으로 나누어져 있었다. 계단을 올라와서 왼편으로는 서재가, 오른편에는 모리세이의 방이 있었다. 서재 쪽을 흘깃거리던 에녹은 모리세이가 방으로 향하자 얼른 그 뒤를 따랐다.

방 안은 단출했다. 어두운 색의 벽지로 둘러싸인 방 안에 가구라고 할 만한 것은 침대와 자그마한 콘솔이 전부였다. 그리고 다소 뜬금없다고 생각되는 장소에 커튼이 하나 늘어져 있었다.

"여기서 하는 건가요? 따로 필요한 건 없고요? 그곳에 가려면 여러 가지 자격이 필요하다고 들었어요. 집사님 말로는 제가 그 자격을 갖추었고, 그곳에 가면 지금과는 다른 존재가 될 수 있다고 했어요. 아마도 집사님이나…… 교수님처럼요."

에녹이 이렇게 말하며 모리세이의 눈치를 살폈다. 모리세이는 대답에 앞서 침대 한쪽에 걸터앉아 자신의 옆쪽을 가리켰다. 에녹이 쪼르르 다가와 거기에 앉았다.

"단순히 밤을 방문하는 것과 밤에 속하는 건 서로 다른 조건을 필요로 해. 네가 원하는 게 설마 후자는 아닐 거라 믿는다만."

"제가 원하는 건 누나를 그곳에서 무사히 데려오는 거예요."

"그 아이가 아직 그곳에서 무사할 때나 가능한 이야기다. 여러 번 얘기했지만."

"무사할 거예요. 누나는 살고자 하는 의지가 아주 강한 사람이라고 했어요. 죽는 게 당연했을 그 어려운 수술에서조차 살아남았다고요. 누나는 분명히 거기서 제가 구해 주길 기다리고 있어요. 전 알 수 있어요."

에녹의 말에 모리세이는 잠시 왼팔을 내려다보았다. 아길라가 새겨 둔 상처는 아직 남아 있었지만 헤어진 순간부터 끊임없이 그를 부르던 상처가 더 이상 아프지 않았다. 그게 의미하는 바는 그리 희망적이지 않았다. 그럼에도 에녹은 자신이 밤의 세계로 가기만 하면 아길라를 구해 낼 수 있다고 믿는 듯했다.

'처음부터 거절했어야 했는데.'

단지 그 순간 에녹에게 부탁을 들어줄 수 없다고 말하는 것이 싫어서, 그로 인해 그 아이가 낙담하는 모습을 보고 싶지 않아서 결국 여기까지 오고 말았다. 얼마나 미련한 짓인지.

그사이 에녹은 방 한쪽에 늘어져 있는 검푸른 색의 커튼을 보고 있었다. 그 뒤로는 창문도 없고 단지 사람 하나가 들어갈 정도의 공간이 비어 있을 뿐이었다. 에녹이 이상하다는 듯 물었다.

"이런 곳에 왜 커튼이 있어요?"

모리세이는 설명해 줄까 하다가 보여 주는 게 빠를 것 같아 그쪽으로 다가갔다. 그러곤 예고도 없이 커튼을 열어젖혔다. 에녹이 낮게 탄성을 내뱉었다.

커튼 뒤의 공간은 말 그대로 텅 비어 있었다. 물건뿐만 아니라 벽이나 바닥이 있어야 할 곳조차 지워져 있었다. 마치 누군가가 현실

세계의 일부분을 한 스푼 떠낸 것 같았다. 시각적, 공간적 법칙을 모두 무시해 버린 듯한 그와 같은 모습을 에녹은 이미 본 적 있었다. 그곳에 갇히리라곤 생각도 못 한 채 그저 누이가 떠미는 대로 끌려 갔던, 허공에 떠 있는 문 뒤로 세상을 완전히 단절해 버렸던 미로.

본능적인 두려움에 에녹은 천천히 뒷걸음질 쳤다. 또다시 그곳에 갇힐 수는 없었다. 그럴 수는 없었다. 한데 누군가 뒤에서 그런 그의 어깨를 가만히 붙잡았다. 돌아보니 모리세이가 서 있었다.

"괜찮다. 우선은 나와 함께 갈 거니까."

"같이 가 주신다고요?"

"거기 있는 내 공간까지는. 비유하자면 나는 허락 없이 집을 떠난 탕아와 같은 처지라서 그 이상은 벗어날 수 없어. 그쪽 세계에 발을 들이는 순간 붙들려 다시는 나오지 못할 테니. 모든 걸 너 혼자서 해야 한단다."

모리세이는 이 말을 듣고 에녹이 겁을 먹고 주저하기를 바랐다. 하지만 에녹은 단지 고개를 끄덕일 뿐이었다. 모리세이는 들리지 않게 한숨을 내쉬고 말을 이었다.

"지금부터 내가 하는 이야기를 잘 들어야 한다. 네 말대로 그 아이가 아직 그곳에서 무사하다면 방법이 아주 없는 것은 아니니. 밤의 세계로 가기 위해서는 우선 세 가지를 갖춰야 한다. 인지, 의지, 인도. 이는 그곳이 어디인지 분명히 알고 있을 것, 스스로 기꺼이 그곳에 뛰어들고자 할 것, 그리고 그걸 인도할 적절한 도움의 손길이 필요하다는 걸 뜻한다. 그 손을 건넬 수 있는 건 오직 밤에 속한 존재들로, 짐작했듯이 그건 내 역할이다."

모리세이는 언젠가 에녹을 직접 가르쳐 보고 싶다고 생각한 적이 있었다. 어려워하던 신학이든 역사든, 그가 아는 무언가를. 이런 식으로 가르치게 될 줄은 꿈에도 몰랐지만 말이다.

"그곳으로 들어가서 너는 또다시 세 가지를 명심해야 한다. 첫째, 결코 큰 소리를 내지 말 것. 그곳에 존재하는 건 어둠뿐이야. 그렇기에 밤의 미물들은 보통 시각을 사용하지 않아. 소리와 밤의 결, 그러니까 공기를 타고 전해지는 파동으로 모든 걸 느끼지. 그러니 천천히 걷도록 하고 무엇보다 소리를 내지 않게 조심해야 해."

에녹은 집중하며 듣고 있었지만 긴장한 기색이 역력했다.

"둘째, 결코 빛을 보이지 말 것. 네가 아주 자그마한 빛이라도 손에 쥐는 순간 네 모습은 밤 세계의 가장 끝자락에서조차 찬란하게 보일 거란다. 어둠뿐이니 당연한 일이지. 그러니 밤 세계에 있는 모든 존재를 불러들이고 싶지 않다면 아무리 어둡고 두려워도 빛을 밝히지 말아야 해. 셋째, 밤의 존재들과 결코 접촉하거나 말을 섞지 말 것. 이것이 가장 중요하다. 누군가 혹시 네게 말을 걸더라도 무시해. 아무리 상냥해 보이고 너를 도와줄 것처럼 보여도 절대로 먼저 말을 걸어서도 안 돼. 만져서는 더더욱 안 되고. 한번 밤의 존재들과 연결고리가 생기면 너는 영원히 그곳을 벗어나지 못해. 혹 벗어나더라도 이 땅에서조차 너는 자유롭지 못해. 이 세 가지를 기억하겠니?"

"큰 소리를 내지 말고 큰 움직임을 보이지 말 것. 빛을 밝히지 말 것. 그곳에 있는 존재들과 말을 하거나 접촉하지 말 것. 맞지요?"

"그래."

"하지만 빛 없는 곳에서 제가 어떻게 길을 찾아요?"

"어둠 속에서도 볼 수 있도록 내가 네 눈을 밝혀 줄 거야."

모리세이는 손을 들어 에녹의 눈앞에 가져간 다음 말했다.

"하지만 한번 밝아진 눈은 그다음부터 강한 빛을 견디기 어려워하지. 돌아와서 시력이 꽤 나빠질 거다. 한낮에는 눈을 뜨고 있기 어렵고 밤이 되어야만 무언가를 보는 게 편해질 거야. 어쩌면 낮에 돌아다니는 일은 영원히 포기해야 할 수도 있지."

그러자 에녹은 모리세이의 손이 두려운 무언가라도 되는 것처럼 상체를 뒤로 당겼다.

자, 이제 포기하겠다고 말해. 모리세이가 속으로 말했다. 그건 거의 부탁에 가까웠다.

"알겠……어요."

속삭이듯 대답한 에녹이 천천히 자세를 바로 했다. 모리세이는 어쩔 수 없이 에녹의 눈가를 손으로 덮었다.

"이제 눈을 감아라. 저곳으로 들어가기 전까지 다시는 떠선 안 돼."

에녹이 조용히 고개를 끄덕이자 모리세이는 가만히 황혼 언어를 중얼거렸다. 그의 손에서 흘러나온 찬란한 빛이 에녹의 눈 속으로 들어갔다.

"뜨거워요."

두려운 듯 에녹이 중얼거렸다.

"참아."

모리세이가 냉정하게 대답했다. 이런 어리석은 일을 하는 에녹과 자신에게 화가 났다. 잠시 후 모리세이가 손을 떼자 에녹은 두 손으로 눈을 비볐지만 다짐한 대로 눈을 뜨진 않았다.

"이걸 손에 들어라."

다음으로 모리세이는 에녹에게 횃대처럼 생긴 무언가를 쥐여 주었다. 에녹은 눈을 감은 채 만져 보며 모양을 가늠해 보았다.

"이게 뭐죠, 무기?"

"그건 어둠을 살라 먹는 불이다. 단 한 번 네가 원할 때 밤의 모든 구석까지도 태울 수 있는 강렬한 불길이 치솟을 거다. 매우 강력한 무기지."

"하지만 불을 밝히면 안 된다고 하셨잖아요?"

"그러니 정말로 위급한 순간이 왔거나 네 누이를 발견했을 때만 쓰도록 해. 그러면 내가 불길을 보고 손을 넣어 그곳에서 건져 줄 테니. 그걸 쓰고 나면 주위에 있는 모든 것을 태워 버리겠지만 그 후에는 밤의 가장 하찮은 미물들까지도 네게 달려들 거다. 그러니 불을 피운 다음에는 무슨 일이 있어도 도망쳐 나와야 해."

"그렇다면 누나를 발견하기 전까지는 절대로 쓰지 않을 거예요."

"글쎄, 그건 어디까지나 네 뜻대로니까 마음대로 해라."

모리세이는 냉랭하게 말하고 에녹의 팔을 잡아 밤의 세계로 가는 입구로 이끌었다. 깊은 밤바다 속을 들여다보듯 막막하고 끝이 없는 나락이 기다리고 있었다. 어둠은 이 어린 소년을 흔적도 없이 삼켜 버릴 것이 분명했다.

들어가기 직전 에녹이 문득 멈춰 섰다. 그러곤 그때까지 한 번도 들어 본 적 없던 가느다란 목소리로 물었다.

"그곳은 어떤 곳이죠, 교수님? 히에로니무스가 그린 「쾌락의 정원」과 같은 모습인가요? 아니면 단테의 『신곡』에서 묘사하는 지옥의 모습 그대로인가요?"

자신을 붙잡아 달라는 것 같은 에녹의 목소리는 놀랍게도 모리세이의 마음을 아프게 했다. 그는 가슴의 고통을 참으며 마음과는 정반대로 에녹의 어깨를 붙잡아 어둠 쪽으로 밀었다.

"어느 곳과도 같지 않아. 거긴 내 고향이지. 어떤 관점에서 본다면 아름답기까지 해. 보스의 그림을 좋아한다면 꽤 마음에 들지도."

에녹은 더 이상 저항하지 않았다. 다만 모리세이가 이끄는 대로 어둠 속으로 한 발 한 발 조심스럽게 내디뎠다. 그러는 동안 모리세이의 팔을 꽉 붙들고 있었다.

눈으로 확인할 수 없지만 에녹은 주위를 둘러싼 공기가 한순간 달라진 것을 느꼈다. 언젠가부터 그는 발이 조금씩 빠지는 땅 위를 걷고 있었다. 고요하고 부드러운 모래가 발에 버석하게 감겨들었다. 아마도 사막의 모래가 이렇지 않을까 생각하는 순간 모리세이의 목소리가 들려왔다.

"이제 눈을 떠도 돼."

에녹은 두려움과 기대감을 느끼며 조심스럽게 눈꺼풀을 열었다.

그의 시야에 보이는 것은 어디에도 속하지 않을 죽어 버린 계절의 풍경. 머리 위에는 나선형의 밤하늘이 소용돌이치고 별은 그 안으로 녹아 흘러내린다. 시작도 끝도 보이지 않는 형용할 수 없는 광활함에 공간감이 무너졌다. 어느 정신 나간 초현실주의 화가가 그려 냈을 법한 풍경에 두 발을 땅에 딛고 있으면서도 한순간 의식이 아득해졌다. 에녹이 비틀거리자 굳건한 손이 그의 어깨를 잡아 똑바로 설 수 있게 도와주었다.

에녹은 잠시 후에야 의식을 회복하고 다시금 주변을 둘러보았다. 그곳의 밤하늘은 에녹의 세계와는 분명히 달랐다. 더 멀고 더 깊었다. 계속 쳐다보면 또다시 어지러움을 느낄 것 같아 일부러 시선을 아래쪽으로 돌렸다. 지면을 따라 끝없이 이어지는 회색의 사구들이 보였다. 짐작할 수 없는 세월 동안 겹겹이 쌓아 올린 어둠이 파도처럼 그 사이를 오르락내리락했다. 에녹이 모래라고 생각했던 것은 자세히 보니 부드럽게 깎여 나간 작은 결정들이었다. 한때는 틀림없이 찬란했을 것이나 지금은 불에 탄 것처럼 여기저기 그을려 본래의 빛을 잃은 상태였다.

"잔해의 바다란다."

모리세이의 말이 이어졌다. 에녹은 황량하다고밖엔 생각할 수 없는 그 풍경을 모리세이는 아름다운 무언가라도 되는 것처럼 그윽하게 바라보고 있었다.

"끝의 끝까지 흘러들어 올 정도로 견고하고 경이롭지만, 모두에게서 잊히고 만 존재들이 마침내 도달하는 곳이지."

그 말을 듣고 나서야 에녹은 먼 사구에 반쯤 파묻힌 어느 고대의 거신상을 발견했다. 모래 위로 드문드문 솟은 초현실적인 첨탑들 사이에는 한때 살아 있었다고는 믿을 수 없을 정도로 거대하고 장엄한 고래의 뼈도 있었다. 결정들이 어둠에 휩쓸려 움직일 때마다 희미한 음악이 메아리처럼 떠올랐다 사라졌다. 잠깐이었지만 눈물이 솟구칠 만큼 아름다운 음악이었다. 그 외에도 눈이 어지러워지는 수식과 도형들이, 이제는 누구도 기억하지 못하는 옛 언어들이 모래 위에 나타났다 빠르게 사라지는 것을 보았다.

끝없이 뻗어 가는 허무의 지평선, 예술가들의 죽어 버린 영감, 한 때 경이의 대상이었던 모든 것들의 사체에 둘러싸인 채 에녹은 목이 메어 물었다.

"이런 곳에서 얼마나 오랜 시간을 지내셨던 거예요?"

"충분히 오래."

에녹은 몸을 돌려 모리세이를 꽉 끌어안았다. 그러한 애정 어린 접촉은 그들 사이에 한 번도 없었던 일이지만 지금이 아니면 다시는 가능할 것 같지 않았다. 모리세이는 다소 놀란 듯 가만히 있다가 잠시 후 에녹의 등을 토닥여 주었다. 그러곤 에녹의 행동이 두려움 때문이라고 생각했는지 부드러운 목소리로 그를 달랬다.

"너를 데리고 다시 돌아가고 싶지만 너는 그걸 원하지 않을 테지. 네겐 용기가 있으니까."

에녹은 그의 품속에서 억지로 고개를 끄덕였다. 지금보다 더 그와 헤어지기 싫은 순간은 없었다. 하지만 그렇게 말하는 순간 다시는 아길라를 구하러 갈 수 없을 것이다.

모리세이는 그를 한 방향으로 가만히 이끌었다. 사구가 겹겹이 쌓여 있는 곳과 반대 방향이었다. 한동안은 그대로 넋을 잃고 걸었던 것 같다. 잠시 후 에녹은 사막에서 결코 볼 수 없으리라고 생각한 무언가를 발견했다.

그건 바다였다. 잔해가 아닌 진짜 물로 이루어진 바다. 에녹이 태어나 한 번도 실제로 본 적 없고 사진으로만 어떤 곳일까 짐작했던 곳이었다. 하지만 이렇게 드넓을 줄은, 이렇게 고요하게 파도치고 있을 줄은, 이토록 가슴에 쌓여 있던 모든 걸 무너뜨릴 정도로 푸른 무언가일 줄은…….

"저는 정말 아무것도 모르고 있었네요."

에녹이 홀린 듯 중얼거리며 모래를 헤치고 바다를 향해 다가갔다. 세인트 카빈에서 다이아몬드 호수 속에 손을 넣을 때처럼 거리낌이 없었다. 바다 가장자리에는 물결치는 파도를 타고 밀려온 듯 보이는 반짝이는 푸른 결정들이 모여 있었다.

"저건 뭐예요, 교수님?"

"나도 모르겠다."

"여기가 교수님의 공간이라고 하지 않았어요?"

"한데 처음 보는 것이로구나. 아마도 파도를 따라 흘러온 모양인데, 보통의 경우에 이 바다는 항상 잠잠했기 때문에……."

모리세이는 결정들을 바라보며 잠시 생각에 잠겼다. 에녹은 신발을 벗고 홀로 바다로 가서 발을 담가 보았다. 결정들이 기쁜 듯이 주위로 몰려드는 것을 보며 그는 오랜만에 웃었다.

"이것 보세요, 교수님. 간지러워요."

에녹이 들어오라고 손짓했지만 모리세이는 어째서인지 겸연쩍은 듯 시선을 피했다. 대수롭지 않게 생각하고 놀던 에녹은 잠시 후 빈 바닷가에서 이쪽을 향해 천천히 다가오는 나룻배를 발견했다.

"어……."

배를 보고 무언가 물으려던 에녹은 입을 다물었다. 그게 뭘 의미하는지 금세 깨달았던 것이다.

아쉬운 듯 몇 번인가 더 발로 물을 차던 그는 이내 물 밖으로 나왔다. 발에 묻은 물기를 없애기 위해 모래를 묻혀 털어 냈다. 그러는 동안 배가 뭍에 닿았다. 누군가를 기다리듯 그대로 조용히 머물러 있었다.

에녹은 옷매무새를 단정히 하고 마지막으로 모리세이를 바라보았다. 무슨 말을 해야 한다는 건 알았지만 어떤 말도 적합해 보이지 않았다. 작별의 말은 이상할 것이다. 금세 돌아오겠다는 말도 어울리지 않았다. 그래서 바라만 보고 있는 가운데 모리세이가 손을 내밀었다. 에녹은 그 손을 물끄러미 보다가 마주 잡았다. 악수하자는 의미인 줄 알았으나 모리세이는 손을 놓지 않고 이렇게 물었다.

"에녹, 너에게 내 흔적을 남겨도 될까?"

에녹은 의아해서 그를 바라보았다. 하지만 모리세이가 한 말이라면 당연히 어떤 의미가 있을 거라고 생각하고 이유도 묻지 않고 고개를 끄덕였다.

모리세이는 에녹의 손목에 자신의 손가락을 대고 천천히 움직였다. 글씨를 쓰는 것 같기도 하고 그림을 그리는 것 같기도 했다. 처음에는 간지럽다고만 생각했는데 어느 순간 움찔할 정도로 아팠다.

"이렇게 네게 상처를 주고 나면."

피가 흘러내리자 모리세이가 손수건을 꺼내 상처를 감싸 주며 말했다.

"어디에 있든 나는 원할 때마다 이 상처를 네게 상기시킬 수 있지. 그 고통에 네가 응답한다면 나는 순식간에 네가 어디에 있는지, 어떤 상황에 처해 있는지 알 수 있게 된단다."

그가 손수건을 떼어 내자 에녹은 손목에 새겨진 나선형으로 휘어지는 도형을 발견할 수 있었다. 모리세이는 상처라고 했지만 에녹에겐 오히려 자신을 보호해 주는 부적처럼 느껴졌다.

"가장 깊은 밤 속에서도 결코 너를 잃어버릴 염려는 없으니 걱정하지 말고 앞으로 나아가거라."

모리세이가 주문처럼 읊고 놓아주자 에녹은 그대로 바다를 향해 걸어갔다. 쉽게 몸을 실을 수 있도록 배가 스스로 뱃머리를 돌렸다. 에녹이 오르는 동안 바다는 조금도 미동하지 않았다. 그를 위해 마련된 하나뿐인 자리에 앉자 배가 곧장 뭍을 떠나갔다. 어색한 작별의 인사를 할 틈이 없어 차라리 다행이었다.

뱃전에 몸을 기댄 채 에녹은 멀어지는 모리세이의 모습을 바라보았다. 그는 바닷가에 선 채 이쪽을 보고 있을 뿐 손을 들어 하는 인사조차 보내지 않았다. 하지만 에녹은 이제 알고 있다. 그가 누구보다도 마음속 깊이 자신을 염려하고 있음을. 그러니 반드시 누이와 함께 그에게로 돌아올 것이다.

에녹은 약속하듯 팔을 들고 열심히 흔들었다. 모리세이는 화답하지는 않았지만 문득 바닷가 쪽으로 몇 걸음 걸어오다 멈추는 게 보였다. 그에게는 물에 닿는 일이 어려워 보였다. 에녹은 괜찮다는 의미로 고개를 끄덕였다. 그리고 몸을 돌려 앞쪽을 바라보았다.

이제 이 새롭고 낯선 세계에 그는 혼자였다. 하지만 모리세이가 건네 준 횃대를 꽉 끌어안고 있는 동안 이상할 정도로 용기가 차오르는 걸 느꼈다. 반드시 아길라를 찾아내 횃불을 들어 올릴 것이다. 이 어두운 세계에 그 어느 때보다도 밝은 빛을 밝혀 함께 돌아갈 것이다.

희망에 차 있던 에녹은 문득 배 밑으로 지나가는 어두운 그림자를 발견했다. 뱃전을 붙들고 아래를 내려다보았다. 푸른색으로 투명하다고 생각했지만 의외로 속을 전혀 들여다볼 수 없었다. 방금 전까지 가슴을 부풀어 오르게 했던 용기가 조금 사그라졌다. 에녹은 스스로를 타이르면서도 배 밑에서 점점 커지는 그림자에게서 눈을 뗄 수 없었다.

무언가 거대한 것이 물 위로 떠오르고 있었다. 정확히 이쪽으로 다가오고 있었다. 이미 들리기엔 터무니없이 멀어졌는데도 에녹은 입을 벌려 모리세이를 부르려 했다. 그 순간 격렬한 파도와 함께 배가 부서질 듯이 흔들렸다. 에녹은 표면 위로 어떤 거대한 생명체가 솟아오르는 것을, 자신을 삼키기 위해 입을 벌리는 걸 똑똑히 목격했다. 축축한 어둠이 그를 덮었고 이후로는 아무것도 기억하지 못했다.

무언가 발목을 살짝살짝 건드리는 느낌에 에녹은 눈을 떴다. 고개를 든 그는 자신이 단단하지만 차가운 땅 위에 엎드려 있음을 깨달았다. 눈앞에 양옆으로 솟아오른 거대한 협곡과 그 사이로 나 있는 좁은 길이 보였다. 그곳으로 들어가는 게 당연하다는 듯 그 외에는 어떤 길도 없었다.

몸을 일으켜 앉은 에녹은 뒤를 돌아보았다. 까맣게 펼쳐진 밤의 바다 외에는 아무것도 보이지 않았다. 얼핏 모리세이의 바다와 비슷해 보였으나 전혀 달랐다. 이곳의 어둠은 황폐하며 겁에 질려 있었다. 그러면서도 달짝지근한 뜨거운 바람으로 순간순간 목을 조였다가 놓아주곤 했다.

에녹은 문득 모리세이가 준 횃대를 잃어버렸다고 생각하고 깜짝 놀랐다. 그러나 횃대는 여전히 그의 손에 들려 있었다. 그것만이 유일한 희망인 것처럼 품에 꼭 안고 일어섰다. 그대로 골짜기 쪽으로 걸음을 옮겼다. 누워서 쳐다볼 적엔 몰랐는데 고개를 한껏 젖혀 보니 길의 양옆으로 정렬해 있는 것은 협곡이 아닌 거대한 인간의 형상이었다. 에녹의 키는 그들의 발목에 간신히 미칠까 말까 했다. 눈이 없고 입이 없는 그들은 하나같이 고개를 숙인 채 갈대처럼 제자리에서 유유히 흔들거렸다.

에녹은 그들이 깨어나 자신을 밟지 않을까 걱정하며 천천히 그리고 조용히 움직였다. 모리세이가 말했던 대로 그들과 접촉하지 않도록 주의했다. 뒤에서 문득 센 바람이 느껴진다 싶더니 머리 없는 새들이 그를 스쳐 지나 앞쪽으로 날아갔다. 지저귐이라곤 조금도 없는 소름 끼치는 비행이었다. 다리가 후들거렸지만 자신을 달래 가며 겨우겨우 한 걸음씩 떼었다. 결코 두려움에게 자신을 내어 주지 않을 작정이었다.

거대 형상들의 협곡을 벗어나는 순간 그는 허공에 떠 있는 육각형의 제단을 발견했다. 층이 여러 개 쌓여 있는 구조였는데 정상적으로 아랫단부터 차곡차곡 올린 것이 아니라 마치 잘못 현상된 사진처럼 희미하게 서로 겹쳐 있었다. 그 꼭대기에 한 명의 선지자가 서 있었다. 머리가 있어야 할 자리에는 십자가가 대신 깊숙이 박혀 있었다. 끊임없이 목 주변으로 피를 흘리면서도 그는 한 손에 성전을 들고 다른 손을 가슴께로 힘껏 끌어 올렸다. 그러곤 아래를 향해 무언가를 열렬히 설법하는 동작을 취했으나 물론 아무 소리도 들려오지 않았다. 그러나 무얼 말하고 있는지는 상상할 수 있었다. 무엇이든 세상을 짓이기는 소리일 것이다. 듣는 순간 영혼이 오염되는 신성 모독의 음성일 것이다.

설법을 끝낸 그가 허리 숙여 인사하자 피에 젖은 십자가가 제단 아래로 떨어졌다. 밑에서 그를 떠받들듯 하늘 높이 두 손을 쳐들고 있던 우상들이 크게 감명받은 듯 피로 눈물을 쏟았다. 그리고 기꺼이 스스로의 목을 잘라 순교자로서의 소명을 바쳤다.

머리 하나가 그대로 에녹의 발치까지 굴러오더니 거의 닿기 직전 멈추었다. 황홀한 듯 우는 얼굴과 마주한 에녹은 하마터면 입을 열어 비명을 지를 뻔했다. 그러나 간신히 손으로 자신의 입을 틀어막았다.

절대로 큰 소리를 내선 안 돼.

모리세이의 목소리가 떠올랐다. 하지만 지금 이 순간 그에게 드는 감정은 원망뿐이다. 그보다는 좀 더 많은 것을 말해 줬어야 했다. 자신이 지옥과도 다름없는 곳에 홀로 버려질 것이란 말을 해 줬어야 했다. 손에 들고 있는 한 번밖에 쓰지 못할 빈 횃대가 아니라 그럴 듯한 강력한 무기를 줬어야 했다.

에녹은 더 이상 한 걸음도 가고 싶지 않았다. 바로 뒤에서 누군가가 간헐적으로 숨을 헐떡였다. 짐승인지 사람인지 그도 아닌 다른 무언가인지 알 수 없지만 도저히 뒤로 돌아 확인해 볼 용기가 나지 않았다. 보고 나서 제정신을 유지할 자신이 없었다. 그 흔한 기도문도, 신의 이름조차 떠오르지 않았다. 절망과 두려움으로 모든 걸 놓아 버릴 것만 같았다.

그때 모리세이가 남긴 상처가 강하게 쑤셔 왔다. 에녹은 자신도 모르게 횃대로 그 부분을 탁 쳤다. 순간 짧게 불꽃이 일어나서 가슴이 내려앉을 정도로 놀랐다. 순식간에 주변이 적막해지고 눈에 보이지 않지만 느껴지는 모든 존재들이 그를 주목했다. 에녹은 숨조차 쉴 수 없었다.

영겁의 시간이 지난 듯했다. 다행스럽게도 그에게 집중된 공기가 조금씩 풀렸다. 에녹은 누구도 자극하지 않도록 천천히 숨을 내쉬었다. 긴장된 순간이 지나가자 더 이상 그 자리에 서 있을 힘이 없었다. 그대로 주저앉아 횃대만을 꽉 끌어안고 있었다. 이곳에 온 목적을 다시 기억해 낸 건 그 후로도 한참의 시간이 흐른 뒤였다.

언제 흘렸는지 기억도 못 하는 눈물이 그의 얼굴에 말라붙어 있었다. 에녹은 얼굴을 대충 팔로 비벼 닦아 내고 자리에서 일어났다. 철저하게 이곳에 혼자라는 깨달음이, 울부짖어도 아무도 달려와 주지 않을 거라는 사실이 오히려 그의 머리를 차갑게 했다. 이 모든 절망과 공포에서 그가 홀로 일어설 수 없다면 누이를 구하고 싶다는 그의 소망 또한 아무 소용이 없었다.

에녹은 압도적인 두려움과 허무로부터 벗어나기 위해 그가 할 수 있는 단 한 가지의 일을 했다. 그건 이를 악물고 다만 한 걸음 앞으로 내딛는 것이었다. 그 사소한 동작마저도 거대한 산을 넘으려는 것처럼 터무니없게 느껴졌다. 그러나 그 앞이 나락일지라도 떨어질 테면 떨어지라는 심정으로, 그는 내디뎠다. 그건 그가 태어나 했던 모든 행동 중에 가장 용기 있는 행동이라고도 말할 수 있었다.

눈앞의 풍경은 아무것도 바뀌지 않았지만 적어도 조금 전처럼 정신이 나갈 정도로 두렵게 느껴지지는 않았다. 잠시 심호흡을 한 끝에 다음 걸음도 내디딜 수 있었다. 가장 깊은 밤 속에서도 에녹을 잃어버리지 않을 거라고 모리세이는 말했다. 그가 자신을 지켜보고 있다고 생각하며 조금씩 조금씩 앞으로 나아갔다.

이따금 빈 허공에 마치 금이 간 액자처럼 균열이 나 있었다. 처음에는 뭔지 궁금했지만 목 없는 새 한 마리가 날아가다 거기에 부딪혀 흔적도 없이 사라지는 것을 보고 절대로 닿지 말아야겠다고 결심했다. 호기심은 여기서 그를 죽일 것이다.

지면이 벌어지면서 거대한 눈동자가 눈을 뜨고 그를 지켜보기도 했다. 에녹은 의식하면서도 절대로 시선을 마주치지 않으려고 애썼다. 목까지 땅에 파묻혀 있는 한 거인은 입을 크게 벌린 채 들어오라며 다정한 목소리로 그를 불렀다. 에녹은 듣지 못한 척했다. 거인은 불쾌한 듯 트림을 하더니 무언가를 줄줄이 토해 냈다. 그건 쌍둥이, 쌍둥이, 수많은 쌍둥이…… 반드시 몸의 어딘가가 서로 붙어 있는 샴쌍둥이들의 행렬이었다. 그들이 에녹을 스쳐 지나가며 우리의 일부가 아니냐고 물었지만 에녹은 이를 악물고 앞으로만 걸었다.

얼마나 더 걸어야 아길라가 나타날까. 의문을 느끼면서도 그는 자신이 가고 있는 방향에 대해 고민하지 않았다. 이런 곳에서 방향이나 거리 같은 건 아무 의미가 없다. 오직 그녀를 찾고자 하는 의지, 두려워하지 않고 계속 걸어갈 수 있는 용기만이 그를 그녀에게 데려다 줄 것이다.

어느 순간 공기의 흐름이 멎었다. 이미 끔찍할 정도로 조용한 곳이지만 한층 더 깊은 정적이 내려앉았다. 소리라는 개념 자체가 사라진 것 같았다. 에녹은 문득 아주 불쾌한 기분을 느끼며 멈춰 섰다. 주위에 있던 새들이 일제히 날갯짓하며 날아올랐다. 지면에 나타났던 눈동자가 끔찍한 것으로부터 눈을 돌리듯 땅을 일그러뜨리며 사라졌다.

에녹은 뒤에서부터 그의 몸으로 전해지는 어떤 파동을 느꼈다. 이것이 아마도 모리세이가 말한 밤의 결일 것이다. 그것은 심장을 고동치게 할 정도로 점차 강해졌다. 뒤에서 뭔가가 오고 있다. 이쪽을 향해 똑바로 다가오고 있었다.

돌아보지 말고 계속 앞으로 가.

에녹은 스스로를 재촉했다. 그러나 등 뒤에서 울려 퍼지는 종소리가 너무나 불길하다. 먼 곳에서 신의 종말에 대해 속삭이는 소리가 들려왔다. 에녹은 알고 싶지 않았다. 보고 싶지 않았다. 그러나 마음과는 달리 몸이 반대편으로 돌아갔다.

그리고 그는 목도한다. 사람이라기엔 너무나 거대하고 신이라기엔 너무나 오염되어 있는 어떤 것을.

고개를 끝까지 젖혀도 얼굴을 쳐다보기 어려운 거대한 밤의 숙녀가 그에게로 걸어오고 있었다. 머리끝에서부터 늘어뜨린 밤의 베일은 길고 곧게 드리워져 지면에 닿았다가 다시 하늘로 솟구쳐 올랐다. 그것은 그대로 거대한 새벽하늘을 떠받쳤다. 마치 그 아래로 빛이 한 점 침범하지 못하게 하려는 듯.

그녀의 피부는 밤하늘로 이루어져 있고 그녀가 태산 같은 걸음을 천천히 움직일 때마다 눈에 보이는 궤도가 달라졌다. 팔을 움직이자 팔꿈치부터 손목으로 수백 개의 별똥별이 궤적을 그리며 떨어저 내렸다.

그녀는 이 세계라는 존재 자체였다. 그녀가 지나간 자리에는 어김없이 깊고 참담한 어둠이 내려앉았다. 이 세계에 속한 종복들은 그 어둠에 충성을 맹세하고, 죽고, 다시 태어난다. 끊임없는 생과 사의 순환이 저속한 어둠 속에서 더없이 신속하게 이루어진다. 그녀의 뒤를 따르는 불안과 공포가 이것을 구경하며 고약하게 낄낄댄다.

밤의 숙녀는 에녹을 발견하고 그 자리에 멈춰 섰다. 그리고 천천히 그를 향해 고개를 내렸다. 그 간단한 동작을 행하는 데에만 영겁처럼 오랜 시간이 걸렸다. 한낱 인간에 불과한 에녹은 그 자리에 얼어붙은 채 그저 그녀를 바라보고만 있었다. 자신이 누구인지, 이곳에 무엇 때문에 왔는지, 누가 그에게 어떤 경고를 해 주었는지 모든 것을 잊어버렸다. 그저 그녀가 자신에게 입을 맞추려 한다는 것만 알았다. 그리고 저 거대한 어둠과 입을 맞춘다는 것은 분명하게도 그가 영광스러운 자식으로서 그녀의 일부가 된다는 걸 뜻했다.

그녀가 불길한 약속을 건넨다. 나를 받아들이면 이 세계에서 너는 하나의 탁월한 존재가 될 거라고.

에녹은 고개를 끄덕였다. 그리고 자신이 무얼 한다고는 의식하지 못한 채 손에 들고 있던 것을 앞으로 내밀었다.

모리세이는 밤의 바닷가를 걷고 있었다. 뭍까지 떠밀려 온 푸른 결정들을 이해해 보기 위해 애쓰고 있었다. 이제까지 그의 영역에 그런 것은 없었다. 아직 그가 확인하지 못한 깊은 바다에서부터 떠올라 여기까지 밀려온 듯했다.

모리세이조차 낯설게 여기는 그것들을 소년은 만지는 것을 전혀 꺼리지 않았다. 다이아몬드 호수 속으로 손을 집어넣을 때 그랬던 것처럼 조심성이라곤 없었다. 하지만 이곳에 오자마자 모리세이를 껴안았던 것에 비하면야. 아길라조차도 그에게 손을 뻗을 때면 늘 조심스러워 했는데.

"무지에서 오는 그러한 행동들을 어리석게 여겨야 마땅하건만."

그가 느끼는 감정이 항상 그의 생각대로 흘러가지 않으니 어찌나 즐거운 일인지. 그는 자신의 손으로 떠나보낸 소년을 생각하며 미소 지었다. 소년의 마음속엔 두려움이 많지만 그에 상응하는 용기와 상냥함 또한 있었다. 어디에서건 그건 소년의 길에 불을 밝혀 줄 것이다. 그러니 원하던 바를 이루고 이곳으로 다시 돌아올 것임을 믿어 의심치 않았다.

그 순간 수평선 너머에서부터 강렬한 불길이 번져 왔다. 모든 밤을 태우며 휩쓸고 지나가는 그것은 그가 인간의 손에 들려 주리라곤 한 번도 생각지 못한 것이었다. 그 불이 타오른다. 모든 것을 살라 먹기 위해.

"찾았구나."

그가 반가운 마음에 속삭인다. 이제 그의 아이를 데리러 갈 시간이었다.

영혼마저 불살라 버릴 것처럼 뜨거운 그 불은 놀랍게도 에녹의 두려움 또한 태워 버렸다. 그는 자신이 피워 올린 불이 밤의 숙녀를 어떻게 했는지 확인하지 못했다. 모리세이가 했던 말을 떠올렸기 때문이다. 무슨 일이 있어도 곧바로 그 자리에서 도망치라고 말했다.

정신없이 등을 돌려 달리는 동안 눈에 보이는 수많은 풍경이 어그러지고 일그러지고 섞여 들며 재가 되었다. 아무것도 들리지 않았지만 전해지는 밤의 결을 통해 수많은 존재가 죽음과 같은 비명을 내지르고 있음을 느낄 수 있었다. 그 고통이 끝나는 순간 에녹은 이 땅에서 가장 찬란한 표적이 될 터였다.

한없이 달리다 문득 발밑이 허전해졌다. 그는 어딘가로 속절없이 떨어져 내렸다. 추락은 결코 아래로 향하지만은 않았다. 때로는 옆으로 때로는 위로, 동시에 여러 방향으로 그를 내동댕이쳤다. 어느 순간부터는 그저 빙글빙글 도는 느낌이었다.

회전이 멈추었을 때 에녹은 익숙한 냄새와 감촉을 느꼈다. 직감적으로 그곳이 반년 동안 갇혀 있었던 미로임을 깨달았다. 하지만 지금은 이상하게도 전처럼 두렵지 않았다. 모리세이가 눈을 밝혀 준 덕에 모든 게 선명하게 보였던 탓이다. 그 안은 개미굴처럼 이리저리 복잡하게 길이 뻗어 있었다. 그리고 그 너머 어딘가에서 그가 익히 잘 아는 목소리가 들려왔다.

"나와 가장 닮은 적, 증오하고 사랑해 마지않는 나의 에녹."

에녹은 제자리에서 흠칫 떨었다. 그러곤 소리가 들려온 쪽으로 천천히 고개를 돌렸다.

아길라가 그 자리에 고요히 서 있었다. 에녹은 그녀의 키가 자신과 거의 비슷한 것을 깨닫고 깜짝 놀랐다. 누이에게 그토록 바라던 다리가 있었다. 그녀와 잘 어울리는 희고 말끔한 다리가. 그것이 왜 이토록 감격적인지 알 수 없었다. 에녹은 더 이상 아무 생각도 할 수 없었다. 그저 그녀에게 달려가 꽉 끌어안았다.

"알고 있었어. 누나가 무사할 줄 알았어! 누나를 구하러 왔어. 이 제 나와 함께 돌아가. 교수님께서 우릴 끌어 올려 주실 거야."

아길라는 아무 대답도 하지 않았다. 에녹은 문득 그녀의 몸이 너 무 차다는 것을 깨달았다. 껴안고 있는 동안 몸이 다 떨릴 정도였 다. 품에서 아길라를 떼어 내고 얼굴을 들여다보았다. 가까이에서 보니 그녀의 몸은 마치 유리 결정으로 만들어진 것 같았다. 투명한 피부 안에 푸른색으로 맥이 뛰는 혈관이 보였다.

"뭐야……?"

섬뜩한 느낌이 들어 에녹은 자신도 모르게 그녀를 밀쳐 냈다. 아 길라는 저항 없이 뒤로 밀려났다. 그러곤 언뜻 미소를 지었다.

"네가 올 줄 알았어, 에녹. 정말 기뻐. 너는 언제나 마지막까지도 나를 버리지 않았지."

그녀의 말에 에녹은 가슴이 깊숙이 찔리는 듯한 기분을 느꼈다. 그녀와 헤어진 마지막 순간에 손을 놓아 버린 게 누구인지 이제는 잘 알고 있었다. 그는 그런 말을 들을 자격이 없었다.

"왜…… 어째서 그런 말을 하는 거야? 누나도 알고 있잖아."

아길라는 대답 없이 에녹에게서 돌아섰다. 그러곤 날듯이 허공 에 떠올라 조금 떨어진 곳에 앉았다. 에녹이 손을 높이 뻗어도 닿 지 않을 곳이었다. 그쪽으로 다가가려는 순간 지진이라도 난 것처럼 주변이 흔들렸다. 에녹이 자세를 낮추는 사이 위를 한 번 올려다

본 아길라가 말했다.

"모두들 너를 찾고 있어. 그 불길은 여기서도 느껴지더라. 그래서 네가 왔다는 걸 알 수 있었어."

"교수님이 주신 거야. 누나를 발견하면 곧바로 피워 올리라고 하셨어. 아까 너무 무서웠던 나머지 나도 모르게 쓰고 말았지만……이렇게 누나를 만났으니 같이 돌아갈 수 있어. 교수님께서 우리 둘다 여기서 꺼내 줄 거야."

에녹은 말하고 나서 주위를 두리번거렸다.

"하지만 곧바로 오시지는 않네."

"교수님은 못 와."

아길라가 단정 짓듯 말했다. 그 사실에 몹시도 낙담한 것 같았다.

"그게 무슨 소리야? 못 오신다니?"

"그녀를 만났니?"

아길라가 말하는 대상이 누구인지 되물을 필요는 없었다. 다시 떠올리는 것만으로도 머릿속이 까마득해지는 것 같았다. 에녹은 고개를 끄덕였다.

"칼마 교수님은 그녀가 가장 아끼는 자식이지. 그분이 곁을 떠난 뒤로 끊임없이 이 땅을 배회하며 찾아다니고 있어. 그러니 이곳에 조금이라도 발을 들이는 순간 속절없이 잡혀 버릴 거야. 그리고 일단 잡히고 나면…… 허락 없이 그녀를 떠났던 것에 대한 정당한 분노가 내려지겠지."

에녹은 모리세이가 했던 말을 떠올렸다. 집을 떠나온 탕아와도 같아서 그와 함께 가 줄 수 없다고.

"하지만 교수님도 근처까지 함께 왔는걸. 거긴 그분의 공간이라고 했고, 그 안에서는 안전한 것 같았어."

이 말에 아길라가 문득 에녹을 빤히 쳐다보았다. 그러더니 순식간에 다가와 에녹의 왼쪽 손목을 잡아챘다. 거기엔 모리세이가 새겨 둔 상처가 있었다.

"교수님이 남겼구나."

한층 가라앉은 그녀의 목소리에 긴장하며 에녹이 대답했다.

"맞아."

"이건 밤의 언어로 쓴 그분의 이름이야."

아길라는 에녹의 손을 던지듯 놓아 버렸다.

"그래……. 너를 선택했구나. 이번에도 결국은."

"선택하고 그런 게 아니야. 이게 있어야 내가 어디 있는지 알 수 있다고 했어. 날 도와주려고 그러신 거야. 누나를 구할 수 있게 해 주려고!"

아길라는 별로 귀담아듣는 것 같지 않았다. 외면하듯 돌아선 그녀가 이내 말했다.

"손을 놓은 건 네가 아니야."

"……뭐?"

"그때 손을 놓은 건 나야. 우리 둘의 몸이 뒤바뀐 건 떨어지던 순간이야. 네가 나와의 결합을 강렬히 거부했기 때문에 결국 나를 밀어내고 네 몸을 되찾은 거지. 사실 좀 뜻밖이었어. 네가 그렇게까지 강한 의지를 가졌을 거라곤 생각하지 않았거든."

에녹은 이제 정말로 어리둥절해졌다. 그가 기억하기로는 그렇지 않았다. 시간이 지날수록 그때의 장면은 더욱 선명해지고 있었다.

"아니잖아, 누나. 왜 거짓말을 하는 거야?"

아길라는 대답하지 않았다.

"내가 누나를 이곳으로 밀어 버린 거잖아!"

"우리가 함께 그런 거야!"

아길라가 에녹을 마주 보며 소리쳤다.

"그 순간 누가 누구였는지 구분하는 건 무의미해. 결국 우리는 동시에 우리였으니까. 그 증거로, 봐. 나 또한 너와 똑같은 자격을 얻었고 그래서 지금의 내가 될 수 있었어. 우리가 우리를 떨어뜨린 그 어둠 속에서 기다리고 있던 건 죽음이 아니야. 오히려 새로운 탄생이었지!"

그녀가 자랑스러운 듯 자신의 창백한 팔과 다리를 뻗어서 보여 주었다.

"봐! 도대체가, 고작 네 손에 목이 졸려 죽기 위해 내가 태어났다는 말을 너는 믿어? 난 믿지 않아. 혹 사실이었다 해도 나는 내 손으로 운명을 바꿨어! 이제 난 너 없이도 완전하고 완벽해. 그런데 내가 이걸 버리고 너를 따라간다고? 또다시 보잘것없는 나로 돌아가라고? 그런 일은 없지."

"그래서 여기 남겠다는 거야? 혼자서 영원히? 나는 봤어, 누나. 그분의 공간에서 봤어. 그건 끔찍할 만큼의 고독이야. 모든 기억이 색채를 잃어버렸어. 아무리 아름다워도 덧없어. 정지된 것 같았다고!"

"잠깐 보고 함부로 아는 척하지 마. 달리 말하자면 그건 영원이고 불멸이야. 하나를 얻으면 하나를 잃는 게 당연하지. 너처럼 모두

가지려는 게 이기적인 거야."

"나한테는 뭐라고 해도 좋아. 내 손을 잡기 싫어? 그럼 교수님의 손이라도 잡아. 누나는 그분을 좋아하잖아. 교수님이 누나를 데리러 올 거야. 그분이 함께 가자고 해도 거절할 거야?"

잠깐이지만 아길라의 얼굴에 동요하는 기색이 떠올랐다. 그때 그들이 있던 미로가 또다시 격심하게 흔들렸다. 요동치는 밤의 파동이 아까보다 훨씬 더 가까워졌다. 수많은 불결한 존재들이 이쪽으로 똑바로 다가오고 있었다.

"교수님은 올 거야. 그렇게 하신다고 분명히 약속했어."

에녹은 당장이라도 무언가 나타날까 두려워하며 위를 올려다보았다. 손으로는 팔목에 난 상처를 꽉 움켜쥐고 있었다. 언제라도 고통에 응답할 준비가 되어 있었다. 그런데 도무지 상처가 그를 부르지 않았다. 불도 이미 피워 올렸기에 더 이상 그의 손에 남은 게 없었다. 그런데도 모리세이는 여전히 나타나지 않고 있다. 대체 어떻게 된 일일까. 처음부터 올 수 없었다면 그런 수많은 약속을 하지는 않았을 텐데.

에녹과 달리 아길라는 차분하게 발을 흔들며 말했다.

"갈 수 있다면 너는 가. 하지만 나는 이곳에서 잠자코 기다릴 거야. 여기야말로 나의 왕국이자 내가 속한 곳이며 내게 어울리는 곳이야. 나는 이제 교수님과 동등해. 그러니 굳이 안달할 필요도, 너를 따라갈 필요도 없어. 그분은 언젠가 반드시 이곳으로 돌아올 테니까."

"바보 같은 소리 하지 마. 나와 함께 가. 부탁이야!"

"하나만 묻자, 에녹. 너는 정말로 나를 구하고 싶은 거니, 아니면 네 손으로 죄를 지었다는 사실을 참을 수 없어서 그걸 되돌리고 싶을 뿐인 거니?"

에녹은 자신도 모르게 팔을 휘둘렀지만 아길라에게 닿지 않았다. 그러나 가까이에 있었으면 틀림없이 그녀를 때렸을 거다.

"어떻게 그렇게 말할 수 있어? 내가 여기까지 오기 위해 무슨 일을 겪었는지도 모르잖아. 뭘 보았는지 모르잖아! 이럴 거면 처음부터 나를 부르지 말지 그랬어. 내게 살려 달라고 애원하지 말지 그랬어!"

"난 그런 적 없어. 그건 루퍼슨 집사가 네게 건 착란이었을 뿐이야. 그것만 믿고 바보같이 자신을 내던지다니, 너무나 너다워서 놀랍지 않아. 배 속에서조차 너는 내가 내민 끔찍한 손을 거절하지 않았지. 멍청한 것. 그때 차라리 나를 죽였어야지. 내가 처음으로 아버지의 얼굴을 망쳤을 때, 어머니의 눈을 멀게 했을 때 날 심판했어야지!"

경멸의 어조로 쏘아붙이던 아길라의 모습이 문득 사라졌다. 그녀를 찾기 위해 에녹이 두리번거리고 있을 때 누군가 다가와 그의 목을 뒤에서부터 끌어안았다. 묵직하고 차가운 감촉과 함께 조용히 고동치는 맥박이 느껴졌다. 에녹은 몸을 뒤틀어 그녀를 떼어 내려 했지만 누이는 그를 놓아주지 않았다.

"어리석은, 이 터무니없이 어리석고 작은 내 동생아! 미안해, 에녹. 정말로 미안해. 나를 버려. 다시는 나를 만나러 오지 마. 용서하지도 마. 부모님께는 내가 아주 편안한 곳에 있다고 말씀드려. 늘 원하던 그 자리에 정확히 가 있다고 말이야. 꼭 그래야 돼. 꼭 그렇게 말씀드려야 해!"

아길라의 목소리는 울부짖음에 가까워서 알아듣기 어려울 정도였다. 그제야 지금껏 강한 척해 왔어도 이 세계에 혼자 남겨지는 것을 그녀가 너무나 두려워하고 있음을 알 수 있었다. 에녹은 왈칵 눈물을 쏟으며 누이의 팔을 꽉 붙잡았다. 절대 놓지 않을 것이다. 이대로 세상이 무너져도 그녀와 떨어지지 않을 것이다.

위에서부터 차근차근 미로가 무너졌다. 수많은 절망이 그들의 머리 위로 쏟아져 내렸다. 에녹은 속으로 모리세이의 이름을 부르짖었다. 한 번만 더 자신을 도와 달라고 애원했다. 동시에 아길라 또한 그때까지 침묵하고 있던 자신의 이름을 밤의 언어로 불렀다. 그녀가 누군가에게 새겨 둔 상처를 그 어느 때보다도 강하게, 고통스럽게 상기시켰다.

여기 있어요. 와서 이 바보를 데려가요. 당신은 내게 그 정도는 해 줘야 해.

그러나 끔찍스러울 고통에도 모리세이는 응답하지 않았다. 아길라는 문득 에녹이 그의 팔목을 움켜쥔 것을 보았다. 그제야 모리세이의 뜻을 이해할 수 있었다.

단지 그 이름을 어떻게 발음하는지 아는 건 아무 소용이 없다. 그러나 어떻게 그리는지 알게 된다면······.

아길라는 밤의 언어로 모리세이의 이름을 불렀다. 그 어느 때보다도 충만한 절망감이 느껴졌다.

지고한 나의 어둠. 기분 나쁜 지저이자 한없이 음침한 나의 아이.

모리세이는 그를 짓이기는 밤 속에 붙들려 있었다. 자신의 안일함을 믿을 수가 없다. 바다 위로 수많은 결정들을 띄워 보낼 정도로 부드러워진 그의 마음이 결국 이런 실수를 하게 만들었다.

밤의 숙녀는 길게 휘어진 초승달을 가져와 그녀의 입가에 떠오르도록 한다. 승리감에 미소 짓는 듯하다. 처음부터 그녀의 목적은 에녹이 아니었다. 이미 그녀는 새로운 자식을 가졌고, 이제는 곁을 떠났던 그녀의 가장 사랑스러운 자식을 원하고 있다. 서로를 품에 안은 순간 이미 그녀는 모든 것을 용서했다. 그것은 집요할 만큼의 관대함이었다. 그러나 그 이상은 허락되지 않았다. 모리세이는 자신이 다시는 그녀의 곁을 떠날 수 없도록 이 세계의 법칙이 조정되어 있음을 느꼈다.

그러나 굴복에 따른 굴욕감은 뜻밖에도 더할 나위 없이 황홀하였으니, 모리세이는 이대로 붙들린 채 자기 자신을 잃어버리는 것도 하나의 안식이 아닐까 생각했다. 그를 다독이는 어머니의 품에서 잠드는 것보다 만족스러운 일은 별로 없을 것이다. 자그마한 무언가가 그의 신경을 자꾸 건드리지만 않았다면 그는 더 이상 생각하는 일조차 포기했을 것이다.

그의 발치에 작은 먼지처럼 푸른색의 결정이 하나 묻어 있었다. 그게 무얼까 생각해 본 뒤에야 오래전 잃어버린 감정의 파편들 중 하나임을 깨달았다. 깊은 바다 속에 가라앉아 있던 그것은 조심스럽게 표면으로 떠올라 뭍까지 밀려와서는 또다시 거부당하지 않을까 두려워하며 그의 눈치를 살피고 있었다.

모리세이는 하찮고도 안쓰러운 마음으로 그 안을 들여다보았다. 거기에는 얼핏 의미 없어 보이는 여러 잡동사니 같은 것이 들어 있었다. 질서도 없고 연결될 만한 고리도 없었다. 그것은 물감이거나 책이거나, 하룻강아지이거나 은으로 된 찻잔 따위였다. 여러 가지 색으로 꼬여 있는 실타래와 따스한 무릎 담요, 모자와 조랑말, 수국을 심은 화분과 트럼프 카드와 만년필 등이었다.

모리세이는 그것들 사이에서 하나의 연관성을 발견했다. 그건 언젠가 에녹이 갖고 싶다고 말했던 물건들의 목록이었다.

하지만 구하기가 좀 어렵겠죠? 그럼…….

서른여덟 개까지 세고 나서는 포기했다. 소년의 마음속에는 천 개의 서로 다른 마음이 있는 것 같았다. 성가셨다. 하지만 궁금했다. 곤란하게 느껴졌다. 그러나 고민하며 이랬다저랬다 하는 모습이 이상하리만치 바라보기에 즐거웠다. 마침내 결정된 지구본은 스스로를 자랑스러워해도 좋으리라. 이 변덕스러운 아이의 선택을 받았으니.

그때는 단순히 그동안 풍족한 생활을 누리지 못해 갖고 싶은 게 많았나 보다고 생각했다.

그게 아니라…….

그 아이는 무언가 말하려다 머뭇거렸다. 결국 이유를 말하지 않고 미소 지었다.

모리세이는 이제야 에녹이 하려던 말이 무언지 깨닫는다. 모리세이에게서 처음으로 받는 선물이기에 신중하게 고르고 싶어 했다는 걸, 그만큼 그가 주는 자그마한 선물을 소중하게 여겼다는 걸 알게 된다. 그러한 소년에게 그 어느 때보다도 깊은 애정이 치솟았다.

그는 푸른 결정을 그의 손으로 옮겨 부드럽게 움켜쥐었다.

"나의 마음은 변화가 적고 늘 가라앉은 채로 안정된 상태여서, 그렇게 변덕스럽고 다양한 마음을 가진 네가 신기하고도 부러웠단다. 너는 앞으로 그 짧은 생을 다할 때까지 결코 내가 본 모든 것들을 볼 수 없고 내가 아는 모든 것을 알지 못할 것이다. 그러나 결코 내가 상상할 수 없는 것들을 상상하겠지……. 그 사실이 나를 얼마나 낙심하게 만드는지 모를 것이다."

호숫가에 쪼그려 앉은 소년이 그를 돌아보며 미소 짓는다. 모리세이 또한 그를 따라서 부드럽게 웃었다.

"그 사실이, 나로 하여금 얼마나 너를 사랑하게 하는지 알지 못할 것이다."

그를 주목하던 모든 밤이 일제히 그를 외면하고 경멸한다. 이 세계에서 결코 용납되지 않을 말을 입에 담았으므로. 거대한 밤의 베일이 고개를 가로저으며 다가온다. 이것이 그녀의 너그러움에 대한 보답이라면 더 이상 용서를 구할 길이 없을 것이다. 그러나 그는 멈추지 않았다.

"아름다운 나의 어머니, 지금부터 내가 당신을 세 번 부인하는 것을 용서하십시오. 자식을 향한 당신의 깊은 애정만큼이나 나 또한 내 아이에게 충실할 수밖에 없음을, 나를 찾는 그 아이의 부름을 거부할 수 없음을 알아주십시오."

밤이 그를 준엄하게 꾸짖는다. 그의 입에서 나오는 다음 말들을 막으려 한다. 하지만 그는 자신을 속박하는 밤을 서서히 비집고 나오기 시작한다.

한 번의 부인으로 그 깊은 바다가 마르고,

두 번의 부인으로 그에게 속해 있던 모든 경이로운 것들이 한낱 재가 되며,

세 번째 부인으로 광활한 사막에 있던 모든 모래알들이 무의미한 공허로 흩어진다.

이제 그의 비범한 공간은 사라지고 이 땅에 그가 설 자리가 없게 된다. 밤의 가장 고귀한 자식이 한순간에 가장 하찮은 밤벌레보다도 못한 존재로 전락한다. 이 눈부신 추락을 지켜보며 그를 시기하던 적들은 눈물을 흘리고 그의 진실된 벗들은 찬사를 보낸다. 이것이 그 어느 때보다도 아름다운 최후임을 그들 모두가 알고 있기에.

모리세이는 그의 영혼이 다시는 회복될 수 없이 손상되었음을 느꼈다. 손이 닿지 않는 곳 어딘가가 말도 안 되게 깊이 찢어져 있었다. 그럼에도 그는 미소를 지었다. 이제 그의 품을 찾는 아이의 음성에 응답할 수 있었으므로.

그는 기꺼이 스스로를 조각내며 그의 소년에게로 날아간다.

무너지는 미로 속에 가여운 영혼들이 파묻혀 있다. 아길라의 공간은 애초에 견고하게 만들어지지 못했다. 아무도 그녀를 인도해 주지 못한 까닭이다. 적절한 도움의 손길 없이도 그녀는 그 모든 걸 혼자서 이루어 냈지만, 그렇기에 쉽게 쌓아 올린 것은 쉽게 부서진다. 쏟아지는 밤벌레들은 반드시 어딘가가 일그러지거나 그을려 있고 그 복수를 그들에게 하고자 한다.

모리세이가 다가가자 하얗고 투명한 팔이 잔해 가운데서 솟아오른다. 그 손에 들린 것은 마개가 닫힌 유리병이다. 그 안에 장난감처럼 조그마한 회색의 모래사장과 그 너머에서 이따금 물결치는 바다가 있었다. 그의 공간 일부였다. 모리세이는 똑같이 자그마한 아이가 병 속에 웅크린 채 잠들어 있는 것을 발견했다. 에녹이었다.

"허락 없이 이름을 빌려 쓴 것을 용서해 주시겠지요?"

장난기 섞인 목소리가 들려왔다. 하지만 모리세이는 어디에서도 그렇게 말하는 사람을 찾을 수 없었다.

"작별 인사를 하고 싶습니다만."

"제 모습을 보여 드리고 싶지 않은걸요. 이미 많이 망가져 있고…… 교수님이나 저나 시간이 많이 남아 있지 않으니까요."

창백한 손이 모리세이의 손에 유리병을 쥐여 주었다. 잠깐 스친 그 손은 너무나 차가웠다.

"그 아이는 저 자신이나 마찬가지예요. 이따금 교수님께서 그 아이를 바라보며 제 생각을 해 주신다면 그건 제게도 충분히 전해질 거예요. 잘 자라고 인사하며 입을 맞춰 주실 때 제 이름을 불러 주신다면 그건 제게 하시는 입맞춤이 될 거예요. 그러니 그렇게 하겠다고 약속해 주세요. 가끔은 꼭 그렇게 하겠다고요."

모리세이는 울고 있는 그녀의 머리를 한 번만 쓰다듬어 줄 수 있으면 했다. 그러나 잔해를 헤쳐 보아도 그녀의 머리가 있음 직한 곳을 찾을 수 없었다. 그제야 그런 것은 이미 존재하지 않을지도 모른다는 생각이 들었다.

"약속하겠습니다, 윌스턴 양."

그 말이 그를 밀어 올리는 것처럼 모리세이는 순식간에 위로 부상했다. 눈으로는 아래를 내려다보았다. 그에게 병을 건넸던 손이 지금은 잡아 달라는 듯이 그를 향해 뻗어 올리고 있다. 그러나 이내 완전히 형태를 잃고 무너지는 미로 속에 파묻혔다. 그 위를 수많은 배덕한 존재들이 뒤덮었다. 이후로 벌어지는 일들은 눈을 돌리는 것이 오히려 그녀를 위한 일이었다.

병 속에서 잠든 소년이 불편한 듯 몸을 뒤척였다. 모리세이는 그가 깨어나지 않도록 쉬 하고 달랬다. 파도가 잠잠해지고 모래는 좀 더 따스해진다. 소년이 다시 잠든다. 모리세이는 그의 이마가 있음 직한 유리병에 입맞춤을 했다. 하지만 그건 소년에게 하는 게 아니었다. 사랑받고자 했던 소녀, 기적과도 같은 애정에 대해 말했던 소녀에게 보내는 입맞춤이었다.

머리 위로 어른거리는 커튼의 모습이 보인다. 커튼 너머의 세상은 텅 비어 있는 나른한 오후였다. 그곳을 떠나온 게 문득 아주 오래전의 일처럼 느껴졌다. 그사이 겨울이 끝나 버린 듯했다. 이어지는 봄은 여행하기에 분명히 좋은 계절일 것이다.

모리세이는 이쪽 세계로 건너와 다시는 쓰일 일이 없는 커튼을 걷어 낸다. 그의 소년은 침대 위에 잠든 채 유리병을 품에 꼭 안고 있다.

남아 있는 시간이 그리 많지 않았다. 그러나 병 속 바다가 마르기 전까지는 허락될 것이다. 그 안에 소년이 지구본 위에 색을 칠한 모든 곳에 가 볼 수 있다면 좋을 것이다.

어디든, 이 아이가 원하는 곳이라면.

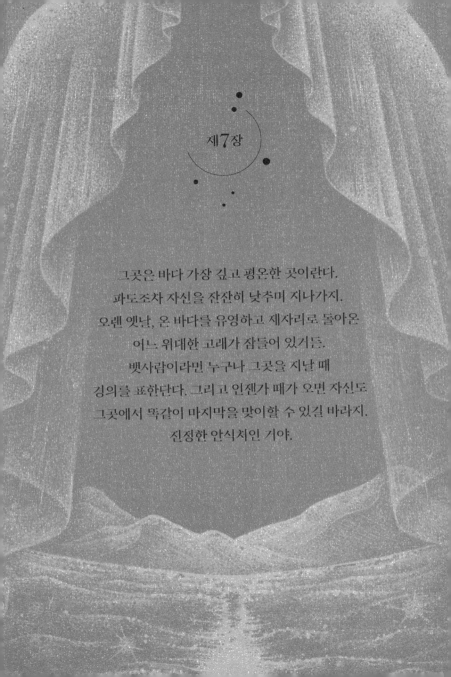

제7장

그곳은 바다 가장 깊고 평온한 곳이란다.
파도조차 자신을 잔잔히 낮추며 지나가지.
오랜 옛날, 온 바다를 유영하고 제자리로 돌아온
어느 위대한 고래가 잠들어 있거든.
뱃사람이라면 누구나 그곳을 지날 때
경의를 표한단다. 그리고 언젠가 때가 오면 자신도
그곳에서 똑같이 마지막을 맞이할 수 있길 바라지.
진정한 안식처인 거야.

"이집트에 가 보고 싶다고 이야기하지 않았니? 거기엔 흥미로운 것들이 많이 있단다. 내가 아는 여러 이야기들을 들려주마. 네가 지금껏 들어 본 적 없을, 믿기 힘들겠지만 모두 사실인 이야기들이란 다……."

평소답지 않게 모리세이는 말을 많이 했다. 또한 친절했다. 모든 사람들에게 발휘하는 적당한 거리를 유지하는 친절이 아닌, 진정한 다정함처럼 느껴졌다. 그게 기쁘면서도 에녹은 조금 어색했다. 그들 사이에 뭔가가 변했는데 그게 무어라 말하기가 쉽지 않았다.

그들은 주로 해가 진 뒤에 움직였다. 모리세이가 말했던 대로 에녹의 시력은 많이 나빠졌고 햇빛 아래로 나가는 일은 거의 불가능했다. 에녹은 학교에 다닐 일은 이제 없겠구나 생각했다. 그렇지만 전처럼 꼭 가고 싶다거나 아쉽게 느껴지지는 않았다. 이대로 계속 함께 지낼 수 있다면 언젠가 모리세이로부터 개인 수업을 받을 수도 있을 터였다.

두 사람은 떠나기 전 타일라의 펍에서 마지막으로 식사를 했다. 타일라는 저녁 장사도 포기하고 둘만을 위한 자리를 마련해 주었다. 그곳에서 가장 인기 있는 메뉴로만 꾸며진 풍족한 식사가 끝나자 모리세이는 잠깐 주방으로 들어가 그녀와 이야기를 나눴다. 타일라는 처음에는 화를 내는 것 같더니 이내 울음을 터뜨렸다. 에녹은 먼저 자리에서 일어나 밖으로 나왔다.

바깥에서는 처음 보는 소년이 에녹을 기다리고 있었다. 에녹을 보고 알은척 다가오던 그 소년은 가까이 와서는 오히려 낯선 사람을 보듯 경계했다. 그리고 에녹에게 에녹이 어디 있느냐고 물었다. 에녹은 어리둥절한 기분을 느꼈고, 소년이 입고 있는 교복을 보고서야 그가 아길라를 찾고 있는 것일지도 모른다고 생각했다.

때마침 모리세이가 펍에서 나왔다. 모리세이의 얼굴을 본 소년은 흠칫하는 기색을 보이더니 자리를 피했다. 그대로 소년이 향하는 곳이 공중전화임을 확인한 모리세이는 이제 떠날 때가 되었다고 말했다.

그를 따라 기차역으로 걷던 에녹이 문득 중얼거렸다.

"누나에게도 친구가 있었어요. 누나를 걱정하며 찾는 친구가요."

모리세이는 말없이 고개만 끄덕였다.

그날 밤 그들은 알포드를 떠났다. 밤 기차를 타고 다른 도시에 도착하기 무섭게 새벽 기차로 갈아타고 또 다른 곳으로 향했다. 에녹은 모리세이가 일정을 서두르는 이유가 궁금했지만 굳이 묻지 않기로 했다. 전날 마주친 소년 때문이라기엔 그 이전부터 갑작스럽게 결정된 여행이었다. 따라서 단순히 모리세이의 기분이 들뜬 탓일 거라 여겼다.

두 사람은 비행기를 타고 정말로 이집트로 향했다. 도시 너머에 생각보다 가까이 있는 피라미드의 모습을 보고 느낀 감격을 에녹은 죽는 날까지 잊지 못할 것이다. 낙타를 타고 그 주위를 돌며 모리세이가 들려준 이야기들도 한결같이 놀랍기 그지없었다. 몇 개는 아무리 사실이라고 해도 결코 믿지 못할 것들이었다. 에녹은 그를 허풍쟁이라고 놀렸고 모리세이는 그 말에 다소 당혹해하는 것처럼 보였다. 그 모습이 재미있어서 에녹은 한참을 웃었다.

다음으로 극광을 보러 북유럽 땅으로 떠났다. 모리세이는 에녹이 그걸 보면 무척 좋아할 거라고 말했다. 그러나 계절이 맞지 않았다. 그들이 도착했을 때는 시즌을 조금 넘긴 후였다. 에녹은 대수롭지 않게 여겼지만 오히려 모리세이가 많이 안타까워했다.

"꼭 보고 갈 수 있으면 했는데."

무엇에도 그리 반응이 크지 않은 그가 그렇게 말하자 에녹은 괜히 자신이 다 미안해지는 기분이었다.

"내년에 다시 오면 되잖아요."

에녹이 위로하자 모리세이가 그를 내려다보았다. 그러곤 무언가 생각에 잠긴 듯하더니 "그러면 되겠지." 하고 거의 들리지 않게 중얼거렸다. 내년에 바쁜 다른 일정이라도 있는 걸까. 에녹은 궁금했지만 묻지 않았다. 묻는 순간 그가 무어라 대답을 할 것 같았고 그러면 왠지 그들이 지금처럼 마냥 즐겁게 지내지만은 못, 언젠가 각자의 길을 가게 될 거란 이야기를 듣게 될 것 같았다.

그들은 소용없다는 현지인의 말을 들었음에도 미련처럼 며칠을 더 그곳에 머물렀다. 하지만 결국은 떠날 때가 되었다. 극광은 보지 못했지만 떠나는 날 모리세이의 표정은 생각보다 어둡지 않았다. 그걸 보고 에녹은 조금 희망을 가졌다. 어쩌면 정말로 내년에 다시 올 수 있을지도 모른다고.

"이제 어디로 가고 싶니?"

떠나기 전 마지막 식사를 하며 모리세이가 물었다. 에녹은 두 가지 대답을 생각해 두고 있었다. 결정하지 못한 상태였지만 모리세이가 묻는 순간 대답은 저절로 나왔다.

"이제 돌아가고 싶어요."

그러면서 슬쩍 눈치를 보았지만 모리세이는 평온하게 빵을 썰며 대답할 뿐이었다.

"그래. 그럼 그렇게 하자."

여행이 즐겁지 않은 것은 아니었다. 인도에도 가 보고 싶고 그밖에도 더 보고 싶은 곳이 많았다. 솔직히 얘기하면 집으로 돌아가 봐야 좋지 않은 기억만 떠오를 테고, 그동안 애쓰고 애쓰며 묻어 뒀던 아길라의 이야기를 부모님 앞에서 결국 꺼내야만 할 터였다. 그녀가 전해 달라고 부탁했던 말들에 대해서, 그녀의 마지막에 대해서. 에녹은 아직도 그녀가 한 많은 일들을 이해할 수 없고 그것을 잘 설명할 자신이 없다. 자신도 아직 제대로 받아들이지 못하고 있으니까.

그럼에도 돌아가자고 말한 것은, 어딘지 모르게 자신이 아닌 모리세이가 쉬어야 할 것 같아서였다. 지쳐 보이는 것도 어딘가 아파 보이는 것도 아니었지만 그를 집에 데려다주고 며칠만이라도 푹 자게 해 줘야 할 것 같았다. 왜 그런 생각을 하는지는 본인도 알지 못했다.

"하지만 아직 저희 집으로는 가고 싶지 않은데…… 괜찮다면 교수님 댁에서 며칠 머물러도 될까요?"

"되고말고."

모리세이가 대답했다. 그들은 바로 다음 날 출발하는 비행기표를 끊고 돌아왔다.

알포드에 있는 모리세이의 집은 떠날 때보다는 제법 아늑한 모습이 되어 있었다. 봄을 맞이한 정원에는 여러 꽃이 피어 있고 나무에도 갓 옷을 입은 연초록의 잎사귀들이 부드럽게 흔들렸다. 에녹이 먼저 들어가 짐을 푸는 동안 모리세이는 집 밖에서 낯선 듯이 이쪽을 바라보고 있었다. 에녹이 의아해하며 물었다.

"왜요?"

"나중에 네가 이 집을 가졌으면 좋겠구나."

에녹은 깜짝 놀라 되물었다.

"네? 정말요?"

"그래."

이 갑작스러운 선물에 에녹은 잠깐 의심하는 마음이 들었다.

"왜요?"

"싫으면 말아라."

"싫은 건 아닌데요……"

"내겐 달리 가족이 없으니 어차피 누군가에게는 물려줘야겠지."

"뭐예요, 그게. 갑자기 엄청 늙은 것처럼 이야기하지 마세요."

"잘 모르는 모양인데 난 이미 많이 늙었다. 너는 가끔 그 사실을 모르는 것처럼 날 대하더구나."

"그렇게 노인 대접을 받고 싶으셨어요? 그럼 앞으로 얼마든지 해 드릴게요. 이쪽으로 오세요. 제가 짐도 대신 풀고 차도 끓여 드릴 테니까요. 정말이지 손이 많이 가는 분이라니까요."

에녹은 자신의 농담이 좀 지나치지 않았나 했지만 모리세이가 너무도 기분 좋게 웃음을 터뜨렸기 때문에 그날은 하루 종일 그런 식으로 그를 놀렸다.

특별할 건 없었다. 그들이 함께해 온 많은 날과 꼭 같은 날이었다. 한데 에녹이 자려고 자리에 누웠을 때 모리세이가 잠시 그의 방에 들어와 잘 자라며 이마에 입맞춤을 해 주었다. 그가 나간 뒤 에녹은 이마를 문지르며 방금 무슨 일이 있었던 건가 자문해 보았다. 아무렇지 않은 척했지만 내심 많이 놀랐다. 오늘 모리세이의 기분이 좋았거나 무슨 변덕이 불었거나, 그런 입맞춤을 받을 만한 짓을 자신이 한 게 틀림없었다. 하지만 아무리 골똘히 고민해 보아도 그게 뭔지 도저히 떠올릴 수 없었다.

에녹은 고개를 갸웃하고는 눈을 감았다. 그때 마치 파도가 치는 것처럼 모래가 물에 휩쓸리는 소리가 들려와 놀라서 눈을 떴다. 그는 상체를 일으켜 책상 위에 놓여 있는 유리병을 바라보았다. 그런 소리가 날 만한 곳은 그것밖에 없으므로. 그 안에 든 것은 자그마한 회색의 모래사장과 바다와…… 아니, 분명 바다가 있었는데.

에녹은 모리세이의 방으로 병을 들고 건너가 어찌 된 일인가 물어볼까 고민했다. 하지만 이미 잠들었을지도 모를 그를 굳이 깨우고 싶지 않았다. 내일 물어도 괜찮을 것이다.

그는 다시 잠자리에 누웠다. 그러곤 다시 한 번 이마를 문지르며 왠지 모르게 뿌듯한 마음으로 눈을 감았다.

그날 밤 꿈에서 에녹은 유리병 속 바닷가에 서 있었다. 그가 보았던 대로 바다는 끝도 없이 메말라 있었다.

이제는 지평선이 되어 버린 수평선 너머에 거대한 짐승이 밤을 품은 채 웅크리고 있었다. 안타깝지만 아름다운 풍경이었다. 에녹은 자신도 모르게 흘러내린 눈물을 닦아 냈다.

잠이 든 그 짐승은 거대한 뿔 위에 아름다운 꿈을 얹고 있었다.

<끝>

언제나 밤인 세계

1판 1쇄 펴냄 2022년 4월 29일
1판 3쇄 펴냄 2023년 4월 25일

지은이 | 하지은
발행인 | 박근섭
편집인 | 김준혁
책임편집 | 정미리
펴낸곳 | 황금가지

출판등록 | 2009. 10. 8 (제2009-000273호)
주소 | 06027 서울 강남구 도산대로 1길 62 강남출판문화센터 5층
전화 | **영업부** 515-2000 **편집부** 3446-8774 **팩시밀리** 515-2007
홈페이지 | www.goldenbough.co.kr

도서 파본 등의 이유로 반송이 필요할 경우에는 구매처에서 교환하시고
출판사 교환이 필요할 경우에는 아래 주소로 반송 사유를 적어 도서와 함께 보내주세요.
06027 서울 강남구 도산대로 1길 62 강남출판문화센터 6층 민음인 마케팅부

ISBN 979-11-7052-063-4 03810

㈜민음인은 민음사 출판 그룹의 자회사입니다.
황금가지는 ㈜민음인의 픽션 전문 출간 브랜드입니다.